DUMONT

Samuel Williams braucht eine Auszeit. Nicht nur erwartet seine Lebenspartnerin Marit ein Kind von ihm – seit Weihnachten will ihm auch die Kriminalkommissarin Maja-Sofia Rantatalo nicht aus dem Kopf gehen.
Auf Anraten seines Mentors zieht sich der Pfarrer für ein paar Tage in ein verschneites Schweigekloster zurück, um über seine Zukunft nachzudenken. Doch die Ruhe wird jäh gestört, als Maja-Sofia ihm einen unverhofften Besuch abstattet: Eine alte Frau wurde ermordet, und die Spuren führen direkt zu der Klostergemeinschaft. Es dauert nicht lange, bis Samuel Williams' Neugier wieder mal die Oberhand gewinnt und er eigene Untersuchungen anstellt. Wofür züchtet Schwester Maine Giftpflanzen im klostereigenen Garten? Woher holt sich Schwester Petra die Inspiration für ihre unter Pseudonym verfassten Kriminalromane? Und was hat es mit Schwester Maudes mysteriösen Heiligenbildern auf sich?

Marianne Cedervall wurde 1949 als Tochter eines Pfarrers im südschwedischen Gotland geboren und arbeitete u. a. als Lehrerin. Ihr Roman ›Schwedische Familienbande‹ (2021) ist der Auftakt der Krimireihe um den ermittelnden Pfarrer Samuel Williams, ›Schwedische Schwestern‹ ist der zweite Fall für den neugierigen Geistlichen.

Ulrike Brauns wuchs in der Nähe von Köln auf und studierte Germanistik, Skandinavistik und English Literature in Bonn, Stockholm und Melbourne. Seit 2004 ist sie freiberufliche Übersetzerin und Untertitlerin.

Marianne Cedervall

SCHWEDISCHE SCHWESTERN

Ein Fall für
Pfarrer Samuel Williams

Kriminalroman

Aus dem Schwedischen
von Ulrike Brauns

DUMONT

Von Marianne Cedervall ist bei DuMont außerdem erschienen:
Schwedische Familienbande

Das bei der Produktion dieses Buches entstandene CO_2 wurde durch die Finanzierung von Klimaschutzprojekten kompensiert:
climate-id.com/17531-2110-1001/de

September 2023
DuMont Buchverlag, Köln

Die schwedische Originalausgabe erschien 2021 unter dem Titel
›Fri från skulden‹ bei Lind&Co, Stockholm.

Übersetzung: Ulrike Brauns
Umschlaggestaltung: Lübbeke Naumann Thoben, Köln
Umschlagabbildung: Dorf © Ingemar Magnusson / Alamy Stock Photo; Nonne mit Schlitten © Elena Naumann
Satz: Angelika Kudella, Köln
Gesetzt aus der Franziska Pro
Druck und Verarbeitung: CPI books GmbH, Leck
Gedruckt auf säurefreiem und chlorfrei gebleichtem Papier
Printed in Germany
ISBN 978-3-8321-6714-1

www.dumont-buchverlag.de

Maj-Britt Lavedahl gewidmet, mein unübertroffenes »drittes Elternteil«, die die besondere Fähigkeit besaß, stets zu wissen, wann sie am dringendsten gebraucht wurde. Ein strahlendes Kompliment für Mama und Papa.

Und was einst meine Ehre
und mein Stolz war, wurde Scham,
aber was ich tragen sollte,
trugst du selbst, Gottes Lamm.
Jetzt hast du alles mir vergeben.
Ich gehe ohne Pein,
und es kehrt zurück das Leben.
Mit dir kann ich sein.

DAS SCHWEDISCHE GESANGBUCH,
LIED 454, VERS 2

DIE BETEILIGTEN

KIRCHENLEUTE

SAMUEL WILLIAMS, Pfarrer

ELLINOR JOHANNESSON, Hauptpastorin

TINDRA KLAR, Konfirmandin

SIGVARD NORDQVIST, pensionierter Pfarrer

CILLAN SVENSSON, Diakonin

TYRA LUNDIN, Mädchen für alles

MARIT KYRKLUND, Samuels Verlobte

POLIZEIPERSONAL

MAJA-SOFIA RANTATALO, Kriminalkommissarin

MARTINA JARNING, Kriminalinspektorin

KNIS PETTER LARSSON, Kriminalinspektor

BEATA LÖFBLAD, neue Polizeiintendantin

TAMARA PETTERSSON, Rechtsmedizinerin

LUTHERS TÖCHTER

MUTTER VERONICA, Vorsteherin

SCHWESTER MAINE, Gartenbeauftragte

SCHWESTER BIRGITTA, kümmert sich ums Kochen und Backen

SCHWESTER MAUD, Heiligenzeichnerin
SCHWESTER PETRA, schreibt christliche Kinderbücher (und heimlich auch Krimis)
ANWÄRTERIN CHARLOTTE, hilft, wo sie kann
HELGE FREDENGREN, Klostergast, Pflanzenexperte
VATER JOHANNES, Hauspfarrer

WEITERE WICHTIGE PERSONEN

AGNES BUSK, pensionierte Lebensgenießerin
CHRISTIN LINDÉN, Agnes' Gesellschafterin
SMID KARIN KARLSDOTTER, hilfsbereite Freundin
JOHAN TYSK UND INGEMAR TYSK (GENANNT BRYSK), Cousins und selbst ernannte »Dorfkenner«
DANNE YLITALO, Maja-Sofia Rantatalos Ex-Freund

Prolog

Donnerstag, 27. Februar, Wasastaffel

Siebzehn Kilometer geschafft. Die Skier glitten gleichmäßig und ruhig über den Schnee. Stück für Stück kämpfte Samuel sich vor. Besonders schnell kam er nicht voran, viel Kraft hatte er nicht mehr in den Armen, aber bergab lief es immer noch bestens. Hartnäckiger Schneefall mischte sich mit peitschendem Wind, und ihm liefen Tränen und Rotz übers Gesicht. Hart war es, schließlich war er solche Wettkämpfe nicht gewohnt, aber das Wintertraining zahlte sich auf jeden Fall aus.

Während des Laufs dachte er nicht ein einziges Mal an seine privaten Probleme, und das war gut. Seine ganze Energie floss in den Wettkampf. Hier zählte nur eins: sein Etappenziel der Wasastaffel zu erreichen und alles für das Team der Gemeinde Klockarvik zu geben. Nur noch ein Kilometer bis Hökberg, wo er den Staffelstab an die Hauptpastorin Ellinor Johannesson weiterreichen würde, deren Ziel Mora war. Samuel selbst wollte nach Hause fahren, duschen, die Klamotten wechseln und sich das ein oder andere Bier zur Belohnung gönnen. Dann wollte er sich an den allwissenden Boss wenden, von dem er sich Antworten auf die großen Fragen des Lebens erhoffte. Der Kontakt zwischen

Samuel Williams und Gott war in letzter Zeit eher sparsam ausgefallen. Es würde alles andere als schaden, daran baldmöglichst etwas zu ändern.

Er hob den Blick vom Boden vor sich und richtete ihn auf die roten Häuschen an der Kuppe des Hügels. Die Loipe war mit farbenfrohen Werbebannern abgesteckt, und oben aus den Lautsprechern drangen für ihn noch unverständliche Worte. Dort musste er hin, nur noch dieses letzte Stück lag vor ihm. Tindra, seine noch so jugendliche Freundin und Langlauflehrerin, hatte ihn vor dieser Steigung gewarnt. »Lass dich nicht täuschen, die sieht nicht nach viel aus, aber du wirst ordentlich kämpfen müssen. Bloß nicht aufgeben.«

Je näher er dem Etappenziel kam, desto mehr Zuschauer säumten die Strecke.

»Da ist ja der Pfarrerdetektiv!«, rief eine ihm unbekannte Männerstimme. »Los, los, weiter!«

Er schielte in die Richtung, aus der der Ruf gekommen war, und brachte gerade so ein Lächeln zustande, bevor er den Fuß des Hügels erreichte. Von hier an ging es nur noch hinauf, hinauf. Nur noch diese Steigung! Wenn seine beiden Kinder ihn jetzt sehen könnten. Alva und Gabriel hatten verwundert, ja fast misstrauisch reagiert, als er ihnen von seiner Teilnahme an diesem Lauf erzählt hatte. Er würde sie gleich nach dem Zieleinlauf per Video anrufen und ihnen zeigen, dass ihr Vater es tatsächlich geschafft hatte.

Noch etwa hundert Meter. Das Laktat meldete sich in seinen Muskeln, und die Oberschenkel wurden schwach. Achtzehn Kilometer gingen nicht spurlos an einem Amateur vorbei. Aber aufgeben? Niemals! Seine Loyalität den anderen Staffelmitgliedern gegenüber hätte das nicht zugelassen.

»Auf geht's, Sam!«, drang eine Mädchenstimme aus der Menschenmenge. »Los, du schaffst das!«

Das war Tindra! Sie hatte den ganzen Winter über mit ihm trainiert, um ihm das Langlaufen beizubringen. Die so optimistische, fleißige Tindra! Jetzt durfte ihm bloß nicht die Puste ausgehen, das wäre ja fast ein Verrat an ihr und der ganzen Mühe und Zeit, die sie ihm gewidmet hatte. Dass diese Jugendliche seine unbeholfenen Versuche und bescheidenen Fähigkeiten ertragen hatte, obwohl sie selbst eine vielversprechende Langläuferin war und bei ganz anderen Wettkämpfen mitmischte, war wirklich bemerkenswert.

Er wedelte leicht mit dem Skistock in ihre Richtung und versuchte sich an einem Lächeln, aber es endete eher in einer Grimasse. Das Atmen fiel ihm schwer. Doch er musste noch die allerletzten paar Meter bewältigen. Tindra rannte neben ihm her und feuerte ihn an.

»Komm schon Sammy Williams, mit allerletzter Kraft, bald hast du's geschafft. Los, los, los.«

Er holte noch mal alles aus sich heraus, gleich würde er die Kuppe und das langersehnte Ziel erreichen. Es wurde gejubelt und applaudiert! Trotz aller Anstrengung machte es auch ziemlichen Spaß. Nur noch wenige Meter. Ellinor erwartete ihn schon, um den Staffelstab für ihr kleines, feines Klockarvik-Team zu übernehmen.

Samuel klopfte ihr gegen den Rücken und sackte zu Boden. Er konnte ihr nicht mal nachsehen, um sicherzustellen, dass sie einen guten Start hingelegt hatte. Sein Brustkorb hob und senkte sich in rasender Geschwindigkeit. Er spürte nicht, wie kalt der Boden war, auch die fallenden Schneeflocken kümmerten ihn nicht. Sollten sie ihn doch hier liegen lassen, noch mit den Skiern an den Füßen, er würde sofort einschlafen und nie wieder achtzehn Kilometer beim Wasalauf hinter sich bringen.

Aber jemand war anderer Meinung. Freundliche Arme halfen ihm auf.

»Trinken Sie das.«

Ein Becher mit warmer Blaubeersuppe wurde ihm gereicht, und als er aufschaute, sah er in die freundlichen Augen Tyra Lundins. Tyra war praktisch der gute Geist der Gemeinde Klockarvik, darüber hinaus auch die Küsterin und Samuels Vermieterin. Gierig trank er den Becher leer.

»Und da haben Sie gleich noch einen«, sagte sie und hielt ihm einen weiteren Becher hin.

Auch diesen trank er in Rekordzeit aus, während sie ihm eine warme Jacke umhängte. Tindra kam herbeigelaufen.

»Gut gemacht, Sam. Richtig gut!«

»Danke«, keuchte er. »Das hab ich nur dir zu verdanken, weil du so hartnäckig drangeblieben bist. Eigentlich ist das dein Verdienst.«

»Papperlapapp. Das hast ganz allein du geschafft. Nächstes Jahr übernimmst du eine längere Strecke.«

Da konnte Samuel nur stöhnen. Undenkbar, jemals wieder dem Skilanglauf zu frönen, geschweige denn über eine längere Strecke als achtzehn Kilometer.

Tyras Mann Sven-Erik kam ebenfalls herbei und klopfte Samuel auf die Schulter. Dann nahm er Tyra beiseite und sagte etwas, das Samuel nicht verstehen konnte. Sie wechselten ernste Blicke. War etwas passiert? Tyra wandte sich an Samuel.

»Sie müssen sich so schnell wie möglich umziehen«, sagte sie. »Es sind zwei Frauen gefunden worden.«

»Gefunden? Was soll das heißen? Sind sie tot?«

»Eine ist tot, um die andere steht es schlecht.«

Da wurde auch er ernst. All die Unbeschwertheit, die er auf den achtzehn Kilometern hatte erleben dürfen, war wie weggeblasen. Das Leben eines Pfarrers pendelte immer zwischen den hellen, freudigen und den dunklen, schweren Stunden. Sie alle gehörten zum Leben dazu.

»Aber wie kann ich helfen?«, fragte Samuel. »Eine Tote und eine Verletzte, das klingt eher wie ein Fall für die Polizei und den Krankenwagen, nicht für einen Pfarrer.«

Tyra legte ihm beruhigend die Hand auf den Arm.

»Im selben Haus sitzt noch eine weitere Frau, die völlig aufgelöst ist«, sagte sie. »Deshalb werden Sie gebraucht. Ellinor bringt die Staffel in Mora ins Ziel. Sven-Erik hat ihr absichtlich nichts gesagt, sie und die anderen müssen sich auf den Wettkampf konzentrieren.«

»Wer hat uns denn verständigt?«, fragte Samuel und merkte, wie sich sein Magen zusammenzog.

»Die eine da«, antwortete Sven-Erik. »Rantatalo heißt sie. Mein Wagen steht da drüben. Schnallen Sie sich die Dinger da von den Füßen, dann können wir los.«

Selbstverständlich hatte sie sich gemeldet. Klockarvik

fiel in den Zuständigkeitsbereich von Kriminalkommissarin Maja-Sofia Rantatalo. Samuel wollte ihr wirklich nicht begegnen, aber offenbar hatte er keine andere Wahl.

EINS

Mittwoch, 5. März
Aschermittwoch

Eine Woche war seit Samuels Meisterleistung vergangen, dem erfolgreichen Bewältigen seiner Strecke von achtzehn Kilometern beim Wasalauf. Seither hatte er alle Hände voll zu tun und nicht viel Gelegenheit zum Nachdenken gehabt. Und jetzt war schon Aschermittwoch, der die vierzigtägige Fastenzeit einläutete, die erst am Ostersonntag wieder endete. Eine Zeit der Einkehr und des Hinterfragens.

Samuel stand vorm Altar der Kirche Klockarviks, bereit, alle willkommen zu heißen, die ein Aschekreuz auf der Stirn wünschten und am Abendmahl teilnehmen wollten. Ein Kreuz, das für mehr Klarheit im Leben sorgen und zur Besinnung anregen sollte. Eine lange Schlange hatte sich vor ihm im Mittelgang gebildet. Stille lastete auf dem Kirchenraum, da keine Musik gespielt wurde. Die Stimmung war aufgeladen. Samuel schielte zu Ellinor. Sie stand mit den Oblaten bereit, neben ihr die diensthabende Küsterin mit dem Kelch. Alle hatten sie ihre eigenen Aufträge, hoffentlich würde alles ohne Zwischenfälle ablaufen. Auch Samuel musste dringend in sich gehen, mehr Klarheit über sein Leben gewinnen und sich besinnen, wie er weiter vorgehen wollte. Die große Frage war, wie er jemals wieder Ordnung in das Chaos bringen sollte, das er sich selbst zuzuschreiben hatte.

Er malte ein Kreuz auf Tindras Stirn, die Erste in der Schlange. Ihre Blicke trafen sich, sie schaute sehr ernst. Was für ein tolles Mädchen, sie würde das Leben mit links meistern, davon war er überzeugt.

»Gott segne dich«, sagte er und wandte sich an die Nächste.

Ein Kreuz nach dem anderen strich er mit dem Zeigefinger auf die Stirn derer, die es wünschten. Manche ließen ihn aus und nahmen nur das Abendmahl zu sich. Die meisten kannte er, aber auch ein paar neue Gesichter waren dabei, wie zum Beispiel ein Mann in einem schwarzen Jackett, unter dem ein älteres Modell eines Pfarrerhemds zu sehen war.

»Der Herr sei mit dir«, sagte Samuel zu dem fremden Pfarrer und erfüllte seine Pflicht.

Der Mann hatte die Hände demütig gefaltet, und Samuel fiel sofort der Ring auf, den er an einem seiner Finger trug. Er war ungewöhnlich geformt, hatte ein Rautenmuster, ein Feld in der Mitte war türkis. So etwas hatte Samuel noch nie gesehen. Dieser Pfarrer war sicher ein guter Mensch, gänzlich frei von Schuld, ganz im Gegensatz zu ihm. Einem Sünder, der nicht mal bei Sinnen gewesen war, Verantwortung zu übernehmen, als seine Verlobte Marit ihm an Weihnachten erzählte, dass sie ein Kind erwartete, Samuels Kind, während er selbst mit dem Gedanken kämpfte, sich in eine ganz andere Richtung zu orientieren, in die eines anderen Menschen.

Ein wohlbekanntes Gesicht, das Samuel jedoch lange nicht gesehen hatte, nahm gerade das Abendmahl entgegen und tauchte dann vor ihm auf. Sigvard, sein alter Kollege und Mentor, schüttelte leicht den Kopf. Er hatte sich von dem Herzinfarkt erholt, den er kurz vor Weihnachten erlitten hatte. Ein Pfarrer vom alten Schlag, der alles so wollte, wie er es aus seiner Jugend gewohnt war, weshalb er das mit dem Aschekreuz als unnötig erachtete. Sigvard legte Samuel eine Hand auf die Schulter und bedachte ihn mit einem langen, besorgten Blick, ehe er sich abwandte und zu seinem Platz in einer der Kirchenbänke zurückkehrte.

Samuels Gedanken wanderten hin und her, während er seiner heiligen Pflicht nachkam. Hatte er überhaupt noch das Recht, hier zu stehen und Gott zu vertreten, wenn er doch selbst der vielleicht größte Sünder war? Das war möglicherweise etwas, womit er sich an seinen Mentor wenden sollte. Als Samuel vor ein paar Monaten nach Klockarvik gekommen war, hatte der alte Pfarrer ihn mit der Gemeinde vertraut gemacht. Das, was Sigvard nicht über die Dorfbewohner wusste, musste man gar nicht erst wissen. Er war zuverlässig, und man konnte ihm vertrauen, das hatte er bereits bewiesen. Samuel sollte ihn besuchen, ihm seine hoffnungslose Situation schildern und ihn um Rat bitten.

Die Schlange der Wartenden wurde immer kürzer, und am Ende stand nur noch sie da. Maja-Sofia Rantatalo, die Frau, die er weder treffen sollte noch treffen dürfte. Sie hatten sich zuletzt gesehen, nachdem Samuel nach seinem Zieleinlauf bei der Wasastaffel zu dem Hof mit den drei

Frauen gerufen worden war. Dort hatten sie nur ein paar wenige Worte gewechselt, rein beruflich. Danach hatte Samuel sich ganz auf die verzweifelte Frau konzentriert und Maja-Sofia auf ihre Polizeiarbeit. Wieso war sie ausgerechnet heute Abend hergekommen? Er hatte sie noch nie bei einem der Gottesdienste unter der Woche gesehen. Sie kam langsam näher, ohne ihn anzusehen. Dann blieb sie stehen und schaute ihm direkt in die Augen. Er konnte geradeso ihre schönen Augen unter dem dunklen Pony erahnen, da wandte sie sich schon abrupt ab. Mit schnellen Schritten entfernte sie sich durch den Mittelgang und durch die Kirchentür. Das Geräusch der hinter ihr zufallenden Tür hallte in der Kirche nach und brachte Samuel vollkommen aus dem Konzept.

Ellinor musste ihn leicht am Arm berühren, um ihn daran zu erinnern, dass nun sie selbst an der Reihe waren, den Leib Christi und das Aschekreuz entgegenzunehmen. Seine Hände zitterten, als er erst Ellinor und dann der Küsterin das Kreuz auf die Stirn malte. Während Ellinors Finger das Kreuz auf seine Stirn aufbrachte, war er sich sicher. Das war der Wendepunkt. Er musste sich sofort seiner Probleme annehmen. Wenn er seine privaten Probleme während der vierzig Tage währenden Fastenzeit nicht löste, konnte er genauso gut seinen Kollar abgeben und sich einen neuen Job suchen. Als Musiker vielleicht, er war kein schlechter Gitarrist und hatte eine gute Stimme. Aber vorher sollte er sich darüber klar werden, was er überhaupt wollte.

Ellinor räusperte sich und schaute die Gemeindemitglieder an.

»Nun haben wir den Herrn Jesus Christus empfangen«, sagte sie. »Er beschützt uns im ewigen Leben. Amen.«

Samuel war mit seinen Gedanken ganz woanders. Maja-Sofia hatte ihn aus der Fassung gebracht. Marit erwartete ein Kind von ihm, dabei war er hoffnungslos in eine Polizistin verknallt, der er nicht mal in die Augen zu schauen wagte. Seit Weihnachten hatte er wie manisch für den Staffellauf trainiert und war so vor dem Problem geflohen. Zu Mittsommer sollte er erneut Vater werden, was er, wenn er ganz ehrlich war, gar nicht wollte. Wann hatte er zuletzt mit Marit gesprochen?

»Der Friede sei mit euch«, sagte Ellinor und beschloss damit den Gottesdienst.

Friede? Würde Samuel doch nur im Entferntesten so etwas wie Frieden verspüren. Sigvard war seine letzte Hoffnung. Er beschloss, ihm gleich am nächsten Tag einen Besuch abzustatten.

ZWEI

Die Kirchentür schlug viel zu laut hinter ihr zu. Maja-Sofia musste sich eingestehen, dass es unnötig gewesen war, so schnell das Weite zu suchen. Feige war es noch dazu. Superfeige. Nicht mal an den Fastenritualen teilzunehmen oder die Chance zu nutzen, im Anschluss mit Samuel zu sprechen. Er hätte ihr zugehört, da war sie sicher. Wenn sie erzählt hätte, was ihr auf dem Herzen lag, wäre er in seine Rolle als professioneller Seelsorger geschlüpft. Das hätte sie heute Abend dringend gebraucht, aber sie war zu feige gewesen. Weil da etwas in seinem Blick gelegen hatte, als sie sich ansahen. Es wirkte fast so, als hätte er Angst.

Maja-Sofia verließ den Kirchhof und stieg in ihren Wagen, den sie vor der niedrigen Mauer abgestellt hatte. Einen Moment lang blieb sie einfach sitzen, ohne den Motor zu starten, und starrte durch die Windschutzscheibe. Die Sonne war vor einer Stunde untergegangen, hatte aber einen hellen Abendhimmel zurückgelassen, der vom nahenden Frühling kündete. Eine leise Hoffnung nach diesem harten Winter. Wieso war alles mit einem Mal so kompliziert? Sie war doch taff und absolut fähig, für sich selbst zu sorgen. Sie war Kriminalkommissarin Rantatalo, die schwere Verbrechen aufklären, sehr gut schießen und sich um verzweifelte Menschen kümmern konnte. Außerdem war sie stark wie eine Bärin. Dazu eine kundige Polizistin. Derzeit war sie sogar die stellvertretende Polizeichefin, bis die Stelle neu besetzt werden würde. Aber heute Abend fühlte sie sich elend und konnte keinen klaren Gedanken fassen. Und woher sollte sie den Mut nehmen, ganz allein in ihr gemietetes ehemaliges Missionshaus zu fahren?

In der charmanten Behausung hatte sie sich sonst immer wohl und sicher gefühlt, aber seit dem Nachmittag war die Ruhe gestört. Alles wegen ihrem Ex-Freund Danne Ylitalo. Viel hatte er dafür nicht mal tun müssen. Es hatte gereicht, dass eine Telefonnummer auf ihrem Display auftauchte. Normalerweise nahm Maja-Sofia keine Anrufe unbekannter Nummern an, diesmal hatte sie bloß nicht nachgedacht und war einfach drangegangen. Sie hatte mit ihrer Kollegin Martina Jarning und ihrem Kollegen Knis Petter Larsson den Tod der Frau von vergangener Woche durchdiskutiert und alle Informationen gebündelt, die sie seither gesammelt hatten. Der Arzt aus Klockarvik hatte sich an die Polizei gewandt, weil er an einer natürlichen Todesursache zweifelte.

»Sie könnte etwas Ungesundes zu sich genommen haben«, hatte er gesagt. »Die Symptome deuten darauf hin, aber ganz sicher bin ich mir nicht.«

Maja-Sofia und Kollege Larsson waren nach Klockarvik gefahren, hatten sich mit dem Arzt unterhalten und dann die Rechtsmedizinerin Tamara Petterson zurate gezogen. Petterson wollte sicherheitshalber einen Blick auf die Leiche werfen, besonders wegen der Befürchtung des Arztes, damit sie ausschließen konnte, dass jemand die Frau umgebracht hatte. Die Tote, Agnes Busk, wies keine sichtbaren äußeren Verletzungen auf, aber Menschen ließen sich ja auch auf andere Arten des Lebens berauben. Mit Methoden, die man ihnen nicht ansah, einer erfahrenen Rechtsmedizinerin aber nicht entgingen.

Sie hatten also zusammengesessen und verschiedene Theorien durchgespielt, und dann hatte Maja-Sofias Telefon geklingelt und sie war ohne nachzudenken drangegangen. Sie hatte ihn sofort erkannt. Er hatte tief eingeatmet und dann triumphierend gelacht.

»Hier ist dein Lieblingsmann«, hatte er gesagt.

Maja-Sofia hatte ihn sofort weggedrückt.

Jarning und Larsson hatten sie fragend angeschaut, als sie das Handy auf den Tisch gelegt hatte. Maja-Sofias Hände zitterten, und in ihrem Magen schmerzte es unangenehm. Danne Ylitalo würde nie lockerlassen, und er war zu allem fähig. Seine Rache würde kein Ende kennen, sofern er nicht auf wundersame Weise zu Tode käme. Danne war zwar ehemaliger Polizist, aber gewaltig falsch abgebogen und hatte durch seine Zeit im Gefängnis vermutlich eine Menge dubioser Kontakte geknüpft. Manchmal brachten sich die schlimmen Finger ja gegenseitig um, wovon sie bisweilen träumte, wenn sie über Danne nachdachte. Selbstverständlich war das grausam, aber ändern konnte sie daran trotzdem nichts.

In der Mittagspause war sie schnell nach Färnäs gefahren, um sich ein neues Handy inklusive neuem Vertrag zu besorgen. Damit hätte sie eine Weile Ruhe, wenn auch nicht lang. Danne würde sie so oder so wiederfinden.

Maja-Sofia schob den Gedanken beiseite, startete den Wagen und ließ ihn langsam vom Parkplatz rollen. Im gleichen Augenblick trat Samuel durch das Tor und kam direkt an ihrem Auto vorbei. Sie bremste und ließ das Fenster hinunter.

»Samuel«, sagte sie leise.

Er blieb stehen. Sein Schal flatterte im Wind, sein Mantel war nicht zugeknöpft. Sein widerspenstiger Pony hing ihm wie immer in die Stirn.

»Maja-Sofia«, sagte er und beugte sich zu ihr hinunter. »Eigentlich geht es mich ja nichts an«, sagte er, »aber Sie sind so schnell gegangen. Darf ich fragen, warum?«

Sie dachte kurz nach. Sollte sie ihn wirklich noch einmal mit ihren Sorgen belasten? An Weihnachten war er ein guter Zuhörer gewesen, als Danne aus dem Gefängnis entlassen worden war und sie lähmende Angst gehabt hatte, er könne jederzeit in Klockarvik auftauchen. Seither hatten sie kaum ein Wort miteinander gewechselt, wenn man von den paar wenigen vergangene Woche absah, und die waren ja absolut geschäftlich gewesen. Sollte sie erwähnen, dass Danne angerufen hatte? Dass sie so große Angst hatte, dass sie zitterte, obwohl sie wusste, dass sie ihm durchaus gewachsen war, zumindest körperlich? Sobald er jedoch mit seinen Psychospielchen anfing, würde sie keine Chance haben. Die ganze Angst des schon so viele Jahre zurückliegenden Weihnachtsfests stieg wieder in ihr auf. Als Danne seine Eltern vor den Augen seiner beiden kleinen Geschwister erschossen hatte, und die ganze Tragödie ihren Lauf nahm. Die Trauer war immer noch direkt unter der Oberfläche. Tags darauf hatte Maja-Sofia eine Fehlgeburt erlitten.

»Samuel, ich …«, setzte sie an.

»Ja?«

Nein, das war einfach nicht richtig, sie sollte ihn nicht wieder mit ihren Sorgen belasten. Nicht hier auf dem Parkplatz vor Klockarviks Kirche. Ein andermal vielleicht.

»Wie geht es der Frau, die Sie betreut haben?«, fragte sie, statt ihre eigenen Probleme anzusprechen. »Waren Sie seit dem Einsatz noch einmal bei ihr?«

»Smid Karin Karlsdotter, ja. Sie ist noch immer sehr mitgenommen von den Geschehnissen«, sagte Samuel, »auch wenn der gröbste Schock vorbei ist. Die beste Freundin tot, die andere schwer krank. Gibt schon wesentlich weniger schlimme Dinge, die einem das Lachen verderben können.«

Maja-Sofia nickte. Sofort war sie ruhiger. Über die Arbeit zu sprechen gab ihr ein Gefühl von Sicherheit.

»War es denn ein natürlicher Tod?«, fragte Samuel. »Kann man das schon sagen? Karin fragt sich das, und das kann man ja nachvollziehen.«

Maja-Sofia zögerte. Wie viel konnte sie verraten, ohne die Ermittlungen zu gefährden? Die Schweigepflicht galt für sie beide, für ihn sogar ein bisschen mehr als für sie, da er nicht mal vor Gericht davon entbunden werden konnte, wenn sich jemand im Vertrauen an ihn gewandt hatte.

»Tamara Pettersson, unsere Rechtsmedizinerin, arbeitet daran«, sagte sie. »Noch wissen wir nichts mit Sicherheit, aber lange werden wir nicht mehr warten müssen.«

»Um was könnte es sich denn handeln? Es gab ja keine …«

»… Anzeichen äußerer Gewalt, nein«, vervollständigte Maja-Sofia. »Wir werden uns noch einmal mit Smid Karin Karlsdotter unterhalten müssen, ich habe ja nur sehr kurz nach unserer Ankunft mit ihr gesprochen. Gleichzeitig führen wir eine Nachbarschaftsbefragung durch und bitten um Hinweise aus der Bevölkerung. Wir machen erst mal weiter, obwohl es nicht leicht ist, Antworten zu finden.«

»Aber Sie gehen doch nicht etwa von Mord aus?«

Maja-Sofia schaltete in den ersten Gang, ohne auf seine Frage zu antworten. Stattdessen lächelte sie ihn leicht an.

»Stramme Leistung beim Wasalauf«, sagte sie und schloss das Fenster.

DREI

Donnerstag, 6. März

Am nächsten Morgen auf dem Weg zu Sigvard konnte Samuel nicht anders, als an Maja-Sofia zu denken. Das Treffen am Vortag hatte Gefühle in ihm entfacht, die er absolut nicht zulassen durfte. Er musste wirklich dringend mit dem alten Pfarrer darüber sprechen, auch wenn es schwer und das Thema äußerst privat war.

Samuel parkte bei der Brücke und folgte dem Uferweg des Klockarflusses. Sigvard, der alte Fuchs, hatte sich wirklich mitten in die Wildnis zurückgezogen, nachdem er sein etwas zentraler gelegenes Haus seinem Sohn Markus vermacht hatte. Hier war es überwältigend schön, aber sehr abgelegen, zumindest zur Winterzeit. Aber das machte Sigvard nichts aus, das wusste Samuel. Kaum war der Herzinfarkt überstanden, war er schon wieder eifrig unterwegs gewesen. Ski und Schlittschuh im Winter, und im Sommer griff er sicher wieder zum Fahrrad. Außerdem hatte er sicher noch ein Boot, mit dem er zum Einkaufen in den Ort fahren konnte.

Während Samuel den Blick auf den Boden gerichtet hielt, um nicht über Wurzeln oder Steine zu stolpern, ging er gedanklich noch einmal den Hausbesuch der vergangenen

Woche durch. Der Staffellauf hatte ihn erschöpft, trotzdem hatte er sofort auf tröstenden Pfarrer umschalten können. Nicht dass er eine Wahl gehabt hätte, so war das eben, wenn ein Gemeindemitglied Hilfe und Trost brauchte.

Als er das Haus betrat, hatte er Agnes Busk tot in einem bequemen Lehnstuhl angetroffen. Maja-Sofia Rantatalo und ihr Kollege Knis Petter Larsson hatten sich schon einen ersten Überblick verschafft. Augen und Mund der Frau standen offen, der Kopf war zur Seite gefallen. Kein schöner Anblick, aber nicht die erste Leiche, die Samuel zu Gesicht bekommen hatte. Der Tod war immer gegenwärtig, wenn man als Pfarrer arbeitete.

Im angrenzenden Zimmer war eine weitere Frau, Christin Lindén, die sich als »Gesellschafterin« der Toten vorgestellt hatte.

»Die gibt's noch? Klingt so altmodisch«, hatte Maja-Sofia gesagt, und Samuel hatte nur zustimmen können.

Christin hatte aufrecht in ihrem Bett gesessen, eine rot getigerte Katze ruhte auf ihrem Schoß. Die Frau hatte kraftlos gewirkt, geradezu krank, doch als Maja-Sofia ihr einen Besuch in der Notaufnahme vorschlug, hatte sie abgelehnt. Sie hatte keinen Arzt behelligen, nicht mal mit dem Arzt sprechen wollen, der hergekommen war, um den Tod festzustellen, sondern sich in ihr Zimmer zurückgezogen.

Maja-Sofia und ihr Kollege Larsson waren irgendwann aufgebrochen, und so war Samuel allein am Küchentisch mit der so untröstlichen Smid Karin Karlsdotter zurückgeblieben. Karin schien eine rüstige Rentnerin zu sein und berichtete ihm, dass sie den Freundinnen beim Einkaufen, Putzen und Spülen zur Hand gegangen war. Karin hatte Agnes gefunden. Was sie selbstverständlich schockiert und verwirrt hatte, alles andere wäre ja sonderbar gewesen, und Samuel hatte sich größte Mühe geben müssen, Ruhe und Gelassenheit auszustrahlen. So hatten sie also zusammengesessen und sich unterhalten, und da war sein Blick auf einen Wandkalender hinter ihr gefallen. Das Bild des Monats war mit »Luthers Töchter« überschrieben und zeigte eine Frau mit blau-weißer Haube, die an einem Tisch saß und ein Heiligenbild malte. Ihr Gemälde stellte Maria dar, Jesu Mutter. Samuel war aufgestanden, hatte im Kalender geblättert und Einblick in ein buntes Klosterleben bekommen, das er so noch nicht kannte. Auf jedem Foto war eine typische Tätigkeit des Klosteralltags abgebildet oder eine Andacht in einer Kapelle.

»Wo liegt dieses Kloster?«, fragte er, als Karins Tränen allmählich versiegt waren.

»Etwa zehn Kilometer von hier«, sagte sie. »Wir fahren zu den Gottesdiensten dorthin, Agnes, Christin und ich. Es ist kein richtiges Kloster, eher eine kirchliche Gemeinschaft, in der wir uns aufgehoben fühlen. Der Herr Pfarrer möge es mir nachsehen, aber dort fühlen wir uns wohler als in der Kirche Klockarviks.«

Plötzlich wirkte Karin beunruhigt.

»Ich muss die Schwestern anrufen und ihnen schildern, was passiert ist«, sagte sie. »Das muss ich einfach.«

Samuel hatte Karin nach Hause gefahren, die am Rande des Dorfs wohnte, direkt am Wald. Er hatte sie erst allein gelassen, nachdem sie ihm versichert hatte, dass sie zurechtkam. Bevor Karin ins Haus ging, verharrte sie auf dem Treppenabsatz und schien über etwas nachzudenken.

»Kann ich sonst noch etwas für Sie tun?«, fragte Samuel. »Oder ist Ihnen noch etwas eingefallen?«

Er betrachtete Karin, die grauhaarige Frau, die eine blaue Baskenmütze auf dem Kopf und eine Handtasche quer über dem Mantel trug. In Agnes' Küche war sie noch so voller Verzweiflung gewesen, jetzt lag in dem Blick, der ihn traf, nichts als Wut.

»Wenn die Polizei glaubt, dass Agnes einfach friedlich entschlummert ist, irrt sie sich gewaltig«, sagte sie mit Nachdruck. »Das war kein natürlicher Tod, da bin ich mir absolut sicher.«

Aber bevor Samuel nachfragen konnte, wie sie darauf kam, war Karin bereits schnellen Schritts im Haus verschwunden und hatte die Tür hinter sich zugeschlagen.

Erst gestern, als Maja-Sofia angedeutet hatte, dass es sich um einen Mord handeln könnte, war ihm Karins eigenartiger Kommentar wieder eingefallen. Wenn es sich um keinen natürlichen Tod handelte, musste Samuel sich so weit wie möglich fernhalten. Er konnte sich nicht auch noch in einen Mordfall verwickeln lassen, er hatte genügend eigene Sorgen, dachte er, während er sich Sigvards kleinem Reich näherte. Er freute sich schon auf den Kaffee und die Aussicht, sich einen Teil seiner Probleme von der Seele zu reden.

VIER

Eine braun gestrichene Hütte tauchte zwischen den Fichten und Kiefern auf. Sie lag direkt am Ufer, und beim Näherkommen konnte Samuel erkennen, dass die Ecken und Fensterrahmen grün waren. Durch die Farbauswahl verschmolz das kleine Bauwerk mit den Nadelbäumen der Umgebung. Hier hatte der alte Sigvard also sein kleines Paradies gefunden, wo er seine letzten verbliebenen Jahre lang ein einfaches, stilles Leben führen konnte. Glücklicherweise war er fit und hatte mit Sicherheit noch einige Zeit vor sich. Der Infarkt hatte ihn nicht gebrochen. Samuel musste daran denken, wie sehr er und Maja-Sofia darum gekämpft hatten, ihn am Leben zu halten, bis der Krankenwagen eintraf. Kurz hatten sie jede Hoffnung verloren, dass Sigvard das alles überstehen würde. Aber als die Hilfe kam, hatte er noch seinen Puls gespürt, und den Sanitätern war es gelungen, sein Herz wieder in Gang zu bringen. Samuel hatte etwas gebraucht, um mit dem grimmigen alten Mann warm zu werden. Aber ohne Sigvard Nordqvist wäre ihm das kleine Klockarvik nicht so ans Herz gewachsen.

Samuel erklomm die Stufen, hob die Hand zum Klopfen,

aber bevor er die Haustür überhaupt berührt hatte, öffnete sie sich schon.

»Komm herein, bester Bruder!«, sagte Sigvard. »Tritt ein in mein einfaches Heim, herzlich willkommen sollst du sein.«

Samuel spürte Sigvards schwere Hand auf der Schulter und wäre am liebsten zusammengesackt. Aber er riss sich zusammen.

»Hallo, Sigvard«, sagte er freudig.

Er selbst brachte es nicht über sich, den Kollegen als Bruder zu bezeichnen, es war eine so alte Bezeichnung. Außerdem schloss es die Pfarrerinnen aus, weshalb es sich einfach falsch anfühlte für Samuel. Aber Sigvard musste man nehmen, wie er war, inklusive guter und schlechter Seiten, und die guten überwogen eindeutig.

Samuel betrat die Hütte, die aus einem großen Wohnzimmer mit Kochzeile bestand, von dem ein kleines Schlafzimmer abging. Das Mobiliar war alt und stabil. Die Küchenbank war mit selbst gewebtem Stoff bezogen, auf dem Klapptisch lag eine schöne Tischdecke und darauf standen zwei Messingkerzenständer, in denen Kerzen brannten. Im Kamin loderte ein Feuer.

»Wie schön du es hast«, sagte Samuel. »So gemütlich. Aber wie kommst du an Wasser und wo ist dein Klo?«

»Das Flusswasser ist rein«, sagte Sigvard. »Und ich habe eine Trockentoilette. Ich gehe ein paarmal pro Woche in die Sauna, häufiger muss sich ja kein Mensch waschen.«

»Und wenn du krank wirst?«, fragte Samuel. »Hilfe hat es weit zu dir.«

»Ja, und?«, fragte Sigvard. »Dann sterbe ich in aller Ruhe hier. Wenn der Herr findet, meine Zeit ist abgelaufen, und mich zu sich ruft, dann ist ihm egal, wo ich bin.«

Sigvard setzte Kaffee auf und forderte Samuel auf, sich an dem Teller mit gekauften Plätzchen zu bedienen.

»Wie geht es Markus?«, fragte Samuel. »Wie kommt er in deinem ehemaligen Haus klar?«

Ein Lächeln huschte über Sigvards sonst so ernstes Gesicht.

»Oh, sehr gut. Der hält das Haus so gut in Schuss, so toll sah es nie zuvor aus«, antwortete er. »Ich habe ihn schon ein paarmal besucht, und wir haben versucht, das aufzuholen, was uns all die Jahre entgangen ist. Markus ist, wie er ist, aber er ist auch sehr sorgfältig und unfassbar talentiert, was das Geigenspiel betrifft. Ich bin sehr froh, dass es noch zu einem guten Ende kam.«

Samuel konnte das gut verstehen. Markus Lundström war Sigvards Sohn aus Jugendtagen, den er aber wegen seiner Eltern nie hatte anerkennen dürfen. Erst jetzt hatten die beiden sich kennenlernen können, und Sigvard hatte ihm als Wiedergutmachung sein gepflegtes rotes Haus vermacht.

»Wie schön, dass es ihm gutgeht«, sagte Samuel. »Da freue ich mich für euch beide.«

»Ja, das ist schön«, stellte Sigvard fest und schenkte ihnen Kaffee ein. »Man sollte es nicht als gegeben ansehen.«

Nachdem beide zwei Tassen geleert hatten und Samuel seinen alten Kollegen über das Geschehen in der Gemeinde auf den neusten Stand gebracht hatte, lehnte Sigvard sich zurück, faltete die Hände vorm Bauch und musterte Samuel. Offenbar erwartete er von seinem jüngeren »Bruder«, dass er nun etwas sagte.

»Das ist alles etwas vertrackt«, setzte Samuel zögernd an.

Sigvard verzog keine Miene.

»Es geht um Marit«, fuhr er fort. »Oder, nein, eigentlich geht es eher um mich. Ja, überwiegend um mich.«

Sigvard nickte leicht.

»Sie erwartet ein Kind«, brachte Samuel heraus, »aber ich ...«

Hilflos schaute er zu seinem Kollegen.

»Du willst das Kind nicht«, vollendete Sigvard den Satz.

Jetzt war es raus. Jetzt gab es kein Zurück mehr. Sigvard sollte ihn verstehen, er selbst hatte seinen Sohn fast ein Leben lang verleugnet und erst vor wenigen Monaten Verantwortung übernommen.

Sigvard lehnte sich vor. Er schaute Samuel direkt in die Augen.

»Ich bin nicht der, der dich richten sollte«, sagte er, »aber vielleicht kann ich dir einen Rat geben. Und der lautet: Mach nicht, was ich gemacht habe. Verleugne das Kind nicht. Aber ich nehme an, dass das nicht dein eigentliches Problem ist?«

Samuel griff zur Kaffeekanne und schenkte sich nach, um Zeit zu gewinnen. Jetzt musste er das Schwerste gestehen.

»Das stimmt«, sagte er. »Es ist das reinste Chaos.«

»Die Polizistin?«

Samuel nickte und leerte die Tasse in einem Zug.

»Du hast mir vor ein paar Monaten geraten, ich solle einfach nicht mehr an Maja-Sofia denken, dann würde das schon vorbeigehen.«

»Aber das ist es nicht?«

»Nein«, antwortete Samuel. »Ich kann ihr nicht mal gefahrlos begegnen, und manchmal kreuzen sich unsere Wege ja beruflich. Letzte Woche haben wir uns in dem Haus getroffen, wo die Tote entdeckt wurde. Vielleicht hast du davon in der Zeitung gelesen? Da haben wir kein privates Wort gewechselt, aber gestern haben wir kurz auf dem Parkplatz der Kirche gesprochen.«

Sigvard stand auf und legte ein paar Scheite nach. Das Feuer flammte auf und warf einen herrlichen Schein in die kleine Stube.

So sollte man leben, dachte Samuel. In aller Einfachheit, weit weg von allen Versuchungen. Ein asketisches Leben, bei dem man nur gelegentlich mit dem Boss sprach und sonst Holz hackte. Einfach und problemlos. Weit weg von Windeln, durchwachten Nächten und haferschleimbefleckten Pfarrershemden. Ja, jedes Kind war ein Geschenk Gottes, aber vorerst war er sehr zufrieden mit den beiden etwas älteren Geschenken namens Alva und Gabriel.

Sigvard setzte sich wieder zu ihm.

»Ich nehme an, du hast dich bereits an den Chef gewandt?«, fragte er.

Das war Sigvards Name für Gott. Eigentlich gar nicht so anders als Samuels.

»Schon, ja, aber das Schlimme ist, Sigvard«, antwortete

er, »dass ich gerade keine wirkliche Hilfe vom Boss bekomme.«

Sigvard lehnte sich wieder zurück, diesmal mit einer tiefen Falte auf der Stirn. Das Feuer knisterte, Kaffeegeruch lag noch in der Luft, und vor dem Fenster zwitscherte eine Kohlmeise.

»Manchmal dauert es, bis man eine Antwort bekommt«, sagte Sigvard langsam, als würde er noch beim Sprechen weiterdenken.

»Und nicht immer kommt sie aus der Richtung, aus der man sie erwartet«, sagte Samuel. »Das weiß ich alles.«

Sigvard schenkte ihm ein Lächeln, wenn auch ein kleines.

»Ich glaube, du, Bruder Samuel, solltest dich mal ein paar Tage zurückziehen und mit dir und deinen Gedanken allein sein. Und der ›Boss‹, wie du Ihn nennst, kommt natürlich auch mit. Denn allein bist du nie, auch wenn es sich gerade so anfühlt.«

Ein glühendes Holzscheit bewegte sich im Kamin und machte ein zischendes Geräusch. Die Flammen erschufen eine angenehm ruhige Stimmung.

»So wie du lebst, das stelle ich mir gerade auch sehr schön vor«, sagte Samuel und machte eine Geste, die die gesamte Hütte einschloss. »Vielleicht sollte ich mir eine Hütte mieten.«

Sigvard lehnte sich wieder vor und schaute Samuel tief in die Augen.

»Ich hatte an etwas anderes gedacht«, sagte er. »Hast du mal von Luthers Töchtern gehört? Das ist eine klosterähnliche Gemeinschaft gar nicht weit von hier, die sich bestens zum Rückzug anbietet.«

Samuel nickte und hatte sofort wieder den Wandkalender vor Augen. Über Smid Karins Schulter hinweg hatte er zuerst davon gelesen.

»Ich weiß, dass es sie gibt«, sagte er. »Gibt es eine Verbindung zu unserer Gemeinde?«

»Keine direkte, es ist einfach eine Gruppe von Frauen unterschiedlicher Konfession, die sich zusammengefunden haben. Kein Klosterorden im eigentlichen Sinn, eher eine ökumenische Kongregation. Hin und wieder waren wir mal da, aber die haben ihre eigene Vorstellung von Gottesdiensten und der Andacht.«

Samuel lauschte seinem Kollegen gebannt. Ein Besuch bei Luthers Töchtern klang spannend.

»Du solltest mal hinfahren«, sagte Sigvard. »Ein Schweigewochenende sollte reichen, damit du wieder Ordnung in deine Gedanken bekommst. Glaub mir.«

»Bist du sicher?«

»Absolut! Und deine Zwiegespräche mit Unserem Herrn werden dort auch wieder Fahrt aufnehmen, wirst schon sehen. Wenn du abreist, wirst du wissen, wie du deine Probleme am besten angehst.«

Die Idee war nicht dumm. Außerdem musste er dringend etwas unternehmen. Das Kloster war leicht zu erreichen, er konnte in einer Stunde dort sein und war trotzdem weit weg von seinem Alltag. Ein dringend nötiger Tapetenwechsel.

»Hast du am kommenden Wochenende Dienst?«, fragte Sigvard.

Ja, hatte er, und schnell erzählte er ihm, welche.

»Die übernehme ich«, sagte Sigvard ohne zu zögern. »Ellinor Johannesson darf davon gern halten, was sie möchte. Fahr gleich morgen zu Luthers Töchtern, worauf willst du warten?«

»Aber schaffst du das? Die Gottesdienste und alles?«, fragte Samuel. »Zwei Hauptgottesdienste, dann noch die Musikandacht Sonntagabend. Und außerdem eine Taufe am Samstag.«

Sigvard stand auf.

»Ob ich das schaffe?«, fragte er in einem Ton, der die Balken der Hütte dröhnen ließ. »Was ist das für eine unsinnige Frage! Los, mach dich auf den Weg. Die Fastenzeit ist die Zeit der Entsagung, und du hast allen Grund, der dunkeläugigen Polizistin zu entsagen. Deine Zukunft liegt anderswo, dafür hast du selbst gesorgt.«

FÜNF

Freitag, 7. März

Samuel schloss den Wagen ab, nahm seine Tasche und steuerte auf den Eingang zu. »Luthers Töchter« stand an der Fassade direkt neben einem Kreuz, um das sich eine Pflanze rankte. Zweifellos war er richtig. Er hatte ein bisschen über das Klosterleben gelesen und sich belehren lassen, dass sich ein Pilgergefühl am ehesten einstelle, wenn man das Kloster zu Fuß aufsuche. Sollte sich dies nicht umsetzen lassen, so sei es am besten, die Anreise mit den öffentlichen Verkehrsmitteln vorzunehmen und das letzte Stück von der Bushaltestelle oder dem Bahnhof zu Fuß zu gehen. Er hatte sich nicht daran gehalten, war stattdessen mit seinem Auto hergekommen, aber er hoffte, das Wochenende würde trotzdem gut werden.

Vor der Eingangstür blieb er stehen und betrachtete das Kreuz an der Fassade.

»Jetzt, Boss«, sagte er, »jetzt packe ich mein schwieriges Leben an, und dabei werde ich deine Hilfe brauchen, da kannst du dir sicher sein.«

Der Boss war in letzter Zeit nicht gerade mitteilsam gewesen, aber jetzt hatte Samuel den Eindruck, ein liebevolles Schulterklopfen zu spüren. Er deutete es als Ermunterung und drückte auf die Klingel. Kurz darauf waren von drinnen schnelle Schritte zu hören. Die Tür wurde geöffnet, und eine junge Frau mit weißer Haube und blauer Tracht fing an zu strahlen, als sie ihn erblickte.

»Samuel Williams, nehme ich an«, sagte sie. »Willkommen!«

»Danke.«

Sie war auf natürliche Art hübsch. Ihre blauen Augen hatten dieselbe Farbe wie ihre Tracht. Samuel schätzte sie auf fünfundzwanzig, aber das war schwer zu bestimmen.

»Ich heiße Charlotte«, stellte sie sich vor. »Ich bin Anwärterin.«

»Aha, dann sind Sie auf Probe hier?«, sagte Samuel. »Um herauszufinden, ob Ihnen das Klosterleben liegt.«

»Genau, man sollte es nicht überstürzen«, erwiderte die junge Frau. »Kommen Sie, ich zeige Ihnen Ihr Zimmer, und nach der Vesper können Sie die anderen Schwestern kennenlernen. Also, nach der Abendandacht, aber das wissen Sie vermutlich alles, Sie sind ja Pfarrer.«

Statt einer Antwort lächelte er nur freundlich.

Charlotte ging voran und brachte ihn quer über den Hof zu einem frei stehenden Holzhaus. Im Obergeschoss befand sich sein schlichtes Zimmer. Ein Bett mit Nachttisch, ein winziger Schreibtisch mit Stuhl, ein Regal mit ein paar religiösen Büchern. Die Bibel nahm einen zentralen Platz ein, aber es gab auch andere Literatur. Das Bett war bezogen und sah einladend aus.

»Dann hätte ich gar keine Bettwäsche mitbringen müssen?«, fragte er und nickte zu seinem Rollkoffer.

Charlotte schüttelte den Kopf.

»Den müden Wanderer soll ein gemachtes Bett erwarten«, sagte sie freundlich. »Und jetzt machen Sie es sich erst mal gemütlich. Badezimmer und Toilette finden sie direkt gegenüber. Sie teilen es mit einem anderen Mann, der ebenfalls an der Klausur teilnimmt.«

»Das klingt perfekt.«

»Haben Sie irgendwelche Fragen?«

»Gerade nicht, aber vielleicht kommen mir später noch welche«, antwortete Samuel, während er den Kopf schüttelte.

»Alles klar. Sie können sich jederzeit an eine von uns wenden. Dann sehen wir uns um halb sechs zur Vesper in der Kapelle«, sagte sie und verschwand schnellen Schritts die Treppe hinunter.

Samuel packte die wenige Kleidung aus, die er mitgebracht hatte, und tauschte sein Kollarhemd gegen ein einfaches graues. Er war nicht als Pfarrer hier im Kloster, sondern aus privaten Gründen. Um sich während der Klausur mit sich selbst und seinen eigenen Gedanken zu beschäftigen, um sein Leben wieder zu ordnen. Er wollte nicht riskieren, dass sich jemand auf der Suche nach Unterstützung an ihn wandte. Nicht im Moment.

Vor seinem Aufbruch hatte er Marit angerufen. Er hatte ihr erklärt, dass er kleine Kinder niedlich fände und seine eher verhaltene Reaktion nur darauf zurückzuführen sei, dass es ihm gerade nicht gutgehe. Marit war eine gutherzige Frau, die ihm ein schönes Wochenende wünschte und dass er im Kloster die Hilfe fand, die er suchte. Darauf hatte er nur etwas Einfältiges erwidert, er konnte sich nicht mal mehr richtig erinnern, was er geantwortet hatte. Nach dem Telefonat mit Marit hatte er noch einen Videoanruf mit seiner Tochter Alva geführt und ihr erzählt, wo er das Wochenende verbringen würde und dass er für ein paar Tage unerreichbar sein wird.

»Richtest du das auch Gabriel aus?«, bat er und warf ihr einen Handkuss zu. »Wir hören uns nächste Woche!«

Samuel lag die Neuigkeit über das neue Geschwisterchen auf der Zunge, aber er konnte sich nicht überwinden, es auszusprechen. Auch gut, schließlich fühlte sich alles gerade so kompliziert an. Er würde an Ostern mit seinen Kinder darüber sprechen, denn da hatten sie einen Besuch in Klockarvik geplant. Die Reaktionen konnten so oder so ausfallen – Wut, Freude, Gleichgültigkeit. Aber er rechnete nicht damit, dass seine jugendlichen Kinder übermäßig erfreut über seine Neuigkeiten sein würden.

Er schaute auf die Uhr. Bis zur Vesper dauerte es noch eine Weile, also beschloss er, sich derweil im Haus umzusehen. Schräg gegenüber von seinem Zimmer lag der Aufenthaltsraum, das war sein erstes Ziel. Darin saß ein Mann mit dem Rücken zu ihm gewandt und las die Kirchenzeitung. Samuel räusperte sich, woraufhin der Mann die Zeitung sinken ließ und sich umschaute.

»Einen wunderschönen Tag«, sagte der Mann und stand auf, um ihn zu begrüßen. »Helge Fredengren der Name. Und wie heißen Sie?«

Er schien etwas älter zu sein als Samuel, vielleicht fünfzig, aber er sprach wie ein Siebzigjähriger.

»Samuel Williams«, antwortete er. »Offenbar sind wir Zimmernachbarn und werden uns das Bad teilen. Was für ein schöner, friedlicher Ort das hier ist. Wie geschaffen, um zu lesen und zur inneren Ruhe zu finden.«

Über die gesamte Kurzseite spannte sich ein großes Fenster, das einen Blick auf den See bot. Mittlerweile hatte es zu dämmern angefangen, und die Lichter vereinzelter Häuser funkelten am gegenüberliegenden Ufer. Noch war der See zugefroren und würde es vermutlich auch ein paar weitere Wochen bleiben.

»Das stimmt«, sagte Helge. »Ein gut gewählter Ort für eine Gemeinschaft wie Luthers Töchter. Waren Sie schon einmal hier?«

»Nein, das ist mein erstes Mal«, antwortete Samuel.

»Dann brauchen Sie eine schnelle Einführung, besonders weil wir für den Rest des Wochenendes schweigen müssen. Ich war schon oft hier, gehöre fast zum Inventar. Also, ich besuche auch andere Klöster. Das ist mein Leben, sozusagen.«

Sie setzten sich in die Sesselgruppe.

»Ich bin ganz Ohr«, sagte Samuel.

»Charlotte, die Anwärterin, haben Sie ja schon kennengelernt«, fing Helge an. »Ein tolles Mädchen. Des Weiteren haben wir Mutter Veronica, die auf dem Papier die Vorsteherin ist, aber die meisten Beschlüsse werden hier gemeinschaftlich getroffen. Schwester Maine kümmert sich um den Garten und kennt sich sehr gut mit Pflanzen aus. An mein Wissen kommt sie selbstverständlich nicht heran, aber doch ganz ordentlich.«

»Sind Sie Botaniker?«

Helge kratzte sich am Hals.

»Ich weiß das ein oder andere«, sagte er. »Was man in den vielen Jahren in unterschiedlichen Klöstern nun mal so aufschnappt. Ich gebe Kurse und schreibe Bücher und so was. Schwester Maine unterstützt mich manchmal dabei.«

Der traute sich ja eine Menge zu, der gute Helge, dachte Samuel. Und diese Schwester Maine schien seine Lieblingsschwester zu sein.

»Dann gibt es noch drei weitere«, fuhr Helge fort. »Schwester Birgitta hält sich meist in der Küche auf und kann die einfachsten Zutaten in die leckersten Mahlzeiten verwandeln. Mit ihr sollte man sich gutstellen, dann backt sie vielleicht was zum Nachmittagskaffee.«

»Und die anderen beiden?«

»Die anderen beiden, ja. Sie sind eher künstlerische ›Töchter‹. Das sind Maud, die Heiligenbilder malt, und Petra, eine fröhliche Norrländerin, die lustige religiöse Kinderbücher schreibt.«

»Oh, wie ungewöhnlich. Was machen sie mit den Heiligenbildern und Büchern? Verkaufen sie die?«

Helge nickte.

»Ganz genau. Es ist kein großes Einkommen, aber alles wird gebraucht. Eins der Bilder hängt hier.«

Er deutete zur Wand, und Samuel stand auf, um es sich anzusehen. Es war ein sehr klassisch gehaltenes Gemälde von Christus mit zum Segen erhobener Hand, Daumen und Zeigefinger aneinandergelegt. Das Bild wurde von einer

Pflanze gerahmt, die grüne Blätter hatte und wunderschöne lila Blumen an kahlen Zweigen.

»Was für eine tolle Arbeit«, sagte Samuel. »Sie versteht ihr Handwerk, diese Schwester Maud.«

Helge Fredengren griff zu seiner Tweedjacke, die über der Sessellehne hing.

»Zeit für die Vesper«, sagte er und zog die Jacke an. »Nehmen Sie sich eine Jacke mit, abends wird es kalt, und wir müssen einmal quer über den Hof.«

»Wer hält den Gottesdienst?«, fragte Samuel. »Die Schwestern selbst?«

»Nein, nein. Es kommt regelmäßig ein Pfarrer«, erklärte Helge. »Sie nennen ihn Vater Johannes, aber unter uns: Eigentlich heißt er Janne Boman. Vielleicht kennen Sie ihn ja?«

»Janne Boman?« Samuel dachte nach. »Sagt mir jetzt erst mal nichts, aber vielleicht erkenne ich ihn, wenn ich ihn sehe.«

Helge nickte.

»Dann wollen wir mal«, sagte er. »Vielen Dank für das Gespräch. Nach dem Abendessen wird bis Sonntagnachmittag geschwiegen, danach können wir uns gern weiter austauschen.«

~ SECHS ~

»Was macht sie denn für einen Eindruck?«, fragte Maja-Sofia und schaute verstohlen zu Martina Jarning.

Mit »sie« war die neue Polizeichefin Beata Löfblad gemeint. Maja-Sofia saß mit ihren Kollegen Jarning und Larsson in ihrem Büro. Jarning hatte die neue Chefin vom Bahnhof abgeholt, und alle waren verständlicherweise neugierig. Ihre Vorgängerin, Jeanette Sundell, hatte nur einen Vertretungsjob gehabt, der zudem vorzeitig beendet worden war. Sie hatte sich nicht gerade beliebt gemacht, und besonders Maja-Sofia hatte erleichtert aufgeatmet, als klar war, dass die Sundell gehen musste. Sie waren nie gut miteinander ausgekommen, und wenn die Sundell keine andere Aufgabe gefunden hätte, wäre es an Maja-Sofia gewesen, sich eine neue Stelle zu suchen.

»Einen ganz normalen«, sagte Jarning. »Ruhig, gefasst und nett. Auf dem Weg hierher hatten wir ein gutes Gespräch.«

Das klang ja vielversprechend. Jarning neigte nicht gerade zur Übertreibung, weshalb Maja-Sofias Hoffnung wuchs. Sie fand es nicht nur großartig, Sundell los zu sein, sondern auch endlich ihre Arbeit als Kriminalkommissarin wieder aufnehmen zu können. Diese Aufgabe erfüllte sie einfach.

»Dann müssen wir dich ja nicht länger mit Chefin ansprechen«, sagte Larsson, knüllte ein Blatt zusammen und warf es spielerisch nach Maja-Sofia, die es nicht schaffte, sich rechtzeitig wegzuducken.

»Darüber kann ich nur dankbar sein«, erwiderte sie und verzog den Mund. »Anstrengendere Mitarbeiter als euch muss man erst mal finden. Den Job übergebe ich nur zu gern.«

Alle wussten, dass Maja-Sofia nur scherzte, schließlich waren sie ein eingeschweißtes Team und mochten einander sehr. Die Zusammenarbeit funktionierte problemlos, und manchmal gingen sie sogar nach der Arbeit noch ein Feierabendbierchen trinken. Larsson führte ein typisches Familienleben, weshalb er dazu nicht immer Zeit hatte. Aber so langsam kamen seine Kinder in das Alter, in dem sie allein zum Training und sonstigen Aktivitäten fahren konnten. Er hatte erwähnt, dass es schön war, endlich mal wieder nur mit seiner Frau etwas zu unternehmen, hatte aber absolut nichts dagegen, auch mal einen Abend mit den Kolleginnen zu verbringen. Jarning hatte eine Weile lang einen Freund gehabt, doch die Beziehung hatte an Silvester geendet, weil er sich einfach nicht daran gewöhnen konnte, dass sie auch mal zu ungewöhnlichen Zeiten arbeiten musste. Maja-Sofia wusste, dass Jarning auf Tinder und anderen Dating-Apps unterwegs war, und sie hoffte, dass sie bald wieder jemanden finden würde. Sie gehörte nicht zu den Menschen, die ihren Lebensabend allein verbringen wollten, außerdem war sie Mitte dreißig und wünschte sich eine Familie.

»Wie auch immer das gehen soll als Polizistin«, hatte sie mal gesagt.

»Das geht sehr gut«, hatte Maja-Sofia ihr daraufhin erklärt. »Ich bin schließlich mit einem Vater aufgewachsen, der Polizist ist. Und was ist aus mir geworden? Klar, auch Polizistin!«

Derzeit war es angenehm still auf dem Revier, es gab nur eine Handvoll kleinerer Vergehen aufzuklären, ein paar Einbrüche und ein anonymer Tipp wegen Schwarzbrennerei. Larsson versuchte, einen Fall von Jagdwilderei aufzuklären, der die Gemüter der Gegend erhitzte. Irgendein Durchgeknallter hatte einen Steinadler erschossen, und wie gewöhnlich wussten alle, wer der Schuldige war, aber niemand wollte eine offizielle Zeugenaussage abgeben. Im Großen und Ganzen hatten die drei vom Mora-Revier genug Zeit, um sich von dem Mord an Weihnachten und Jeanette Sundells beklagenswerter Führung zu erholen, die versucht hatte, ihre Ideen mit eiserner Hand durchzusetzen, ohne ein Verständnis von der eigentlichen Arbeit zu haben.

Was die Tote in Klockarvik anging, lagen die Ermittlungen sozusagen auf Eis. Die Rechtsmedizinerin zweifelte noch an einer natürlichen Todesursache, wollte sich aber noch mal melden, sobald sie mehr Sicherheit hatte. Dann würden sie sicher die neue Chefin miteinbinden, denn sollte dieser Fall weitere Ermittlungen nach sich ziehen, leitete sie automatisch die Voruntersuchung.

»Man sollte einfach Urlaub einreichen«, sagte Maja-Sofia

und schaute sehnsüchtig zum Fenster hinaus. »Wer kann schon sagen, wann es das nächste Mal wieder so gut passt wie jetzt. Ein paar Wochen an der Costa del Sol in Spanien. Oder eine Schneeschuhtour daheim in Tornedalen. Braun werde ich da wie dort.«

Larsson murmelte etwas Unverständliches, und Jarning seufzte.

»Aber wirklich«, sagte sie dann. »Ich würde sofort mitkommen, aber wir kriegen ja niemals gleichzeitig Urlaub. Das können wir glatt vergessen.«

Es wurde leicht an den Rahmen der geöffneten Tür geklopft. Dort stand eine große blonde Frau mit Kurzhaarfrisur, der die Uniform auf den durchtrainierten Körper geschneidert schien. Maja-Sofia nahm sich sofort vor, selbst wieder mehr Sport zu machen.

»Hallo«, sagte sie. »Ich bin Beata Löfblad. Das sieht ja nach einer entspannten und illustren Runde aus.«

In ihrer Stimme lag keine Ironie, nur menschliche Wärme.

»Gerade ist es ruhig«, sagte Maja-Sofia und stand auf, um ihr die Hand zu geben. »Was auch mal schön ist. Das ändert sich leider schneller, als man meint. Maja-Sofia Rantatalo, angenehm.«

»Herzlich willkommen«, sagt Larsson und schüttelt ihr ebenfalls die Hand.

Der Mann hatte Manieren. Maja-Sofia, die ja bis zu Löfblads Eintreffen stellvertretende Chefin gewesen war, hätte eigentlich diejenige sein müssen, die ihre Nachfolgerin willkommen heißt, aber sie hatte den Faden verloren.

Löfblad setzte sich auf den einzigen noch freien Stuhl im Büro.

»Ja, es ändert sich in der Tat schneller, als man meint«, sagte sie und wedelte mit einem Blatt. »Sie haben die Frau, die vor circa zehn Tagen tot in Klockarvik gefunden wurde, nicht vergessen, nehme ich an? Sie, Rantatalo, waren doch vor Ort? Und Sie, Larsson?«

Maja-Sofia blieb kurz still. Sie war davon ausgegangen, die neue Chefin über den Fall informieren zu müssen, aber Löfblad hatte das offenbar schon selbst getan. Sie war nicht unvorbereitet an ihrem neuen Arbeitsplatz erschienen. Maja-Sofia war beeindruckt.

»Ein reiner Routineeinsatz«, sagte Maja-Sofia und dachte an Samuel, dem sie dort begegnet war. »Weil der dortige Arzt nicht sicher war, ob es sich um eine natürliche Todesursache handelte, verständigte er uns. Ich habe mit der zuständigen Rechtsmedizinerin gesprochen, ob es auch eine andere Erklärung geben könnte. Tamara Pettersson heißt sie. Sie wollte sich melden, sobald sie mehr weiß.«

Löfblad nickte.

»Und das hat sie getan«, sagte sie. »Und sie hält leider an ihrem Verdacht fest, dass es keine natürliche Todesursache war.«

»Mord?«, fragte Larsson.

»Da hat sie sich bisher noch nicht festgelegt. Auch Suizid kann nicht ausgeschlossen werden, auch wenn ich das in diesem Fall für weit hergeholt halte. Aber man weiß ja nie.«

Der Urlaub, von dem Maja-Sofia gerade noch geträumt

hatte, war geplatzt. So wie es aussah, übertrug die neue Chefin ihnen gerade einen schrecklichen und womöglich schwierigen Fall.

»Was war denn die Ursache?«, fragte Maja-Sofia, um das hinter sich zu bringen.

»Der Leichnam wurde obduziert, und alles deutet auf eine Vergiftung hin, da die inneren Organe, besonders die Nieren, angegriffen sind. Auch in der Mundhöhle sind mehrere Bläschen.«

»Was war das denn für ein Gift?«, fragte Jarning.

»Das weiß sie noch nicht«, antwortete Löfblad. »Sie hat eine Probe des Mageninhalts eingeschickt, das kann eine Weile dauern, bis da ein Ergebnis kommt. Wir wissen ja alle, wie viel das forensische Institut zu tun hat.«

Maja-Sofia, die ihre Beine ausgestreckt hatte, richtete sich auf.

»Dann müssen wir jetzt einen Giftmord aufklären?«, fragte sie.

»So sieht es aus«, antwortete Löfblad. »Sofern die Frau sich nicht selbst vergiftet hat, wie gesagt. Aber das könnten Sie wahrscheinlich in einem Gespräch mit den anderen beiden herausfinden? Ging es nicht auch einer weiteren Bewohnerin schlecht?«

»Ja, richtig«, sagte Maja-Sofia. »Sie lag krank im Bett. Wenn ich das korrekt in Erinnerung habe, hatte sie eine Magen-Darm-Grippe. Gefunden wurde die Tote von einer guten Freundin. Die war ganz außer sich, ich musste seelischen Beistand rufen. Aber wenn das keine Magen-Darm-Grippe war …« Maja-Sofia stand auf und zog ihre Jacke an.

»… könnte die andere Frau ebenfalls vergiftet worden sein«, vollendete Löfblad den Satz.

»Okay, dann fahren wir da wohl mal hin«, sagte Maja-Sofia. »Wer kommt mit? Am besten lassen wir gleich noch die Spurensicherung aus Falun kommen.«

Jarning meldete sich, um Maja-Sofia zu begleiten. Larsson wollte auf dem Revier bleiben und die Adleraugen offen halten, womit er die Arbeit an dem Wildereivorfall meinte.

»Ich verständige die Kriminaltechnik«, sagte Beata Löfblad, »dann müssen Sie sich damit nicht aufhalten. Im Übrigen freue ich mich auf die Zusammenarbeit. Sie scheinen mir ein gut eingespieltes Team zu sein. Den Eindruck hatte ich gleich, als ich das Zimmer betrat.«

Was für ein himmelweiter Unterschied, dachte Maja-Sofia, als sie und Jarning sich auf den Weg machten. Endlich hatten sie eine zugewandte Chefin, die Respekt vor Erfahrung und Können hatte. Wenn sie sich jetzt noch als fähige Voruntersuchungsleiterin herausstellte, war Beata Löfblad mehr als willkommen.

SIEBEN

Smid Karin Karlsdotter stellte das Tablett auf den Tisch neben Christins Bett. Dort lag sie, blass im Gesicht und mit trockenen Lippen. Ihr Blick war trüb und starr geradeaus gerichtet.

»Wie geht es dir?«, fragte Karin. »Kannst du was essen? Ich habe dir Eis mitgebracht.«

Christin stützte sich mühsam auf, konnte sich aber erst mit Karins Hilfe aufsetzen. Sie roch nicht mehr ganz frisch, musste unbedingt duschen, aber Karin wagte es nicht, ihr auch dabei ihre Hilfe anzubieten, aus Angst, sie könnte Christin damit zu nahe treten.

»Ich versuche es mit einem bisschen Eis«, sagte sie und leckte sich über die trockenen Lippen. »Und etwas Wasser. Mein Mund tut weh. Ich glaube, da sind kleine Bläschen.«

»Nimm auch was von dem Hagebuttenkompott«, sagte Karin. »Den mögt ihr, ich meine, den magst du doch so gern. Darin stecken jede Menge Vitamine, und es schmeckt sicher großartig zusammen mit dem Eis. Du wirst schon sehen, damit hast du gleich wieder etwas mehr Kraft.«

Karin setzte sich mit ihrem Kaffee zu ihr, um ihr ein wenig Gesellschaft zu leisten. Christin war schon ein paar

Tage vor Agnes' Tod krank geworden, und das Schlimme war, dass Agnes genau dieselben Symptome gehabt hatte, die sich nun bei Christin zeigten. Schmerzen im Mund, Übelkeit und Durchfall. Und dann hatte ihr Körper einfach aufgegeben. Sie war keine Jugendliche mehr, aber siebzig war ja trotzdem noch kein Alter, und eine Magen-Darm-Grippe hätte sie problemlos überstehen müssen.

»Und du willst wirklich nicht, dass ich dich zum Arzt bringe?«, fragte Karin. »Du weißt ja, wie es mit Agnes ausgegangen ist.«

Christin knallte überraschend heftig den Löffel auf den Teller.

»Halt Agnes da raus«, zischte sie. »Agnes hatte Krämpfe und wurde immer wieder ohnmächtig, bevor sie starb, wie du vielleicht noch weißt. Das hier ist nichts weiter als eine herkömmliche Magen-Darm-Grippe.«

Karin trank ihren Kaffee aus und goss sich nach. »Wenn das stimmt, dann war das bei Agnes auch nicht mehr«, murmelte Karin leise.

»Wie bitte?«, fragte Christin.

»Ach, nicht so wichtig.«

Christin lehnte sich zurück und schloss die Augen. Sie hatte etwa die Hälfte des Eises heruntergebracht, der Rest schmolz auf dem Teller und mischte sich mit dem Hagebuttenkompott. Karin betrachtete sie. Sie waren sich nie wirklich nähergekommen. Agnes war viel ungezwungener gewesen als Christin, die dem Leben eher ernst gegenüberstand und in ihrer Freizeit Klassiker las oder sich Konzerte im Fernsehen ansah. Wie Agnes auf die Idee gekommen war, dass Christin ihre perfekte Gesellschafterin sein könnte, war Karin absolut schleierhaft. Noch weniger verstand sie, warum Agnes nicht einfach sie um Hilfe gebeten hatte. Sie kannten einander doch von Kindesbeinen an. Nein, stattdessen musste sie diese Fremde in ihr Haus bringen. So hatte sie es gewollt. Unter allen Umständen immer allen zwei Schritte voraus sein. Christin und Karin folgten ihr wie ein königlicher Hofstaat, egal ob sie zu Luthers Töchtern, einfach nur einkaufen oder in ein Museum gingen. Karin hatte sich etwas zurückgezogen, aber nicht komplett. Christin war Agnes in den vergangenen drei Jahren zwar pflichtschuldig zur Hand gegangen, aber wirklich praktisch veranlagt war sie nicht.

Christin öffnete die Augen. Ihr Blick war müde und matt.

»Sag mal«, fragte Karin, »wie willst du es mit Agnes' Beerdigung machen? Wenn du Hilfe brauchst, musst du nur Bescheid sagen.«

Christin öffnete den Mund, um zu antworten, doch im gleichen Moment schrillte die Klingel grell und laut. Karin stand auf, nahm den Teller mit dem letzten bisschen Eis und stellte ihn in die Spüle, bevor sie die Tür öffnete.

»Maja-Sofia Rantatalo, Kriminalkommissarin«, sagte die Frau auf der Veranda. »Und das ist meine Kollegin Martina Jarning. Wir haben uns ja schon einmal gesehen.«

Sie erkannte die Polizistin wieder, die der Arzt nach Agnes' Tod hergeschickt hatte. Die andere hatte sie noch nie gesehen. Karin schüttelte ihnen die Hände, stellte sich selbst aber nicht vor. Kriminalpolizei hatten sie gesagt? Irgendwie kam sie nicht richtig mit. Was wollten die hier?

»Sind Sie allein?«, fragte die Polizistin mit dem finnisch klingenden Namen.

Karin schüttelte den Kopf und fand endlich ihre Stimme wieder. »Nein, nein, ich bin nur eine Freundin des Hauses. Christin braucht gerade Unterstützung, ihr geht es nicht gut, und ich dachte, ich kann vielleicht helfen. Ich habe Agnes auch geholfen. Manchmal jedenfalls.«

Sie unterbrach sich selbst und brachte sie in Christins Zimmer. Um etwas zu tun zu haben, fragte sie, ob sie ihnen einen Kaffee anbieten könne. Den Vorschlag nahmen die beiden gern an, und während die Kaffeemaschine gurgelte, versuchte sie, etwas von dem Gespräch zu belauschen.

»Kriminalpolizei?«, hörte sie Christin in ihrem Zimmer fragen. »Warum?«

»Wir müssen Ihnen ein paar Fragen stellen«, sagte Rantatalo. »Es gibt noch ein paar Unklarheiten, wie Agnes Busk gestorben ist.«

Karin schlich näher zur Tür und späte durch den Spalt. Sie sah, wie Christin sich halb aufsetzte, aber sofort wieder erschöpft zusammensackte.

»Unklarheiten?«, fragte Christin. Sie klang schwach, aber auch eine Spur beunruhigt. »Sie war krank und saß in ihrem Sessel, als sie entschlafen ist.«

Karin stellte hastig ein paar Tassen und einen Teller mit Gebäck auf ein Tablett. Als sie alles ins Zimmer trug, stellte sie fest, wie sehr ihre Hände zitterten, weil das Geschirr so klapperte. Sie richtete alles auf Christins Schreibtisch an und deutete darauf als Einladung an die beiden Polizistinnen, sich zu bedienen. Sie selbst setzte sich.

»Ich habe gehört, was Sie gesagt haben«, teilte sie ihnen mit. »Sie glauben, dass Agnes ermordet wurde?«

Die dunkelhaarige Polizistin betrachtete sie mit ernster Miene, fast war es ihr unangenehm. So als würde sie direkt in sie hineinschauen.

»Noch wissen wir nichts Genaues«, antwortete sie, »aber wir versuchen herauszufinden, was passiert ist, und dazu brauchen wir Ihre Hilfe. Können Sie uns sagen, ob Agnes Busk all ihre Mahlzeiten zu Hause eingenommen hat?«

Karin und Christin wechselten einen Blick.

»Ja, das würde ich schon sagen«, antwortete Christin mit schwacher Stimme. »Oder, Karin?«

Karin nickte. »Allerdings«, sagte sie zögernd, »essen wir auch manchmal im Kloster.«

Sie gab sich große Mühe, ihre nervösen Hände stillzuhalten. Die Polizistin namens Jarning, die angeboten hatte, die Kaffeekanne aus der Küche zu holen, fragte beim Reinkommen: »Kloster? Welches Kloster?«

»Wir haben engen Kontakt zu einer Gruppe Frauen, die sich Luthers Töchter nennen«, sagte Christin leise. »Sie leben wie Ordensschwestern, obwohl sie eigentlich keine sind.«

So viel hatte Christin seit Tagen nicht am Stück gesprochen, dachte Karin.

»Das Kloster liegt nur etwa zehn Kilometer von hier entfernt«, sagte Karin, »und weil keine von uns sich wirklich in Klockarviks Kirche aufgehoben fühlt, fahren wir lieber dorthin zum Gottesdienst. Sonntags essen wir immer dort zu Abend, manchmal bleiben wir auch mittwochs nach der Messe noch zum Tee.«

Die dunkelhaarige Polizistin machte sich Notizen in ihrem Handy. Wie hieß sie noch gleich? Maja-Sofia, ja, aber wie weiter ... Rantanen? Nein, Rantatalo war es.

»Und wer kocht hier zu Hause?«

»Überwiegend ich«, sagte Christin, der nun eine Träne über die Wange lief. »Aber wieso interessieren Sie sich so sehr für das Essen?«

»Wir stellen hier die Fragen«, antwortete Maja-Sofia Rantatalo knapp.

»In der letzten Zeit habe ich gekocht«, meldete sich Karin zu Wort. »Christin fehlte die nötige Energie. Es reichte ja nicht mal für ihre ewige Leserei. Und wenn du es doch mal geschafft hast, waren es doch nur Fertiggerichte, die du aufgewärmt hast, Christin. Das kann man wohl kaum Kochen nennen, oder?«

Christin warf ihr einen finsteren Blick zu. Wie undankbar konnte man sein, dachte Karin. Was hätten sie und Agnes denn gemacht, wenn Karin ihnen nicht unter die Arme gegriffen hätte?

»Wir müssen herausfinden, was Agnes zuletzt gemacht hat«, sagte Jarning. »Und dabei können Sie uns doch sicher helfen. Was ist passiert, nachdem sie erste Krankheitsanzeichen hatte bis zu ihrem Tod?«

»Aber das ist ja eine halbe Ewigkeit«, antwortete Karin. »Agnes ist recht kurz nach Weihnachten krank geworden. Wer soll sich denn an all das erinnern?«

Christin starrte sie wütend an.

»Hol den Wandkalender«, sagte sie. »Da ist wenigstens notiert, wann wir im Kloster waren. Und ich habe ein Notizbuch ... da steht drin ... was wir gemacht und was wir gegessen haben. Sowohl, als ich es geschafft habe, zu kochen, als auch die anderen Male, als du eingekauft und gekocht hast.«

Sie verfiel in Schweigen und schloss die Augen. So lange am Stück zu sprechen, schien sie viel Kraft zu kosten.

Karin musterte die Polizistinnen, während diese durch die privaten Angelegenheiten des Hauses blätterten. Sie lasen schamlos in Christins Tagebuch, in dem sicher nicht nur Rezepte standen, sondern auch, was sie und Agnes taten, wenn sie allein zu Hause waren. Der Wandkalender hingegen war ungefährlich. Auf jeder Seite war ein Foto, das eine von Luthers Töchtern bei ihren Tätigkeiten zeigte. An Sonntagen und vereinzelten anderen Tagen hatte Agnes oder Christin Gottesdienste vermerkt. Sie waren zusammen hingefahren, und Agnes hatte immer am Steuer gesessen. Wenn Karin mitgekommen war, hatten sie ihren Wagen genommen, und Karin wurde zur Chauffeurin ernannt. Christin hatte keinen Führerschein. Das hatte Agnes nicht gekümmert, für sie hatte nur gezählt, ihre beiden »Untertanen« dabeizuhaben, damit sie einen großen Auftritt hinlegen konnte, egal wo sie war. Eigentlich war es unfassbar, wie Christin es so lange geschafft hatte, ihre Gesellschaftsdame zu sein, dachte Karin.

»Eins musst du wissen, Karin«, hatte Agnes mal gesagt, nachdem Karin beklagt hatte, dass nicht geputzt worden war und das Essen nach nichts geschmeckt hatte. »Ich fühle mich wohl mit Christin, wir führen hier ein gutes und abwechslungsreiches Leben.«

Das mochte ja so sein, dachte Karin schon damals und auch heute noch, aber Christin traute sie trotzdem nicht über den Weg.

»Dürfen wir die mitnehmen?«, fragte Maja-Sofia Rantatalo und hielt Tagebuch und Wandkalender hoch.

Christin nickte schwach. Beide Polizistinnen standen auf und bedankten sich für den Kaffee.

»Wo bewahren Sie die Lebensmittel auf?«, fragte Rantatalo an Karin gewandt, als sie das Zimmer verließen.

»Die Lebensmittel?«

»Ja, Sie haben doch sicher einen Kühlschrank und Tiefkühler?«

»Haben? Ich wohne hier nicht«, zischte Karin, »aber ich kann sie Ihnen trotzdem zeigen. Selbstverständlich gibt es einen Kühlschrank und einen Tiefkühler. Es gibt sogar eine erstklassige Speisekammer in der Küche.«

»Vielen Dank.«

Karin ging voran in die Küche und öffnete den Stolz des Hauses: eine begehbare Speisekammer mit säuberlich aufgereihten Einmachgläsern und -flaschen, alle ordentlich beschriftet. Überhaupt war alles sauber und ordentlich, die Regalböden sogar mit Papier ausgelegt. Dazu gab es noch altmodische Brotbüchsen, randvoll mit Kuchen und Gebäck. Auch Karin hatte zu dem Inhalt beigetragen, genauso wie Luthers Töchter. Sie wussten genau, welche Beeren, Früchte und welches Gemüse sie wie verwenden konnten.

»Agnes war sehr stolz auf ihre Speisekammer«, erklärte Karin. »Aber in der Küche stand sie nur ungern. Und

Christin weiß nicht, wie man solche Delikatessen verwendet.«

»Lieber Himmel!«, sagte Rantatalo, als sie den Inhalt sah. »Hier gibt es ja alles. Was für ein Schatz!«

Ihre Kollegin machte Fotos, bevor sie einen Blick in Kühlschrank und Tiefkühler warfen.

»Wir haben die Kriminaltechnik verständigt, die sollen sich auch unbedingt diese imposante Speisekammer ansehen.«

»Die werden aber doch hoffentlich nicht alle Gläser und Flaschen öffnen?«, fragte Karin besorgt. »Denn dann war's das.«

Sie bekam keine Antwort und wurde wütend. Was für ein maßloser Eingriff ins Privatleben! Selbst wenn die beiden nichts gesagt hatten, sie konnte eins und eins zusammenzählen: Sie gingen von einer Vergiftung aus. Sonst hätten sie nicht so viel übers Essen gefragt.

Als die Tür hinter ihnen zuschlug, stellte Karin sich an die Spüle und ließ Wasser ein. Viel gab es nicht abzuwaschen, das konnte sie noch schnell erledigen, bevor sie aufbrach. Der Besuch hatte Kraft gekostet. Die Polizistinnen hatten ihr das Gefühl gegeben, die übelste Giftkocherin zu sein. Dass sie es wagten!

Schnell war das Geschirr sauber, und sie hängte das Handtuch auf. Ein Blick auf die Uhr verriet, dass es bereits spät war. Sie hatte vorgehabt, das Wochenende bei einer Klausur im Kloster zu verbringen, und jetzt würde sie nicht mehr rechtzeitig ankommen. Aber das ließ sich nun auch nicht mehr ändern. Ein Blick in Christins Zimmer verriet ihr, dass sie eingeschlafen war. Ihre Lippen waren aufgesprungen, die Haut farblos. Ihre Atemzüge waren lang und regelmäßig.

ACHT

Kaum hatte Samuel die Kapelle betreten, wusste er auch schon, woher er den Pastor kannte, von dem Helge gesprochen hatte. Es war der Mann, der ihm an Aschermittwoch in Klockarviks Kirche aufgefallen war. Samuel hatte ihm das Aschekreuz auf die Stirn gemalt und ihm Gottes Segen erteilt. Janne Boman, so hieß der Mann laut Helges Aussage eigentlich.

Luthers Töchter schienen ihre eigenen Bräuche zu haben, denn hier gingen Vesper und Messe ineinander über, was Samuel so noch nicht erlebt hatte. Ein paarmal waren ihm die Augen zugefallen und er eingenickt. Die letzten Wochen forderten ihren Tribut, sobald er friedlich dasaß. Sein neuer Freund Helge Fredengren hatte ihn mit dem Ellbogen angestupst, um ihn wachzuhalten.

Als die Schwestern, eine nach der anderen, nach vorn gingen, um das Abendmahl entgegenzunehmen, flüsterte Helge leise die Namen der Schwestern, damit Samuel ein grobes Verständnis davon bekam, wer unter welcher Tracht steckte. Aber wie sollte er die von den blau-weißen Hauben umrahmten Gesichter auseinanderhalten? Die junge Charlotte war leicht zu erkennen, da sie die Einzige mit weißer

Haube war, der ihren Anwärterinnenstatus verdeutlichte. Vielleicht würde er auch Schwester Maude wiedererkennen können, denn sie hatte dunklere Augenbrauen als die anderen und eine schöne, gerade Nase. Ihm war aufgefallen, dass sie die Einzige außer ihm war, die sich bekreuzigt hatte. Schwester Petra hatte aufgeweckte Augen, trug eine Brille und wirkte jünger als die anderen. Davon abgesehen war es schwer, sich zu merken, wer wer war. Aber dazu war er ja eigentlich auch gar nicht hier, er wollte an der Klausur teilnehmen, ein Wochenende lang schweigen, in sich hineinlauschen. Hoffentlich würde dabei auch die Stimme seines Bosses wieder deutlicher und seine Gedanken klarer werden. Er wünschte sich, dass er nach diesem Wochenende mit der Gewissheit nach Klockarvik zurückkehren könnte, welchen Weg er einschlagen und welche Verantwortung er übernehmen musste.

Außerdem hatte Samuel sich für etwas entschieden, auf das er verzichten wollte, nicht nur während der Klausur, sondern während der gesamten Fastenzeit. Die Wahl war ihm leichtgefallen: seine Gefühle für eine gewisse Polizistin. Er musste es einfach schaffen, und hier im Kloster gab es nichts, was ihn an Maja-Sofia Rantatalo erinnern konnte. Zuletzt hatte er sie auf dem Kirchenparkplatz gesehen, wo sie sich über die Tote und ihre Freundinnen unterhalten hatten. Aber jetzt wollte er alle Gedanken an sie beiseiteschieben, genauso sämtliche seelsorgerischen Gespräche, die er mit Trauernden geführt hatte. In der kleinen Klosterkapelle ließ er seinen Alltag hinter sich. Er faltete die Hände und bat seinen Boss eindringlich, ihn bei den Ohren zu packen und dafür zu sorgen, dass er auch schaffte, was er sich da vorgenommen hatte. Er bekam keine unmittelbare Antwort. Es schien, als habe Gott sich selbst zur Schweigeklausur zurückgezogen, dessen Ende nicht absehbar war. Aber das konnte doch nicht wirklich stimmen?

Nach der Messe ging Samuel neben Helge zum Speisesaal. Sie schwiegen, und seine Gedanken kreisten um Vater Johannes oder Janne Boman oder wie immer man ihn nun nennen wollte. Vor der Tür zur Küche blieb Samuel stehen und zog Helge beiseite.

»Ich weiß, dass wir eigentlich nicht sprechen dürfen«, flüsterte er, »aber wer ist dieser Pfarrer eigentlich genau?«

Helge schüttelte den Kopf, und Samuel konnte ein Lächeln auf seinen Lippen erahnen.

»Er ist jedenfalls kein Mitglied der *Svenska Kyrkan* mehr, aber Gottesdienste darf er trotzdem noch abhalten. Die Schwestern unterstützen ihn beim Abendmahl, das hast du ja heute gesehen«, antwortete Helge.

»Weißt du, warum er kein Mitglied mehr ist?«, fragte Samuel. »Ist was vorgefallen?«

Helge schüttelte den Kopf: »Ich weiß von absolut nichts.«

Mehr würde er von Helge nicht erfahren, so viel war klar.

Sie betraten den Speisesaal. Janne Boman war also nicht länger Pfarrer der schwedischen Kirche, aber die Frage war, ob er die Arbeit freiwillig niedergelegt hatte oder seines Amtes enthoben worden war. Falls Letzteres zutraf, musste er sich etwas sehr Ernstes zuschulden kommen lassen haben. Dessen ungeachtet hatte er hier eine Nische gefunden, und vielleicht war es gar nicht so schlecht, dass er nun als Vater Johannes für Luthers Töchter zuständig war.

Birgitta, die die Küche betreute, hatte eine einfache Gemüsesuppe gekocht, zu der frisch gebackenes Brot gereicht wurde. Mutter Veronica erklärte ihnen, wie sich das vor ihnen liegende Wochenende gestalten würde, und dass sie die Zeit ab sofort schweigend verbringen würden. Außerdem stellte sie ihnen eine weitere Teilnehmerin vor. Ganz am Ende der Tafel saß eine ältere Frau, die Samuel bis dahin gar nicht aufgefallen war. Mit müdem Blick nickte sie in die Runde. Als Samuel zu ihr blickte, schoss eine Welle der Irritation durch seinen Körper. Als er diese Frau zuletzt gesehen hatte, war eine gewisse andere Person anwesend gewesen, eine Person aus seinem Leben in Klockarvik, und zwar die, an die er auf keinen Fall denken wollte.

Samuel stand auf und verabschiedete sich von Helge.

»Bis zum Morgengebet«, flüsterte Helge. »Schlaf gut, wohlbehütet vom Herrn unserm Gott.«

Samuel bedankte sich wortlos und schob seinen Stuhl an den Tisch.

In seinem Zimmer ging er den Plan durch, der ihnen ausgehändigt worden war. Er bemerkte, dass es klug gewesen war, sich bereits jetzt zurückzuziehen. Morgen ging es schon um zwanzig vor sieben los, denn es wurde erwartet, dass er ein stilles Morgengebet vornahm, bevor sie sich zum gemeinsamen Gebet trafen, auf das das Frühstück folgte. Der Plan war streng, und er freute sich auf den geregelten Ablauf, selbst wenn dabei immer noch viel Platz für eigene Gedanken blieb. Und falls ihm das Schweigen im Haus zu drückend werden sollte, konnte er ja immer noch draußen im Wald spazieren gehen. Von den Gästen wurde erwartet, sich aktiv am Klosterleben zu beteiligen, und Samuel konnte sich gut vorstellen, Holz zu hacken oder sich einer ähnlichen Aufgabe zu widmen. Körperliche Ertüchtigung war seit jeher ein gutes Mittel gegen finstere Gedanken.

Kurz vor dem Einschlafen musste er an die neue Teilnehmerin denken. Er durfte es nicht zulassen, dass sie seinen Aufenthalt trübte. Wenn er Glück hatte, würde sie ihn nicht wiedererkennen, aber schon nach wenigen Sekunden wurde ihm klar, dass das kaum möglich war. Als Pfarrer in Klockarvik war er ja eine Person des öffentlichen Lebens.

Smid Karin Karlsdotters Anwesenheit machte diese Klausur weniger anonym, als er es sich erhofft hatte. Er musste alles daran setzen, Agnes Busks Freundin so gut wie möglich aus dem Weg zu gehen, und ihre Anwesenheit als Prüfung betrachten.

NEUN

Samstag, 8. März

Samuel hatte befürchtet, dass sich das Schweigen während des Frühstücks bedrückend anfühlen würde, aber so war es gar nicht. Von dem Gemurmel gestern beim Abendessen fehlte jede Spur, die einzigen Geräusche stammten von Löffeln, die vorsichtig in Müslischalen gesenkt wurden, oder Messer, die gegen hart gekochte Eier schlugen. Samuel gefiel die Stille, gerade passte sie ihm vorzüglich. Smid Karin Karlsdotter hatte er einfach kurz zugenickt, aber keinen weiteren Kontakt mit ihr gehabt. Ihr Zimmer war im Erdgeschoss des Gebäudes, in dem er und Helge wohnten, möglich also, dass sie sich noch im Aufenthaltsraum begegneten.

Während des Morgengebets hatten sie alle eine Bibelstelle bekommen, über die sie nachdenken sollten. Seine handelte von der Kindheit, und während der zweistündigen Meditation dachte er darüber nach, was sie für ihn bedeutet hatte. Nachdem er eine einfache Mahlzeit gegessen und den Kaffee ausgetrunken hatte, stand er abrupt auf. Viel zu abrupt, wie sich herausstellte. Der Stuhl kippte um und knallte laut auf den Boden des stillen Speisesaals. Alle Köpfe wandten sich in seine Richtung, mit und ohne Haube.

Er formte mit den Lippen eine Entschuldigung in die Richtung von Mutter Veronica, hob hastig den Stuhl auf und eilte schnellen Schritts davon. Ein breites Lächeln auf dem Gesicht der Schwester, die neben ihm gesessen hatte, hatte er aus dem Augenwinkel bemerkt. Es war die Schwester mit dem aufgeweckten Blick und der Brille. Wie hieß sie noch gleich? Petra? Bei den Namen war er sich nach wie vor nicht sicher.

Samuel wusste genau, wohin er sich zur Meditation zurückziehen wollte: nach draußen. Smid Karin hatte ihre Jacke in der Kapelle gelassen, woraus Samuel geschlossen hatte, dass sie zum Meditieren dorthin zurückkehren wollte, weshalb er davon nur zu gern Abstand nahm. Helge hatte schon gestern gesagt, dass er am besten im Garten meditieren könne. Gerade jetzt im Frühling liebe er es, nachzusehen, ob Schwester Maine etwas gepflanzt habe, das bereits austrieb, und er wolle dabei schweigend umherschlendern.

Samuel holte seinen Mantel, zog die Handschuhe an und ging hinaus. Obwohl der Frühling im Anmarsch war, lag noch Kälte in der Luft, und auch mit weiteren Schneeschauern war zu rechnen. Sobald er wieder zu Hause war, würde er sich eine neue Übergangsjacke besorgen. Sofern er nicht nach Västerås fuhr, um seine bisherige zu holen, und gleichzeitig Marit einen Besuch abzustatten. Er schob den Gedanken schnell beiseite und versuchte, sich wieder auf die Bibelstelle zu konzentrieren, die er bekommen hatte.

Hinter dem Gästehaus führte der Kapellpfad direkt in den Wald. Auf einer Karte hatte er gesehen, dass der Weg etwa zwei Kilometer lang war und wenig überraschend zu einer kleinen Kapelle führte. Er schaute auf seine Wanderschuhe, die er nicht gerne trug, die aber leider nötig waren. Dann startete er mit großen Schritten und dachte über seine Bibelstelle nach. Kindheit. Wie war seine Kindheit eigentlich gewesen? Hatte er es gut gehabt? Hatte er gute Eltern gehabt? War er ein guter Sohn gewesen? Er wurde schneller, wollte sich gern verausgaben.

»Boss«, sagte er und hob den Blick zu den Baumkronen. »Hilf mir! Wie war es früher?«

Aber er bekam keine Antwort.

Also zwang er sich, zurückzudenken. Sofort kam ihm Dickens' Geschichte über den bösen Ebenezer Scrooge in den Sinn, dem drei Geister erschienen waren. Der erste war der Geist der vergangenen Weihnacht gewesen und hatte Scrooge geradewegs in seine Kindheit entführt. Vielleicht konnte er ja diesem Beispiel folgen und so die Bilder seiner Kindertage heraufbeschwören. Seine beiden Eltern waren Pfarrer gewesen, Weihnachten und Ostern waren also geschäftige Zeiten, randvoll mit kirchlichen Tätigkeiten, anders als bei seinen Freunden. Gleiches galt für Sonntage und sogar einen Teil der Wochentage. Sein Leben war stark von den Überzeugungen seiner Eltern geprägt, aber sie hatten nicht von ihm verlangt, nur bei kirchlichen Jugendaktivitäten mitzumachen und allem Weltlichen abzuschwören. Also war er auch mit Freunden unterwegs gewesen, hatte ausprobiert, was man in dem Alter so ausprobiert, hatte die Grenzen getestet. In seiner Jugend war er oft mürrisch und wütend, hatte es nicht besonders lustig gefunden, dass seine beiden Eltern Pfarrer waren – einer hätte doch auch gereicht. Ein Jahr der Oberstufe hatte er in den USA, der Heimat seines Vaters, verbracht und bei Verwandten gewohnt, die er dabei besser kennengelernt hatte. Das waren schöne Zeiten gewesen. In der Schule war es gut gelaufen, und nebenher hatte er viel Sport getrieben. Die Überlegung, in Amerika zu bleiben, hatte es gegeben, trotzdem war er nach dem Austauschjahr nach Schweden zurückgekehrt. Schlussendlich war ihm sonnenklar gewesen, welchen Beruf er ergreifen wollte, und nach dem Schulabschluss hatte er sofort angefangen, Theologie zu studieren und es nie bereut.

Samuel erreichte das Ende des Pfads, der in eine schöne, kleine Lichtung mündete. Plötzlich stand er direkt vor einem Gartenhaus oder eher einem kleinen Pavillon ohne Fensterscheiben. Er nahm die beiden Stufen und trat hinein.

»Was für eine schöne Kapelle«, sagte er zu sich und hatte völlig vergessen, dass er schweigen sollte. »So ein kleines Heiligtum mitten in Gottes freier Natur.«

Vor ihm standen ein einfacher kleiner Altar und ein Kreuz, dass mithilfe dünner Lederriemen aus Birkenzweigen zusammengebunden war. Entlang der Wände standen zwei kurze Bänke, die Platz für maximal vier Personen boten, aber eigentlich sollte man hier ja allein mit seinen Gedanken und der Natur als einzigem Begleiter sein. Das war allerdings nicht der Fall. Auf einer der Bänke saß eine Frau mit Haube.

»Schwester …«, sagte Samuel und hätte sich am liebsten die Zunge abgebissen, weil er es laut ausgesprochen hatte.

»Petra«, sagte sie und legte dann einen Finger an die Lippen.

Er nickte. Petra deutete zu den Gebetszetteln, die mit Wäscheklammern an dem Kaninchendraht befestigt waren, der hinter dem Altar zwischen zwei der Pfeiler gespannt war. Samuel nahm einen der Zettel und las. »Guter Gott, hilf mir dabei, den Mofaführerschein zu bestehen. Ich brauch den so dringend. Jonas, 15 Jahre«. Mit einem Lächeln zeigte er ihn Petra, klemmte ihn dann wieder fest und griff zum nächsten. Dieser klang ganz anders. »Lieber Gott, kümmre dich um mein Kind, jetzt, wo es mir nicht mehr möglich ist. Tildas Mama«. Die Lebensschicksale waren so unterschiedlich, rangierten von traurig zu lebensfroh. Samuel las weitere Zettel. Jemand bat um Unterstützung im Kampf gegen seine Ängste, andere dankten dafür, dass sie schwere Krankheiten überstanden hatten. Eine erfreute sich an den Jahreszeiten und dankte Gott dafür.

Samuel klemmte sie alle wieder fest und setzte sich dann gegenüber von Petra auf die Bank. Was sollte er selbst schreiben? Die Schwester war voll und ganz auf ihren Zettel konzentriert, und als sie fertig war und das Stück Papier zu den anderen geklemmt hatte, nickte sie ihm zu. Er deutete auf ihren Zettel, dann auf sich und schaute sie fragend an. Sie nickte, also las er, was sie geschrieben hatte. »Guter Gott, bitte sorge dafür, dass dieser Mann den Weg in mein Atelier findet, damit ich ihm meine Arbeit zeigen kann. Danke«. Samuel lächelte und dann beschrieb er seinen eigenen. »Lieber Gott, führe mich auf dem rechten Weg in die Zukunft, aber bitte auch in das Atelier einer bestimmten Schwester.« Petra schrieb einen weiteren Zettel und hängte ihn auf, dann nickte sie, sammelte sich und verschwand hinaus. Samuel blieb, wo er war, und ließ den Blick auf das beruhigende Grün des Waldes gerichtet. Was hatte Petra vor? Wieso wollte sie, dass er vorbeikam? Er konnte nicht anders, er musste einen Blick auf ihren neuen Gebetszettel werfen. »Lieber Gott, hinter dem Gästehaus liegt das alte Hühnerhaus. Schütze es, wenn ich nicht da bin. Lass niemand Unbefugtes herein. SP«.

Samuel war schon gestern beim Blick aus seinem Fenster aufgefallen, dass in dem kleinen Haus ein Licht brannte. Dort arbeitete Petra also. Er schrieb einen weiteren, diesmal ernst gemeinten Zettel an Gott, bat um Hilfe bei allem Schweren in seinem Leben, das er richten musste, und klemmte ihn ans Gitter. Dann faltete er die Hände, saß ganz still da und lauschte dem Rauschen der Kiefern und Fichten. Und in diesem Moment fühlte sich das Leben schon ein wenig leichter an.

Samuel schaute sich um, ehe er das Hühnerhaus betrat und die Tür hinter sich zuzog. Er wollte lieber nicht, dass ihn jemand dabei beobachtete, wie er den vorgegebenen Pfad der Klausur verließ. Die leise und eher spartanische Atmosphäre, die im Kloster herrschte, suchte man hier vergebens. Die Wände waren übersät von Zeichnungen, auf denen Kinder auf unterschiedliche Arten die Geschichten der Bibel lernten. Manche spielten mit Lämmern, andere fuhren Rad und wieder andere prügelten sich. Die Kinder hatten lebhafte Gesichtszüge und farbenfrohe Kleidung. Es waren Bilder, die gute Laune machten. Mitten im Raum stand ein Schreibtisch, und vor ihm saß Petra auf einem bequemen Stuhl, einen Computer vor sich. Sie lud ihn mit einer Geste ein, sich zu ihr zu setzen, also nahm er sich einen Stuhl und tat genau das.

»Wenn das nicht zu einem Konflikt mit Ihrem Klausurvorhaben führt«, sagte sie leise, »können wir uns ruhig unterhalten. Es muss ja niemand erfahren.«

»Ich schätze, das ist nicht schlimm«, antwortete er nickend. »Ich habe ja noch den ganzen Tag Zeit, um über meine Kindheit nachzudenken, das reicht voll und ganz. Ich finde es sogar ganz schön, mich kurz unterhalten zu können. Allein, um festzustellen, ob die Stimmbänder noch funktionieren.«

»Ein Schweigewochenende sollten Stimmbänder eigentlich überstehen.« Sie lächelte ihn an.

»Haben Sie die gemacht?«, fragte Samuel und deutete zu den Zeichnungen. »Die sind wahnsinnig schön. So bunt und fröhlich.«

»Danke«, sagte Petra. »Ja, ich mache Kinderbücher mit Bibelgeschichten. Wir verkaufen sie und verdienen damit ein bisschen Geld. Und jedes Kind bekommt zur Taufe ein Buch geschenkt. Das sind ganz schön viele pro Jahr.«

»Schöne Idee«, lobte Samuel. »Eine richtig gute Möglichkeit, Gottes Wort zu verbreiten.«

Sie reichte ihm ein Exemplar, und er blätterte durch die Seiten.

»Oh, das kenne ich sogar«, sagte er. »Also, nicht genau dieses hier, aber wir haben zur Taufe in Klockarvik auch

Bücher von dir verteilt. In der Domkirche in Västerås genauso.«

»Danke, das höre ich gern.«

Sie betrachtete ihn einen Augenblick. Er bekam das Gefühl, dass sie ihn durchleuchtete, wohl um zu entscheiden, ob sie noch etwas hinzufügen konnte. Dann fiel ihr Entschluss und sie zog eine der Schreibtischschubladen heraus.

»Können Sie ein Geheimnis für sich behalten?«, fragte sie.

»Ehrlich gesagt, Schwester Petra, ist das Wahren von Geheimnissen ein großer Teil meines Lebens und meiner Arbeit. In diesem Punkt können Sie mir absolut vertrauen.«

»Und in welchem Punkt nicht?«, scherzte sie und zwinkerte.

»Das wollen Sie gar nicht wissen«, sagte Samuel verschmitzt. »Nein, nein, ich scherze nur, Sie können mir trauen.«

Sie warf ihm einen fragenden Blick zu, bevor sie in die Schublade griff und einen dicken, von einem Gummiband zusammengehaltenen Stapel Blätter herauszog.

»So was mache ich auch«, sagte sie, »aber das habe ich noch niemandem gezeigt.«

Sie legte den Stapel vor ihm auf den Tisch. Samuel erkannte auf den ersten Blick, dass es sich um ein Romanmanuskript handelte. Das oberste Blatt war mit »Erstes Kapitel« überschrieben, und er konnte sehen, dass es von einem Kriminalfall handelte. Er begann zu lesen. Die Erzählung begann damit, dass in einer Schlucht eine Leiche gefunden wurde.

»Ein Krimi?« Er schaute sie fragend an. »Der macht einen richtig guten Eindruck! Spannung vom ersten Satz an. Wer hat den geschrieben?«

»Das ist mein großes Geheimnis«, seufzte sie. »Ich schreibe die Bücher unter Pseudonym. Was ich damit verdiene, fließt zu hundert Prozent Luthers Töchtern zu. Da lasse ich mir nichts zuschulden kommen.«

Samuel blätterte weiter in dem Stapel. Hier und da war etwas an den Rand geschrieben, als würde gerade jemand am Manuskript arbeiten.

»Wissen die anderen Schwestern nichts davon?«

»Nein. Und ich habe auch nicht vor, es ihnen zu erzählen. Die Schwestern glauben, alle Einkünfte stammen von den Kinderbüchern. Der Verlag spielt mit, weil ich mich sonst weigere, weiterzuschreiben.«

Samuel lachte.

»Das ist ja toll! Und mutig! Aber wieso zeigen Sie mir das?«

Sie wurde rot.

»Ich weiß, wer Sie sind«, sagte sie. »Sie sind der Pfarrerdetektiv, der den Mord an Weihnachten aufgeklärt hat. Alle reden davon. Ich dachte mir, Sie haben Verständnis dafür. Und jetzt haben Sie einen neuen Fall! Was halten Sie von der Sache?«

Samuel schaute sie eingehend an. Einen neuen Fall? Was wusste sie?

»Agnes Busk, die Frau, die zu Hause gestorben ist«, fuhr

Petra fort. »Sie und ihre Freundinnen waren oft hier. Und ich glaube, oder besser gesagt, ich bin davon überzeugt, dass sie keines natürlichen Todes gestorben ist.«

»Nein?«

»Nein, jemand hat Agnes ermordet, da bin ich sicher. Ich habe angefangen, darüber zu schreiben.«

Damit war Samuels Alltag plötzlich wieder in nächste Nähe gerückt. Mit allem, an das er nicht denken wollte. Er hatte doch während dieser Klausur alles ausklammern wollen, was mit seinem Leben zu tun hatte. Diese Schwester war so fröhlich und nett, aber er wollte sich nicht verleiten lassen, über das zu grübeln, was eigentlich Maja-Sofias Aufgabe war. Er schob den Blätterstapel weg.

»Es ist bald Zeit fürs Mittagsgebet«, sagte er, »und dann fürs Essen. Ich muss mir dringend andere Schuhe anziehen, ich kann ja schlecht mit diesen dreckigen Dingern in die Kapelle kommen.«

Seine Stiefel waren makellos sauber, er brauchte bloß eine Ausrede, um sich davonzustehlen. Petra warf einen Blick auf Samuels Schuhe und nickte.

»Entschuldigen Sie«, sagte sie. »Ich hätte Sie nicht stören dürfen.«

Er hob abwehrend die Hände.

»Nein, nein, gar kein Problem. Ich finde es großartig, dass Sie heimlich Krimis schreiben. Und ich verspreche Ihnen, kein Wort kommt über meine Lippen.«

»Und Sie wollen nicht über das sprechen, was in Klockarvik passiert ist?«

Darauf antwortete er nicht.

»Wir sehen uns in der Kapelle«, sagte er nur und neigte leicht den Kopf, während er nach draußen trat.

Schon nach wenigen Schritten fiel ihm auf, dass er nicht allein war. Ein Mann stand hinter einem Fliederbusch. Er trug ein schwarzes Samtbarett auf dem Kopf und eine beige Sportjacke, unter der der Rundkragen hervorlugte. Vater Johannes alias Janne Boman hatte Samuel aus Petras Hühnerhaus kommen sehen. Was würde er jetzt denken?

~ ZEHN ~

Sonntag, 9. März
Erster Fastensonntag

Am Sonntagnachmittag, als Maja-Sofia Luthers Töchter ansteuerte, setzte leichter Schneefall ein. Wie sonderbar, dass sich eine Gruppe Frauen für solch einen Namen entschieden hatten. Für Maja-Sofia war Luther eine strenge Instanz, die darauf pochte, dass sie arbeitete und ihren Pflichten nachging. In Kombination mit Læstadius, dessen Einfluss sie aus ihrer Heimat mitgebracht hatte, wurde das ein bisschen viel. Immer nur Arbeit und gar kein Vergnügen, so war es zumindest bei ihr angekommen. Sie selbst hatte sich auf allen Ebenen vom Einfluss dieser beiden Herren befreit und war davon überzeugt gewesen, das hätten alle anderen Frauen auch. Aber offenbar nicht. Trotzdem könnte dieser Besuch interessant werden, auf mehreren Ebenen.

Wie gut, dass sie einen neuen Mordfall hatte, auf den sie sich konzentrieren musste. Das mochte für Außenstehende merkwürdig klingen, aber Ermittlungen, die ihre gesamte Aufmerksamkeit erforderten, ließen eben keinen Gedanken an Samuel zu. Denn obwohl sie beharrlich versuchte, ihn zu vergessen, tauchte er immer wieder in ihren Gedanken auf. Seit Weihnachten hatte er fröhlich vor sich hingearbeitet, und jetzt war die Fastenzeit angebrochen, die zum wichtigsten Kirchenfest führte: Ostern. Ob Samuel fastete, wusste sie nicht. Aber auf irgendetwas würde er sicher verzichten. Was wäre ansonsten der Sinn des Ganzen? Sie hatte ihn in den letzten Wochen kaum gesehen, nur kurz bei Agnes und auf dem Kirchenparkplatz an Aschermittwoch.

Der Schneefall verdichtete sich. Eigentlich war man solch unbestimmtes Wetter eher vom April gewohnt, aber es war ja noch März, und der Winter hatte noch lange nicht aufgegeben, auch wenn die Tage länger wurden und der Abendhimmel vom nahenden Frühling kündete. Etwas sprang über die Straße und Maja-Sofia trat auf die Bremse. Ein hübscher Fuchs mit buschigem Schwanz schaffte es gerade noch unbeschadet auf die andere Seite und mahnte sie, auch die Straßenränder im Blick zu behalten. Hier musste man jederzeit mit Wild rechnen.

Nach etwa zehn Kilometern dünnte der Wald aus und eine Siedlung kam in den Blick. Rote Häuschen und Scheunen standen dicht beieinander, ganz wie in Klockarvik. Maja-Sofia liebte diese malerischen Dörfer. Sie lauschte ihrem Navi und folgte den Anweisungen der Frauenstimme, und schon bald rollte sie auf den Parkplatz eines langen roten Gebäudes, das bestens platziert war, um einen phänomenalen Blick auf den See zu bieten. Mehrere Holzhäuschen rundeten das Bild ab.

Als sie aus dem Wagen stieg, hatte es wieder aufgehört, zu schneien, die Wolkendecke riss auf, und die Sonnenstrahlen ließen den Neuschnee glitzern. Luthers Töchter hatten einen einzigartigen Platz für ihr Kloster gefunden. Konnte dieser ruhige Ort wirklich einen Mörder beherbergen? Beweise gab es keine, aber die Verbindung der Toten zu diesem Kloster musste unbedingt untersucht werden.

Maja-Sofia klingelte. Es waren feste Schritte zu hören, dann flog die Tür auf und sie blickte in ernste Augen mit einem strichförmigen Mund und von einer blau-weißen Haube umrahmt.

»Guten Tag, womit kann ich dienen?«

Maja-Sofia zog ihren Ausweis aus der Tasche und hielt ihn hoch.

»Maja-Sofia Rantatalo, Kriminalkommissarin«, sagte sie. »Ich habe ein paar Fragen, darf ich hereinkommen?«

»Schwester Maine«, sagte die Frau und lächelte ein kleines bisschen. »Worum geht es denn?«

»Wir ermitteln im Todesfall einer Person, die, soweit ich weiß, in diesem Kloster bekannt war«, sagte Maja-Sofia, »deshalb müsste ich mit einer der Schwestern sprechen.«

Die Frau atmete keuchend ein und riss sich die Hand zum Mund.

»Ein Todesfall?«, fragte sie und hielt die Tür dann endlich so weit auf, dass Maja-Sofia eintreten konnte. »Ein Mord?«

»Das habe ich nicht gesagt«, erwiderte Maja-Sofia. »An wen wende ich mich denn am besten?«

»Ich schätze mal, Mutter Veronica«, sagte Schwester Maine. »Wenn Sie auf dieser Bank Platz nehmen würden, dann hole ich sie. Wir treffen uns in zehn Minuten zum Gebet, Sie sind herzlich willkommen, uns Gesellschaft zu leisten.«

Maja-Sofia schüttelte den Kopf.

»Danke, das schaffe ich nicht. Wenn Sie einfach nur die Mutter … wie immer sie nun hieß, holen würden, wäre ich sehr dankbar. Ich warte hier.«

»Mutter Veronica«, sagte Maine mit scharfem Unterton und eilte davon. Die lange Tracht wehte um ihre Beine.

Was für ein sonderbares Leben. Sich einfach wegsperren, so glanzlos wie eben möglich kleiden und dem Eigentum abschwören. Wie hielten sie das aus? Für Maja-Sofia reichte es schon, in einem ehemaligen Missionshaus zu wohnen, wo sich das friedliche Leben in einer Freikirche erahnen ließ, aber den Schritt ins Kloster wagen? Weder Schaumbad noch Sekt an freien Tagen? Unvorstellbar. Ihr würde es sogar fehlen, simplen Taschendieben nachzustellen.

Nach einer Weile waren erneut Schritte im Korridor zu hören. Sicher war die Klostermutter im Anmarsch. Jetzt kam es darauf an, schnell die richtigen Fragen zu stellen, damit sich das noch vor dem Abendgebet bewältigen ließ. Sie ahnte bereits, dass ihre Zeit mit Mutter Veronica begrenzt war. Die Schritte näherten sich und schon bog jemand um die Ecke.

»Samuel?«, platzte es aus ihr heraus. Sie stand abrupt auf.

»Maja-Sofia?«, sagte Samuel. »Was machen Sie denn hier?«

»Samuel, ich wusste ja nicht, dass … Sonst wäre ich nicht …«

Sie sprach den Satz nicht zu Ende. Stimmte es denn,

was sie da hatte sagen wollen? Dass sie nicht hergekommen wäre, wenn sie gewusst hätte, dass er hier war? Dass sie dann Jarning oder Larsson geschickt hätte? Was machte er denn überhaupt in diesem Kloster?

»Ich war zur Klausur hier übers Wochenende«, erklärte sich Samuel ungefragt. »Ich wollte gerade packen und aufbrechen.«

»Klausur?«

Darüber lächelte er leicht.

»Man besinnt sich, schweigt, zieht sich von allem zurück und lauscht tief in sich hinein«, erklärte er. »Schlendert durch den Wald und denkt nach oder sitzt in der Kapelle und geht dort in sich. Und Sie? Was führt Sie her?«

Maja-Sofia schaute sich um. Keine Mutter Teresa oder wie immer sie hieß im Anflug. Man konnte nur etwas entfernt Kirchenlieder hören. Vermutlich hatten sie doch schon mit dem Abendgebet begonnen, also musste sie noch eine ganze Weile warten, bis sie mit der Oberin sprechen konnte.

»Müssten Sie als Pfarrer nicht eigentlich beim Gottesdienst sein?«, fragte sie, statt zu antworten.

Sie nickte in die Richtung, aus der der Gesang kam.

Er lachte.

»Nein, die Schwestern haben ihren eigenen Pfarrer. Vater Johannes nennen sie ihn, und er ist gerade darin zugange.«

»Na, das ist ja was. Ist er nett?«

Samuel stieß einen Seufzer aus.

»Tja, was soll ich sagen. Ich habe nach dem heutigen Gottesdienst ein paar Worte mit ihm gewechselt. Weil ich ihn nicht wirklich kenne, wollte ich herausfinden, wo er früher gearbeitet hat. In welchen Gemeinden. Aber darauf hat er eher ausweichend geantwortet.«

»Da gibt es ja viele Möglichkeiten«, stellte Maja-Sofia fest, aber dann kam ihr eine Idee. »Sagen Sie, könnten wir vielleicht irgendwo ungestört sprechen, bis diese Frau Mutter Zeit für mich hat?«

Er nickte.

»In meinem Zimmer sind wir am ungestörtesten. Wir können sprechen, während ich packe.«

Kurz darauf saß sie auf dem Schreibtischstuhl eines sehr einfach eingerichteten Zimmers, während Samuel seine wenigen Sachen zusammensammelte. Viel hatte er nicht mit.

»Das erzähle ich Ihnen jetzt im Vertrauen, Samuel«, setzte sie an.

»Sie wissen, dass Sie sich in diesem Punkt voll auf mich verlassen können«, versicherte er ihr.

Maja-Sofia erzählte von Tamara Petterssons Bericht, dass Agnes Busk vergiftet worden war. Er lauschte aufmerksam, ohne sie zu unterbrechen.

»Aber«, fragte er, als sie fertig war, »was hat das Kloster mit dem Giftmord zu tun?«

»Vielleicht klingt das jetzt komisch«, sagte Maja-Sofia, »aber Smid Karin Karlsdotter und Christin Lindén hatten eine enge Bindung an das Kloster. Sie haben praktisch jeden Sonntag hier gegessen, manchmal blieben sie zusätzlich zum Tee. Deshalb müssen wir das abklären. Wenn auch nur, um eine eventuelle Verwicklung der Schwestern auszuschließen.«

»Um welches Gift handelt es sich denn?«

»Das wissen wir noch nicht. Vielleicht chemisch, vielleicht von einer Pflanze. Auch wenn ich da keine Expertin bin, weiß ich, dass es ein paar giftige Kräuter gibt.«

Samuel pfiff durch die Zähne und klappte den Koffer zu. Dann setzte er sich auf das schmale Bett.

»Kräuter, sagten Sie? Also eine Pflanze?«

»Möglich ist alles.«

»Hier wimmelt es von Leuten, die sich mit so was auskennen«, sagte er.

»Wirklich?«

Samuel deutete mit dem Daumen auf die Wand hinter sich.

»Hier nebenan wohnt ein richtiger Spezialist auf dem Gebiet. Der Mann weiß alles, wirklich alles, über Pflanzen. Er reist von Kloster zu Kloster, wo er mit Rat und Tat beim Anbau zur Verfügung steht und richtige Vorlesungen hält.«

»Interessant. Sehr interessant. Mit dem sollte ich vielleicht auch noch ein paar Worte wechseln.«

»Er ist nicht der Einzige«, sagte Samuel.

Jetzt klang er aufgeregt. Der Pony fiel ihm ins Gesicht, und er strich ihn schnell wieder beiseite, eine Geste, die sie sehr mochte. Sie unterdrückte das Verlangen, die Hand auszustrecken und ihn zu berühren, indem sie beide Hände fest im Schoß faltete.

»Maine ist auch sehr bewandert«, setzte er an.

»Moment, die habe ich schon kennengelernt. Sie hat mir vorhin geöffnet.«

Er nickte.

»Sie ist für den Nutzgarten zuständig und kennt sich sehr gut mit Pflanzen aus. Und Birgitta aus der Küche weiß auch das eine oder andere, weil sie häufig Kräuter beim Kochen verwendet.«

Maja-Sofia nickte aufmunternd. In nicht einmal einer Minute hatte er mindestens drei interessante Personen genannt.

»Wie viele Schwestern wohnen hier insgesamt?«, fragte sie.

»Na, mal sehen, ob ich sie alle zusammenbekomme. Veronica, Maud, Petra, Maine, Birgitta und Charlotte. Charlotte ist allerdings Anwärterin, also noch keine Schwester. Vater Johannes wohnt nicht hier, er kommt aus Falun.«

»Das sind zwar eine ganze Menge, aber es sollte nicht unmöglich sein, sie alle zu vernehmen«, stellte Maja-Sofia fest. »Und der Zimmernachbar? Wie passt der ins Bild?«

»Er hat auch an der Klausur teilgenommen und scheint dann und wann hier einzukehren. Wir waren zu dritt. Er, ich und noch jemand, aber wir haben ja die meiste Zeit allein verbracht.«

»Wer war der Dritte?«

Samuel schaute sie leicht betrübt an.

»Ob Sie es glauben oder nicht«, antwortete er, »es war Smid Karin Karlsdotter. Sie musste sich sicher erholen nach all dem Schlimmen, was sie erlebt hat.«

Maja-Sofia stand auf und ging in dem winzigen Zimmer auf und ab. Selbstverständlich konnte sie bleiben und alle nacheinander befragen, aber das würde dauern und war vielleicht nicht der klügste Weg, um herauszufinden, was sie herausfinden wollte. Vielleicht konnte ihr stattdessen Samuel weiterhelfen.

»Pfarrer Samuel«, sagte sie und schaute ihm direkt in die Augen. »Müssen Sie zwingend heute abreisen?«

Er hob die Augenbrauen.

»Was meinen Sie? Die Klausur ist vorbei, und meine Gemeinde in Klockarvik braucht mich.«

Maja-Sofia setzte sich wieder auf den Stuhl.

»Und wenn Sie noch ein bisschen bleiben würden, um ein paar weitere Informationen zu sammeln, die uns nützen könnten? Sich umhören, ob jemand vom Kloster hinter der Vergiftung stecken könnte? Augen und Ohren offenhalten? Sie wissen doch, wie es geht, Sie haben mir ja schon mal geholfen. Ich gehe davon aus, dass Sie sich hier recht frei bewegen? Außerdem vertrauen Ihnen die Menschen gern an, was ihnen auf dem Herzen liegt.«

Samuel schaute schweigend aus dem Fenster, bis er sich ihr wieder zuwandte.

»Was mir im Vertrauen erzählt wird, kann ich Ihnen gegenüber aber nicht äußern«, sagte er.

»Ja, das weiß ich, aber das hatten wir ja auch schon mal. Manchmal sagt Ihr Schweigen mehr als tausend Worte.«

»Ich weiß nicht, was ich sagen soll. Die Pfarrerin wird sicher nicht glücklich sein, schließlich müsste sie eine Menge meiner Gottesdienste übernehmen.« Wieder wurde er still und schaute zum Fenster hinaus. »Unsere Diakonin Cillan Svensson könnte ihr vielleicht unter die Arme greifen. Und Sigvard mitunter auch, der hat mich jetzt am Wochenende vertreten.«

Maja-Sofia schlug sich mit den Händen auf die Oberschenkel und stand auf. Sie schaute ihm in die Augen und merkte dann, dass sie sich zusammenreißen musste. Keck klingen und schnell etwas sagen, sonst würde sie in Samuels schönen Augen versinken.

»Dann ist es also möglich?«, fragte sie. »Ich könnte auch mit Ihrer Chefin sprechen, wenn Sie wollen.«

»Ich schätze mal, das lässt sich alles regeln«, antwortete er. »Geben Sie mir ein paar Minuten, dann höre ich mich mal um. Mein Handy ist allerdings im Auto.«

Dann lachte er.

»Ich hatte mir für dieses Wochenende selbst einen Verzicht aufs Handy auferlegt«, erklärte er Maja-Sofia, da sie ihn wohl so verwundert anschaute, wie sie sich fühlte.

»Gut«, sagte Maja-Sofia. »Das Abendgebet sollte ja jetzt vorbei sein, dann kann ich ja vielleicht ein paar Worte mit Mutter Veronica wechseln. So hieß sie doch, oder?«

Er nickte und strich sich mit einem leisen Lächeln erneut die Haare aus dem Gesicht. Verdammt, sie musste ihn aus dem Kopf kriegen. Sie wandte sich ab.

»Danke, Samuel. Bis bald!«, sagte sie, und schon lief sie die Treppe hinunter.

ELF

Montag, 10. März

Christin saß aufrecht im Bett, drei Kissen im Rücken. Die Magenschmerzen wollten einfach nicht nachlassen. Am Morgen hatte sie versucht, Tee zu trinken, doch die Blasen im Mund hatten das verhindert, da die heiße Flüssigkeit zu sehr brannte. Ein paar Schlucke kaltes Wasser hatte sie runtergebracht, aber weder Essen noch Tee.

»Wie lange werde ich das noch durchhalten?«, flüsterte sie. »Und womit habe ich das verdient? Das ist die Hölle auf Erden.«

Sie legte eine Hand auf ihren schmerzenden Bauch. Mittlerweile hatte sie sich so häufig erbrochen, dass sie nichts mehr in sich hatte, das sich noch erbrechen ließe. Sie musste wieder gesund werden, konnte ja nicht einfach warten, bis sie das gleiche Schicksal ereilte wie Agnes. Der Tod. Die Krankheit ihrer Freundin war dramatischer verlaufen. Agnes hatte sich hartnäckig geweigert, ins Krankenhaus zu gehen. Zum Schluss krampfte ihr Körper nur noch, und sie konnte nichts in sich behalten. Nach einem langen Todeskampf war sie im Morgengrauen gestorben. Agnes hatte in ihrem geliebten Sessel gesessen, und Christin hatte ihre Hand gehalten, während sie ihren letzten Atemzug tat.

Christin versuchte, aufzustehen, schaffte es jedoch nur, sich nach dem Wasserglas auszustrecken. Ein Schluck noch, dann schaffte sie es vielleicht auch aus dem Bett. Möglich, dass auch ein paar Tropfen reichten, um Mund und Kehle zu befeuchten. Sie probierte es, und es schien zu funktionieren, auch wenn es brannte wie Feuer.

Sie lehnte sich wieder zurück und dachte an den Besuch der beiden Polizistinnen. Sie hatten gesagt, dass sie ermittelten und Agnes keines natürlichen Todes gestorben sei. Sie gingen also von Mord aus. Was für ein furchteinflößender Gedanke. Christin war klug genug, zu ahnen, dass auch sie unter Verdacht stand. Weil sie sich so sehr für die Mahlzeiten interessiert hatten, ließ das nur den Schluss zu, dass sie von einer Vergiftung ausgingen. Christin hatte sich um den Haushalt gekümmert, weil Agnes so sehr mit dem Lesen und Schreiben beschäftigt gewesen war. Agnes hatte sie als Gesellschafterin eingestellt, und sie waren gut miteinander ausgekommen. Monat war auf Monat gefolgt, und so hatten sie schlussendlich drei Jahre miteinander verbracht. In der letzten Zeit hatte Agnes' Jugendfreundin Karin ihnen unter die Arme gegriffen und sie mit selbst gekochtem Essen versorgt. Christin mochte lieber Fertiggerichte aus der Tiefkühlabteilung des Supermarkts, weil man die nur aufwärmen musste. Vielleicht war da irgendwas drin gewesen? Man hörte ja oft genug von Glasscherben in Babygläschen oder Blei in Konservendosen. Ganz zu schweigen von falsch ausgezeichnetem Hackfleisch. Aber vielleicht war ja auch etwas in Karins Essen gewesen? Wer wusste schon, was sie in die Frikadellen mischte? Aber

Christin war stärker als Agnes, sie würde sich nicht unterkriegen lassen.

Es klingelte an der Tür, dann war das Drehen eines Schlüssels zu hören.

»Hallo?«, rief eine vertraute Stimme.

Smid Karin Karlsdotter stand im Flur. Was immer Christin auch von ihr hielt, es war doch eine glückliche Fügung, dass sie da war, nachdem passiert war, was nun mal passiert war.

»Ich bin hier«, versuchte Christin zu rufen, doch es war mehr ein Krächzen.

Karin trat in die Tür und betrachtete sie mit gerunzelter Stirn.

»Du siehst wirklich nicht gut aus! So blass und ausgemergelt. Wie geht es dir?«

Christin sah, wie Tropfen auf ihrem Mantel herunterrannen.

»So lala, muss ich zugeben«, antwortete sie. »Könnte besser sein. Regnet es?«

»Kurz nachdem ich mich auf den Weg gemacht hatte, setzte ein Schneeschauer ein.«

Karin hielt eine Tasche hoch.

»Ich habe dir was mitgebracht. Gestern gab es Lachsburger bei mir, ich habe dir was abgepackt. Du musst unbedingt was essen. Sonst gehe ich in die Apotheke und hole Trinklösung für dich.«

Karin zog Mütze und Mantel aus und verschwand im Flur. Eine Weile später saß sie mit einer Kaffeetasse im Schaukelstuhl, während Christin in dem Fisch herumstocherte.

Allein der Geruch brachte sie schon zum Würgen. Schließlich legte sie die Gabel weg und schaute ihre oder vielmehr Agnes' Freundin an. Drei Freundinnen, die sich halfen und zusammen die Klosterkirche besuchten. Agnes war das verbindende Element gewesen. Nun waren sie einander ausgeliefert. Karin, die ihr Selbstgekochtes vorbeibrachte, das sie essen sollte. Konnte sie ihr wirklich trauen?

»Du, wie machen wir das mit Agnes' Beerdigung?«, fragte Christin. Ihre Stimme war dünn, nicht mehr als ein Flüstern. »Hast du darüber schon nachgedacht?«

Karin stellte die Kaffeetasse auf den Unterteller. Es klapperte leicht.

»Das wird noch ein bisschen dauern«, antwortete sie. »Du hast ja gehört, was die Polizei gesagt hat. Sie sind noch nicht fertig mit der Obduktion. Aber wenn es so weit ist, könnten wir alles von Luthers Töchtern regeln lassen. Ich war am Wochenende dort.«

»Die Schwestern?«

»Ja, das liegt doch auf der Hand, so oft, wie wir dort waren. Das Kloster lag Agnes sehr am Herzen.«

»Das stimmt, aber ich war immer davon ausgegangen, dass die Beerdigung hier in Klockarvik stattfindet.«

»Aber doch nicht mit dem Pfarrer«, fauchte Karin. »Diesem vermaledeiten Schnüffler. Wer weiß, auf was für Ideen der noch kommt.«

Christin hatte versucht, ihre Angst zu unterdrücken, aber jetzt schoss sie wieder in ihr hoch. Wieso sagte Karin so was? Hatte sie doch etwas mit Agnes' Tod zu tun? Wieso sollte sie Angst vor einer Untersuchung haben?

»Karin«, sagte sie. »Was kann Agnes denn zugestoßen sein? Wie kommt die Polizei darauf, dass sie vergiftet wurde? Das ist es doch, was sie glauben, oder? Sie hatte doch nur mit dir und mir zu tun.«

»Und mit Luthers Töchtern«, sagte Karin.

Christin setzte sich mühevoll auf und unterdrückte eine Woge der Übelkeit.

»Du glaubst doch nicht ernsthaft, dass eine von ihnen Agnes vorsätzlich vergiftet hat?«

Plötzlich war da Schärfe in ihrer schwachen Stimme. Die lieben Schwestern, denen Agnes und sie immer voll und ganz vertraut hatten – wie konnte Karin hier sitzen und ihnen so etwas unterstellen?

»Wer soll es sonst gewesen sein?«, fragte Karin.

Christin sank zurück in die Kissen. Die Frage war keine Antwort wert. Stattdessen musste sie an all die selbst gebackenen Teilchen denken, die Karin vorbeigebracht hatte. All die Kuchen und Quiches. An Weihnachten hatte sie Frikadellen und einen selbst gemachten Weihnachtstrunk mitgebracht. Von nun an wollte sie nichts mehr essen, was Karin gekocht hatte. Höchstens etwas, das sie aus der Tiefkühltruhe des Supermarkts mitgebracht hatte. Vielleicht.

Christin betrachtete ihre Bettwäsche, die von tanzenden Dalapferden übersät war. Die Übelkeit überwältigte sie erneut, ihr gelang es gerade noch, sich über den Eimer neben dem Bett zu beugen, ehe sie ein winziges bisschen Flüssigkeit hochwürgte. Der Schweiß lief ihr in Perlen von der Stirn, und mit zitternden Händen hob sie das Wasserglas an die Lippen, als ihr Magen sich beruhigt hatte. Die ganze Zeit über hatte Karin schweigend im Schaukelstuhl gesessen und sie angestarrt.

»Wenn du nicht glaubst, dass es eine der Schwestern war«, sagte Karin mit scharfer Stimme, »bildest du dir dann ein, dass ich dahinterstecke? Wie kannst du denn so was behaupten?«

»Das habe ich doch gar nicht behauptet«, protestierte Christin.

Karin schnaubte.

»Glaubst du wirklich, ich würde einen Menschen töten, an dem mir immer viel lag? Glaubst du das ernsthaft?«

Sie stand auf und stürzte in den Flur. Christin hörte die Kleiderbügel klappern, als Karin ihren Mantel an sich riss. Sie kam zurück ins Zimmer, den Mantel zwar um, aber nicht zugeknöpft.

»Nach allem, was ich für euch getan habe«, sagte sie mit leerem Blick, »wirfst du mir vor, eine Mörderin zu sein.«

»Das habe ich doch gar nicht ... es könnte auch jemand aus dem Supermarkt gewesen sein«, sagte Christin matt.

Karin ging gar nicht auf ihren Protest ein.

»Eins sag ich dir.« Sie kam näher und beugte sich über Christin.

Ihre Blick war hart, und ihr Atem roch nach Kaffee.

»Ich habe Agnes geliebt, und ich war nicht die Einzige. Nur, damit du das weißt. Sie war die beste Freundin, die man sich vorstellen konnte. Du hast ja keine Ahnung, was uns verbindet, was wir erlebt haben.«

Dann wandte sie sich ab und verließ das Zimmer. Kurz darauf knallte die Haustür hinter ihr zu.

Christin lehnte sich zurück und versuchte, ruhig zu atmen, um die Übelkeit zu unterdrücken. Sie hatte Angst. Vielleicht würde Karin zurückkommen und ihr etwas antun. Sie hatte einen Schlüssel und konnte sich jederzeit Zugang verschaffen. Einfach nachts hereinschleichen und sie umbringen. Sie hatte so wütend auf Christins Fragen reagiert, ganz so, als wäre sie schuldig. Wer einmal mordete, schreckte auch ein zweites Mal nicht davor zurück.

Mühsam kam Christin auf ihre zittrigen Beine. Sie musste hier weg, musste es bis zu den Schwestern ins Kloster schaffen. Nur dort war sie sicher.

Eine ganze Weile später, die sich wie eine Ewigkeit anfühlte, war es ihr gelungen, sich anzuziehen. Nun stand sie draußen vorm Haus. Vorgebeugt und mit taumelnden Schritten näherte sie sich dem Auto, um es zu entriegeln. Es waren nur zehn Kilometer, das musste sie einfach schaffen. Sie setzte sich auf den Fahrersitz und griff nach der Tür, um sie hinter sich zuzuziehen.

Sie spürte einen Widerstand. Eine Silhouette hatte sich bedrohlich neben dem Wagen aufgebaut.

»Du fährst nirgendwohin, damit das klar ist«, zischte Karin und zerrte Christin aus dem Auto.

ZWÖLF

Das Frühstück war vorüber, und Samuel schob den Teller weg. Er hatte sich mit Helge unterhalten, der neben ihm saß, und mit Charlotte, die ihnen gegenüber saß. Beide waren erfreut gewesen, dass Samuel noch ein paar weitere Tage im Kloster verbringen wollte.

»Das werden Sie nicht bereuen«, hatte Helge gesagt. »Eine Klausur ist sicher hilfreich, aber sich ein paar Tage lang dem Klosterleben anzuschließen wirkt wahre Wunder. Das wird Ihnen guttun, glauben Sie mir.«

Mutter Veronica stand auf. Das Schaben der Stuhlbeine hallte durch den Speisesaal.

»Nun wollen wir einander eine schöne Woche wünschen«, sagte sie. »Erinnern wir uns daran, dass die Fastenzeit begonnen hat und es gilt, Enthaltsamkeit zu üben.«

Samuel begegnete Charlottes fröhlichem Blick. Ganz im Gegensatz zu ihr sah er der Zeit nicht ganz so optimistisch entgegen.

»Außerdem möchte ich darüber informieren, dass Agnes Busks Tod eine neue Wendung genommen hat«, fuhr Mutter Veronica fort. »Die Polizei geht davon aus, dass sie vergiftet wurde, und behandelt das Ganze jetzt als einen Mord.

Es ist euch sicher nicht entgangen, dass wir gestern Besuch von der Kriminalpolizei hatten.«

Charlotte riss die Hand zum Mund und atmete keuchend ein.

»Ermordet?«, sagte sie und machte große Augen.

»Das ist noch nicht hundertprozentig sicher«, wandte Samuel ein.

»Unsere gute Freundin Christin Lindén hat angerufen«, fuhr Mutter Veronica fort. »Sie ist sehr niedergeschlagen, und sie wünscht sich, dass wir sie bei der Beerdigung unterstützen. Natürlich müssen wir zuerst die Freigabe durch die Polizei abwarten.«

»Mutter Veronica«, sagte Petra. »Ich habe Christin vor Kurzem besucht, und sie war nicht sie selbst. Sie war schwach und konnte praktisch nichts allein bewältigen. Ich schlage vor, dass wir abwechselnd zu Besuch fahren, um ihr in dieser schweren Zeit beizustehen. Ihre Freundin fehlt ihr sicher sehr.«

»Ich weiß ja nicht, ob Freundin das richtige Wort ist«, murmelte Maud, die sich bisher noch nicht geäußert hatte. »Sie ist Agnes gefolgt wie ein treues Hündchen.«

In ihrer Stimme war die Spur eines Dialekts, aber welcher genau, konnte Samuel nicht sagen. Norrländisch vielleicht.

»Gute Idee, Schwester Petra«, sagte Veronica. »Wir werden sie unterstützen, ich mache gleich einen Plan. Außerdem möchte ich darüber informieren, dass Samuel Williams noch ein paar weitere Tage bei uns verbringen wird, und auch Helge bleibt uns noch ein bisschen erhalten, wie immer während der Fastenzeit.«

Helge machte eine bescheidene Geste mit der Hand und verbeugte sich leicht.

»Wir erwarten, dass die werten Herren sich an den anfallenden Arbeiten beteiligen, außerdem sind sie herzlich bei unseren Gebeten und Andachten willkommen«, fuhr Veronica fort. »So viel erst mal dazu. Lasst uns noch gemeinsam für die Mahlzeit danken, bevor wir wieder unsere jeweiligen Aufgaben aufnehmen.«

»Was halten Sie davon, mich beim Holzhacken zu unterstützen?«, fragte Charlotte, als sie ihre Teller und Tassen auf den Spülwagen stellten. »Ich könnte ein weiteres Paar Hände gebrauchen. Das Holz muss nicht nur gehackt, sondern auch reingebracht werden.«

»Sehr gern«, sagte Samuel. »Ich ziehe nur schnell geeignetere Schuhe an. Wir sehen uns draußen!«

Kurze Zeit später stand er mit Charlotte beim Hackklotz. Sie lachte über seinen ersten Versuch mit der Axt. Holzhacken war eine Kunst, und sie tat ihr Bestes, ihm zu zeigen, wie man ansetzen musste. Es war keine leichte Arbeit, aber Charlotte war stärker, als er geahnt hatte. Sie widmete sich den großen Ästen, während er bereits vorportionierte Stücke kleiner hacken sollte.

»Damit man es als Anmachholz verwenden kann«, erklärte Charlotte.

Das gelang ihm deutlich besser. Und während die Axtschläge über den Hof hallten, füllte sich sein Korb mit Anmachholz und Charlottes Schubkarre mit perfekt geformten Scheiten.

»Wieso können Sie das so gut?«, fragte er, als sie einen

Moment innehielt, um sich mit der Hand den Schweiß abzuwischen.

Charlotte stellte die Axt weg und krempelte den Ärmel hoch, bis er ihren muskulösen Oberarm sehen konnte.

»Ich hab an Wettkämpfen im Armdrücken teilgenommen, bevor ich hierhergekommen bin«, sagte sie. »Ich möchte meine Fitness erhalten, und dafür bietet sich diese Aufgabe an.«

»Das ist ja beeindruckend«, sagte Samuel. »Wie lange sind Sie nun schon hier?«

»Zehn Monate«, sagte sie. »Die Probezeit ist bald vorbei, und es wird Zeit, die große Entscheidung zu fällen.«

»Und wozu tendieren Sie?«, fragte er und schaute sie unter dem blonden Pony hindurch an.

»Ach, die Wahl fällt mir nicht schwer«, antwortete sie. »Mir gefällt das Leben hier. Ich bleibe gern, wenn Gott mich will.«

»Das will er sicher«, sagte Samuel. »Sie sind doch sehr fleißig und noch dazu sehr fähig. Und glaubensstark. Haben Sie in ihrer Zeit hier die Schwestern gut kennengelernt?«

Sie lächelte ihn an.

»Petra, die da im Hühnerhaus sitzt und schreibt, ist eine enge Freundin geworden«, sagte sie. »Sie ist nur zehn Jahre älter als ich, wir sind uns also alterstechnisch am nächsten. Birgitta aus der Küche mag ich auch gern. Sie hat immer gute Laune, ist immer freundlich und kann aus allem eine leckere Mahlzeit zaubern. Und Veronica ist eine gute Oberin, auch wenn sie sehr ernst ist.«

»Da kann ich nur zustimmen«, sagte Samuel und hörte das Tor zum Küchengarten knarzen.

»Und Maine?«, fragte er und nickte zum Tor, durch das Helge und die Schwester gerade hindurchkamen.

»Mit ihr ist es ein bisschen kompliziert«, sagte Charlotte und runzelte die Stirn. »Sie lässt niemanden in den Garten außer Helge. Die beiden sind wie Topf und Deckel. Sie geben auch gemeinsam Kurse.«

»Über Kräuter?«

»Ja.«

»Bestimmte Kräuter?«, fragte Samuel.

»Alle möglichen, bloß manchmal ...«

Charlotte verstummte.

»Ja?«

»Ich habe mal gehört, wie sie über giftige Kräuter gesprochen haben. Es gibt ein paar gefährliche. Tödliche sogar.« Charlotte war etwas blass um die Nase geworden. »Samuel, Sie glauben doch nicht, dass jemand aus diesem Hause Agnes Busk vergiftet haben könnte?«, fragte sie.

Samuel beantwortete ihre so beunruhigte Frage nicht, einfach, weil er nicht wusste, was er sagen sollte. Sein Auftrag war, verdächtige Dinge herauszufinden und Maja-Sofia mitzuteilen. Und das, was Charlotte über Maine und Helge erzählte, war auf jeden Fall eine nähere Betrachtung wert. Er tätschelte ihr leicht und, so hoffte er, tröstend auf die Schulter.

»Sie haben noch gar nichts über Maud erzählt«, sagte er und nahm die Axt wieder auf.

Charlotte stellte ein Birkenstück auf den Hackklotz und

holte aus. Mit einem Hieb war es entzwei, beide Stücke flogen in hohem Bogen durch die Luft. Samuel sprang aus dem Weg.

»Maud bleibt meist allein«, sagte sie. »Sie ist nicht sonderlich gesellig, aber ein guter Mensch. Sie ist sehr begabt und malt tolle Heiligenbilder.«

Sie setzten ihre Arbeit schweigend fort, und als sie nach weniger als einer Stunde die Tagesration an Holz vorbereitet hatten, entschuldigte Samuel sich und betrat den Küchengarten. Die Beete sahen noch kahl und leer aus, aber in einer Ecke befand sich ein Gewächshaus, in dem Licht brannte. Durchs Fenster ließen sich zwei Silhouetten erkennen, die sich langsam im Innern bewegten. Samuel trat darauf zu, schob die Tür auf und betrat das feuchtwarme Innere. Am anderen Ende standen zwei Menschen dicht beieinander über etwas gebeugt. Die eine trug Tracht und Haube, der andere Arbeitskleidung. Sie hatten ihn nicht kommen hören, also räusperte er sich.

»Hände weg vom Spinat!«, sagte er laut.

Maine und Helge machten sofort einen Schritt zurück und schauten auf, als wären sie bei etwas Verbotenem erwischt worden. Helge nickte zum Gruß, als er ihn sah. Maine starrte ihn wütend an.

»Wie sind Sie hier reingekommen?«, fragte sie alles andere als freundlich.

»Ich habe die Tür geöffnet. Ging ganz leicht.«

Helge strich sich ums Kinn.

»Ich habe vergessen, abzuschließen«, sagte er und schaute zu Maine. »Verrückt.«

Maine kniff den Mund zusammen und schwieg. Ihr Blick sagte alles. Ihr gefiel es gar nicht, dass Samuel in ihrem Reich herumschnüffelte, das war nicht zu übersehen. Trotzdem ließ er sich davon nicht abschrecken, sondern machte ein paar Schritte ins Gewächshaus hinein, berührte vorsichtig die Blätter einer hier überwinternden Zitruspflanze.

»Wir ziehen hier spannende Pflanzen«, erklärte Helge. »Echte Raritäten. Wir können noch nicht absehen, was aus ihnen wird, deshalb wollen wir sie niemandem zeigen. Einfach, weil wir ein bisschen geheimnisvoll sein wollen.«

»Giftige Kräuter?«, fragte Samuel geradeheraus und trat noch näher zu ihnen, damit er besser sehen konnte.

Maine hielt eine Hand in die Luft, um ihn zum Anhalten zu bringen, und stellte sich vor die Anzuchttöpfchen.

»Unter anderem veredeln wir Wildkräuter, die großartige Ergänzungen für jeden Garten werden könnten, um es mal so zu formulieren«, sagte Helge.

»Kein weiteres Wort«, mahnte Maine.

»Dann können Sie ja noch etwas fürs Kloster dazuverdienen, indem Sie sie verkaufen«, sagte Samuel. »Das klingt klug. Und Schwester Maine braucht sich keine Sorgen zu machen«, fügte er lächelnd hinzu. »Als Pfarrer gilt für mich die Schweigepflicht.«

Darauf erwiderte sie nichts, drehte sich nur um und setzte ihre Arbeit fort. Helge zuckte mit den Schultern, und Samuel sah ein, dass er sie besser wieder alleinließ.

»Dann gehe ich mal besser«, sagte er. »Vielen Dank für den Einblick und alles Gute.«

Er würde sich zu einem späteren Zeitpunkt herschleichen und versuchen, herauszufinden, was hier eigentlich vor sich ging. Dazu musste er nur eins der Gebete abpassen, an denen alle Schwestern teilnahmen, und schauen, dass Helge anderweitig beschäftigt war.

DREIZEHN

Dienstag, 11. März

Birgitta knotete eine blumige Wachstuchschürze um Samuels Hüfte, und schon war die gesamte Küche von ihrem ansteckenden Lachen erfüllt.

»Wie hübsch er aussieht, der Herr Pfarrer«, sagte sie. »Die Schürze ist aus den Fünfzigern, stammt noch von meiner Mutter, wenn Sie das interessiert. Die Zeit der haltbaren Dinge. So, Spülen kann losgehen! Wenn Sie mit heißem Wasser abspülen, trocknet alles schneller. Ja, Sie können das Geschirr praktisch sofort in den Schrank stellen.«

Samuel tauchte die Hände ins Spülbecken und tastete nach der Bürste. Er seufzte, als er den Geschirrberg vom Mittagessen sah. Nicht weiter verwunderlich, dass Schwester Birgitta um Hilfe gebeten hatte. Sie war immer sehr beschäftigt, und er konnte überhaupt nicht nachvollziehen, wie sie das alles schaffte. Kaum war eine Mahlzeit abgehakt, plante sie schon die nächste, außerdem nahm sie an allen Gebeten teil. Manche Menschen waren einfach bewundernswert, und Schwester Birgitta gehörte definitiv dazu.

»Wegen der Fastenzeit kann ich keinen Kuchen zum Nachmittagstee machen, ich hoffe, der Herr Pfarrer ist nicht zu enttäuscht«, sagte sie. »Aber zum Mittag wird es einen einfachen Zwiebelkuchen geben, das muss reichen. Fisch und Fleisch gibt es während der Fastenzeit gar nicht bei uns, aber essen muss man ja trotzdem, finde ich. Zum Tee gibt es dann allerdings nur einen trockenen Keks.«

Samuel schwang derweil weiter die Bürste und stellte ein Glas nach dem anderen zum Abtropfen auf die Spüle.

»Sie können wirklich aus allem eine großartige Mahlzeit zaubern«, sagte er. »Ich würde nicht mal auf die Idee kommen, so etwas wie einen Zwiebelkuchen zu machen.«

»Die Möglichkeiten, die Bohnen, Wurzelgemüse und Zwiebeln bieten, sind endlos«, erwiderte sie. »Wenn Sie noch ein bisschen bleiben, kann ich Ihnen sicher etwas beibringen. Das sind gesunde Mahlzeiten und man spart Geld. Und wie Sie sicher wissen, sollt es bei uns am besten gar nichts kosten.«

Samuel nickte. Er selbst gab vermutlich Unsummen für Lebensmittel aus, er achtete eigentlich nie darauf, wie viel das Essen kostete. Meist aß er auswärts zu Mittag, abends kochte er dafür gern selbst, setzte aber selten auf billige Lebensmittel. In letzter Zeit hatte er jedoch wenig Lust gehabt, gutes Essen zu kochen, und woran das lag, wusste er nur zu gut. Der unheilvolle Gedanke, dass er Marit enttäuschen könnte, lastete schwer auf ihm.

Gerade spülte er eine geblümte Kaffeetasse, als sie ihm aus der Hand rutschte und gegen das Waschbecken knallte.

»Oh, verdammt!«, rief er und fischte die Tasse und den abgebrochenen Henkel aus dem Spülwasser. Sofort bedauerte er, in diesem frommen Umfeld geflucht zu haben. Birgitta würde das sicher nicht gutheißen.

Sie trat neben ihn und nahm ihm die kaputte Tasse ab.

»Wo gehobelt wird, fallen Späne«, sagte sie nur und lachte heiter. »Und der kleine Fluch sei Ihnen verziehen.«

Samuel seufzte und hantierte weiter wütend mit der Bürste herum.

»Aber, aber«, sagte Birgitta, die die kaputte Tasse in einen besonderen Eimer steckte, »er seufzt und stöhnt so sehr, dass die Klosterwände bald in Tränen ausbrechen. Was belastet Sie denn so?«

Samuel schaute ihr in die Augen. Ihr Blick war aufrichtig bekümmert.

»Ach, nichts weiter«, sagte er. »Einfach ein paar persönliche Probleme, die ...«

Weiter kam er nicht, weil Maud mit Vater Johannes die Küche betrat. Im selben Moment erlosch Birgittas Lächeln. Er selbst war dankbar über den Besuch, denn er war kurz davor gewesen, ihr sein Herz auszuschütten, was völlig unnötig gewesen wäre.

Johannes ging zur Kaffeemaschine und schenkte sich die letzte Tasse ein, bevor er sich an den Tisch setzte.

»Schwester Maud«, grüßte Birgitta, während sie sich wieder ganz dem Andünsten riesiger Mengen gelber Zwiebeln widmete. »Und Vater Johannes.«

»Ich muss etwas nachsehen«, sagte Maud und steuerte die Tür zur Speisekammer an.

Birgitta hielt inne.

»Ist es schon wieder so weit?«, fragte sie. In ihrer Stimme lag eine Spur Irritation. Auf einen Schlag war die freundliche und fröhliche Birgitta wie ausgewechselt.

»Ja, ich muss mir noch mal die Etiketten ansehen«, erklärte Maud. »Die für Marmelade und Saft. Damit ich sie richtig malen kann.«

Birgitta murmelte etwas, während Maud in der Speisekammer verschwand. Der Hauspfarrer Johannes betrachtete Samuel vom Tisch aus, wie er Teller abtrocknete.

»Ach, der Pfarrer ist Haushälterin geworden«, sagte er. »Tja, irgendwie muss man sich beschäftigen.«

Samuel erwiderte nichts. Irgendwas an diesem Johannes oder Janne Boman fand er höchst irritierend. Er war nicht der Typ Mensch, mit dem er sich gern tiefergehend unterhalten wollte. Beim Abtrocknen machte er also lieber ein paar Schritte auf die großzügige Speisekammer zu, deren Tür Maud etwa zehn Zentimeter weit hatte offen stehen lassen. Mit dem Fuß schob Samuel die Tür weiter auf und spähte hinein. Darin standen Einmachgläser und Flaschen aufgereiht. Von der Decke hingen Bündel getrockneter Kräuter. Er nahm an, dass es sich dabei um Gewürze handelte, die Maine gezogen hatte. Die Schwestern legten wirklich großen Wert darauf, alles zu verwerten, was sich nutzen ließ.

Maud schien sich nicht weiter um ihn zu kümmern. Sie fuhr mit dem Zeigefinger die Gläser ab, fand, was sie suchte, und nahm ein kleines aus dem Regal.

»Das leihe ich mir mal aus«, sagte sie zu Birgitta. »Das bekommst du zurück, versprochen.«

Ehe sie reagieren konnten, war Maud schon wieder verschwunden. Birgitta schloss laut die Tür zur Speisekammer und holte die Tasse, die der Hauspfarrer auf dem Tisch hatte stehen lassen. Er war aufgebrochen, ohne dass Samuel es mitbekommen hatte.

»Ich habe Bilder auf die Gläser geklebt«, erklärte Birgitta, »die ich aus Zeitschriften ausgeschnitten habe und die Schwester Maud abmalt. So sehen sie viel schöner aus, und man ist gleich glücklicher.«

»Sie haben Zeitschriften?«, fragte Samuel. »Das hätte ich gar nicht gedacht.«

»Die haben wir von Agnes bekommen, Gott hab sie selig«, sagte Birgitta. »Nur ordentliche Zeitschriften, keine gottlosen Geschichten oder andere Versuchungen, das sollten Sie nicht mal denken. Ich mag sie besonders wegen der Rezepte.«

»Und darin finden all Ihre Gewürze Verwendung?«, fragte er. »Was genau haben Sie da eigentlich alles drin?«

Er wedelte mit dem Handtuch zur Speisekammer.

»Oh, Minze, Oregano und Thymian, das brauchen wir für die Erbsensuppe. Dann Salbei, der immer zu guter Pasta passt. Die werde ich mal kochen, solang Sie noch hier sind, dann können Sie die mal kosten. Salbei mit Zitrone, Fenchel, Zucchini und etwas Parmesan, das ist immer lecker.«

Samuel mochte ihre Begeisterung. Schon bald war er mit dem Abwasch fertig und wischte die Arbeitsfläche ab. Er genoss Birgittas Gesellschaft, trotzdem war es gut, dass er sie nicht mit seinen privaten Problemen belastet hatte. Mit ihr über Essen zu sprechen und zu lachen war viel schöner, tat ihm auf eine andere Art sehr gut. Aber er war neugierig auf Maud. Eine Künstlerin, die Heiligenbilder schuf und dafür Inspiration in der Speisekammer eines Klosters fand, war wirklich ungewöhnlich.

»Wo malt Maud eigentlich?«, fragte er.

»Im Keller«, antwortete Birgitta. »Sie können gern runtergehen und sich ansehen, was sie macht. Es ist nicht so finster, wie es klingt.«

Samuel testete mehrere Türen, bevor er Mauds Atelier fand. Es handelte sich um ein Souterraingeschoss, und die Malerin war in einem Zimmer mit großen Verandafenstern, die einen Blick auf den See boten. Die Strahlen der Märzsonne fielen herein und spendeten Licht. Die Künstlerin saß hoch konzentriert auf einem hohen Stuhl, vor sich hatte sie das kleine Marmeladenglas, das sie sorgfältig studierte. Sie schien seine Anwesenheit gar nicht zu bemerken, und arbeitete einfach schweigend weiter.

An den Wänden hingen unzählige Heiligenbilder. Die meisten waren mit Öl auf Leinwände gemalt, aber es gab auch bemaltes Holz direkt aus dem Wald, und ein paar Gemälde wirkten, als wären sie auf groben Stoff aufgebracht. Er trat näher an eines davon, das Gewebe war alt und grau. Jesus in einem goldtürkisenen Mantel war darauf gemalt worden und bildete den perfekten Kontrast zu dem Hintergrund. Er hielt die Hand erhoben, Daumen und Zeigefinger zum Segen aneinandergelegt.

»Ist das ein Stück Segeltuch?«, fragte er und drehte sich um.

Maud hob den Kopf und sah ihn an, als würde sie ihn jetzt erst wahrnehmen.

»Das ist nicht von mir«, sagte sie. »Sondern von einem Freund. Ein Kollege von Ihnen, er ist sehr begabt.«

Wieder fiel ihm ihr Akzent auf. Sie stammte definitiv aus dem Norden. Oder vielleicht aus dem Ausland? Das wäre zumindest nicht ungewöhnlich, Schwestern kamen aus allen Teilen der Welt an den Ort, an den Gott sie rief.

Samuel betrachtete die Heiligenbilder, blieb eine Weile stehen bei der Abbildung von Maria mit dem Jesuskind auf dem Arm. Bei den meisten war eine kleine Blume in der unteren rechten Ecke, immer eine andere Sorte, soweit er das beurteilen konnte. Manchmal auch nur ein grüner Zweig. Er nahm an, dass das der Olivenzweig sein sollte, mit dem die Taube zu Noahs Arche zurückgekehrt war, nachdem sie die Sintflut überstanden hatten.

»Wie ich sehe, mögen Sie Blumen?«, sagte er und deutete auf eine kleine gelbe Butterblume.

»Die male ich anstelle einer Signatur«, sagte sie. »Die meisten Maler signieren ihre Bilder, und die kleine Blume zeigt, dass das Bild von mir ist.«

So viel hatte sie in seinem Beisein noch nie gesprochen. Er setzte sich zu ihr auf einen ähnlich hohen Stuhl wie dem Ihren.

»Aha«, sagte er. »Dann verstehe ich auch, weshalb Sie in Birgittas so gut gefüllter Vorratskammer waren. Dort finden Sie Ihre Vorlagen.«

Darauf reagierte sie nicht, sondern malte einfach weiter. Tunkte den Pinsel in Farbe und zog ein paar grüne Striche in die untere rechte Ecke. Dann nahm sie einen anderen Pinsel und tunkte auch ihn in Farbe, diesmal in rotorange.

Und schon entstand eine hübsche, winzige Hagebutte. Gottes Kreation als Kennzeichen für ihr so wundervolles Heiligenbild. Er ließ sie eine Weile lang ungestört weiterarbeiten, schaute ihr zu, bis sein Blick zum großen Fenster hinauswanderte. Er sollte eine Runde spazieren gehen, so wie es eigentlich um diese Tageszeit angedacht gewesen war.

»Wo haben Sie die Heiligenmalerei gelernt?«, fragte er und schaute sie an.

»Habe ich mir selbst beigebracht.«

Irgendwas war anders an ihrer Aussprache, der deutlich betonte R-Laut fiel ihm besonders auf. Maja-Sofia klang genauso.

»Kommen Sie aus dem Norden?«, fragte er. »Sie haben so einen speziellen Dialekt.«

Sie schenkte ihm einen freundlichen Blick und ein schwaches Lächeln, aber keine Antwort. Diese Schwester war schon etwas mysteriös. Man bemerkte ihre Anwesenheit kaum. Eine besondere Frau, die sich allein durch ihre Kunst ausdrückte. Das war nichts Schlechtes. Dafür konnte man sie durchaus bewundern, trotzdem ließ ihn die Frage nicht los, wo sie diese feine Arbeit gelernt hatte.

»Ich war einmal in Italien im Urlaub«, sagte er, »und habe dort ein Kloster besucht. Das war wirklich ein Erlebnis, vor allem die Bibliothek, dort waren viele einzigartige Bücher. Ihre Gemälde erinnern mich an die Bilder, die darin abgebildet waren.«

Es war ein weiterer Versuch, ein Gespräch anzufangen. Maud warf ihm nur einen kurzen Blick zu, ohne etwas zu sagen, und ihm wurde klar, dass er nichts aus ihr herauskriegen würde.

»Dann ziehe ich mal weiter«, sagte er. »Wir sehen uns beim Mittagessen oder Gebet.«

Sie nickte, sah ihn aber nicht an.

Samuel wählte den Weg, der am Seeufer entlangführte, und genoss den leichten Wind, der ihm ins Gesicht blies. Seine Gedanken kreisten um das Gespräch, das er mit Maja-Sofia über Agnes Busk geführt hatte. War sie wirklich von jemandem vom Kloster vergiftet worden? Die Bewohner waren alle so hingebungsvoll, arbeiteten im Schweiße ihres Angesichts und glaubten so felsenfest an den Erlöser. Es war schwer vorstellbar, dass eine dieser Frauen so etwas Schreckliches tun würde. Allerdings schienen alle, mit denen er bisher gesprochen hatte, über gute Kräuterkenntnisse zu verfügen. Birgitta machte Marmeladen, Saft und kochte außerdem. Sie hätte ausreichend Möglichkeiten, Gift in eine Mahlzeit oder einen Tee zu schmuggeln. Maud war vollkommen auf Blumen fixiert, auch wenn sie ihnen nur wenig Platz in ihren Gemälden einräumte. Aber all das war nichts im Vergleich zu Maine und dem gelehrigen Helge Fredengren. Schon jetzt gab es viele, die Agnes Busk hätten vergiften können, dabei hatte er bislang weder mit Mutter Veronica oder Schwester Petra noch mit der jungen Anwärterin Charlotte ausgiebig gesprochen. Er musste ihnen allen noch ausgiebig auf den Zahn fühlen, auch wenn sie alle einen netten, unschuldigen Eindruck machten. Man konnte sich nie sicher sein. Petra wusste vermutlich eine Menge über unterschiedliche Mordmethoden, schließlich schrieb sie Krimis. Wann war das Opfer eigentlich vergiftet worden? Darüber hatte Maja-Sofia gar nichts gesagt. Wenn er mit seiner Detektivarbeit Erfolg haben wollte, musste er sich noch einmal mit ihr abstimmen und mehr Einzelheiten herausfinden. Er fischte das Handy aus der Brusttasche. Er hatte sich zwar vorgenommen, sie nur im äußersten Notfall anzurufen, aber jetzt musste er definitiv mehr wissen.

»Oder was meinst du, Boss?«, fragte er und richtete den Blick zum Himmel.

Er hatte keine Hoffnung darauf, eine Antwort zu bekommen, also ging er langsam den Weg zurück, den er gekommen war. Nach wenigen Schritten hörte er dennoch eine Stimme.

Mach es, aber sieh dich vor.

Hatte er wirklich eine Antwort bekommen? Ja, hatte er, oder?

»Danke, Boss«, sagte er und lächelte. »Danke.«

VIERZEHN

Mittwoch, 12. März

Maja-Sofia klopfte unaufhörlich mit dem Stift auf den Tisch, während sie aus dem Fenster starrte. Noch immer lag hier und da Schnee, aber an vielen Stellen hatte er schon zu schmelzen begonnen. Heute schien die Sonne, was den Prozess noch beschleunigte, ihre Stimmung aber kein bisschen hob.

»Hast du neuerdings einen Tick?«, fragte Larsson und warf ihr einen fast mörderischen Blick zu.

»Ja, das würde ich auch gern wissen«, sagte Jarning. »Dieses Klopfen ist unfassbar nervtötend.«

Maja-Sofia schleuderte den Stift auf den Boden, dann stöhnte sie hörbar.

»Wir sind keinen Schritt weiter«, sagte sie. »Wir wissen nur, dass Agnes Busk vergiftet wurde und wahrscheinlich daran gestorben ist. Aber wer könnte das getan haben? Und aus welchem Grund? Diese schüchterne kleine Frau, die sich die Eingeweide rauskotzt?«

»Oder die Frau, die so freundlich ist und im Haushalt hilft, spült und Essen vorbeibringt.«

»Die mit der Baskenmütze? Das glaube ich kaum«, sagte Maja-Sofia. »Wieso sollte sie? Nein, das ist doch ein eingespieltes Trio. Vielmehr war es das, jetzt sind sie ja nur noch zu zweit. Wir sollten unser Augenmerk eher auf dieses Kloster richten.«

»Du warst doch letztens erst da«, sagte Larsson. »Was konntest du herausfinden?«

»Noch nichts«, sagte Maja-Sofia. »Man kann da nicht einfach einfallen und alles absperren.«

Dass sie Samuel gebeten hatte, ein bisschen auf eigene Faust im Kloster zu ermitteln, hatte sie den Kollegen verschwiegen. Sie würden Maja-Sofia nur unnötig aufziehen, und darauf hatte sie absolut keine Lust.

»Wir könnten sie ja wenigstens mal vernehmen«, sagte Larsson. »Ist mir egal, ob wir damit Gott selbst infrage stellen. Ein Haufen Ordensschwestern zu verhören ist zwar mühselig, aber bedeutet auch nicht die Welt – selbst wenn jetzt schon klar ist, dass sie sich gegenseitig Alibis geben werden. Außerdem müssen wir dringend mit Smid Karin Karlsdotter sprechen, auch wenn es nicht leicht sein wird, sie auf ein Alibi festzunageln. Die Symptome des Opfers zogen sich schließlich über einen langen Zeitraum. Wann wurde Agnes Busk überhaupt vergiftet? Das ist doch eigentlich die erste Frage.«

»Völlig richtig«, stimmte Maja-Sofia zu.

»Wir wissen ja noch nicht mal, womit sie vergiftet wurde«, sagte Jarning nachdenklich. »Wollte Tamara Pettersson sich nicht bald melden?«

»Das frage ich mich auch«, erwiderte Maja-Sofia. »Aber es liegt nicht an ihr, sondern am forensischen Institut, das wie immer alle Hände voll zu tun hat. Mich interessiert auch das, was Larsson gerade angemerkt hat. Wann dürfte laut Tamara Pettersson die eigentliche Vergiftung stattgefunden haben? Sobald wir das wissen, haben wir einen Ansatzpunkt für die weiteren Ermittlungen.«

»Wenn wir erst mal wissen, welches Gift verwendet wurde«, sagte Jarning, »sollte sich der Zeitpunkt ja schnell errechnen lassen. Bei manchen Pflanzen dauert es, bei anderen kann es schnell gehen. Das Giftinformationszentrum ist da die richtige Anlaufstelle. Oder ich suche online nach der entsprechenden Info.«

Larsson klopfte seiner Kollegin ermunternd auf den Rücken, und Maja-Sofia nickte.

»Perfekt, Jarning«, sagte sie. »Dann hoffen wir mal, dass wir schnell Antwort von der Rechtsmedizin bekommen.«

Ihr Telefon klingelte, und sie warf einen Blick aufs Display, um zu prüfen, wer anrief.

»Pfarrer Williams?«, sagte sie, als sie abhob. Sie versuchte, so normal wie möglich zu klingen, und vermied den Blickkontakt mit ihren Kollegen.

»Hallo«, sagte Samuel, »ich will nicht lange stören.«

»Passt schon«, sagte sie.

Sie stand auf und ging in den Flur, wo sie ungestört sprechen konnte.

»Haben Sie etwas herausgefunden?«, fragte sie.

»Vielleicht«, antwortete er. »Aber zunächst noch eine Frage: Wissen Sie, wann Agnes vergiftet wurde, nur ungefähr? Gestorben ist sie ja am siebenundzwanzigsten Februar, am Tag der Wasastaffel.«

Maja-Sofia ging im Flur auf und ab.

»Das haben wir uns auch gerade gefragt, aber leider kann ich noch mit keiner Antwort dienen.«

»Ah, okay«, sagte Samuel. »Wie auch immer, hier scheint jede Schwester Interesse an Kräutern zu haben. Und nicht alles, was hier in den Beeten wächst, ist genießbar, so viel kann ich schon sagen.«

»Wirklich? Von welchen Sorten sprechen Sie?«

Er rasselte die Namen mehrerer Kräuter herunter. Sie kritzelte alles auf einen Zettel.

»Ich melde mich wieder«, sagte sie dann. »Sie halten bitte weiter Augen und Ohren offen, und rufen Sie gern an, wenn Ihnen etwas auffällt. Und …«

»Ja?«

»Ich bin Ihnen auf ewig dankbar.«

Sie drückte das Gespräch weg und kehrte zu ihren Kollegen zurück. Kaum saß sie, kam Beata Löfblad herein.

»Ich habe eine kurze Rückmeldung der Rechtsmedizinerin bekommen«, sagte sie.

Sofort spürte Maja-Sofia einen Energieschub. Endlich! Der Reaktion ihrer Kollegen nach zu urteilen, ging es ihnen ganz ähnlich. Vielleicht kamen sie nun einen Schritt weiter mit den Ermittlungen.

»Tamara Pettersson schreibt, dass es sich nicht um ein synthetisches Gift handelt, sondern um eins aus dem Pflanzenreich. Welche Pflanze genau es war, wird sie uns noch mitteilen. Außerdem hat sie die Ergebnisse vom forensischen Institut zum Mageninhalt: Darin befanden sich Spuren von Hagebutte, Gewürzen und Essig.«

Jarning stand auf.

»Gebt mir fünf Minuten«, sagte sie, und schon war sie durch die Tür. »Ich google mal ein bisschen!«, rief sie noch über die Schulter, während ihre Schritte sich entfernten.

Larsson erklärte sich derweil dazu bereit, eine Runde Kaffee zu holen. Sie hatten die Hälfte ihrer Tassen in konzentrierter Stille ausgetrunken, als Jarning zurückkehrte.

»Schaut mal«, sagte sie und hielt ihnen den Laptop hin.

Maja-Sofia betrachtete die Überschrift.

»Die giftigsten Pflanzen im Garten«, las sie laut vor. »Könnte es eine davon sein? Ich kenne sie nicht alle.«

»Ich bin auf dem Gebiet auch nicht gerade bewandert«, gab Löfblad zu. »Da dürfen Sie sich gern austoben.«

Larsson beugte sich über den Computer.

»Müssen die denn unbedingt auch noch mit Latein kommen?«, klagte er. »Das macht es doch nur unnötig schwer. Jeder Dalarnadialekt wäre mir lieber.«

Er fand keine Zustimmung.

»Herbstzeitlose, Belladonna, Eibe, Echter Seidelbast«, las Jarning. »Belladonna kenne ich vom Hören.«

»Eisenhut, Maiglöckchen, Goldregen, Wasserschierling, Fingerhut, Rhododendron«, ergänzte Maja-Sofia. »Und schaut mal hier! Hat jemand von euch eine schöne blaue Hortensie zu Hause? Sie enthält Zyanid, das habe ich gar nicht gewusst. Das ist ja ein klassisches Gift.«

»Ich glaube nicht, dass wir es mit Zyanid zu tun haben. Daran stirbt man bedeutend schneller, als es bei Agnes Busk der Fall war«, sagte Löfblad. »In so einem Todesfall habe ich tatsächlich schon mal ermittelt. Das Opfer hatte nach fünf bis zehn Minuten einen Herzstillstand.«

Alle lasen eine Weile lang die Informationen, die Jarning gefunden hatte, während sie den Rest ihres mäßig guten Kaffees tranken.

»Die Liste reicht nicht«, sagte Larsson schließlich und deutete auf den Computer. »Wir brauchen eine Übersicht darüber, welches Gift welche Symptome auslöst.«

»Und darüber, welches Gift in welcher Pflanze steckt«, stimmte Jarning zu. »Zyanidhaltige Pflanzen können wir schon mal ausschließen, aber über die anderen müssen wir mehr herausfinden.«

»Genau.« Maja-Sofia nickte. »Dann erst wissen wir, womit wir es zu tun haben. Wir teilen die Pflanzen untereinander auf und ackern los.«

»Eigentlich sollten wir diese Informationen ja von der Rechtsmedizin bekommen«, sagte Beata Löfblad.

Larsson betrachtete die neue Chefin.

»Aber wäre es nicht schön, sowohl Tamara Pettersson als auch die Forensiker abzuhängen?«, fragte er und grinste bis zu den Ohren. »Was meint ihr?«

»Das wäre es«, stimmte Löfblad zu und nickte.

»Angesichts der anderen Frau im Haus«, sagte Maja-Sofia, »kann es sich lohnen, wenn mehrere gleichzeitig nach einer Lösung suchen. Ihr Zustand ist bedenklich.«

Larsson schob den Stuhl zurück und stand auf.

»Los«, sagte er. »Wir fahren alle drei sofort hin. Ist das okay, Löfblad? Wenn man unsere Erkenntnisse und die von Tamara Pettersson betrachtet, ist es höchste Eisenbahn, dass die Frau ins Krankenhaus kommt.«

Löfblad nickte erneut.

»Fahrt ihr beide«, sagte Jarning. »Ich recherchiere weiter nach Giftpflanzen und Symptomen.«

Maja-Sofia zog ihre Jacke über. Larsson hatte recht, Christin Lindén durfte unter keinen Umständen sterben, sie war eine wichtige Zeugin. Oder vielleicht sogar die Mörderin? Sie mussten ihr Alibi und Motiv überprüfen. Und warum sollte sie sich dann selbst so langsam und elendig das Leben nehmen? Auf dem Weg zum Auto wählte sie Samuels Nummer. Er ging sofort dran.

»Giftige Gartenpflanzen«, sagte sie. »Halten Sie besonders danach Ausschau, wie immer die auch aussehen.«

»Welche denn genau?«

»Ich wünschte, ich wüsste es. Mindestens zehn stehen zur Auswahl.«

Ein paar Stunden später kehrten sie ins Revier zurück. Christin war mit dem Rettungswagen nach Mora gebracht worden, und der Arzt in der Notaufnahme hatte gesagt, später hätten sie nicht kommen dürfen. Er hoffte, sie noch retten zu können, aber das kam darauf an, wie stark ihre Organe bereits angegriffen waren.

Als sie reinkamen, rief Jarning gleich nach ihnen.

»Hast du was rausgefunden?«, fragte Maja-Sofia und nickte zu ihrem Laptop, als sie ihr Büro betraten.

Jarning drehte ihn so, dass alle den Bildschirm sehen konnten.

»Ich habe nach Symptomen gesucht«, sagte sie, »und die könnten unterschiedlicher kaum sein. Auf die meisten Gifte reagiert der Körper recht schnell mit Übelkeit und

Durchfall. Viele kann man überleben, aber es gibt auch lebensgefährliche Vergiftungen.«

»Für die es kein Gegengift gibt?«, fragte Maja-Sofia.

»Ja, tatsächlich.«

»Welche Pflanzen sind das zum Beispiel?«, fragte Maja-Sofia und wirkte skeptisch.

»Gefleckter Schierling«, antwortete Jarning und zeigte ihr ein Bild, das aussah wie gewöhnlicher Wiesen-Kerbel. »Sobald man den zu sich nimmt, ist man hinüber.«

FÜNFZEHN

Helge Fredengren warf einen Blick auf seine Armbanduhr. Es blieb noch genug Zeit, den Schützlingen im Gewächshaus einen Besuch abzustatten, bevor das Abendgebet anstand. Das stille Gebet, das die Tagesordnung vorschrieb, konnte er genauso gut in der Orangerie vornehmen, dazu musste er nicht extra in die Kapelle. Hier hatte er seine Ruhe, während Maine ihr Stundengebet hielt. Ihr Tagesablauf hatte festere Strukturen. Helge liebte sein Leben als freie Seele. In den letzten fünfzehn Jahren war er zwischen den unterschiedlichsten Klöstern und Gemeinschaften herumgereist, sowohl in Schweden als auch im Ausland. Spanien gehörte mit zu seinen Lieblingsorten, aber hier bei Luthers Töchtern fühlte er sich zu Hause.

Früher war Helge ein erfolgreicher Selbstständiger in der Computerbranche gewesen, aber mit fünfunddreißig hatte er eine Hundertachtziggradwendung vorgenommen. Seine Tage auf dieser Erde waren zu wertvoll, um sie vor einem Bildschirm zu verschwenden. Also hatte er beschlossen, durch die Welt zu reisen und ein einfaches Leben zu führen, weshalb Klöster seine Zufluchtsorte geworden waren, während andere auf Kreuzfahrt gingen. Nicht jeder hatte diese Möglichkeit, mit Familie war das nicht ganz so einfach. Aber Helge hatte es nie gekümmert, eine Familie zu gründen. Die Schwestern und Brüder auf der ganzen Welt waren seine stellvertretende Familie, genauso wie all die Pflanzen, über die er sich unermüdlich informierte. Das Interesse an der Pflanzenwelt hatte sich früh entwickelt, und schon in seiner Jugend hatte er alle Namen auf Schwedisch und Lateinisch auswendig gelernt. An Geld mangelte es ihm auch nicht, die Firma war sehr profitabel gewesen, wodurch er einiges hatte ansparen können. Und in den Klöstern wurde er für seine Arbeitskraft mit Kost und Logis versorgt, weshalb seine Ersparnisse kaum schrumpften.

Den vergangenen Winter hatte er in Andalusien verbracht, aber als der Frühling anbrach, sehnte er sich schon wieder nach Dalarna und Luthers Töchtern. Er führte ein freies Leben, und ihm war bewusst, wie gut er es hatte.

Im Gewächshaus herrschte feuchte Wärme, und er hängte seine Jacke über einen Stuhl, bevor er gemächlich durch die Reihen schritt und die Samen kontrollierte, die langsam austrieben. Die Gurken und Tomaten wuchsen bereits gut und würden eine gern gesehene Ergänzung auf dem einfachen Esstisch der Schwestern werden. Frisches Gemüse gab es nicht das ganze Jahr über, aber Birgitta schaffte es immer, gute Mahlzeiten aus dem Wurzelgemüse und den Hülsenfrüchten zu zaubern. Von dem Grünkohl ganz zu schweigen, der sich draußen wesentlich länger hielt als jede andere Pflanze. Sie verarbeitete dieses ausgezeichnete und unterschätzte Gemüse in allem – von Suppen bis herzhaften Quiches.

Helge setzte sich auf den Stuhl, lockerte den Schal, legte den Filzhut beiseite und faltete die Hände, während er die kleinen Papprollen nicht aus den Augen ließ, in denen sie die Setzlinge zogen. Jeden von ihnen schloss er in sein Gebet ein und bat darum, dass sie überlebten und sich bestens entwickelten. Vergangenes Jahr hatte er zusammen mit Maine einen biblischen Garten angelegt, der ganz wunderbar gedieh. Sie hatten Raue Nelke gepflanzt und Gemeine Akeleien, *aquilegia vulgaris*. Letztere gefiel den Schwestern besonders, da sie auch Glockenblume genannt wurde. Helge hatte das Ganze mit einem kleinen Studienkreis über die Pflanzen der Bibel abgeschlossen. Ein genialer Einfall, wie er selbst fand.

In diesem Jahr wollten sie aus reinen Weiterbildungsgründen ein Beet mit giftigen Kräutern anlegen. Er hatte bereits mit der Aussaat einiger Vertreter angefangen. Mutter Veronica hatte dieser Idee eher halbherzig zugestimmt, und einen Studienkreis zu diesem Thema hatte sie ganz untersagt. Aber ein paar der anderen Schwestern hatten großes Interesse gezeigt, und neben Maine waren auch Petra und Maud bereits hier gewesen, um sich ein Bild davon zu machen. Und Helge hatte erzählen können, ganz wie ihm der Mund gewachsen war, ohne die formalen Vorgaben eines Studienzirkels.

Die Ecke, in der der giftige Garten wachsen durfte, war bereits angelegt, und er hatte die Anzuchtstätte »Helges heiligstes Hochbeet« getauft. In den kleinen Pappröhrchen keimte Gefleckter Schierling, Herbstzeitlose, Schwarzes Bilsenkraut, Belladonna, Bittersüßer Nachtschatten und anderes. Diptam – auch bekannt als Brennender Busch – und ein paar andere Sorten hatte er bereits im Vorjahr gepflanzt. Zum Abschluss wollte er noch Maiglöckchen setzen, wenn es etwas später Zeit dafür war. Dann wäre er zufrieden. Schöne Holzstäbchen wollte er außerdem schnitzen und Maud bitten, ihren schwedischen und lateinischen Namen auf kleine Plättchen zu schreiben. Sie hatte eine herrliche Handschrift und konnte so gut mit dem Pinsel umgehen.

»Ich gehe jetzt zum stillen Gebet. Kommst du nicht mit?«, fragte Maine und öffnete die Tür nach draußen.

Helge hatte nicht mal mitbekommen, dass sie ebenfalls da gewesen war. Sie bereitete sicher die Aussaat für den kommenden Monat vor. Er machte eine abwehrende Geste.

»Ich mache das stille Gebet heute hier und stoße dann zur Vesper dazu.«

Sie nickte und verschwand dann lautlos, ließ ihn allein zurück.

»Amen«, sagte Helge mit Nachdruck, als sie die Tür hinter sich geschlossen hatte.

Er stand auf und drehte eine weitere Runde zwischen seinen kleinen Freunden, wie er die hellgrünen Triebe nannte. Er drehte und wendete die provisorischen Anzuchttöpfchen und sprach mit den Blättern und Stängeln, staunte über die Kraft, die ihnen allen innewohnte. Es war unglaublich, wie aus einem kleinen Keim Schwarzen Bilsenkrauts oder Gefleckten Schierlings eine große Pflanze werden konnte, die sogar die Eigenschaft besaß, jemandem das Leben zu nehmen.

Er war so sehr in seine Gedanken vertieft, dass er nicht bemerkte, dass er wieder Gesellschaft hatte.

»Mit Lizenz zum Töten«, sagte er leise und strich mit dem Zeigefinger über einen unscheinbaren, aber giftigen Spross.

»Was haben Sie gesagt?«

Helge fuhr herum. Vor ihm stand Samuel. Wie war er hereingekommen? Er hatte die Tür gar nicht gehört.

»Was? Ich?«, fragte er. »Habe ich etwas gesagt?«

»Ja, ich hatte den Eindruck, Sie sprechen von einem alten Bondfilm. Oder liege ich damit völlig falsch?«, fragte Samuel und lächelte. »*Mit Lizenz zum Töten* oder so was in der Art. Was ziehen Sie da denn eigentlich?«

Helge wischte mit der Hand über die Oberfläche.

»Ach, alles Mögliche. Wir säen schon im Februar Blumen und Gemüse aus, damit wir diese, sofern das Wetter mitspielt, im Mai nach draußen umsetzen können. So genau kann man das in diesen Breitengraden nie vorhersagen. Manchmal ist der Boden dann noch gefroren, manchmal liegt sogar noch Schnee.«

»Aber das passiert doch wahrscheinlich nicht allzu oft?«

»Eigentlich nicht, aber die Erde muss sich zumindest etwas angewärmt haben, bevor man loslegen kann. Man muss den richtigen Moment abpassen.«

Helge zog seine Handschuhe an und machte ein paar Schritte Richtung Ausgang.

»Ich mache jetzt das Licht aus«, sagte er. »Nur die Wärmelampen über den Babys bleiben an. Kommen Sie, wir müssen zur Vesper.«

Er hielt Samuel die Tür auf. Zwischen den Augenbrauen des Pfarrers hatte sich eine Falte gebildet. Hatte er eins der Schilder gelesen? Helge wollte ungern einem Außenstehenden von seinen Plänen über den Giftgarten erzählen.

»Da draußen blüht schon eine schöne Pflanze«, sagte Samuel. »Feine lila und rosa Blüten, obwohl der Frühling ja noch gar nicht richtig angefangen hat.«

Helge blieb stehen.

»Welche meinen Sie?«, fragte er.

»Die da drüben in der Ecke«, sagte Samuel und streckte den Zeigefinger aus.

»*Daphne mezereum*, nehme ich an«, sagte Helge langsam und schüttelte sich, während er weiter zur Kapelle ging. »Ja, die blüht früh an blattlosen Ästen.«

»Daphne«, wiederholte Samuel, »das bezieht sich doch sicher auf ein Wesen der griechischen Mythologie, oder? Die schüchterne Nymphe, die in einen Lorbeerbaum verwandelt wurde.«

»Sie sind belesen«, sagte Helge und nickte. »Was keine Überraschung sein sollte. Und Sie haben selbstverständlich recht.«

»Das eine oder andere habe ich im Studium dann doch aufgeschnappt. *Mezereum* kann ich hingegen absolut nicht herleiten.«

»Aber auch das werden sie schnell herauszufinden«, erwiderte Helge. »Linné hat sie auf diesen äußerst passenden Namen getauft. Sie werden es verstehen, sobald sie das Rätsel lösen, mehr verrate ich nicht.«

SECHZEHN

Samuel half den Schwestern gern bei den täglichen Arbeiten, aber er war auch dankbar über die reichlich eingeplanten Zeiten am Vor- und Nachmittag, die er ganz für sich hatte. Eigentlich sollte er sich in diesen Zeiten gedanklich mit seinem Privatleben beschäftigen, aber seit Maja-Sofias Besuch hatte er viel über den Mord in Klockarvik nachgedacht.

Nach dem Frühstück beschloss er, eine längere Wanderung vorzunehmen, durch den Wald führte ein schöner Pilgerweg bis zu einer Hütte. Helge hatte sich angeboten, mitzukommen und ihm dabei etwas über die heimischen Pflanzen zu erzählen, aber Samuel hatte abgelehnt. Er wollte lieber allein sein und darüber grübeln, ob eine von Luthers Töchtern etwas mit dem Mord zu tun haben könnte.

Samuel war schon eine Weile gelaufen, als er an einer Abzweigung haltmacht und nach dem Zeichen suchte, das den Weg markierte. Sobald die Gedanken das Wandern anfingen, kam man leicht vom Weg ab. Er musste ordentlich suchen, um die nächste Markierung zu finden, um nicht die falsche Richtung einzuschlagen. Als Stadtmensch kannte er sich im Wald nicht gut aus. Sollte er sich verlaufen, würde er vermutlich nie wieder zurückfinden.

Er entdeckte schließlich den kleinen gemalten Kreis und marschierte weiter, während er mit den Gedanken zu dem Tag zurückkehrte, als er in Agnes Busks Haus gerufen worden war. Smid Karin Karlsdotter hatte niedergeschlagen gewirkt, und er hatte das Gespräch, das sie führten, als äußerst vertrauensvoll empfunden. Doch am vergangenen Wochenende, als sie beide an der Klausur teilnahmen, hatten sie kein Wort gewechselt. Sie hatte ihn nicht mal gegrüßt. Selbstverständlich hatten sie sich an die Schweigepflicht halten und ihren Aufgaben nachkommen müssen, das musste man respektieren. Aber Karin hatte ihm gegenüber fast unfreundlich gewirkt. Kaum war die Klausur vorbei, war sie abgereist, zurück nach Klockarvik, während Samuel der Aufforderung einer gewissen Polizistin nachgekommen und noch geblieben war. Sofort zog sich etwas in seinem Bauch zusammen. Ihre Augen waren unmöglich zu vergessen. Er würde ihr so gern den dunklen Pony aus der Stirn streichen und ihr einen Kuss dorthin setzen. Dennoch, er musste dringend aufhören, an sie zu denken. Marit erwartete ein Kind, und er sollte Verantwortung übernehmen. Sie nicht zu heiraten wurde immer mehr zur Unmöglichkeit.

Nachdem er eine Stunde gewandert war, erreichte er den Gipfel. Der Weg endete auf einer grünen Lichtung mit mehreren grauen Holzhäusern unterschiedlicher Größe. Noch lag hier stellenweise Schnee, aber nach Einsetzen des Sommers würden hier Kühe und Ziegen weiden. Birgitta hatte ihm erzählt, dass der Hof noch immer bewirtschaftet wurde und viele Touristen anlockte.

Samuel setzte sich auf eine Bank vor einer Holzwand. Er

schenkte sich Kaffee ein und wickelte die Brotzeit aus, die Birgitta ihm mitgegeben und ganz altmodisch in Butterbrotpapier geschlagen hatte, ganz wie seine Oma es früher gemacht hatte, als er klein war. Birgitta beherrschte wirklich die Kunst, mit den einfachsten Mitteln Gemütlichkeit zu schaffen. Herzhaft biss er in das selbst gebackene Brot mit Frischkäse, der aus übrig gebliebenem Joghurt oder Schwedenmilch gemacht worden war. Nichts wurde weggeworfen, alles wurde verwendet und sollte im Idealfall nichts kosten. Ein paar Kräuter aus dem Garten gaben dem Käse eine angenehme Würze.

Die ganzen Sachen, die von den Schwestern angebaut wurden, waren ein großartiger Zugewinn für das Kloster, aber allein davon konnten die Schwestern ja kaum überleben, überlegte Samuel. Vielleicht brachten Mauds Bilder ja zusätzlich ein bisschen Geld in die Kasse? Samuel konnte es sich fast nicht vorstellen. Da verdienten sie sicher mehr mit Petras Kinderbüchern. Ganz zu schweigen von ihren geheimen Krimis. Was würde er dafür geben, einen davon zu lesen, aber er hatte sich noch nicht getraut, sie darum zu bitten. Er fragte sich, was Petra dazu gebracht hatte, sich der Schwesternschaft anzuschließen. Sie hatten sicher alle ihre Gründe, und wenn er nur lange genug blieb, würde er bestimmt mehr darüber erfahren. Er trank den Kaffee aus und schraubte die Thermoskanne zu. Im selben Moment raschelte es, und eine Frau in einer langen blauen Tracht trat hinter einer Fichte hervor.

»Schwester Maine?«, fragte Samuel überrascht.

»Bruder Samuel«, sagte sie ruhig.

Samuel stand auf.

»Ich dachte, ich wäre allein hier«, sagte er. »Da habe ich mich wohl geirrt. Aber ein bisschen Gesellschaft ist ja auch nett.«

»Im Wald ist man selten allein«, stellte Maine fest. »Hier gibt es Elche, Wölfe, Bären und Luchse, unter anderem.«

»Und das macht Ihnen keine Angst?«

»Mir? Keineswegs. Außerdem konzentriere ich mich auf die Gewächse des Walds, ich habe gar keine Zeit für die Tiere.«

Er bot ihr die andere Hälfte der Bank an und den Rest seines Kaffees. Sie lehnte dankend ab und sagte, sie würde nur zu bestimmten Zeiten essen, ganz wie die Mahlzeiten im Kloster serviert würden, und im Übrigen wäre gerade Fastenzeit. Da haben wir es ja mit einer ganz Harten zu tun, dachte Samuel. So streng musste man nun wirklich nicht sein, also wechselte er lieber das Thema.

»Kann man wirklich jetzt schon Gewächse finden?«, fragte er. »Es liegt doch noch so viel Schnee.«

»Gerade suche ich Moose und Flechten«, sagte sie. »Und hier gibt es auch viel Bärlappe. Ich nehme nie viel mit, immer nur kleine Mengen.«

»Kann man daraus etwas machen?«, fragte Samuel.

Sie schaute ihn direkt an und lächelte dabei irgendwie speziell. Ihr Blick war sonderbar, fast finster. Er wurde aus ihr einfach nicht schlau. War sie ihm Freund oder Feind?

»Der Herr Pfarrer kennt anscheinend meine Hausapotheke nicht«, sagte sie. »Aber die zeige ich auch nicht jedem.«

»Nein, die Ehre wurde mir noch nicht zuteil«, sagte Samuel.

Offenbar ging der ironische Unterton an ihr vorbei.

»Es gibt kein Leiden, das ich nicht lindern kann. An die schweren Krankheiten wage ich mich allerdings auch nicht, aber bei allen anderen Zipperlein kann ich helfen. Kopfschmerzen, Bauchschmerzen, Schlafprobleme, alles Mögliche.«

Samuel dachte kurz nach. Wenn sie sich mit allen möglichen Pflanzen auskannte und sogar Krankheiten behandelte, was eigentlich eine Aufgabe war, die – wie er fand – Jesus und der Medizin vorbehalten war, dann konnte er es auch wagen, sie nach dem zu fragen, was ihn gerade am meisten beschäftigte. Oder zumindest am zweitmeisten.

»Schwester Maine«, sagte er. »Dann kennen Sie sich doch sicher auch mit giftigen Pflanzen aus?«

Ihre Mundwinkel sackten.

»Was meinen Sie?«

Samuel breitete die Arme aus.

»Was es da für Arten gibt, wie giftig sie sind, von welchen man sterben kann und all so was.«

Sie presste die Lippen aufeinander, und es schien, als würde sie am liebsten aufstehen und gehen, blieb aber sitzen.

»Der Herr, unser Gott, hat auch solche erschaffen«, sagte sie, »und davon gibt es eine ganze Menge. Man sollte ihre Kraft aber nicht missbrauchen.«

»Aber man könnte, wenn man wollte?«, hakte Samuel nach. »Man könnte damit sogar jemanden ermorden, oder?«

Maine stand auf, ihr Mund nur mehr ein Strich.

»Jetzt spricht der Herr Pfarrer aber von einer großen Sünde. Man darf niemanden ermorden, aber es gibt Arten auf unseres Herren Weide, die sehr mächtig sind.«

»Und sie wachsen wild?«

Sie nickte. »Aber man kann sie auch selbst ziehen. Woher kommt dieses plötzliche Interesse?«, fragte sie dann.

Nun stand auch Samuel auf. Allmählich musste er sich auf den Heimweg machen, wenn er rechtzeitig zum Mittagsgebet und -essen ankommen wollte.

»Ich musste nur an Ihre Freundin Agnes Busk denken, die nach so schlimmen Qualen starb«, sagte er. »Könnte sie vergiftet worden sein?«

Er bekam keine Antwort. Die nicht gerade groß gewachsene Schwester wandte sich ab und marschierte in hohem Tempo davon. Samuel hatte große Mühe, mitzuhalten. Als sie den See direkt unterhalb des Klosters erreicht hatten, blieb sie plötzlich wie angewurzelt stehen und drehte sich zu ihm um.

»Man sollte sich nicht in Angelegenheiten einmischen, die einen nichts angehen«, zischte sie. »Gott wusste sicher, was er tat, als er Agnes' Leben langsam auslaufen ließ, auch wenn es qualvoll gewesen sein mag.«

»Da kann ich unmöglich einer Meinung sein, denn ich kann nicht …«, setzte er an.

Aber bevor er den Satz vollenden konnte, hatte Maine ihm wieder den Rücken zugewandt und steuerte mit schnellen Schritten das Klostergebäude an.

Samuel blieb mit offenem Mund stehen. »Gott wusste

sicher, was er tat«, hatte sie gesagt. Wie meinte sie das? Hatte Agnes Busk es wirklich verdient, so leiden zu müssen? Das wollte Samuel einfach nicht glauben.

»Hör zu, Boss«, sagte er mit Blick in den blauen Himmel gerichtet, an dem ein paar weiße Wolken vorüberzogen. »Ich weiß, dass du mich hörst, auch wenn du mir nicht immer antwortest, aber so leicht gebe ich nicht nach, das kannst du glauben. Du kannst doch nicht ernsthaft denken, dass Agnes diese Qualen verdient hat?«

Er schaute aufs Wasser, während die kleine Kapellenglocke zum Gebet rief. Als der letzte Schlag verklungen war, glaubte er, ein leises Flüstern zu vernehmen.

Da hast du recht. Das hatte sie nicht verdient.

SIEBZEHN

Donnerstag, 13. März

Karin nahm das Handtuch beiseite und begutachtete ihren frisch geduschten Körper. Sie war zufrieden, auch wenn das Alter langsam seinen Tribut forderte. Im Herbst war sie zweiundsechzig geworden, und der gesundheitliche Schaden, den sie durch all das Geldzählen am Tresen der Bank erlitten hatte, war Grund genug gewesen, frühzeitig in den Ruhestand zu gehen. Jeden Tag ging sie spazieren, und Karin gab sich große Mühe, ihre schmerzenden Schultern und Handgelenke zu bewegen. Hätte sie als junge Frau mehr trainiert, wäre sie jetzt besser in Form. Aber eigentlich spielte das auch keine große Rolle, ihr Leben war so oder so ziemlich gut verlaufen. Die meiste Zeit widmete sie nun Gott, der Kirche und Luthers Töchtern. Das Kloster war ihre Heimat, diese Sichtweise teilte sie mit Agnes und Christin, auch wenn keine von ihnen das Ansinnen hatte, Schwester zu werden und auf Dauer dort zu bleiben.

Karin zog sich an, ging in die Küche, sank dort auf einen der Stühle und starrte mit leerem Blick aus dem Fenster. Sanftes Frühlingslicht strahlte von draußen herein, aber sie sah, wie sich Wolken auftürmten. Sicher würde noch mehr Schnee fallen, bevor der Frühling richtig durchstartete und alle Pflanzen ausschlugen. Das graue Wetter spiegelte recht gut ihre Stimmung wider. Dass Agnes fort war, fühlte sich nicht nur sonderbar an, sondern auch unaussprechlich traurig, nichts würde je wieder so sein wie früher. Sicher, Agnes war dominant gewesen und hatte alles bestimmt, aber sie hatten auch viel Spaß gehabt. Viele Jahre lang hatte Karin sie bei allem Möglichen unterstützt. Als Christin auf der Bildfläche erschien, waren Karins Aufgaben weniger geworden, und schlussendlich hatte sie sich abgeschafft gefühlt. Sie hatte versucht, mit Agnes darüber zu sprechen, doch die hatte das nur weggelacht. Aber kurz nach Weihnachten, nachdem erst Agnes und dann einen Monat später Christin krank geworden war, freuten sie sich dann doch wieder über Karins Hilfe. Und selbstverständlich hatte sie ihnen unter die Arme gegriffen. Wie immer.

Das Handy klingelte und riss Karin aus den Gedanken. Sie nahm den Anruf an, ohne auf das Display zu schauen.

»Guten Tag, Karin«, sagte eine wohlbekannte Stimme. »Der Friede sei mit dir.«

»Der Friede sei mit dir, Schwester Maine«, antwortete Karin.

Wieso rief sie an? Mit ihr hatte Karin von den Schwestern am wenigsten Kontakt. Maine war ihr ein bisschen zu schroff, und sie hielt sich die meiste Zeit im Garten auf, gern mit diesem Typen, Helge Fredengren, diesem Kräuterexperten. Der war ein ziemlicher Kauz, wenn sie ehrlich war. Bei jeder ihrer Klausuren war er früher oder später auch aufgekreuzt.

»Ich habe an unsere Freundin Christin gedacht«, sagte

Maine. »Kümmerst du dich um sie, oder sollen wir eine der unseren schicken?«

Was sollte das? Was wollte sie? Solche Telefonate machte sonst Mutter Veronica.

»Ich kümmere mich«, sagte Karin knapp. »Christin ist unter meiner Aufsicht. Gibt es sonst noch etwas?«

Sie hatte nicht vor, ihr zu erzählen, dass Christin sich hatte davonstehlen wollen. Wer wusste schon, was Maine mit dieser Information anstellen würde, wenn sie das erführe?

»Wie war die Klausur am Wochenende?«, fragte Maine.

Wie unfassbar neugierig konnte man sein?

»Hat gutgetan, ein bisschen zur Ruhe zu kommen nach all der Aufregung.«

Es entstand eine kurze Pause. Karin hätte am liebsten aufgelegt, aber das ging ja auch nicht. Also wartete sie ab, was die Schwester noch sagen wollte.

»Schon wahr«, sagte Maine schließlich. »Dieser Samuel, der auch teilgenommen hat, kennst du ihn?«

»Er ist der neue Pfarrer hier in Klockarvik, und dadurch weiß ich, wer er ist, aber viel mehr auch nicht. Wir waren ja nur vereinzelt mal bei einem der Gottesdienste hier«, antwortete sie. »Warum?«

»Ich habe ihn gestern im Wald getroffen«, sagte Maine. »Oben bei der Hütte, wenn du weißt, wo die liegt. Und er hat so merkwürdige Fragen gestellt, deshalb kam ich auf die Idee.«

Karin horchte auf. Während der Klausur hatte sie kein Wort mit Samuel Williams gewechselt, ihm nur hin und wieder zugenickt. Er selbst hatte sich auch nicht aufgedrängt. Sie hatten den Wunsch nach Schweigen gewürdigt. Aber er hatte ihre Hand gehalten, als sie nach Agnes' Tod so untröstlich geweint hatte. Damals war er in seiner Rolle als Pfarrer aufgetreten.

»Ach, hat er das?«, sagte Karin. »Wofür hat er sich denn interessiert?«

»Für meine Pflanzen.«

»Wahrscheinlich ist er an Gottes Schöpfung interessiert«, sagte Karin.

Allmählich war Karin dieses Gespräch leid. Worauf wollte Maine eigentlich hinaus?

»Nun, er hat sich hauptsächlich für die giftigen Pflanzen interessiert«, sagte Maine. »Weshalb ich mich plötzlich gefragt habe ... wäre es möglich, dass Agnes vergiftet wurde? Und dass dieser Pfarrer etwas damit zu tun hat?«

Karin hatte nicht die geringste Lust, mit Maine darüber zu sprechen. Eigentlich mit keiner der Schwestern. Irgendwie musste sie dieses Telefonat beenden, aber auf eine unauffällige Art.

»Das kann ich mir nicht vorstellen«, sagte sie. »Nein, du solltest solche Gedanken nicht länger verfolgen und dich lieber mit etwas anderem beschäftigen. Ich glaube nicht, dass sie vergiftet wurde. Ich gehe davon aus, dass es eine schlimme Magen-Darm-Grippe war, die sie leider nicht überlebt hat. Sie war nicht mehr jung, und ihr Herz konnte vermutlich nicht mehr mithalten.«

Dann schickte sie noch ein paar Höflichkeitsfloskeln hinterher und die Hoffnung, sich beim sonntäglichen Gottesdienst zu sehen, womit sich das Gespräch tatsächlich beenden ließ. Sie legte das Handy weg und schaute nachdenklich aus dem Fenster. Die Baumkronen wogen leicht im Wind. Ja, Samuel Williams hatte sich während der Klausur anders verhalten, aber es handelte sich ja um ein Schweigewochenende, das war schon etwas anderes. Und selbst wenn er sich eigenartig verhalten hätte, war das nichts, worüber Karin mit Maine diskutieren wollte.

Karin beschloss, eine Runde mit dem Rad in die Stadt zu fahren. Das Telefonat hatte sie trotz allem auf eine neue Idee gebracht. Vielleicht war es ganz gut, Lebensmittel zu kaufen und bei Christin vorbeizufahren. Mit etwas Glück bekam sie sie ja heute dazu, etwas zu essen.

Als sie durch die Automatiktüren des Supermarkts trat, schauten die beiden Kassiererinnen auf, und auch ein paar der Dorfbewohner aus der Schlange glotzten sie ungeniert an. Der Betrieb an den Kassen kam zum Erliegen. Was hatten die denn alle? Karin gab nichts darauf, nahm sich einen Wagen und nickte auf ihrem Weg durch die Gänge bekannten Gesichtern zu, während sie die nötigen Dinge zusammensammelte. An der Kasse warf sie einen Blick zur Zeitungsauslage und verstand plötzlich, warum sich alle so komisch verhielten. Die Überschrift war riesig und nicht zu übersehen: »Giftmord in Klockarvik«.

Karin verließ schnellstmöglich den Markt und fuhr geradewegs zu Christins und Agnes' Haus.

Als sie die Türe öffnete, kam ihr sofort der jaulende und völlig ausgehungerte Kater entgegen, sowohl was Fressen als auch Streicheleinheiten anging. Eigentlich hieß er Genezareth, aber sie hatte gehört, dass Agnes und Christin ihn auch manchmal Jesse nannten.

»Armer Jesse«, sagte sie. »Hat sie dich nicht mal gefüttert?«

Karin schloss die Haustür hinter sich und marschierte auf direktem Weg zu Christins Zimmer. Im Türrahmen erstarrte sie. Das Bett war leer und ungemacht, von Christin selbst fehlte jede Spur. Der Kater streifte ihr schnurrend um die Beine. Karin suchte eine Dose Katzenfutter heraus und fütterte den Kater, während sie überlegte, wen sie fragen könnte, wo Christin abgeblieben war. Als Genezareth aß, setzte sie sich auf den Küchenstuhl und wählte Martina Jarnings Nummer.

ACHTZEHN

Samstag, 15. März

Maja-Sofia hatte frei und wollte den Samstag nutzen, um zu entspannen und nicht an die Ermittlungen zu denken. Löfblad hatte versprochen, sich zu melden, falls etwas Neues aufkommen sollte und Maja-Sofia doch ausrücken musste. Larsson hatte auch frei, Jarning hielt unterdessen die Stellung, auch wenn mit einer Rückmeldung der Rechtsmedizinerin, die zu einem Durchbruch führte, an diesem trägen Samstag sowieso nicht zu rechnen war.

Maja-Sofia schlenderte langsam durch die Straßen Klockarviks. Die Sonne war hervorgekommen und sorgte für wenige Plusgrade, womit auch einiges an Schneematsch einherging. Sie hatte nicht vor, etwas zu kaufen, war nur zum Schaufensterbummel hier. Sie kam bei den Kunsthandwerkerinnen vorbei, dann beim Frisör und dem Secondhandladen. In den Letzteren ging sie doch hinein und begutachtete die Sachen in den Regalen. Manchmal fand sie dort etwas, das perfekt ins Missionshaus passte. Die Kerzenständer und Sterne, mit denen sie ihr Haus an Weihnachten geschmückt hatte, stammten von hier. Gerade war das ja weniger aktuell, aber ein paar Sektgläser oder so was wären doch auch nett. Sie blieb vor sechs Whiskygläsern mit

Goldrand und eingravierten Hirschen stehen. Sie nahm eins in die Hand. Das Gewicht war perfekt. Ein guter Whisky aus einem solchen Glas, und sie wäre zufrieden. Nach einem langen Tag vor dem Kamin sitzen, an dem Whiskey schnuppern und dann die Wärme im Brustkorb spüren, nachdem sie ein paar Schlucke getrunken hatte, wäre herrlich.

»Die nehme ich«, sagte sie und zeigte darauf. »Alle sechs.«

Sie zahlte und schlug sie in Zeitungspapier ein, bevor sie sie in den Rucksack steckte. Es war eigentlich ein unnötiger Kauf, aber die Chefin hatte gemeint, sie solle sich entspannen, und das war nun mal ihre Art, etwas abzuschalten. Zu Hause in Kuivalihavaara hatte es nicht viele Geschäfte gegeben, und auch wenn Klockarvik nicht gerade die größte Auswahl bot, hatte Sie doch großen Spaß daran.

Maja-Sofia ging weiter und erreichte den Spirituosenladen, der gut besucht war. Sie musste nicht hinein, Whisky hatte sie zu Hause. Sogar einen ziemlich guten, mit dem sie die Gläser gebührend einweihen konnte. Einen Steinwurf entfernt lag ein neu eröffneter Salon, der mit blinkenden Schildern Thaimassagen bewarb. Das war sicher eine gute Idee für müde, gestresste Polizistinnenschultern, aber das musste bis zu einem anderen Mal warten. Direkt daneben befand sich eine altehrwürdige Buchhandlung. Sie blieb vor dem Schaufenster stehen, in dem spannende Krimis und Heimatromane auslagen. Der neuste Roman eines sehr beliebten Schriftstellers thronte in der Mitte. Sein Name war P. D. Jonsson, ein Pseudonym, und alle grübelten, wer dahinterstecken könnte. Erst letzte Woche hatten sich die Zeitungen mit Mutmaßungen überschlagen.

Sie ging weiter und genoss es, einfach mal ordentlich bummeln zu können, schließlich bekam sie dazu nicht oft die Gelegenheit. In der nächsten Straße entdeckte sie etwas ganz Neues. Was war das für ein Laden? Hatte da tatsächlich jemand ein Bordell in Klockarvik eröffnet?

Sie trat näher und musste über sich selbst lachen. Im Schaufenster standen zwar ein paar leicht bekleidete Puppen, aber es war kein Bordell. Nein, das Dorf hatte anscheinend ein eigenes, sehr luxuriöses Geschäft für Unterwäsche und Bademoden gewonnen. Da war jemand mutig genug gewesen, zu glauben, dass so ein Laden auch im kleinen Klockarvik Erfolg haben würde, und warum auch nicht? Sicher würde es auch Menschen aus dem Umland anlocken, wenn die Ware gut war.

Ein Glöckchen klingelte, als Maja-Sofia die Tür öffnete. Es schadete sicher nicht, sich einmal umzusehen.

»Guten Tag, kann ich weiterhelfen?«, fragte eine Verkäuferin mit fröhlichen Augen, die hinter einer breiten grünen Brille funkelten.

Sie hatte kleine, dunkle Locken und war eher rundlich, vielleicht war üppig auch das passendere Wort. Möglich, dass sie sich deshalb für ein Angebot teurer und sexy Unterwäsche in allen Größen interessierte und nicht nur an einer Auswahl für Menschen mit Modelmaßen.

»Ich bin mir nicht ganz sicher«, sagte Maja-Sofia. »Aber eigentlich kann es ja nicht schaden, sich was Schickes für untendrunter anzuschaffen. Haben Sie denn auch wirklich BHs für solche Körper?«

Sie deutete auf sich selbst, und die Frau lächelte.

»Hier gibt's für jede was«, sagte sie. »Schauen Sie doch nur mich an. Setzen Sie sich doch schon mal in die Umkleidekabine, ich sammle was zusammen, das Sie anprobieren können. Gleich mit passender Unterwäsche?«

»Selbstverständlich! Wo ich schon mal hier bin, kann es sich ja auch gleich lohnen«, sagte Maja-Sofia.

Sie zog die Jacke aus und betrachtete ihre triste Jeans und ihren alten, verblassten Pulli im Spiegel. Sie hatte ihre äußere Erscheinung in letzter Zeit ziemlich vernachlässigt. Was führte sie denn eigentlich für ein Leben?

»Reiß dich zusammen!«, mahnte sie ihr Spiegelbild, bevor sie ihren Pulli auszog und in den Jackenärmel steckte.

»Dann wollen wir mal sehen«, sagte die Frau, die, wie Maja-Sofia an ihrem Namenschild ablas, Sussi hieß. »Probieren Sie doch erst mal diese hier. Was halten Sie von diesen herrlichen Farben?«

Sie hängte rosa, rote, lila, grüne und blaue BHs in Maja-Sofias Umkleide.

»Oder suchen Sie eher weiß oder schwarz?«, fragte sie.

»Nein, nein, die sind perfekt«, antwortete Maja-Sofia und griff als Erstes zu dem schönen Lila.

Mit Sussis Hilfe probierte sie sich durch alle BHs. Die Frau war wirklich eine Expertin und beriet sie ausgiebig. Das war auch bitter nötig, normalerweise zog Maja-Sofia ohne jede Sorgfalt ihre Klamotten über, bevor sie morgens das Haus verließ.

»Steht da draußen jemand, den Sie kennen?«, fragte Sussi, als Maja-Sofia einen dunkelgrünen BH mit Schachbrettmuster und leichter Spitze anprobierte.

»Jemand, den ich kenne? Ich verstehe nicht ganz …«

»Da steht jemand vor dem Laden, seit Sie hereingekommen sind«, antwortete sie. »Ich habe ihn noch nie gesehen, aus dem Ort ist er jedenfalls nicht.«

Sofort wurde Maja-Sofia eiskalt.

»Wie sieht er aus?«, fragte Maja-Sofia.

Sussi beschrieb ihn. Es bestand kein Zweifel. Danne Ylitalo hatte sie gefunden.

Das Geschäft durch den Vordereingang zu verlassen war ausgeschlossen. Sollte er sich ins Geschäft begeben, würde das sicher in einem Streit enden. Vielleicht würde er alle so hübsch aufgehängten Waren von den Wänden reißen und die Schaufensterpuppen zerstören, wozu er definitiv imstande war, wenn er es nur wollte. Jetzt galt es, einen kühlen Kopf zu bewahren und schnell und klug zu handeln.

»Sussi«, sagte sie. »Ich bin Polizistin, und der Mann dort draußen will mir nichts Gutes. Gibt es hier auch einen Hinterausgang? Ich muss jemanden anrufen, um mich abzuholen. Und ich nehme den in Lila und den in Dunkelgrün, die sind beide superschön.«

Sussi verstand sofort. Sie schloss die Tür ab und drehte das Schild um, sodass dort jetzt *Geschlossen* stand.

»Gehen Sie in den Personalraum dort hinten«, sagte sie und deutete zu einem Vorhang. »Da sieht Sie niemand. Die passende Unterwäsche zu den beiden, nehme ich an? Ich packe alles ein, das mit der Bezahlung machen wir ein andermal. Es gibt es eine Hintertür, durch die Sie nach draußen kommen.«

Maja-Sofia rief Larsson an, der am nächsten wohnte. Sie

wusste ja, dass er frei hatte, hoffte nur, dass er zu Hause war und nicht mit seinen Kindern in den Bergen unterwegs.

Geschlagene zehn Minuten musste sie in Sussis kleinem Personalraum warten, bis eine SMS eintraf. Larsson schrieb, dass er im Wagen hinter dem Geschäft wartete. Sussi reichte ihr eine schicke Tüte, in der ihre in schwarzes Seidenpapier eingeschlagenen Einkäufe lagen.

»Sie können es ja überweisen, sobald Sie zu Hause sind«, sagte sie. »Rechnung liegt drin. Passen Sie auf sich auf.«

»Aber was machen wir mit Ihnen? Ich kann meinen Kollegen bitten, ein Auge auf Sie und das Geschäft zu haben.«

»Ich habe geschlossen und mache heute nicht wieder auf«, sagte sie. »Außerdem ist der Mann nicht mehr da. Er ist in ein altes, klappriges Auto gestiegen und weggefahren. Ich habe keine Angst, er interessiert sich sicher weder für mich noch für meine Sachen.«

Maja-Sofia verließ den Laden und sank sogleich auf den Beifahrersitz in Larssons Auto, wo sie erst mal aufatmete.

»Danke, Petter!«, sagte sie.

»Selbstverständlich«, sagte er. »Dafür hat man doch Freunde.«

Larsson machte unterwegs einen kurzen Zwischenstopp bei der besten Pizzeria des Ortes.

»Aber deine Familie«, protestierte Maja-Sofia. »Deine Frau ist sicher jetzt schon sauer auf mich.«

»Kerstin ist daran gewöhnt«, sagte er. »Das weißt du doch mittlerweile. Ein paar Stündchen hatte ich ja mit ihr und den Kindern. Und wenn wir beide die Pizza aufgegessen haben, fahre ich wieder zurück, wenn alles in Ordnung ist.«

Er schenkte ihr ein Lächeln und fuhr zurück zum Missionshaus. Als sie ausstiegen, hielten sie inne. Sie hatten etwas entdeckt. Frische Reifenspuren im Schneematsch.

»Sind die von dir?«, fragte Larsson.

Maja-Sofia schüttelte den Kopf.

»Nein, ich hab mein Auto heute noch gar nicht bewegt. Das steht da im Carport.«

»Was fährt er denn?«, fragte Larsson.

»Laut Sussi eine ziemliche Rostlaube. Möglicherweise ein alter Volvo. Ich kann sie ja mal fragen.«

Die blasse Sonne war im Begriff, unterzugehen, als Larsson die Reifenspuren fotografierte. Maja-Sofia stellte den Rucksack mit den Gläsern und die Tasche mit der schicken Unterwäsche auf die Treppe, bevor sie zum Briefkasten ging, um die Zeitung zu holen. Sie steckte die Hand hinein und zog die *Mora Zeitung* und einen Umschlag heraus. Sie konnte die Buchstaben, die ihren Vornamen bildeten, nur anstarren. Dann öffnete sie den Umschlag mit dem Schlüssel und las. Larsson kam zu ihr und spähte über ihre Schulter. Mit zitternden Händen reichte sie ihm den Brief und schaute sich um.

Es bestand kein Zweifel. Danne war nicht nur in der Nähe, nein, er war hier gewesen und hatte eigenhändig diesen Umschlag in ihren Briefkasten gesteckt. Mit krakeliger Schrift stand auf dem Zettel: *Rache ist erst der Anfang.*

NEUNZEHN

Sonntag, 16. März
Zweiter Fastensonntag

Sigvard hängte sich die blaue Stola um und betrachtete sich im Spiegel der Sakristei. Alt war er, aber ein Weilchen würde er noch durchhalten. Der Infarkt an Weihnachten hätte ihn fast das Leben gekostet, aber er hatte sich zurückgekämpft, wenngleich er im Januar sehr müde gewesen war. Dass er sich wieder so gut erholt hatte, war für die Ärzte einzigartig, ja, es grenzte fast an ein Wunder. Sigvard selbst war nicht weiter erstaunt darüber. Er hatte die Kondition eines durchtrainierten Sechzigjährigen, obwohl er bereits fünfundachtzig war. Das hatte er seinem aktiven Lebensstil zu verdanken, zu dem Schlittschuhlaufen, Skifahren und viele lange Spaziergänge zählten.

Er klemmte sich das Messbuch unter den Arm, atmete einmal tief durch und bat flüsternd den Chef um Unterstützung bei der Messe, bevor er dem Kirchenchor bis zum Altar folgte. Er wollte vom »kämpfenden Glauben« erzählen. Das passte perfekt, weil er ja selbst hatte kämpfen müssen, aber davon wussten nicht viele. Eigentlich war sein gesamtes Leben ein einziger Kampf gewesen, und das Schlimmste war es gewesen, Markus kein Vater sein zu können, weil er dem herzlosen Wunsch der Familie hatte nachkommen müssen. Dank Samuel, das musste er ihm zugestehen, hatten er und Markus endlich zueinander gefunden, und Sigvard war froh, dass sein Sohn in sein ehemaliges Haus gezogen war und dass es ihm selbst in der kleinen Hütte am Fluss so gut ging. Dort lebte es sich anspruchslos, still und leise, und dort wollte er seinen Lebensabend zubringen, bis er irgendwann ganz in Ruhe starb. Fürs Beerdigungsinstitut würde es beschwerlich werden, ihn dort herauszuholen, aber Sigvard hatte nicht vor, ihnen das irgendwie zu erleichtern. Das mussten sie schon selbst bewältigen.

Die Messe mit all den zu lesenden Abschnitten, Kirchenliedern und der Predigt verging schnell. Er hatte in den Passagen, die er singen musste, nicht einen Ton verfehlt, und die Wärme der Gemeinde war förmlich spürbar, als sie gebannt seiner Predigt lauschten. In den Bänken saßen bestimmt einige, die hin und wieder mit ihrem Glauben gekämpft hatten. Das darauffolgende Abendmahl war ohne Zwischenfälle verlaufen, und Sigvard war zufrieden, als er nach dem Postludium am Kirchenportal stand und die Teilnehmer verabschiedete.

»Vielen Dank«, sagte ein gleichaltriger Mann und drückte ihm mit beiden Händen die Hand. »Das wird mir die nächsten Tage ein wenig erhellen, aber manchmal ist es schon hart, oder? Und es war schön, unseren Pfarrer zurückzuhaben.«

Sigvard klopfte ihm auf die Schulter und gab ihm ein paar tröstende Worte mit auf den Weg, bevor er sich der nächsten Person zuwandte. Eine junge Frau stand vor ihm und lächelte ihn breit an. Sie reichte ihm die Hand. Er kannte sie, wessen Tochter war das noch mal? Nicht die von Klar, oder? Ja, doch. Tindra Klar. Sie hatte die Weihnachtsgeschichte so schön im Dialekt gelesen, dass selbst die Engel ihre Tränen hatten trocknen müssen. Außerdem hatte sie Samuel unterstützt, als er sich in seiner neuen Gemeinde hatte zurechtfinden müssen und der schauerliche Mord an Sigvards Neffen alle erschüttert hatte.

»Guten Tag, Tindra«, sagte Sigvard. »Geht es dir und deiner Familie gut?«

»Ja, danke. Ich habe allerdings eine Frage.«

»Lass hören, vielleicht kann ich helfen.«

»Wo ist denn eigentlich Sam abgeblieben? Ist er doch wieder in den Süden gezogen?«

»Sam?«

»Samuel meine ich.«

»Ach, selbstverständlich meintest du den.« Sigvard kratzte sich mit dem Gesangbuch am Hinterkopf. »Das frage ich mich ehrlich gesagt auch. Er hat nicht aufgehört, da musst du dir keine Sorgen machen. Er wollte eigentlich nur übers Wochenende bei Luthers Töchtern in Klausur gehen, weshalb ich seine Dienste übernommen habe, aber jetzt ist er entweder länger dort geblieben oder er ist zu seiner Marit nach Västerås gefahren.«

»Ich habe ihn seit dem Wasalauf nicht gesehen«, sagte Tindra. »Er muss unbedingt wieder herkommen.«

»Das wird er sicher«, sagte Sigvard und versuchte, überzeugend zu klingen, auch wenn er selbst nicht fest daran glaubte.

Vielleicht sollte er einmal nachforschen, was eigentlich vor sich ging. Er hatte Samuel empfohlen, an der Klausur teilzunehmen, um die Kontrolle über sein Leben zurückzugewinnen, hätte aber nicht gedacht, dass ein längerer Aufenthalt nötig war oder die Gefahr bestand, dass Samuel gar nicht mehr von den Schwestern zurückkehren würde. Irgendwie fühlte Sigvard sich verantwortlich.

Nachdem er alle zweiundzwanzig Kirchenbesucher verabschiedet hatte, eilte er in die Sakristei, um Stola und Chorhemd abzulegen. Den Kirchenkaffee wollte er unter keinen Umständen versäumen. Dort erfuhr man immer die aktuellsten Neuigkeiten des Orts.

»Wie steht es um Bruder Samuel?«, fragte er, als er kurze Zeit später neben Ellinor Johannesson am Kaffeetisch saß.

Eine Sorgenfalte bildete sich auf der Stirn der Hauptpastorin.

»Er ist noch bei Luthers Töchtern«, sagte sie und klang ein bisschen resigniert. »Ich habe eine SMS von ihm bekommen, in der er schrieb, er bräuchte noch eine weitere Woche im Kloster, um wieder zu sich zu finden. Ich habe keine Ahnung, was los ist, aber offenbar geht es ihm nicht gut, so viel ist dann doch klar. Das ist wirklich sehr schade, wenn man bedenkt, wie beliebt er ist.«

Sigvard nahm sich eins der einfachen Käsebrote. Es gab weder Gebäck noch Kuchen, es war schließlich Fastenzeit, und der Verzicht auf all das Süße schadete nicht, selbst wenn es erlaubt war, an den Sonntagen das Fasten zu brechen.

»Aha, aber dann können wir davon ausgehen, dass er kommenden Sonntag wieder arbeitet, oder?«, fragte Sigvard.

»Das hoffe ich sehr«, antwortete Ellinor. »Ich wollte am Wochenende meine Tochter in Kalmar besuchen, aber wenn Samuel dann noch nicht wieder zurück ist, weiß ich nicht, wie das gehen soll.«

»Das wird schon«, sagte Sigvard. »Habt ihr noch etwas von den Frauen gehört, deren Freundin gestorben ist? Samuel war dort und hat mit ihnen gesprochen.«

Die Pfarrerin neigte sich zu ihm und senkte die Stimme.

»Hast du's noch nicht gehört? Die Verstorbene ist wohl keines natürlichen Todes gestorben, sondern wurde ermordet. Mit Gift. So stand es zumindest im *Dala-Demokraten* und in der *Mora Zeitung*.«

Sigvard strich sich mit der Serviette über den Mund, um eventuelle Krümel wegzuwischen. Dann wandte er sich ihr zu.

»Das ist ja schrecklich«, sagte er. »Haben sie denn schon jemanden gefasst?«

Ellinor schnappte sich das letzte Käsebrot vom Teller.

»Es macht nicht den Eindruck, aber eine der Frauen ist ungewöhnlicherweise hier. Sie sitzt da drüben und spricht mit Tindra.«

Sigvard schaute sich mit aufmerksamem Blick im Gemeindesaal um.

»Das ist ja Smid Karin Karlsdotter«, sagte er. »Die kenne ich schon lange. Wieso ist sie denn hier? Sie und ihre Freundinnen sind ja eigentlich keine regelmäßigen Besucher. Soweit ich weiß, nehmen sie an den Gottesdiensten im Kloster teil.«

»Das kann ich nicht sagen«, antwortete Ellinor, »aber vielleicht hat Agnes Busks Tod ja irgendwas ausgelöst. Was weiß ich? Auf jeden Fall scheint ihre Heimatgemeinde plötzlich gut genug zu sein.«

Sigvard stand auf.

»Weißt du, was, Ellinor?«, sagte er. »Ich fahre bei Markus vorbei, um mal nach ihm zu sehen. Und dann mache ich mit ihm einen Ausflug zu Luthers Töchtern. Hoffentlich ergibt sich dort die Gelegenheit, ein paar Worte mit Samuel zu wechseln und herauszufinden, wie es ihm geht.«

»Ach, es freut mich, dass du und Markus so gut miteinander auskommen«, sagte Ellinor. »Aber schaffst du das? Du musst dir deine Kräfte gut einteilen, Sigvard.«

»Quatsch!«, blaffte er und war wieder ganz der Alte. »Das neue Auto muss bewegt werden. Ich melde mich.«

ZWANZIG

Montag, 17. März

Samuel betrachtete das kleine Publikum, während er sein letztes Lied des Abends zum Besten gab. Die Schwestern saßen im Aufenthaltsraum und lauschten ihm aufmerksam. Er hatte ihnen eine Mischung aus eigenen und fremden Liedern vorgespielt. Nach einer Woche des eng gestrickten Tagesplans, in der sich Gebete, Arbeit und Mahlzeiten abwechselten, war es fast befreiend, mal etwas zu machen, dass von der zwar wohltuenden, aber auch sehr einschränkenden Routine ausbrach.

Er bemühte sich um ein extra schönes Vibrato. Die Schwestern saßen mit gefalteten Händen da, den Blick auf ihn gerichtet. Er schrieb geistliche Lieder, solange er zurückdenken konnte, und sein großer Traum war, dass eins davon ins Gesangbuch aufgenommen würde, aber das war etwas, für das er im Stillen beten musste. Benny Andersson war es geglückt, er hatte die Melodie zu Nummer 851 geschrieben, aber ein Samuel Williams konnte vermutlich nur weiter davon träumen. Der letzte Akkord verklang, und er stellte vorsichtig und leise die Gitarre neben sich auf den Boden.

»Vielen Dank fürs Zuhören«, sagte er leise. »Vielleicht

können wir noch ein gemeinsames Lied singen, bevor es Zeit ist für das stille Gebet in der Kapelle?«

Im Flur rumpelte es, dann näherten sich Schritte. Helge Fredengren kam herein, zog sich einen Stuhl heran und setzte sich. Unauffälligkeit war nicht gerade sein Steckenpferd.

»Ich bitte um Entschuldigung«, sagte er. »Ich habe mich verspätet. Habe ich etwas verpasst?«

Die Schwestern brachen in Gelächter aus, wodurch sich die angespannte Stimmung gleich verflüchtigte.

»Alles«, sagte Birgitta. »Samuel hat gerade seine schöne Vorführung abgeschlossen.«

»Ich habe gerade darum gebeten, dass alle beim letzten Lied einstimmen«, sagte Samuel. »Sie auch, Helge. *Möge dir dein Weg leicht werden*.«

Helge nickte und schaute sich dann stirnrunzelnd um.

»Aber irgendwer fehlt doch noch«, sagte er.

Die Schwestern sahen einander an. Samuels Blick wanderte von einer zur anderen. Hatte er recht? Fehlte jemand?

»Maud«, sagte Mutter Veronica schließlich. »Und wir haben es nicht mal bemerkt. Wo könnte sie denn stecken? Sie ist doch hoffentlich nicht krank?«

Sofort wurde es laut, weil alle durcheinandersprachen, bis Veronica die Hand hob.

»Liebe Schwestern, beruhigt euch doch bitte. Wann wurde sie zuletzt gesehen?«

»Sie ist nach dem Mittagessen ins Dorf gefahren«, sagte Petra. »Weil sie neue Farben kaufen wollte.«

»Aber sie ist nicht zurückgekommen?«, fragte Veronica. »Hat jemand den Wagen gesehen?«

Birgitta stand auf, verschwand den Gang hinunter und kehrte wenige Minuten später zurück.

»Der Wagen steht, wo er immer steht. Jetzt, wo ich darüber nachdenke, war sie auch beim Abendessen nicht da«, sagte sie. »Wir sollten sie suchen. Was, wenn sie krank geworden ist, ich meine in Anbetracht von Agnes und Christin ... also, ansteckend ist das ja vermutlich nicht, aber einfach nur zur Sicherheit.«

Sofort standen alle auf, und es war klar, dass es kein gemeinsames Lied mehr geben würde. Also packte Samuel die Gitarre schnell weg und beteiligte sich an der Suche.

»Wir teilen uns auf«, sagte Veronica. Die blauen Ärmel ihrer Tracht flatterten, während sie ihre Mitschwestern dirigierte.

Samuel sollte mit Petra losziehen. Die Schwester war eigentlich immer gut gelaunt und optimistisch – eine unschätzbare Eigenschaft, wenn es Grund zur Sorge gab. Wie gut, dass er mit ihr suchen durfte.

»Wir fangen bei ihrem Atelier unten im Keller an«, sagte sie, und schon bald standen sie vor der verschlossenen Tür.

An der Wand hing ein kleines Holzkästchen. Petra öffnete es und nahm einen Schlüssel vom Haken. Sie schauten einander in die Augen, und Samuel lief ein kalter Schauer über den Rücken. Petra nickte ihm beruhigend zu, aber ihm war, als hätte er trotzdem Beunruhigung in ihren Augen aufblitzen sehen. Sie hatten keine Ahnung, was sie erwartete, aber die Krimiautorin in Petra konnte sicher nicht umhin, das Ganze doch ein bisschen spannend zu finden.

Sie drehte den Schlüssel im Schloss und ließ die Tür langsam aufgleiten. Im Atelier war es dunkel und totenstill. Der Farbgeruch war dominant und stach in der Nase. Samuel schaltete das brutale Neonlicht ein, das flackernd zum Leben erwachte. Farbenfrohe Heiligenbilder zierten die Wände. Ein halb fertiges Gemälde, das den heiligen Franziskus mit einigen unscharfen Tieren im Hintergrund darstellte, stand auf der Staffelei. Petra öffnete die Tür zur Abstellkammer und schaute hinein, während Samuel durch die Fenster die Umgebung absuchte.

»Hier ist sie nicht«, sagte Petra. »Lassen Sie uns draußen weitermachen, im Garten gibt es unzählige Orte, an denen sie sein könnte. Aber vorher muss ich meine Strickjacke aus dem Hühnerhaus holen. Sie kommen doch sicher mit, oder?«

Er nickte. Selbstverständlich würde er ihr Gesellschaft leisten. Seine Jacke hing im Flur, er schnappte sie sich einfach beim Hinausgehen.

Vor Petras Atelier hing ein ebenso hübsches Holzkästchen wie neben Mauds Tür. Die Schwestern waren offenbar etwas arglos, dachte Samuel, wenn sie die Schlüssel für alle zugänglich verwahrten. Besonders bei diesem hier, der sich ja draußen befand.

»Entschuldigung, wenn ich das so offen frage«, sagte er, »aber hängt der Schlüssel immer hier? Dann können ja Hinz und Kunz einfach hineinspazieren.«

Sie lächelte ihn an.

»Das dürfen Hinz und Kunz auch«, sagte sie. »Denn dann handelt es sich vermutlich um jemanden, der ein Dach über dem Kopf braucht, und niemanden, der stehlen möchte. Ich verwahre hier nichts Wertvolles.«

»Ihre Krimis, Schwester«, sagte er und zwinkerte. »Die haben ihren Wert und sind noch dazu ein Geheimnis.«

Sie legte den Finger an die Lippen.

»Kein Sterbenswort, Bruder Samuel«, sagte sie. »Das darf niemand erfahren, die liegen sicher in ihrer Schublade. Die Kinderbücher, die ich schreibe, sind das Wichtigste. Zumindest für Luthers Töchter.«

Samuel hatte nicht vor, sie zu verpetzen, dennoch fragte er sich, wie lang sie das Geheimnis noch wahren konnte. Eines Tages würde es sicher auffliegen, und wenn herauskam, dass die Autorin eine fromme Schwester war, würde das die Verkaufszahlen sicher steigen lassen. Was Mutter Veronica und die anderen Schwestern wohl davon halten würden? Petra war ziemlich mutig, fand Samuel.

Petra öffnete das Kästchen, aber darin war kein Schlüssel. Samuel schaute von dem leeren Haken zu Petra und zurück. Sie zuckte nur mit den Schultern. Samuel klopfte mit der Faust gegen die Tür.

»Hallo? Ist da jemand?«

Keine Reaktion.

Samuel betrachtete das Schloss. Es war sehr alt, man konnte noch durchs Schlüsselloch hindurchblicken, so einfach war es. Nicht sonderlich sicher. Im schlimmsten Fall würde er es knacken müssen, was kein großes Problem darstellen sollte.

»Hallo?«, versuchte er es noch einmal, diesmal lauter. »Schwester Maud? Sind Sie da drin?«

Sie warteten ab. Dann schüttelte Samuel den Kopf.

»Nein, hier ist niemand. Die Frage ist bloß, wer Ihren Schlüssel entwendet hat.«

»Hören Sie doch!«, sagte Petra, die ihr Ohr an die Tür gelegt hatte. »Da ist jemand.«

»Hallo?«, meldete sich eine schwache Stimme.

Petra knuffte gegen Samuels Arm.

»Das ist sie! Ich erkenne ihre Stimme. Schwester Maud! Alles in Ordnung?«

Sie bekamen keine Antwort, also klopfte Samuel noch einmal an.

»Können Sie die Tür öffnen?«

»Ich habe keinen Schlüssel«, drang ihre Stimme aus dem Hühnerhaus.

Samuel und Petra wechselten einen Blick.

»Keinen Schlüssel?«, fragte Samuel. »Aber wie um alles in der Welt ...?«

»Ich hab eine Idee«, sagte Petra. »Warten Sie hier. Und sprechen Sie mit ihr.«

Petra rannte davon und kehrte wenige Minuten später mit einem Schlüssel in der Hand zurück.

»Ersatzschlüssel«, sagte sie erklärend. »Veronica ist ein Ordnungswunder.«

Sie steckte den Schlüssel ins Schloss, drehte ihn, und schon ging die Tür auf.

Direkt davor saß Maud auf einem einfachen Hocker, die Haube schief auf dem Kopf. Ein paar dunkle Strähnen lugten darunter hervor, außerdem hatte sie Erdflecken auf der Wange. Ihre Tracht war zerknittert und schmutzig.

»Oh, habt vielen Dank!«, sagte sie. »Möge der Herr euch segnen.«

Petra betrat das umgebaute Hühnerhaus und schaltete das Licht ein. Das Kissen auf ihrem Sessel war plattgesessen, daneben lag ein weltliches Buch. Ein Krimi. Auf dem Schreibtisch erkannte Samuel inmitten der Bilder biblischer Geschichten für Kinder einen zusammengeschobenen Haufen Blätter mit Anmerkungen. Es war das Manuskript, das Petra ihm im Vertrauen gezeigt hatte. Samuel hörte, wie Petra heftig einatmete und die Stirn in Falten legte. Er hätte niemals damit gerechnet, dass eine so liebe Schwester Luthers so wütend werden konnte.

»Was fällt dir ein?«, schrie sie und machte ein paar Schritte auf ihre Mitschwester zu. »Einfach in meinen Privatsachen rumzuwühlen!«

Maud lächelte, aber es hatte nichts Freundliches.

»Privatsachen? Im Kloster ist nichts privat«, antwortete sie und blickte auf den Schreibtisch. »Sieh an, unsere Schwester schreibt also Krimis. Dürfen wir das denn?«

Petra riss das Manuskript an sich, stopfte es in die Schublade und schob sie zu.

»Das ist nicht mein Buch«, zischte sie. »Ich helfe einem Freund.«

»Natürlich«, sagte Maud. »Entschuldige, wie dumm von mir.«

»Was mich viel mehr interessiert, ist, wie es dazu kam, dass du hier eingeschlossen wurdest«, sagte Petra.

Ihre Wut war abgeebbt, und sie klang schon wieder wesentlich ruhiger. Maud zuckte mit den Schultern.

»Ich kam aus dem Dorf«, sagte sie. »Hab dir ein paar Farben mitgebracht und wollte sie dir ins Atelier legen. Aber jemand muss mir gefolgt sein und mich niedergeschlagen haben.« Sie rieb sich den Hinterkopf und verzog das Gesicht. »Denn dann erinnere ich mich an nichts mehr. Ich bin in dem Sessel da wieder zu mir gekommen, das war einige Stunden später.«

Samuel musterte sie. Sagte sie die Wahrheit? Wer könnte sich angeschlichen und sie zu Boden gestreckt haben? Und warum?

»Und Sie konnten nicht sehen, wer es war?«, fragte er.

Sie schüttelte den Kopf, und dabei liefen ihr ein paar Tränen über die Wangen.

»Wer könnte es denn auf Sie abgesehen haben?«, fragte Samuel. »Haben Sie Feinde?«

Schwester Maud nahm dankbar ein Taschentuch entgegen, das Petra ihr reichte, und schnäuzte sich.

»Nein, ich habe keine Ahnung«, sagte sie. »Wirklich nicht.«

»Aber, Schwester Maud, als du zu dir gekommen bist, hättest du dich doch selbst befreien können«, setzte Petra an. »Es gibt hier genügend große Fenster. Soll ich mir mal deinen Kopf ansehen? Vielleicht müssen wir dich ja verarzten.«

»Nein, nicht nötig«, sagte Maud, richtete die Haube und schob die Strähnen darunter. »Ich muss durch den Schlag ohnmächtig geworden sein und bin erst wieder zu mir gekommen, als geklopft wurde.«

Die beiden halfen ihr auf und stützten sie auf dem Weg

über den Hof ins Kloster. Maud brauchte dringend einen heißen Tee und einen warmen Pullover.

»Und ein heißes Bad«, sagte Veronica bestimmt, als sie erfahren hatte, was geschehen war. »Das hilft bei einem Schock.«

Samuel kehrte in sein Zimmer zurück. Das gemeinsame Gebet ließ er ausfallen, das konnte er genauso gut allein machen. Die sonst so friedliche Stimmung, die im Kloster herrschte, war erst mal dahin. Er nickte Helge Fredengren zu, der im Aufenthaltsraum las, als er vorbeikam.

Irgendwas an Mauds Verhalten war sonderbar gewesen. Angesichts dessen, was sie erlebt hatte, hätte sie richtig erschüttert sein müssen, aber sie hatte nicht mal sonderlich schockiert gewirkt.

Er stellte sich ans Fenster und schaute hinaus. Gerade, als er die Jalousie hinunterlassen wollte, nahm er eine Bewegung an Mauds großem Atelierfenster wahr. Ein Mann kletterte heraus und schlug dann den Weg zum See ein. Die Silhouette war nicht besonders deutlich, aber am Gang erkannte er ihn dennoch. Vater Johannes alias Janne Boman. Wieso lief er hier im Dunkeln rum? Und warum kletterte er aus Mauds Atelier?

EINUNDZWANZIG

Dienstag, 18. März

Das erste Gebet des Tages stand an, und Petra kam so spät wie möglich in die Kapelle und setzte sich so weit von Maud weg, wie es nur ging. Die Nacht war eine Katastrophe gewesen, Petra hatte kaum geschlafen, und all das nur wegen der Aufregung des gestrigen Tages. Ausgerechnet Schwester Maud hatte das Manuskript entdeckt, das war ihr mehr als ungelegen. Vom ersten Augenblick an, als Maud zu ihnen und ihrer Gemeinschaft gestoßen war, hatte Petra Schwierigkeiten mit ihr gehabt. Vielmals hatte sie Gott um Vergebung gebeten und darum, Sympathie für ihre Mitschwester zu entwickeln, aber da gab es einen Widerstand, den sie bisher nicht hatte überwinden können. Vielleicht lag es daran, dass sie beide künstlerisch veranlagt waren und in ihren jeweiligen Ateliers Neues erschufen. Allerdings brachten Petras Kinderbücher weit mehr ein als Mauds Heiligenbilder. Die Einkünfte für die Krimis flossen direkt in einen Fonds, den Vater Johannes verwaltete. Die Zahlungen geschahen immer anonym, und die Schwestern freuten sich jedes Mal, wenn eine große Summe einging, und spekulierten, wer dieser freigiebige Spender wohl sein möge. Wenn es doch einmal herauskommen sollte, würden ihr vermutlich sowohl Gott als auch Mutter Veronica vergeben und ihre Güte loben. Das hoffte sie zumindest. Denn sie half ja so, wie sie es am besten konnte: indem sie ihr gottgegebenes Talent zum Schreiben nutzte.

Das Gebet begann wie jeden Morgen mit einem Lied, und Petra stimmte mit ein, schaute aber immer wieder verstohlen zu Maud, die völlig ins Gesangbuch versunken schien. Petra beschloss, sich voll und ganz aufs Gebet zu konzentrieren. Samuel saß neben ihr, und mit ihm an ihrer Seite fiel ihr das Singen leicht, er hatte so eine schöne Tenorstimme. Dass er ihr Geheimnis kannte, belastete sie nicht, sie war sicher, dass er es keiner Menschenseele erzählen würde.

Nach dem Gebet setzte sie alles daran, auch am Frühstückstisch neben ihm zu sitzen.

»Wie geht es Ihnen?«, fragte er. »Haben Sie sich von gestern erholt?«

Petra verteilte die selbst gemachte Marmelade auf einer Scheibe Brot, ehe sie antwortete.

»Ich bin mir nicht ganz sicher«, sagte sie leise, damit niemand sonst sie hörte. »Es ist ein komisches Gefühl, dass Maud mein Geheimnis kennt, sofern sie mir die kleine Notlüge nicht abgekauft hat. Möge Gott mir verzeihen, dass ich behauptet habe, das Manuskript war von einem Freund.«

Samuel nickte.

»Das kann ich gut verstehen«, sagte er. »Was haben Sie jetzt vor?«

»Können wir später weitersprechen?«, fragte sie. »Sie könnten für Ihren ersten Arbeitseinsatz zu mir kommen.

Ich muss mir etwas einfallen lassen, ich wage es nicht länger, das Material im Hühnerhaus zu haben.«

»Selbstverständlich. Und ich glaube, ich habe da eine Idee«, antwortete Samuel und zwinkerte ihr zu.

Nachdem die Schwestern und Gäste ihren Dank fürs Essen gesungen hatten, eilte Petra über den Hof zu ihrem alten Hühnerhaus. Der Himmel war grau und es war kalt, was nur bedeuten konnte, dass weiterer Schnee im Anflug war. Der Frühling schien noch zu zweifeln, ob er wirklich kommen sollte.

Als sie gerade die Tür hinter sich geschlossen hatte, klopfte es schon, und kurz darauf trat Samuel mit eingezogenem Kopf ein, damit er nicht gegen die Decke stieß. Sie deutete zu dem Sessel, in dem Maud gestern mehrere Stunden zugebracht hatte.

»Ich bin wirklich empört über das, was vorgefallen ist«, gestand Petra. »Also, mit Maud.«

»Das habe ich gesehen. Ich hätte nicht gedacht, dass eine Schwester so wütend werden kann«, sagte Samuel. »Aber es ist nachvollziehbar. Ich kann gut verstehen, weshalb Sie das, na, nennen wir es ›explosives‹ Material, anderweitig unterbringen wollen.«

Petra nickte.

»Das muss ich ja. Ich kann nicht riskieren, dass noch mehr davon Wind bekommen. Was Maud angeht, kann ich einfach nur hoffen, dass sie mir geglaubt hat oder schweigt.«

»Ich könnte mal mit ihr sprechen«, antwortete Samuel.

»Ich könnte ihr zu verstehen geben, dass der Ruf von Luthers Töchtern auf dem Spiel steht.«

Petra seufzte.

»Vielleicht wäre das eine Idee, denn wenn herauskommt, dass eine der Schwestern dasitzt und gottlose Literatur über Morde verfasst, statt sich voll und ganz auf das Schreiben von Kinderbüchern zu konzentrieren, ist das sicher nicht gut.«

»Vergessen Sie nicht, dass Sie das für einen guten Zweck tun«, erinnerte Samuel sie. »Ich glaube nicht mal, dass die Wahrheit nur negativ aufgenommen würde. Ich hab die Bilder in der Presse förmlich vor Augen: spannende Cover und dazu ein Foto von einer Schwester mit Tracht und Haube. Ich kann Ihnen versichern, das wird den Verkauf nur anheizen.«

Petra lächelte. Vielleicht hatte er sogar recht. Wie dem auch sei, sie wagte es nicht, das Material weiterhin hier zu verwahren. Sie zog die Schublade auf und holte das Manuskript heraus. Das gute Stück, das Maud auseinandergepflückt und das Petra wieder hatte zusammensammeln müssen.

»Sie hatten eine Idee«, sagte sie und schaute ihm in die Augen.

»Ja, richtig. Wenn Sie mir vertrauen, kann ich das Manuskript gern bei mir zu Hause für Sie verstecken. Das wäre für mich gar kein Problem. Wenn Sie es brauchen, melden Sie sich einfach, dann treffen wir uns, zum Beispiel in meinem Dienstzimmer im Gemeindehaus. Sonst wundert sich noch jemand, was Sie bei mir zu Hause machen, und fängt das Tratschen an. Allmählich wird es sowieso Zeit für mich, nach Hause zurückzukehren, dann könnte ich es gleich mitnehmen, wenn Sie mögen. Was sagt die Krimischreiberin?«

Er lächelte sie an.

»Sie haben recht, was würden die Leute denken, wenn ich ständig zwischen dem Kloster und dem Zuhause von Klockarviks Pfarrer hin- und herpendele?«, antwortete sie ebenfalls lächelnd. »Ich schreibe am Computer, und das muss ich auch, aber wenn ich Ihnen jeden Tag mailen könnte, was ich geschrieben habe, wäre das toll. Niemand kommt ohne Passwort an meinen Computer. Aber das Manuskript können Sie gern mitnehmen, dann habe ich wenigstens einen Ausdruck, auf den ich zur Not zurückgreifen kann.«

Er stimmte ihr zu, dass dies die beste Lösung war, und nahm den Papierstapel entgegen. Er warf einen schnellen Blick auf das Titelblatt, das sie ihm beim letzten Mal nicht gezeigt hatte. Dann schaute er sie an. Sie spürte, dass sie rot anlief, und senkte den Blick. Sie umklammerte fest das Holzkreuz, das sie um den Hals trug.

»P. D. Jonsson?«, sagte Samuel und zog die Augenbrauen hoch. »Das hatte ich letztes Mal nicht gesehen. Das sind Sie?«

Sie blickte auf.

»Petra Diana Jonsson, das ist der Mädchenname meiner Mutter«, sagte sie.

»Das ist ja unglaublich«, entfuhr es Samuel. »Wissen Sie, wie unfassbar beliebt diese Krimis sind? Ich kenne viele, die ihre Bücher gelesen haben, und es wird wild spekuliert, wer hinter dem Pseudonym steckt.«

Sie fasste ihn am Arm.

»Sie dürfen nichts verraten. Kein Sterbenswort!«

Er tätschelte ihre Hand.

»Petra, meine Schweigepflicht kennt keine Ausnahmen, das wissen Sie.«

Ganz überzeugt war sie nicht, aber sie musste sich damit begnügen, ihm zu vertrauen. Zusammen packten sie alles, was einen Rückschluss auf P. D. Jonsson zulassen könnte, in eine Plastiktragetasche.

»Ich bräuchte aber im Gegenzug etwas von Ihnen«, sagte Samuel und verknotete die Henkel der Tragetasche.

»Wo immer ich behilflich sein kann«, erwiderte sie.

»Es geht um Maud«, sagte er. »Ich frage mich, wer sie eigentlich ist.«

Petra schwieg einen Augenblick, ihr Blick verfinsterte sich.

»Ich weiß nicht viel über sie. Nur, dass sie in den Siebzigern mal in Italien war. Damals hat sie gearbeitet, aber in einem Kloster gewohnt.«

»Wissen Sie, in welchem?«

Petra setzte sich an ihren Computer und googelte, ehe sie antwortete.

»Hier«, sagte sie und deutete auf einen kleinen Ort auf einer Karte, die Italiens Westküste zeigte. »Levanto hieß das, glaube ich.«

Samuel suchte den Ort auf seinem Handy und machte einen Screenshot.

»Sie mögen sie nicht«, sagte er. »Wieso?«

Petra zuckte mit den Schultern.

»Ich weiß auch nicht«, antwortete sie. »Maud ist sicherlich ein guter Mensch, aber wir beide kommen einfach nicht miteinander aus. Möge Gott mir das vergeben. Vielleicht ist sie unglücklich.«

»Glauben Sie, dass sie zu einem Mord fähig wäre?«

»Pfarrer Samuel«, sagte Petra sehr ernst. »Ich kann eine Menge schlimme Dinge über Maud denken, trotzdem ist und bleibt sie eine von Luthers Töchtern. Selbst sie muss eine Grenze kennen.«

Darauf erwiderte Samuel nichts, dem offenbar ein Klebezettel neben ihrem Computer aufgefallen war.

»*Daphne mezereum*«, las er laut vor und folgte den Worten mit dem Zeigefinger. »Nach dem persischen Wort *mazeriyn*, das ... zu töten bedeutet!«

Petra riss den Klebezettel weg.

»Das ist für mich«, sagte sie knapp. »Nicht für Sie.«

ZWEIUNDZWANZIG

Mittwoch, 19. März

Der Tag wartete mit herrlichen Sonnenstrahlen und zwölf Grad auf. Larsson, Jarning und Rantatalo beschlossen, einen Spaziergang entlang des Saxviken zu machen, der schlussendlich in den Siljan mündete, bis zur Volkshochschule.

»Also, eigentlich bin ich ja niemand, der gern spazieren geht«, sagte Larsson, »aber okay. Wenn wir dabei über die Arbeit sprechen, hat es ja immerhin einen Nutzen.«

»Wie bitte?«, sagte Jarning. »All die Kalorien zu verbrauchen, die wir zu Mittag in uns gestopft haben, ist ja wohl der viel größere Nutzen. Oder, Rantatalo?«

»Ja, genau«, sagte Maja-Sofia. »Sonst legst du noch zu, Larsson. Und das wäre nicht gut. Wie sollst du sonst den Räubern nachjagen?«

»Okay, okay, ich gebe auf«, erwiderte Larsson und hob die Hände in die Luft. »Dann wollen wir mal. Aber bitte ein schnelleres Tempo.«

Entlang der Promenade spazieren zu gehen war eine beliebte Beschäftigung der Leute hier. Und ein wenig frische Luft zu schnappen und den Kopf freizukriegen war genau das Richtige für ein paar Polizisten, die sich ihre Konzentration für wichtige Ermittlungen erhalten mussten. In dem kleinen Besprechungszimmer hatten die Gedanken gar keine Möglichkeit, sich zu entfalten. Sie mussten das Problem aus einer neuen Perspektive betrachten, und dafür an die frische Luft zu gehen war keine schlechte Idee.

»Wenn wir jetzt also rein dienstlich sprechen«, schlug Larsson vor, »dann lasst uns doch kurz zusammenfassen, was wir bislang wissen.«

»Das Opfer ist Agnes Busk, fünfundsechzig Jahre«, sagte Jarning sofort. »Mehrere Wochen krank, unter großen Qualen gestorben mit mittlerweile bestätigtem Verdacht auf ...«

»... Vergiftung«, vervollständigte Maja-Sofia. »Verursacht durch ein Gift, das von einer der Pflanzen stammen sollte, die du recherchiert hast, Jarning.«

»Waren da nicht auch Hagebutten dabei?«, fragte Larsson.

»Doch, doch. Aber die Hagebutte ist eigentlich gar nicht so gefährlich«, antwortete Jarning.

Die drei verfielen in Schweigen, als sie ein Neubaugebiet passierten. Hier nutzten viele das schöne Wetter zum Flanieren und wollten vielleicht nichts von ihren Schlussfolgerungen über einen Mord mitbekommen. Bald darauf erreichten sie das Freiluftmuseum Zorn, in dem man imposante Bauernhöfe der letzten Jahrhunderte bestaunen konnte. Eine wunderbare und leise Oase, nur einen Steinwurf vom Bahnhof und einer viel befahrenen Straße entfernt.

»Wir könnten uns ja kurz da auf die Verandastufen setzen«, sagte Maja-Sofia.

So machten sie es sich auf der alten Holztreppe gemütlich und tankten ein bisschen Sonne. Außer ihnen war fast niemand da, nur ein paar vereinzelte Menschen standen auf dem Parkplatz der Volkshochschule.

»Hagebutten«, sagte Jarning und dachte laut. »Kochst du manchmal damit, Larsson?«

»Ich käme nicht auf die Idee«, sagte er. »Viel zu fummelig, außerdem viel zu viele Kerne. Wir haben die früher als Juckpulver genommen, als wir noch klein waren. Das unter die Sachen gesteckt zu bekommen macht keinen Spaß, das könnt ihr mir glauben. Aber meine Mutter hat damit ziemlich viel veranstaltet, glaube ich. Musste ja alles genutzt werden.«

»Und du?«, fragte Jarning an Maja-Sofia gewandt. »Auch Erfahrungen mit Juckpulver?«

»Nein, nicht wirklich. Aber im Herbst hab ich ein Rezept gelesen, dass man Hagebutten einmachen und dann zu einem Elchsteak reichen solle. Das klang sehr lecker, aber gekocht hab ich es dann doch nicht. Das Häusliche ist nicht gerade meine Stärke.«

»Meine Mutter macht das ständig«, sagte Jarning, »und auch wenn das jetzt nach Pauschalisierung und Vorurteil klingt, aber ich glaube, dass es eher Frauen sind, die genug Ausdauer mitbringen, um Hagebutten zu ernten und zu verarbeiten.«

Maja-Sofia ließ die Beine baumeln. Schon bald würden sie ins Revier zurückkehren müssen, um die trostlose Jagd auf einen Mörder fortzusetzen, von dem sie noch nicht mal eine klare Vorstellung hatten. Vielleicht wäre es ganz gut, wenn Beate Löfblad die Unterstützung von NOA, der operativen Einheit, anforderte, auch wenn das an ihrem Ego kratzte. Selbstverständlich respektierte Maja-Sofia alle Kollegen, die mehr Erfahrung mit schweren Verbrechen hatten, aber sie hoffte dennoch, dass sie und ihr kleiner Stab der Morapolizei noch ein wenig Zeit bekamen, um diesen Fall selbst aufzuklären. Die Spur ins Kloster, auf die sie Samuel angesetzt hatte, war möglicherweise eine falsche Fährte. Aber Jarnings Anmerkung, dass eher Frauen die Geduld hatten, sich mit der Hagebutte zu beschäftigen, sollte sie dennoch im Hinterkopf behalten.

»Willst du damit sagen, dass es eher auf eine Täterin hindeutet?«, fragte Maja-Sofia. »Dass wir Männer ausschließen können?«

»Sicher kann ich da nicht sein, aber möglich wäre es«, sagte Jarning.

»Aber es gibt doch massenweise Männer, die sich sehr geschickt in der Küche anstellen«, wandte Larsson ein.

»Wie gesagt, mein Einwand fußt auf Klischees«, verteidigte sich Jarning. »Aber vielleicht wäre das ja zumindest ein Ansatzpunkt.«

Zwei Frauen kamen aus dem nächsten Umfeld des Opfers. Einerseits die kraftlose, schwache Christin, andererseits Smid Karin Karlsdotter. Letztere hatte fast untröstlich über Agnes' Tod gewirkt, aber das hieß ja nicht zwangsläufig, dass sie unschuldig war. Vielleicht hatte sie ihre Gefühle vorgetäuscht. Oder ihre Tat bereut.

Larsson sprang von der Treppe.

»Dann wollen wir mal«, sagte er. »Ich würde vorschlagen, wir statten Agnes Busks Frauenhaushalt – oder wie immer man das nennt – noch mal einen Besuch ab.«

Maja-Sofia tat es ihm nach und sprang ebenfalls hinunter.

»Ich verständige die Chefin«, sagte sie und holte das Handy aus der Tasche. »Sie soll bei der Staatsanwaltschaft eine Hausdurchsuchung beantragen. Es muss irgendetwas geben, das wir übersehen haben.«

Larsson berührte sie leicht am Arm.

»Jetzt verkomplizierst du die Sache aber unnötig«, sagte er.

»Was meinst du?«

Larsson grinste.

»Wir können doch einfach hinfahren und uns mal umsehen. Wo ist das Problem?«

Wo er recht hatte, hatte er recht. Und so ging es außerdem viel schneller, als wenn sie erst noch auf den Beschluss der Staatsanwaltschaft warten mussten.

»Aber es ist doch niemand zu Hause«, sagte sie.

Larsson zuckte mit den Schultern.

»Irgendwie kommen wir schon rein«, sagte er.

»Okay«, sagte Maja-Sofia, ohne genauer nachzuhaken, wie Larsson sich das vorgestellt hatte. »Einen Versuch ist es wert. Ich fahre zu Christin ins Krankenhaus, während ihr euch diskret bei ihr zu Hause umseht. Das geht schon klar. Wir nennen es einfach Hausbesuch.«

»Und wenn wir dort nichts finden, bleibt immer noch das Kloster«, sagte Jarning. »Dort leben doch auch nur Frauen, oder?«

»Fast«, sagte Maja-Sofia. »Immer mal wieder wohnt so ein Kerl da, ein Pflanzenexperte. Der reist wohl von Kloster zu Kloster und verbringt so seine Zeit. Und dann ist da noch ein Hauspfarrer, den wir vielleicht auch nicht aus den Augen verlieren sollten.«

»Der Pflanzenexperte klingt ja erst mal interessant«, sagte Larsson. »Den sollten wir vernehmen. Aber jetzt fahren wir erst mal zum Haus.«

Sie ließen das Freilichtmuseum zurück und folgten dem Yvradsvägen zurück ins Zentrum. Als sie den Bahnübergang passierten, fuhr gerade ein rostiger Volvo aus dem Parkplatz der Volkshochschule. Als er sie erreicht hatte, bremste er ab und rollte langsam an ihnen vorbei.

»Ist das jemand, den wir kennen?«, fragte Larsson.

»Nicht, dass ich wüsste«, sagte Jarning.

»Ich auch nicht«, murmelte Maja-Sofia.

Ihr Magen zog sich zusammen. Sie hatte nicht sehen können, wer am Steuer saß, aber sie hatte so eine Ahnung, wer es sein könnte. Danne war in der Gegend, das war so sicher wie das Amen in der Kirche. Sie musste unbedingt mit Samuel sprechen. Die Angst packte sie von Neuem. Maja-Sofia beschleunigte ihre Schritte, doch Larsson holte sie in Windeseile wieder ein.

»Du bist auf einmal so still«, sagte er und legte ihr den Arm um die Schultern. »War das *sein* Auto? Ich hab die Reifenspuren bei dir fotografiert. Wenn du willst, überprüfe ich sie.«

Sie schüttelte den Kopf.

»Ich denke nur nach«, sagte sie. »Die Vorstellung, dass wir

bei Christin was finden, hat mich beflügelt. Vielleicht kommen wir endlich einen Schritt weiter.«

»Ich glaube dir nicht«, sagte Larsson und nahm den Arm wieder weg, »aber na gut. Pass auf dich auf, Rantatalo, versprich mir das.«

DREIUNDZWANZIG

So, wie Christin Lindén da im Krankenhausbett lag, glich sie eher einem verhungernden Vogelküken als einem Menschen. Sie trug eine Jogginghose und einen dicken Pullover über dem Krankenhaushemd. Doch die Kleidung konnte nicht kaschieren, wie viel abgemagerter sie war, seit Maja-Sofia sie zuletzt gesehen hatte. Blass war sie damals schon gewesen, aber sie hatte aufrecht sitzen können und war ansprechbar gewesen, obwohl sie gerade ihre Freundin verloren hatte. Jetzt hatte ihr Gesicht eher einen Grauton angenommen.

»Wie geht es Ihnen denn?«, fragte Maja-Sofia und zog sich einen Stuhl ans Bett.

Das Augenpaar, das sich auf sie richtete, schien viel zu groß für das dünne Gesicht. Ihre Augen waren rot und gereizt, Christin blinzelte permanent.

»Noch halte ich durch«, sagte Christin beschwerlich, so als hätte sie etwas im Mund, das sie am Sprechen hinderte. »Ich werde mit irgendwas behandelt.«

Unter großer Anstrengung stemmte sie sich hoch.

»Könnten Sie das Kopfteil etwas aufstellen?«, fragte sie und deutete zur Bettseite. Maja-Sofia kam der Aufforderung nach. Christin richtete sich ein wenig auf, lehnte dann aber sofort den Kopf wieder an und betrachtete ihre Besucherin mit müdem Blick.

»Eins würde ich gern wissen«, sagte sie matt, »wieso sind Sie hier?«

»Ich wollte mit Ihnen sprechen«, sagte Maja-Sofia. »Ihre Freundin wurde vergiftet, und wir müssen rekonstruieren, wie das passiert ist. Und es scheint ganz so, als hätte Sie das gleiche Schicksal ereilt.«

»Sind Sie allein?«

»Ja, ich bin allein hier. Meine Kollegen sind zu Ihnen nach Hause gefahren«, erklärte Maja-Sofia.

»Zu mir nach Hause? Ist das erlaubt?«

»Hat alles seine Ordnung«, sagte Maja-Sofia und überkreuzte hinterm Rücken die Finger. »Wir ermitteln schließlich in einem Mordfall, da muss was passieren.«

Christin sank wieder ins Kissen.

»Aber bei mir zu Hause … Was suchen Sie denn da? Glauben Sie etwa, dass ich … Mir geht es doch selber so schlecht.«

»Wir glauben noch gar nichts«, sagte Maja-Sofia, »wir machen einfach unsere Arbeit. Da Agnes vergiftet wurde, müssen wir herausfinden, wie genau das passiert ist.«

Christin schloss die Augen.

»Wann ist Agnes krank geworden? Wissen Sie das noch?«, fragte Maja-Sofia.

»Ihr ging es wie mir«, antwortete sie. »Bei ihr hat es auch mit Magenschmerzen und Übelkeit angefangen, und dann wurde es immer schlimmer. Über mehrere Wochen. Ganz zum Schluss hatte sie noch einen Krampfanfall, und dann war es vorbei. Sie saß einfach da, in ihrem geliebten Sessel, und …«

Stille Tränen kullerten über Christins Wangen. Maja-Sofia verstand die Tragweite dessen, was sie da gerade gesagt hatte, und das tat Christin schätzungsweise auch. Wenn die Ärzte kein Wundermittel fanden, würde sie ihrer Freundin bald folgen.

»Es fing nach einem Wochenende im Kloster an«, sagte sie. »Das war ein sehr schönes, lohnenswertes Wochenende gewesen.«

Christin reckte sich nach den Taschentüchern auf dem Nachttisch. Maja-Sofia half ihr dabei, eins aus der Verpackung zu holen.

»Waren nur Sie beide bei diesem Wochenende?«

Christin putzte sich die Nase und schüttelte den Kopf.

»Nein, Karin war auch mit. Sie drängt sich sowieso oft auf, finde ich.«

Ihr Ton veränderte sich, trotz ihrer Gebrechlichkeit. Da war plötzlich Schärfe in ihrer Stimme, als sie von Smid Karin Karlsdotter sprach. Der Frau, die Samuel direkt nach Agnes' Tod getröstet hatte, die todunglückliche Freundin.

»Sie klingen nicht gerade begeistert von ihr. So, wie ich das verstanden habe, hat sie Sie bei den praktischen Dingen im Alltag unterstützt. Stimmt das?«

Christin verzog den Mund.

»Ja, und seit ich allein bin, hat das noch zugenommen. Ich habe fast den Eindruck, als würde sie mich bewachen, dabei gibt es dafür gar keinen Grund. Früher hat Agnes sich darum gekümmert, da hat sie sich etwas zurückgehalten.«

»Jetzt komme ich nicht mehr ganz mit.«

»Ach nein?« Christin kniff die Augen zusammen, bis sie schmale Schlitze waren. »Hat die Frau Kommissarin noch nie etwas von Eifersucht gehört?«

»Doch, doch, das kann so einiges erschweren.«

»Erschweren?«, wiederholte Christin und lächelte matt. »Das Wort ist noch nicht stark genug. Eifersucht kann zehren und lebensgefährlich werden. Und Karin gefiel es gar nicht, dass ich mit Agnes allein war.«

Maja-Sofia dachte einen Moment lang nach.

»Agnes und Sie«, setzte Maja-Sofia an, als sie mit Nachdenken fertig war, »waren Sie ein Paar?«

Christin machte eine Grimasse.

»Ich war ihre Haushälterin und Gesellschafterin, mehr nicht, und das für fast drei Jahre. Agnes hat lange Zeit im Ausland gelebt, aber seit sie wieder in Schweden war, wollte sie meine Unterstützung. Und oft auch die von Karin. Wir waren so eine Art, tja, wie könnte man uns nennen ... ja, eine Art Schmuck, den Agnes brauchte. Wenn Sie die Schuldige finden wollen ... müssen Sie ...«

Sie schloss wieder die Augen, vermutlich hatte das Gespräch sie alle Kraft gekostet.

Maja-Sofia betrachtete sie.

»Was muss ich? Christin, hören Sie mich?«

»... zum Kloster«, flüsterte sie.

»Zu wem im Kloster? Christin, mit wem soll ich sprechen?«

Christin wedelte mit der Hand, aber kein weiteres Wort kam über ihre Lippen.

»Wer könnte Sie vergiftet haben, Christin? Wer?«

Doch sie antwortete nicht mehr, ihre Augen blieben geschlossen, sie atmete schnell und kurz. Eine Krankenschwester öffnete die Tür und kam herein. Sie legte Christin eine Hand auf die Stirn.

»Mehr schafft sie heute nicht«, sagte sie. »Sie müssen ein andermal wiederkommen.«

Maja-Sofia verließ das Krankenhaus und fuhr auf direktem Weg nach Klockarvik zu Christins und Agnes' Zuhause.

Als sie das Haus betrat, schloss Jarning gerade die Tür zur Speisekammer. Sie hielt ein Glas mit hübschem orangefarbenen Inhalt hoch.

»Wie geht es Christin?«, fragte sie.

»Nicht sonderlich gut«, sagte Maja-Sofia kopfschüttelnd. »Ich hoffe, sie schafft es. Wir müssen noch mehr von ihr erfahren. Was hast du gefunden?«

»Ein halb leeres Glas«, sagte sie. »Neben Hagebutte riecht es nach Essig, sehr sonderbar, um ehrlich zu sein.«

»Bingo!«, sagte Maja-Sofia. »Du hast Handschuhe an, kannst du mal aufschrauben?«

Jarning löste den Deckel und hielt Maja-Sofia das Glas unter die Nase.

»Riecht nach Gewürzen und Essig«, sagte sie. »Kannst es wieder zuschrauben.«

Jarning drehte den Deckel wieder zu und steckte das Glas in einen Plastikbeutel.

Maja-Sofia ging die Treppe bis zur Hälfte hinauf zum ersten Stockwerk.

»Larsson«, rief sie hinauf, »komm runter, wenn du nichts gefunden hast.«

Der Kollege trat auf die Treppe und sah niedergeschlagen aus.

»Nicht das Geringste«, sagte er. »Jedenfalls nichts, was ich für den Fall für relevant halte. Aber die Katze schleicht mir hier die ganze Zeit um die Beine und schnurrt. Und bei euch?«

»Hagebutte«, sagte Jarning und grinste. Dann schwenkte sie den Beutel auf Augenhöhe. »Nun müssen wir nur noch herausfinden, wie das Glas hier gelandet ist.«

»Wir können zu diesem Zeitpunkt nicht ausschließen, dass es auch Karins sein könnte«, sagte Maja-Sofia. »So häufig, wie sie hier war und gekocht hat. Wir müssen es auf jeden Fall von der Kriminaltechnik untersuchen lassen.«

»Das ist doch ein Anfang«, sagte Larsson und setzte sich auf einen der Küchenstühle. »Sagt mal, was machen wir denn mit der Katze?«

»Ich glaube, Karin sieht nach dem Haus. Wir müssen mal bei ihr nachhorchen, sonst müssen wir eine andere Lösung finden. Vielleicht kannst du sie mitnehmen?«

»Immer was Neues mit diesem Job«, antwortete Larsson. »Vielleicht sollte ich umschulen auf Gärtner. Lieber mit schönen Blumen arbeiten. Die Katze kann jemand anderes mitnehmen, meine Kinder sind allergisch.«

»Blumen?«, sagte Jarning. »Nach meiner letzten Recherche kann ich nur warnen, die sind voller Gift. Da wäre ich an deiner Stelle sehr vorsichtig.«

»Da hast du wohl recht«, sagte Larsson. »Besser ich halte mich an die Kriminalität. Aber erst morgen wieder, heute packe ich nichts mehr.«

Maja-Sofia warf einen Blick auf die Küchenuhr und nickte.

»Dann machen wir jetzt Feierabend«, verkündete sie. »Morgen geht es weiter.«

VIERUNDZWANZIG

Freitag, 21. März

Ein Vormittagsspaziergang zur kleinen Kapelle im Wald hatte Klarheit in Samuels Gedanken gebracht, auf mehr als eine Art. Er hatte dem Boss erklärt, dass das einzig Richtige das Trio aus Marit, Samuel und dem kleinen Ungeborenen war. Und er hatte über Janne Boman nachgedacht. Oder Vater Johannes, wie auch immer man ihn nun nennen wollte. Samuel hatte beschlossen, herauszufinden, wer er eigentlich war. Helge Fredengren hatte den Kopf geschüttelt und seltsam gelächelt, als Samuel ihn nach dem Pfarrer gefragt hatte. Der Mann hatte bestimmt eine Leiche im Keller, und Samuel war fest entschlossen, dem geheimnisvollen Pfarrer auf die Schliche zu kommen. Außerdem war es ihm so vorgekommen, als hätte der Boss diese Entscheidung gutgeheißen.

Samuel warf einen Blick auf die Uhr. In wenigen Minuten versammelten sich die Schwestern zum Mittagsgebet, das ungefähr zwanzig Minuten dauerte. Wenn er sich beeilte, könnte er es schaffen.

Er versteckte seine Stiefel unter der Treppe beim Eingang und setzte sich in den Aufenthaltsraum. Schon bald rief die Glocke zum Gebet, und die Schwestern eilten zur Kapelle. Veronica blieb in der Tür stehen.

»Kommen Sie nicht mit zum Gebet?«, fragte sie mit ihrer sanften Stimme. »Sie könnten die Leitung übernehmen.«

Er schüttelte den Kopf.

»Heute bete ich mal allein«, sagte er. »Und Sie haben doch Vater Johannes.«

»Heute nicht«, sagte sie. »Wir müssen allein zurechtkommen, aber das schaffen wir für gewöhnlich ja ganz gut.«

Sie nickte zum Abschied und ging weiter. Jetzt galt es, keine Zeit zu verlieren. Kaum hatten sie die Kapellentür hinter sich zugezogen, hob schon der Gesang an, und Samuel schlich in den Flur, der zum anderen Ende des Gebäudes führte. Dort lagen die Vorratskammer, Mutter Veronicas Büro und ein Archiv.

Samuel schaute sich um, ehe er die Klinke zu Veronicas Räumlichkeiten hinunterdrückte. Verschlossen, klar, aber auch hier befand sich ein Schlüsselkästchen direkt neben der Tür. Die Schwestern hatten wirklich großes Vertrauen zu ihren Mitmenschen. Samuel drehte den Schlüssel im Schloss, zog ihn wieder heraus und hängte ihn zurück, ehe er das Büro betrat.

Mutter Veronicas Büro war einfach und zweckmäßig. Der Schreibtisch war so gestellt, dass sie rechts die Tür im Blick hatte und links den See. An den Wänden hingen ein Kreuz und mehrere einfache Gemälde mit religiösen Motiven. Sogar ein Heiligenbild von Maud war mit dabei. Aber er war nicht wegen der Kunst hier, nein, er wollte etwas anderes finden. Zum Beispiel die Personalakten all jener, die im Kloster wohnten und wirkten. Eine altmodische Garderobentür erregte seine Aufmerksamkeit, und er öffnete sie mithilfe des Schlüssels, der im Schloss steckte. Sie ging auf und gab den Blick auf das frei, was er sich erhofft hatte: einen Aktenschrank mit großen Schubladen, die alphabethisch gekennzeichnet waren. Darin befanden sich Akten über die Menschen mit Verbindungen zu Luthers Töchtern. Vater Johannes bzw. Janne Boman konnte unter F, J oder B einsortiert sein, sofern es eine Akte über ihn gab. Er gehörte ja nicht direkt zum Kloster, war nur ihr treuer Hauspfarrer. Ob er noch andernorts arbeitete, wusste Samuel nicht.

Während er mit der einen Hand sein Smartphone hielt, das ihm ein wenig Licht spendete, blätterte er mit der anderen in den Mappen. Seine Ohren waren gespitzt, und aus den Augenwinkeln beobachtete er die Tür. Das Mittagsgebet war bereits zur Hälfte vorbei, das wusste er. Unter B war nichts zu finden, also suchte er als Nächstes unter J.

Er zog die Schublade auf, als es im Schloss klackerte. Er zuckte zusammen. Hatte er sich in der Zeit geirrt? Schnell trat er in die Garderobe, zog die Tür zu und hielt die Luft an. War Veronica schon wieder da? Das konnte nicht sein. Oder war etwas passiert? Mutig öffnete er die Tür einen Zentimeter breit, damit er sehen konnte, wer ins Zimmer gekommen war. Ein Mann. Schwarze Kleidung. Klein gewachsen. Vater Johannes? Ohne Zweifel. Der Pfarrer setzte sich an den Schreibtisch und suchte etwas in der Schublade, während er leise mit sich sprach. Dann stand er plötzlich auf und schaute direkt zur Garderobentür. Machte ein paar Schritte darauf zu. Samuels Herz raste, er hatte Schweißperlen auf der Stirn. Gleich würde er entdeckt werden. Johannes trat bis vor die Garderobentür. Samuel hielt die Luft an.

Der Pfarrer hob die Hand. In dem Augenblick, in dem Samuel dachte, alles sei verloren, wurde die Garderobentür von außen geschlossen.

Er hörte, wie Johannes das Büro verließ, die Bürotür schloss. Seine Schritte entfernten sich. Samuel sackte in die Knie und blieb eine gute Weile so in der Hocke sitzen. Schließlich stand er auf und suchte mit ziemlicher Eile im Archiv unter V. Und tatsächlich, er wurde fündig, einsortiert unter V wie Vater Johannes. Einer Eingebung folgend sucht er noch eine weitere Akte heraus. Schamlos schob er sie unter sein Hemd und schlich sich unbemerkt aus Mutter Veronicas Büro.

Die letzten Töne verklangen in der Kapelle, als er im Flur stand und seine Stiefel anzog. Und schon tauchte Veronica auf.

»Hat sich Pfarrer Samuel in meinen Flur verirrt?«, fragte sie und lächelte ihn an. »Alles in Ordnung?«

»Ja«, erwiderte er kurz angebunden und verschwand durch die Tür nach draußen. Die Akten kratzten ihn unterm Hemd.

Er bog um die Hausecke und blieb wie angewurzelt stehen. Als er zum Parkplatz schaute, hinter dem das Haus lag, das sein Zimmer beherbergte, machte sein Herz einen Satz. Dort, bequem an ihr Auto gelehnt, stand die Frau, der er so dringend entsagen musste, nicht nur während der Fastenzeit, sondern für immer.

»Tagchen, Herr Pfarrer«, sagte sie und hob die Hand.

Verblüfft winkte er zurück und näherte sich langsam.

Sein Mund war ganz trocken, er brauchte dringend etwas zu trinken. Den Schock, fast in der Garderobe entdeckt worden zu sein, hatte er noch nicht ganz überwunden. Und der unerwartete Besuch von Maja-Sofia verbesserte die Lage nicht gerade.

»Was machen Sie denn hier?«, brachte er heraus.

Sie lächelte und zog die Brauen zusammen.

»Wenn das mal keine herzliche Begrüßung ist«, sagte sie.

»Ja, hm, Entschuldigung«, stammelte Samuel. »Ich wundere mich nur.«

»Können wir irgendwo ungestört reden?«, fragte sie und löste sich von ihrem Wagen.

Widerwillig ging Samuel voran und machte eine Geste, dass sie ihm folgen sollte. Wirklich ungestört würden sie nur in seinem Zimmer sprechen können. Sie betraten das Haus und stiegen die knarrende Treppe hinauf. Sie schienen das Gebäude für sich zu haben. Helge Fredengren machte entweder einen Ausflug oder war mit Maine im Gewächshaus.

»Kommen Sie rein«, sagte Samuel. »Setzen Sie sich gern aufs Bett, mit mehr kann ich in diesem einfachen Gemach nicht aufwarten.«

»Ja, groß ist es nicht«, sagte Maja-Sofia und schaute sich um.

»Im Kloster muss alles einfach sein.«

Sie zog ihre Jacke aus und legte sie hinter sich aufs Bett. Darunter trug sie einen schönen hellroten Pullover mit V-Ausschnitt.

»Schick«, sagte er und nickte zu ihrem Oberteil. »Neu?«

Sie strich mit der Hand darüber.

»Ja, ist das so auffällig?«, fragte sie. »Obwohl, eigentlich sollte mich das nicht wundern, so wie ich in letzter Zeit rumgelaufen bin. Ich brauchte mal was Neues. Macht sofort glücklicher.«

Er unterdrückte den Impuls, sich zu ihr zu setzen, ihr den Arm um die Schultern zu legen und sie an sich zu drücken. Es fiel ihm nicht leicht, aber er musste dieser Versuchung widerstehen.

»Wollen Sie sich nicht setzen?«, fragte sie und klopfte neben sich aufs Bett.

Samuel räusperte sich.

»Nein, ich bleibe stehen«, sagte er. »Ich habe es eilig. Eigentlich wollte ich noch packen und heute endlich abreisen.«

Sie hob die Augenbrauen, fragte aber nicht nach seinen Heimreiseplänen.

»Was haben Sie da unter dem Hemd?« Sie deutete zu seinem Bauch. »Sie sehen etwas starr aus.«

»Ich?«, fragte Samuel und fühlte sich so schuldig wie ein kleines Kind, das Geld aus dem Portemonnaie seiner Mutter geklaut hat. »Nur etwas, das ich recherchieren wollte. Hat nichts mit Ihrem Fall zu tun.«

Er zog die Mappen unter dem Hemd hervor und legte sie ins Bücherregal, bevor er sich gegenüber von Maja-Sofia auf den Stuhl setzte.

»Sicher?«, fragte sie.

»Ganz sicher.«

Maja-Sofia hakte nicht weiter nach, sondern erzählte von ihrem Besuch bei Christin Lindén, die Samuel nur flüchtig gesehen hatte, als ihre Freundin frisch verstorben war. Sie hatte Maja-Sofia gegenüber irgendwas erwähnt, was das Kloster in Verdacht rückte.

»Ganz wie vermutet«, sagte sie. »Ich wüsste es wirklich zu schätzen, wenn Sie noch ein paar Tage bleiben könnten.«

»Ich muss wirklich nach Hause«, stöhnte Samuel. »Ich habe einen Job, falls Sie sich erinnern. Bei unserem ersten Zusammentreffen wurden Sie ja nicht müde, darauf zu verweisen.«

Sie sackte fast ein bisschen zusammen.

»Ich verstehe. Aber haben Sie während Ihrer Zeit hier vielleicht doch noch etwas herausgefunden? Oder haben Sie nur meditiert und sind durch den Wald geschlendert?«

Samuel hätte ihr von den Gesprächen mit den Schwestern erzählen können. Von Maud, die Heiligenbilder malte und mit einem Dialekt sprach, den er nicht zuordnen konnte. Von Maine und ihrem Handlanger Helge, von dem Gartenteil, der speziell Giftpflanzen gewidmet war. Von der fröhlichen Petra, die mit Klarnamen christliche Kinderbücher schrieb und unter Pseudonym Kriminalromane. All dies hätte er ihr ausführlich erzählen können, ohne etwas auszulassen, trotzdem lieferte er nur knappe Antworten auf ihre Fragen. Es war wie verhext. Wenn er in ihrer Nähe war, kamen sofort die verführerischen Gedanken zurück, ganz egal, was er sich vorgenommen hatte.

»Maja-Sofia«, sagte er schließlich, als er es nicht mehr länger ertrug.

Er streckte die Hand aus und legte sie auf ihre. Streichelte ihr langsam über den Handrücken. Sie schaute ihn an und neigte den Kopf näher zu ihm. Er legte ihr die Hand unters Kinn und für einen Augenblick näherten sich ihre Gesichter.

Keiner von ihnen hörte, wie jemand durch den Aufenthaltsraum ging. Die Zeit in dem kleinen Klosterzimmer stand so still wie noch nie zuvor.

Und genau in diesem Moment klingelte Maja-Sofias Handy. Sie richtete sich auf, schob sanft Samuels Hand beiseite und schaute aufs Display. Samuel sah, wie sie eine vorbereitete Textnachricht schickte mit der Bitte, später noch einmal anzurufen.

»Ich bin beruflich hier«, sagte sie. »Rein beruflich, Samuel. Das war Larsson.«

FÜNFUNDZWANZIG

Petra schaltete den Staubsauger ein und zog ihn mit Nachdruck über den Teppich unter dem Couchtisch. Sie versuchte, nicht daran zu denken, dass sie gesehen hatte, wie Samuel mit der Polizistin auf seinem Zimmer verschwand. Die neugierige Autorin in ihr hätte liebend gern gewusst, was hinter der geschlossenen Tür vor sich ging, aber die Gebote der Diskretion untersagten ihr das Lauschen. Sie saugte weiter, und der Teppich erfuhr ordentliche Zuwendung, ehe sie zu dem kleinen Eingangsbereich überging.

Die Zeit verging, und Samuels Tür war noch immer geschlossen. Irgendwann war alles gesaugt, und sie musste das Gerät ausschalten. Als Nächstes hätte sie eigentlich Staub wischen sollen, aber das war ja eine fast lautlose Tätigkeit, und wenn sie das jetzt tat, würde sie unmissverständlich hören, was in dem Zimmer geschah. Vielleicht ging auch einfach nur die Fantasie mit ihr durch, das wäre nicht das erste Mal. Die Polizistin und der Pfarrer saßen vermutlich einfach nur da und redeten. Aber wieso hatten sie sich dann ausgerechnet dorthin zurückgezogen?

Sie nahm das Bild von Jesus in Getsemani von der Wand und wischte den Staub von der Rückseite. Das war lange nicht gemacht worden, eine Menge dicker Staubflusen landete in ihrem Tuch. Als sie das Bild gerade zurückhängte und sich dem nächsten Wandschmuck zuwenden wollte, öffnete sich die Haustür. Helge Fredengren kam herein und trat seine Schuhe an der Matte ab.

»Oh«, sagte er überrascht und hob die Hand zum Gruß. »Die Schwester putzt? Ist das nicht etwas ungewöhnlich?«

»Ich bin für Schwester Birgitta eingesprungen«, erklärte sie. »Nur vorübergehend. Sie hatte so viel anderes zu tun.«

Er nickte und füllte ein Glas mit Wasser am Hahn der kleinen Pantryküche.

»Hast du zufällig Samuel gesehen?«, fragte er mit lauter Stimme.

Sie eilte zu ihm und legte ihm den Finger an die Lippen.

»Pssst«, machte sie. »Er ist in seinem Zimmer. Und er ist nicht allein.«

Helge Fredengren hob die Augenbrauen.

»Nicht allein?«

»Nein, die Polizistin ist bei ihm«, flüsterte Petra. »Spannend, muss ich schon sagen.«

Helge ließ sich in einen der Sessel sinken. Petra staubte unterdessen eine Schale und zwei Bücher über das Pilgern ab, die auf dem Tisch lagen.

»Eine Polizistin, sagten Sie?«, fragte er in normaler Zimmerlautstärke. »Samuel hat doch wohl nichts verbrochen?«

Petra versuchte noch einmal, ihn zum Flüstern zu animieren, indem sie einen Finger auf ihren Mund legte. Im selben Augenblick öffnete sich Samuels Zimmertür, und Samuel trat heraus. Er wirkte verlegen.

»Ich wollte nur ein Glas Wasser holen«, sagte er und deutete zur Pantryküche. Dann zog er die Tür hinter sich zu.

»Samuel, da sind Sie ja!«, rief Helge. »Ich wollte da etwas mit Ihnen besprechen.«

Samuel nickte und trank das Glas in einem Zug aus.

»Gern. Darf ich mich nur vorher etwas ordnen? Ich habe sehr tief geschlafen und wollte jetzt packen, damit ich nach Hause fahren kann.«

»Nach Hause?«

»Ja, ich fühle mich gerüstet, dem Alltag wieder entgegenzutreten. Meinem Alltag.«

Dann verschwand er wieder in seinem Zimmer, und Petra hatte den Eindruck, geflüsterte Worte hören zu können, aber vielleicht war das auch nur Einbildung. Das Fenster wurde jedenfalls geöffnet, daran bestand kein Zweifel, das Geräusch kannte sie. Es knirschte und klapperte, bis er es eingehakt hatte. Nach einer Weile kam er wieder zu ihnen. Das Haar gekämmt, der Blick ruhig und besonnen, wie sonst für ihn üblich. Er lehnte sich gegen das Bücherregal und schaute Helge an.

»Worüber wollten Sie denn mit mir sprechen, Helge?«, fragte er.

Helge kratzte sich am Kopf.

»Ihre Frage nach den giftigen Pflanzen beschäftigt mich noch.«

»Ja?«

»Sie wissen ja, dass ich da draußen ein kleines Beet damit anlegen will. Also, eigentlich helfe ich nur Maine dabei.«

Petras Ohren waren aufgespannt. Sie war inzwischen

beim Bücherregal angekommen. Langsam wischte sie sich von Buch zu Buch. Nahm eins nach dem anderen heraus, wischte es ab, stellte es zurück. Sie wollte kein Wort dieser Unterhaltung verpassen, so viel war klar. Und dann auch noch über giftige Pflanzen! Davon konnten ihre Romane nur profitieren.

»Selbstverständlich erinnere ich mich daran«, sagte Samuel.

»Jetzt ist Folgendes geschehen«, sagte Helge und schlug das rechte Bein über das linke. »Jemand hat sich Zugang zu den Pflanzen verschafft und etwas gestohlen.«

»Gestohlen?«, fragte Samuel.

»Gestohlen?«, fragte auch Petra und hörte auf zu wischen.

»Also, etwas abgeschnitten auf jeden Fall«, sagte Helge und schaute Petra dabei in die Augen. »Und das ist etwas beunruhigend, weil es sich um eine giftige Pflanze handelt. Wurde die Frau, die häufig herkam, nicht vergiftet?«

»Das behaupten zumindest die Zeitungen«, sagte Samuel.

»Ich musste gleich an sie denken«, fuhr Helge fort. »Agnes hieß sie doch, nicht wahr? Sie war oft zum Gottesdienst hier.«

Petra hielt die Luft an. Der Staublappen musste Pause machen. Was machte die Polizistin in Samuels Zimmer? Lauschte sie genauso gebannt diesem Gespräch zwischen Helge und Samuel wie sie?

»Wir kennen uns von früher«, sagte Helge. »Ich fahre ja schon lange von Kloster zu Kloster, und ich habe Agnes einmal in Italien getroffen, aber das ist lange her. Sie war in Gesellschaft.«

Samuel sank in einen der Sessel.

»In Gesellschaft?«, fragte er.

Helge nickte.

»Von Frauen oder Männern?«, fragte Samuel weiter.

»Frauen, es war ein Nonnenkloster. Agnes ist eine alte Freundin von ein paar der Schwestern hier«, sagte Helge. »Ich hatte mich gefragt, ob es da vielleicht einen Zusammenhang gibt.«

Petra öffnete das Fenster und schüttelte den Staublappen aus, bevor sie ihn zusammenfaltete. Das wurde ihr langsam unbehaglich. Sie ging zur Pantryküche und begann, das wenige Geschirr dort zu spülen. Da ihr Gehör ausgezeichnet war, konnte sie dem Gespräch der beiden Männer auch aus dieser Entfernung problemlos folgen.

»Von welcher Pflanze fehlt denn etwas?«, fragte Samuel.

»Von einer der giftigen«, sagte Helge. »Mehr will ich nicht sagen, außer vielleicht, dass es zu schweren Schäden führen kann, wenn man etwas davon verzehrt.«

»Wenn es so ernst ist, sollten Sie das dann nicht der Polizei melden?«

Helge dachte einen Augenblick lang nach, bevor er antwortete.

»Ich warte noch etwas ab«, sagte er. »Aber wenn Sie möchten, können Sie das gern weitergeben. Sie wissen ja sicher, an wen Sie sich wenden müssen.«

Petra glitt ein Glas aus der Hand, und es zerschlug an der Spüle. Vorsichtig sammelte sie die Scherben zusammen, schnitt sich aber doch. Nicht ernsthaft, aber es blutete trotzdem sehr, weshalb sie ins Klostergebäude musste, um sich ein Pflaster zu suchen.

Als sie über den Hof kreuzte, bemerkte sie die Polizistin, die mit schnellen Schritten zum Parkplatz ging. Wie hatte sie unbemerkt Samuels Zimmer verlassen können? Petra schaute an dem Holzhaus hinauf. Das Fenster zu Samuels Zimmer war geschlossen, direkt unter dem Fensterbrett hing die Feuerleiter. Für eine durchtrainierte Polizistin wäre es nicht sonderlich schwer, daran herunterzuklettern. Petra lächelte, jetzt war sie sich sicher. Das war doch schön, wenn sich zwei Menschen verliebten. Wahrlich eine Gabe Gottes.

Petra war nur etwa fünf Meter von der Frau entfernt, blieb aber hinter den Kiefern auf dem Hof vor ihr verborgen. Als die Polizistin zu ihrem Handy griff und einen Anruf tätigte, entging ihr keine Silbe.

»Alles klar. Dann ist sie gerade gestorben?«

Schweigend lauschte die Polizistin dem, was am anderen Ende gesagt wurde.

»Ich verlasse gerade das Kloster«, sagte sie. »Wir sehen uns auf dem Revier.«

Petra schaute noch kurz dem Wagen hinterher. Sie drückte auf das Taschentuch, mit dem sie provisorisch ihren blutenden Finger abgebunden hatte. Was war das für ein aufregender Tag gewesen. Daraus konnte sie mehrere Kapitel für eins ihrer Bücher gewinnen.

SECHSUNDZWANZIG

Mit rasender Geschwindigkeit fuhr Maja-Sofia zurück zum Revier nach Mora, während ihre Gedanken um die Geschehnisse in Samuels kleinem Zimmer kreisten. Sie hatte seiner Berührung noch standhalten können, aber dann hatten sie sich fast geküsst. Sie waren sich schwindelerregend nahe gekommen, nur wenige Zentimeter hatten sie noch getrennt. Sah man ihr an, was da beinahe passiert war? Würden Jarning oder Larsson etwas merken? Sie war zum Kloster gefahren, um Informationen zu bekommen. Stattdessen hatte sie beinahe mit dem Pfarrer rumgemacht.

»Einmal ist keinmal«, murmelte sie und trat aufs Gas.

Larsson hatte im genau richtigen Moment angerufen und den Zauber gebrochen. Als sie erfolgreich aus dem Fenster geklettert war, um sich diskret zu entfernen, hatte sie ihn zurückgerufen und erfahren, dass Christin gestorben war.

Als Maja-Sofia zum Revier zurückkehrte, holte sie sich schnell noch einen Kaffee am Automaten, bevor sie in ihr Büro ging. Larsson und Jarning waren noch im Krankenhaus. Sie hatten ausgemacht, sich auf der Wache zu treffen, sobald die beiden weitere Informationen zu der Toten bekommen hatten.

Maja-Sofia nippte am Kaffee und verzog das Gesicht. Ihn bitter zu nennen war noch untertrieben. Sie musste sich wirklich dafür einsetzen, dass sie wenigstens eine anständige Stempelkanne anschafften, damit sie ordentlichen Kaffee machen konnten. Der hier taugte zu nichts, außer dass die bittere Flüssigkeit am Ende immerhin ein wenig belebte. Sobald es die neue Kanne gab, würde sie gleich für ordentliche Kaffeebohnen sorgen. Während ihrer Dienstjahre in Västerås hatte Maja-Sofia den Kaffee bei ein paar Jungs aus Tornedalen gekauft, die selbst rösteten, und so entdeckt, dass das der absolut beste Kaffee der Welt war. Sie würden ihren Kaffee sicher auch versenden, wenn sie darum bat. Sie hatten lustige Verpackungen mit Worten in Meänkieli, einem finnischen Dialekt in Nordschweden, und dem Ortsnamen, den man sich wünschte. Selbstverständlich musste auf ihrem dann Kuivalihavaara stehen.

Sie verdrängte die Gedanken an Kaffee und widmete sich der Arbeit. Sie hatten Christin zwar in letzter Sekunde zur Notaufnahme gebracht, aber nun war sie doch verstorben. Maja-Sofia erschauderte. Christin war blass gewesen, ihr Mund trocken, hatte insgesamt sehr schwach gewirkt. Noch immer war unsicher, ob sie das Gift selbst genommen hatte oder ob es ihr verabreicht worden war. Maja-Sofia hatte sie zwar noch danach gefragt, aber keine eindeutige Antwort bekommen. Abgesehen von der Tragik, dass ein weiterer Mensch das Leben verloren hatte, war das auch eine äußerst unglückliche Wendung für die Ermittlungen.

Maja-Sofia hatte ihr noch so viele Fragen zu den Geschehnissen der letzten Monate stellen wollen.

Schon musste sie wieder an Samuel und den Moment dort in seinem kleinen Zimmer denken. Als er sich zu ihr neigte und immer näher kam, hatte sie fast kapituliert. Allein beim Gedanken daran spürte sie, dass ihre Wangen rot wurden. Gott sei Dank hatte Larsson sie im genau richtigen Moment angerufen.

Sie wünschte sich so sehr, die Ausgangsituation wäre eine andere. Wie gern hätte sie Samuel ganz für sich. Aber er war mit seiner Marit verlobt, und sie war niemand, der einem Paar in die Quere kommen wollte.

»Ich gehe wohl besser«, hatte sie gesagt und ihre Jacke angezogen.

Er hatte nur genickt und war aufgestanden.

»Ich hole mir eben ein Glas Wasser«, sagte er. »Bin gleich wieder da.«

Kaum war er durch die Tür, wurde ihr bewusst, dass mehrere Personen im Aufenthaltsraum direkt gegenüber waren. Es schien ihr unmöglich, einfach auf dem normalen Weg hinauszuspazieren, obwohl ja eigentlich nichts passiert war. Oder? Aber selbst wenn, es hätte sich innerhalb kürzester Zeit ein Gerücht verbreiten können. Noch während Samuel im Aufenthaltsraum war, hatte Maja-Sofia das Fenster geöffnet und die Feuerleiter entdeckt, über die sie ohne weitere Umstände nach draußen gelangte. Kaum hatte sie den Hof erreicht, hatte sie sofort Larsson zurückgerufen.

Maja-Sofia warf einen Blick auf die Uhr. Die anderen müssten jederzeit eintreffen. Ein leichtes Klopfen am Türrahmen ließ sie aufschauen. Es war ihre neue Chefin. Sie war nie laut, musste sie auch nicht sein, das war gar nicht nötig, Maja-Sofia respektierte sie ohnehin.

»Hallo«, sagte Beata Löfblad. »Störe ich?«

»Keineswegs, kommen Sie rein!«

Maja-Sofia kam gut mit Löfblad aus. Sie war eine ausgezeichnete Polizistin, die sich nach und nach hochgearbeitet hatte. Sie begriff, was diesen Job ausmachte, und wusste, was man von ihr und ihren Mitarbeitern forderte.

»Sie sind im Bilde, oder?«, fragte Löfblad.

»Christin Lindén ist tot«, erwiderte Maja-Sofia. »Das ist sehr bedauerlich, ich hätte gerne noch einmal mit ihr gesprochen.«

»Ja, davon hab ich gehört«, sagte Löfblad. »Aber jetzt ist es so gekommen. Haben Sie anderweitig neue Hinweise auftun können?«

»Ich bin nicht sicher, was ich darauf antworten soll«, sagte Maja-Sofia. »Aus Smid Karin Karlsdotter war nichts herauszubekommen. Sie war eine helfende Hand im Leben der beiden, und sie hat sich nützlich gemacht, als es Christin schlecht ging.«

»Und was ist mit der Spur, die ins Kloster führt?«

Zu ihrem Ärger spürte Maja-Sofia, dass sie rot anlief. Eigentlich war sie ja zum Kloster gefahren, um sich anzuhören, was Samuel erfahren hatte, aber am Ende hatten sie nichts Sinnvolles besprochen.

»Da muss ich noch ein bisschen weiterforschen«, sagte

Maja-Sofia ausweichend. »Sobald ich mehr weiß, gebe ich Ihnen Bescheid.«

Sie hörten Schritte und Stimmen im Flur, und kurz darauf standen Jarning und Larsson in der Tür.

»Kommt rein«, sagte Maja-Sofia. »Ich will alles wissen.«

Larsson hängte seine Jacke über den Stuhl, Jarning behielt ihre an.

»Christin Lindén lag genau zehn Tage im Krankenhaus«, fing Larsson an. »Sie ist heute um 11.48 friedlich eingeschlafen, wie der diensthabende Arzt mitteilte. Er hat betont, wie erstaunlich es war, dass sie überhaupt so lange durchgehalten hat. Sie war in sehr schlechtem Zustand, als sie eingeliefert wurde.«

»Ist sie allein gestorben?«, fragte Maja-Sofia.

»Nein, ein Beichtvater war bei ihr«, sagte Larsson. »Wie hieß er noch gleich, Jarning?«

»Sein Name ist schon das eine oder andere Mal während der Ermittlungen aufgetaucht«, sagte Jarning. »Vater Johannes nennt er sich. Soweit ich weiß, ist er der Hauspfarrer bei Luthers Töchtern und war mit Christin bekannt.«

Maja-Sofia erinnerte sich an den Namen. Samuel hatte erwähnt, dass die Schwestern ihren eigenen Pfarrer hatten.

»Was war die Todesursache?«, fragte Maja-Sofia.

»Organversagen, höchstwahrscheinlich die Folge einer Vergiftung, glaubt der Arzt«, sagte Jarning. »Das haben sie schon bei ihrer Einlieferung vermutet. Wie es passiert ist und was genau die Ursache war, ist noch unbekannt, aber ihre Symptome deuten darauf hin.«

»Die Rechtsmedizinerin kann sicher helfen«, sagte Löfblad. »Ich verständige Tamara Pettersson sofort, Christins Leichnam muss obduziert werden.«

Löfblad stand auf und kehrte in ihr Büro zurück, um die nötigen Telefonate zu führen.

»Verdammt!«, platzte es aus Maja-Sofia heraus, als die Chefin den Raum verlassen hatte. »Jetzt haben wir zwei Opfer. Wie zur Hölle konnten denn zwei Morde passieren? Wann wurden sie vergiftet und wie? Und die wichtigste Frage, warum? Ich verstehe das nicht. Warum tötet man zwei unschuldige alte Frauen?«

»Es könnte nach wie vor Christin Lindén dahinterstecken«, sagte Jarning.

»Christin? Aber jetzt ist sie doch selbst tot!«

»Ich spreche mal ins Blaue«, sagte Jarning. »Es ist immer eine Möglichkeit, dass ein Täter erst jemand anders und dann sich selbst tötet. Das ist ein bekanntes Muster, wenn ich mich nicht irre. Erweiterter Selbstmord wird das genannt. Höchst tragisch, aber es kommt vor.«

Maja-Sofia schüttelte sich. Eine ganze Weile saßen sie schweigend da, alle hingen ihren eigenen Gedanken nach.

»Aber«, sagte Maja-Sofia, »ist das wirklich glaubhaft, dass jemand eine so qualvolle, langsame Methode wählt, um sich selbst das Leben zu nehmen? Was für eine entsetzliche Selbstfolter.«

Larsson stand auf.

»Ich muss mal aufs Klo«, sagte er. »Aber ich finde, wir sollten noch einmal mit der dritten Frau im Bunde sprechen, Smid Karin Karlsdotter. Sie stand den Opfern am nächsten.«

»Guter Punkt. Außerdem sollten wir herausfinden, womit sie sich die letzten Monate beschäftigt hat, auch wenn das sicher schwierig wird«, sagte Jarning.

Maja-Sofia nickte. Sowohl Larsson als auch Jarning hatten recht. Karins Alibi dürfte nicht leicht zu bestimmen sein, wenn man bedachte, um was für einen langen Zeitraum es sich handelte. Allerdings konnten sie hoffen, dass Christins Tagebuch, das sie bei ihrem zweiten Besuch mitgenommen hatten, ihnen ein wenig Aufschluss gab. Zwar waren sie die Angaben bereits einmal durchgegangen, aber vielleicht hatten sie ja etwas Wichtiges übersehen.

In diesem Moment machte sich Maja-Sofias Handy bemerkbar, es war eine SMS eingetroffen. Ein hastiger Blick verriet ihr, dass sie von Samuel stammte. Himmel, die Nachricht konnte sie unmöglich lesen, schließlich war sie nicht allein. Außerdem wollte sie nie wieder mit ihm zusammenarbeiten. Sie konnte einfach nicht. Sie musste vergessen, wie er über ihre Hand gestreichelt hatte.

Jarning stand auf.

»Ich kümmere mich um die Magnettafel im Besprechungszimmer«, sagte sie. »Die muss dringend auf den neusten Stand gebracht werden. Morgen fahren wir zu Karin. Oder besser noch, wir bestellen sie her.«

Maja-Sofia las die Nachricht, sobald ihre Kollegen das Büro verlassen hatten. Sie musste sie zweimal lesen.

Es war keine Liebeserklärung, wie sie befürchtete hatte. Keine Entschuldigung, dass er zu weit gegangen war. Nur zwei trockene Fakten.

Diebstahl im Klostergarten. Giftpflanze. Sam.

SIEBENUNDZWANZIG

Samstag, 22. März

Der Samstagabend zog sich. Smid Karin versuchte, etwas zu essen, aber nichts schmeckte ihr so richtig, sie schaltete sich wild durchs Fernsehprogramm, aber nichts, was sie sonst mit Freude geschaut hatte, interessierte sie so richtig. Sorgen füllten ihre Brust, und die Einsamkeit war ihr einziger Begleiter, jetzt deutlicher spürbar als je zuvor. Die Nachricht von Christins Tod hatte sie stärker getroffen, als sie hätte ahnen können. So krank, wie sie die letzte Zeit gewesen war, war es eigentlich wenig überraschend gewesen, aber auf den Tod konnte man sich niemals vorbereiten, egal wie sehr man damit rechnen musste. Sie und Christin hatten nichts füreinander übrig gehabt, und doch war da eine große Leere, obwohl Karin eigentlich hätte erleichtert sein müssen. Immerhin musste sie sich nicht länger um Christin kümmern und sich anhören, was nun passend war oder nicht. Oder wie sehr sie Agnes vermisste. Als wäre sie mit ihrer Trauer allein gewesen.

Verständig hatte sie nicht das Krankenhaus, nein, eine gewisse Martina Jarning von der Polizei hatte sie über Christins Tod in Kenntnis gesetzt. Sie hatte den Namen und die Nummer der Polizistin am Rand der *Mora Zeitung* notiert.

Sie hatte Karin aufgefordert, sich bei ihr zu melden, falls ihr etwas Ungewöhnliches einfiel oder ihr etwas an Christin aufgefallen war. Außerdem hatte sie Karin darüber informiert, dass sie am kommenden Tag mit einem Besuch der Kollegen rechnen musste. »Um ein bisschen zu reden«, hatte Martina Jarning gesagt. Sicher meinte sie damit eine Art Vernehmung. Ganz schön unangenehm, und dann auch noch an einem Sonntag. Heutzutage kümmerte die Unterscheidung zwischen Wochentag und Feiertag offenbar niemanden mehr. Zudem meldete sie die Kollegen für elf Uhr an, eine Zeit, zu der normale Menschen beim Gottesdienst waren. Was dachten die sich dabei?

Wenn es doch endlich dunkel werden würde, damit sie sich unbemerkt zu Agnes' Haus schleichen konnte. Dort gab es ein paar Dinge zu regeln, bevor jemand anderes herumschnüffelte, außerdem musste sich jemand um ihren roten Kater kümmern und ihm etwas zu fressen geben. Daran hatte sicher niemand gedacht.

Nach einem Blick auf die Uhr trat Karin ans Fenster. Die Sonne war untergegangen, trotzdem war es noch zu hell. Die Straße vorm Haus war menschenleer. Die Leute waren zum Abendessen nach Hause geeilt und saßen jetzt vorm Fernseher. Die Schweden waren schon sonderbar, davon schloss sie sich selbst nicht aus. Alle machten jederzeit immer dasselbe. Angefangen bei den Mahlzeiten über Kaffee und Kuchen bis hin zum Fernsehprogramm. Karin hatte bemerkt, dass selbst die Hunde zur selben Zeit ausgeführt wurden, was sie am allersonderbarsten fand. Mussten alle Dorfhunde wirklich zur selben Zeit vor die Tür?

Sie warf noch einen Blick zur Wanduhr. Ab halb acht saß der gesamte Ort vor *Wer wird Millionär?* Niemand würde sie bemerken. Vielleicht begegnete sie dem einen oder anderen Flüchtlingskind, das im Ort herumfuhr, aber die interessierten sich ja nicht für eine alte Schachtel, die mit dem Auto unterwegs war.

Sie wartete sicherheitshalber bis kurz vor halb neun, stieg dann in ihren Wagen und fuhr über Umwege zu Agnes und Christin. Nicht, weil es strafbar war, sich um eine verlassene Katze zu kümmern, sondern einfach nur, weil Vorsicht besser war als Nachsicht. Das Haus gehörte einer Toten, und die Polizei ging noch dazu davon aus, dass es sich um einen Tatort handelte. Morgen musste Karin Rede und Antwort stehen, und da musste sie überzeugend darstellen können, dass sie in keinen der beiden Todesfälle verwickelt war.

Als sie ankam, parkte sie hinter dem Haus, damit ihr Wagen nicht von der Straße aus zu erkennen war. Von der Kriminaltechnik war keine Spur zu sehen. Sicher waren sie längst vor Ort gewesen und hatten alles Relevante mitgenommen. Sorgfältig schaute sie sich um, und als kein Mensch zu entdecken war, ging sie die Stufen hinauf und tastete auf dem Verandabalken nach dem Schlüssel. Er lag noch da.

Innerhalb weniger Augenblicke war sie drinnen, und sofort streifte ihr eine mauzende rote Katze um die Beine. Karin beugte sich zu ihm hinunter.

»Kleiner Jesse«, sagte sie, »haben sie dich alle verlassen, du Armer?«

Sie schnüffelte. In der Luft lag der beißende Geruch von Katzenurin, obwohl das Katzenklo im Bad stand. Schnell suchte sie in der Speisekammer nach einer Dose Thunfisch und gab sie dem Kater mitsamt einer Schale frischen Wassers. Während Genezareth fraß, leerte sie die unappetitliche Katzentoilette und füllte sie mit frischem Streu. Den vollen Beutel stellte sie auf die Veranda, damit sie ihn direkt wegwerfen konnte, wenn sie ging.

Lange konnte sie nicht bleiben. Eilig nahm sie die vergänglichen Lebensmittel aus dem Kühlschrank, kippte die Milch aus dem offenen Karton in den Ausguss und steckte alle noch genießbaren Reste in eine Tüte, um sie mitzunehmen. Sie warf einen Blick in die Speisekammer und betrachtete die Vorräte. Die eingekochte Hagebutte, die sie selbst mitgebracht hatte, konnte sie ja gut und gern wieder mitnehmen. Davon hatte hier niemand mehr etwas. Sie selbst war nicht gerade ein großer Fan davon, aber sie konnte sie ja Gästen anbieten. Neben einem angebrochenen und einem unangebrochenen Glas der Hagebutte wanderten drei Flaschen schwarzen Johannisbeersafts in ihre Tüte.

Danach ging Karin in Christins Zimmer und sammelte die Schmutzwäsche zusammen, die sie in den Wäschekorb im Bad steckte. Waschen würde sie allerdings nicht. Das Bett war noch immer nicht gemacht und sah wirklich unschön aus. Also zog sie die Laken ab, um auch diese in den Wäschekorb zu stecken.

Als sie das Kissen von seinem Bezug befreite, flog ein gefalteter Zettel heraus und landete auf der Matratze. Karin nahm ihn in die Hände und faltete ihn auseinander. Agnes'

Handschrift war so schön wie eh und je, so konnten nicht mehr viele schreiben. Der Brief war auf den fünfzehnten Januar datiert, und der Inhalt traf Karin völlig unvorbereitet.

»Ach, sieh an«, murmelte sie. »*So* war das also.«

Als sie ihn ganz gelesen hatte, faltete sie ihn zusammen und steckte ihn in ihre Hosentasche. Es war völlig unnötig, dass die Polizei den Brief zu Gesicht bekam. Früher oder später würde die Wahrheit schon ans Licht kommen, aber bis dahin würde Karin sie für sich behalten.

Sie warf noch einen Blick in Agnes' Zimmer. Hier hatte sie bereits am Tag nach ihrem Tod aufgeräumt und geputzt, es gab also nichts weiter zu tun. Im Regal standen zwei große Dalapferde. Sie zögerte nur kurz, ehe sie die beiden an sich nahm. Sie waren kostbar, das wusste sie, aber das war ja wohl die geringste Entschädigung für all die Stunden, die sie die beiden Frauen umsonst unterstützt hatte. Die liebe Karin, die putzte, kochte und sie zum Gottesdienst bei Luthers Töchtern kutschierte. Ganz zu schweigen von den vielen Jahren, die sie Agnes wie eine Hofdame gefolgt war.

Während sie die Sachen ins Auto brachte, musste sie unweigerlich über den Kater nachdenken. Wäre es nicht gut, wenn sie ihn einfach mit nach Hause nahm? Dann würde sie nicht länger herkommen müssen. Also kehrte Karin ins Haus zurück und lockte Genezareth mit ein paar Leckerli in seine Transportbox. Als sie langsam aus der Ausfahrt bog, war sie zufrieden. Niemand würde je erfahren, dass sie die Dalapferde mitgenommen hatte. Und den Brief wollte sie an einem sicheren Ort verstecken, sobald sie zu Hause war.

ACHTUNDZWANZIG

Samuel legte das Handy auf den Tisch in seinem Dienstzimmer. Seit gestern hatte er mindestens zehnmal versucht, Marit zu erreichen, allerdings konnte er es ihr absolut nicht vorwerfen, seinen Anruf nicht anzunehmen. Schließlich hatte er sie schon seit Wochen links liegen lassen, ohne sich auch nur einmal zu melden, ohne sie zu fragen, wie es ihr ging. Vielmehr, wie es *ihnen* ging. Denn das Kind spielte ja selbstverständlich auch eine Rolle. Er lehnte sich zurück, faltete die Hände hinterm Nacken und betrachtete das Foto auf seinem Schreibtisch. Eine Aufnahme von seiner Priesterweihe vor ein paar Jahren. Er und vier seiner Kommilitonen mit dem Bischof auf den Stufen der Domkirche. Wie jung er aussah. Nicht ahnend, was das Leben noch mit ihm anstellen würde. Oder vielmehr, was er mit dem Leben noch anstellen würde, dachte er. Immerhin hatte er jetzt endlich eine Entscheidung getroffen. Durch die Tage im Kloster hatte er die Klarheit gewonnen, die Sigvard prophezeit hatte. Er hatte begriffen, dass es für ihn nur einen Weg gab. Samuel musste Verantwortung übernehmen, nach Västerås zurückkehren, Marit heiraten und dem neuen Kind ein guter Vater sein. Außerdem würde er dann wieder mehr Zeit für seine beiden großen Kinder haben, weil er wieder in ihrer Nähe wohnen würde. Das letzte Mal hatte er Alva und Gabriel an Neujahr gesehen, als sie ihn in Klockarvik besucht und sie sich eine tolle Zeit auf der Skipiste gemacht hatten. Natürlich telefonierten sie regelmäßig, und erst gestern hatte er das Vergnügen gehabt, einen Aufsatz von Gabriel zu lesen und zu berichtigen. Außerdem hatte er Alva dabei helfen können, ein paar Sätze ins Französische zu übersetzen. Papa sein aus der Ferne. Ja, sie waren weit voneinander entfernt, aber dank der modernen Technik war der Kontakt eng, und darüber war er sehr froh. Und da wurde ihm bewusst, dass es ihm eigentlich am liebsten wäre, wenn es so bliebe. Er liebte Alva und Gabriel und wollte gar keine weiteren Kinder. Irritiert versuchte er auf andere Gedanken zu kommen.

»Ich muss Verantwortung übernehmen«, sagte er laut. »Alles wird gut, oder, Boss? Man muss für seine Taten geradestehen.«

Dann verstummte er und wartete auf eine Reaktion. Es hätten deutliche Worte sein dürfen, gerne auch ermutigende oder ein Schulterklopfen. Aber es kam nichts. Es war, wie es war. Eine Antwort ließ manchmal auf sich warten oder fiel nicht so aus, wie man sie gerne hätte. Samuel hatte sich entschieden und wollte zu Marit fahren, um in die Planung rund um ihre neue kleine Familie einzusteigen, das war klar. Aber vorher musste er noch ein Treffen mit Maja-Sofia anleiern, damit er ihr alles berichten konnte, was er bei Luthers Töchtern erfahren hatte. Etwas, das ihm in dem aufgeladenen Moment dort in seinem Zimmer völlig entfallen war, als alles mit einem großen Schrecken hätte zum Ende kommen können. Es hatte wirklich wenig gefehlt, und er hätte den schlimmsten Verrat begangen.

»Wirklich extrem wenig«, sagte er und formte einen winzigen Abstand zwischen Daumen und Zeigefinger.

Sobald er an sie dachte, brannten ihm die Wangen. Er ließ den Blick zum Fenster hinauswandern, hinüber zu Klockarviks schöner Kirche. Maja-Sofia Rantatalo würde er noch ein letztes Mal treffen, ganz vorschriftsmäßig, dann musste es gut sein. Sie musste künftig ohne seine Hilfe Mordfälle aufklären.

Samuel versuchte es noch einmal bei Marit, landete aber wieder nur auf der Mailbox: »Ich kann den Anruf gerade nicht entgegennehmen, bitte hinterlassen Sie Namen und Telefonnummer ...«

Er steckte das Handy in die Tasche und zog seine Jacke an. Wieso ging sie denn nicht ans Telefon? Sie war ja trotz allem seine Verlobte. Außer es war etwas passiert. Vielleicht war sie krank? Oder war etwas mit dem Kind? Er schüttelte den Kopf und trat in den Flur. So oder so war es sicher am besten, wenn er einen Spaziergang machte. Er brauchte schließlich noch ein Thema für die morgige Predigt.

Auf dem Weg hinaus stieß er mit Tindra zusammen.

»Sam! Wie schön, dass du wieder da bist!« Sie schloss ihn direkt in die Arme. »Jetzt bleibst du aber erst mal hier, oder?«

»Hallo! Wie schön, dich wiederzusehen«, sagte er und wich ihrer Frage aus. »Was machst du denn an einem Samstag im Gemeindehaus?«

»Ach, ich helfe nur beim Eindecken für eine Taufe«, sagte sie und sah so fröhlich aus wie eh und je. »Und du?«

»Ich wollte gerade eine Runde spazieren gehen«, sagte Samuel. »Mir Gedanken zur morgigen Predigt machen.«

»Du Fleißiger. Worum wird's denn gehen?«

Wenn dieses Mädel der Kirche nicht erhalten blieb, wäre Samuel sehr überrascht. Sie hatte definitiv die richtige Einstellung und das passende Interesse. Gleichzeitig hatte sie eine erfrischend zwanglos Haltung gegenüber den meisten Dingen, auch was die Schule anging. Wer konnte das schon vorhersehen, aber eines Tages würde sie vielleicht zur Diakonin oder Pfarrerin geweiht, und wenn es dazu kam, wollte Samuel unbedingt dabei sein, so viel war klar.

»Um die Verlockungen während der Fastenzeit«, sagte er. »Und davon gibt es viele, das kannst du mir glauben.«

Er zwinkerte ihr zu und verschwand dann schnell durch die Tür, ehe sie ihn in ein Gespräch verwickeln konnte und er erklären müsste, wie er das meinte. Das kurze Zusammentreffen mit Tindra hatte seine Laune gleich enorm gesteigert, sofort fiel ihm das Atmen leichter. Sie war wirklich ein Engel.

Samuel folgte dem Weg, der ihn direkt zum Wasser führte. Er war schon oft mit Sigvard hier spazieren gegangen. Als er das Ende der Landzunge erreicht hatte, setzte er sich auf eine Bank und holte das Handy aus der Tasche. Entlang des Ufers fing das Eis bereits an zu schmelzen, und etwas weiter entfernt funkelten die Spuren der Schlittschuhfahrer in der Sonne, die ihre Kufen hinterlassen hatten. Der Winter war im Abmarsch, und schon in wenigen Monaten würden sich hier die Badegäste tummeln. Jetzt waren allerdings nur vereinzelte Wanderer mit oder ohne Hund zu sehen. Die meisten erkannten und grüßten ihn. Das war schön, und es gefiel ihm sehr, womit er in seinen ersten Tagen in Klockarvik niemals gerechnet hätte. Trotzdem musste er all das wieder zurücklassen, so war es einfach. Er hatte eine wichtigere Aufgabe bekommen. Aufrecht wollte er sich seinem Schicksal stellen und Verantwortung für sein Handeln übernehmen. Und dass er endlich zu einer Entscheidung gekommen war, fühlte sich gut an.

Als er gerade aufstehen und weitergehen wollte, klingelte sein Handy. Fast hektisch drückte er auf Annehmen. Endlich meldete sich Marit. Vermutlich hatte sie gesehen, dass er es seit gestern achtzehnmal versucht hatte.

»Marit!«, sagte er und klang atemlos, dabei hatte er nichts weiter getan, als aufzuspringen und das Handy ans Ohr zu halten. »Endlich!«

Eine Pause folgte.

»Hallo? Marit? Bist du noch da?«

»Hier spricht Maja-Sofia«, sagte die Stimme am anderen Ende. »Entschuldigen Sie bitte, falls ich Sie enttäusche, aber Sie hatten mir ja diese SMS geschickt.«

Sofort zog sich sein Bauch zusammen, aber er unterdrückte die Gefühle. Er durfte sich jetzt nicht hinreißen lassen. Er hatte sich entschieden.

»Ja, das habe ich«, sagte er mit rauer Stimme.

»Können Sie mir noch etwas mehr erzählen? Das klingt so, als ob es uns weiterhelfen könnte.«

Samuel schaute sich um. Niemand war in der Nähe. Ein gutes Stück entfernt unterhielten sich zwei Hundehalter, während ihre Lieblinge miteinander spielten.

»Helge«, setzte er an. »Helge Fredengren hat mir von seinem Beet erzählt. Es gibt im Garten einen kleinen Bereich mit giftigen Pflanzen.«

Nachdem er den Anfang gemacht hatte, sprudelten die Worte nur so aus ihm heraus.

»Ein Beet mit Giftpflanzen?«, fragte Maja-Sofia. »Wozu braucht er das?«

Samuel schlug mit der Hand aus, obwohl sie das ja nicht sehen konnte.

»Tja«, sagte er. »Dem liegt ein echtes Spezialinteresse an der Pflanzenwelt zugrunde, aber man darf nicht vergessen, dass so manch giftige Pflanze in kleinen Dosen auch als Arznei verwendet werden kann. Das Kloster hat eine lange Tradition mit Heilkräutern.«

»Okay«, sagte sie, »und was sollte mir Ihre SMS genau sagen? Könnten Sie ein bisschen ausführlicher werden?«

Wie förmlich sie sein konnte. Das hier war meilenweit von dem Umgangston entfernt, wenn sie sich privat unterhielten. War er auch so? Gestern hatten sie nicht viel geredet. Mehr getan. Oder eher nicht getan, dachte er. Nein, jetzt fing er schon wieder damit an. Hinfort mit all den verführerischen Gedanken!

»Er wurde bestohlen«, antwortete Samuel. »Jemand hat sich etwas von einer giftigen Pflanze abgerissen und mitgenommen. Ich dachte, das könnte interessant für Sie sein.«

»Um welche Pflanze handelt es sich?«

»Das wollte er nicht sagen«, antwortete Samuel. »Aber wer das Gift zu sich nimmt, wird ernsthaft krank.«

Sie pfiff durch die Zähne. Offenbar hatte er ihr etwas Hilfreiches erzählt.

»Ist das jetzt ein Durchbruch in den Ermittlungen?«, fragte er vorsichtig.

»Ob es ein Durchbruch ist, kann ich noch nicht sagen.« Sie lachte leise. »Aber ein hilfreicher Hinweis auf jeden Fall.«

Jetzt klang sie wieder mehr nach sich selbst, und er musste sich eingestehen, dass ihm ihr Lachen gefiel.

»Dann muss ich wohl noch mal zum Kloster«, sagte sie. »Sind Sie noch vor Ort?«

Er schüttelte den Kopf, obwohl er wusste, dass sie das genauso wenig sehen konnte wie die Geste davor.

»Nein, ich bin wieder zu Hause. Ich muss arbeiten.«

Wieder eine Pause.

»Danke, Samuel«, sagte sie. »Danke, dass Sie sich gemeldet haben.«

»Jederzeit«, sagte er, und kaum war es ihm über die Lippen gekommen, hätte er sich am liebsten die Zunge abgebissen. Besonders dieses *Jederzeit* musste er tunlichst vermeiden, außerdem würde er ihr zukünftig auch nicht mehr helfen können. »Das da gestern«, fuhr er fort. »Dafür möchte ich mich entschuldigen.«

»Schon vergessen«, sagte Maja-Sofia. »Einmal ist keinmal, es ist nie passiert. Und das war ja nicht mal ein halbes Mal.«

Sie hatte recht, es war nicht mal ein halbes Mal, auch wenn nicht viel gefehlt hatte.

»Also gut«, sagte er. »Dann hören wir uns vielleicht. Viel Erfolg mit den Ermittlungen. Ich muss meine Predigt vorbereiten.«

Nachdem das Gespräch vorbei war, stand er lange da und starrte auf das Handy. Das hatte er richtig gut gemacht. Sogar um Entschuldigung gebeten. Er war erleichtert, weil er die Sache geradegebogen und dafür gesorgt hatte, dass es zu keiner Wiederholung kommen konnte.

»Da kannste mal sehen, Boss«, sagte er triumphierend, den Blick in die weißen Wolken gerichtet, die sich auf dem See spiegelten. »Das habe ich doch richtig gut gemacht, nicht wahr?«

Er wartete gar nicht erst auf eine Antwort, sondern setzte sofort zum Rückweg an. Als er die halbe Strecke hinter sich gebracht hatte, hörte er etwas: *Du weißt, was du tust, hoffe ich.*

Die göttliche Antwort war eingetroffen.

NEUNUNDZWANZIG

Maud blieb nach dem Morgengebet noch in der Kapelle. Sie hörte die anderen im Speisesaal geschäftig das Frühstück einnehmen. Der Geruch frischen Kaffees drang bis in den heiligen Kirchenraum vor. Sie ging vor dem Altar in die Knie und faltete die Hände so fest, dass ihre Knöchel weiß wurden. Flüsternd begann sie ihr Zwiegespräch mit Gott.

»Mögest Du, geliebter Vater, Dich gut um meine Freundinnen in Deinem ewigen Reiche kümmern.«

Maud gab sich die größte Mühe, ihre unterschwellige Wut zu unterdrücken und nur gut von Agnes und Christin zu denken. Wie Agnes ihre Familie vor so vielen Jahren in der Heimat erniedrigt hatte, ließ sich unmöglich vergessen. Und dennoch, Mauds Leben war nicht durch Agnes belastet worden. Maud stützte sich am Altargeländer ab und erhob sich, strich sich mit beiden Händen über die warmen Wangen, bekreuzigte sich und knickste.

»Gott segne meine Freundinnen«, sagte sie und verließ hastig die Kapelle.

Der Unterschied zwischen Kapelle und Speisesaal hätte größer nicht sein können. Aus der Stille und Heiligkeit trat sie in fröhliches Gelächter und angeregte Unterhaltungen.

Petra war wie gewöhnlich die Lauteste, die junge Postulantin Charlotte redete ebenfalls gern und lachte bei jeder Gelegenheit. Maud sah, wie Veronica die anderen anlächelte und Birgitta in bester Laune eine angeregte Unterhaltung mit Helge über Kräuter führte, die sich zum Kochen eigneten. Die Einzige, die ernst aussah, war Maine. Sie saß in Gedanken versunken da und schnitt ihr Spiegelei in kleine Stücke, ohne sich am munteren Geschehen zu beteiligen. Wie konnten sie nur so fröhlich sein? Ihre treuen Freundinnen waren tot, und sie saßen hier und lachten, als wäre nichts geschehen. Eigentlich sollte die Welt stillstehen und das Kloster von Schweigen beherrscht werden.

Als alle gegessen und zum Dank ein Lied zum Besten gegeben hatten, ergriff Veronica das Wort.

»Am Samstag findet die Beerdigung unserer beiden treuen Freundinnen Agnes und Christin statt«, sagte sie. »Nach der Trauerfeier in Klockarviks Kirche werden wir hier einen Leichenschmaus halten, und wir müssen die Aufgaben für die Vorbereitungen verteilen, damit es ein würdiger Abschied wird.«

»Mutter Veronica«, sagte Petra, »wer wird die Trauerfeier leiten? Etwa unser neuer Freund, Pfarrer Samuel?«

Veronica schüttelte den Kopf.

»Nein, nicht Samuel, sondern Sigvard Nordqvist, der mittlerweile pensionierte Hauptpastor der Gemeinde Klockarvik. Er war vor Kurzem recht krank, aber nun ist er wieder auf den Beinen und übernimmt die Trauerfeier. Und unser Vater Johannes unterstützt ihn, worüber wir sehr dankbar sind.«

Charlotte stand auf und holte die Kaffeekanne. Sie ging einmal um den Tisch und füllte nach, wo es gewünscht wurde. Maud hielt die Hand über die Tasse, für sie reichte es. Kaffeebohnen waren das Einzige, an dem Schwester Birgitta nicht sparte, und eine Tasse starken Kaffees war mehr als genug.

»Nun zur Aufgabenverteilung«, sagte Veronica. »Ein paar sind selbstverständlich, andere müssen wir diskutieren.«

Birgitta hob die Hand in die Luft.

»Ich übernehme gern die Verantwortung für die Verpflegung beim Leichenschmaus«, sagte sie, als ihr das Wort zugeteilt wurde. »Unsere Postulantin darf mich gern unterstützen, das passt doch sicher, Charlotte? Wir decken schön ein und backen ein paar gute Kuchen. Viele Gäste werden es ja vermutlich nicht werden.«

Mutter Veronica rechnete nicht mit mehr als fünfzehn Gästen, die Schwestern eingerechnet. Und Helge, selbstverständlich. Agnes und Christin hatten nicht viele Freunde gehabt.

»Es kommen ein paar Nichten und Neffen von Agnes, mit denen habe ich bereits telefoniert. Christin hat noch einen Bruder, aber der hatte kein Interesse. Er wohnt im Ausland, und die Geschwister haben seit Ewigkeiten keinen Kontakt mehr. Bleibt noch die Frage der Särge, was machen wir da?«

»Ich kann sie gern mit dem dekorieren, was der März zu bieten hat«, antwortete Maine. »Das werden dann zwar überwiegend Kiefern- und Fichtenzweige, aber auch daraus lässt sich etwas Schönes machen.«

»Wunderbar«, nickte Veronica. »Wie können Schwester Petra und Schwester Maud auf künstlerische Weise etwas beitragen?«

Die beiden Schwestern wechselten einen Blick. Maud wollte wiedersprechen. Die Vorstellung, Zeit mit der so redseligen Petra verbringen zu müssen, widerstrebte ihr. Wie Petra es schaffte, während der stillen Stunden zu schweigen, war ihr ein Rätsel.

»Wir können das Programm gestalten«, schlug Petra vor. »Wenn ich die Texte mit dem Computer schreibe, könnte Schwester Maud sie mit ein paar Zeichnungen verzieren. Es sind ja nicht viele Blätter, dann geht das vielleicht sogar von Hand?«

Maud senkte den Kopf. Selbstverständlich könnte sie das. Ein kleines Kraut, das das Leben der beiden Frauen symbolisierte. Sie wusste genau, was sie malen würde.

Veronica brach das Schweigen, das entstanden war, weil alle auf eine Reaktion Mauds warteten.

»Schwester Maud ~~hat~~ Agnes am längsten gekannt«, sagte sie. »Vielleicht möchte sie ja eine kleine Ansprache halten? Oder sollen wir Smid Karin Karlsdotter darum bitten?«

Maud stand abrupt auf.

»Smid Karin!«, sagte sie laut. »Wozu soll das gut sein?«

Kaum sah sie die Mienen ihrer Mitschwestern, besann sie sich eines Besseren und setzte sich wieder.

»Verzeiht«, sagte sie und nickte demütig. »Ich wollte nicht wütend klingen. Das ist gerade alles etwas viel.« Ihre Stimme versagte und sie unterdrückte ein Schluchzen.

»Dann übernehme ich das«, sagte Veronica. »Es ist nicht

leicht, alte Freunde zu verlieren. Wir haben Verständnis, nicht wahr, Schwestern?«

Alle stimmten murmelnd zu, und Maud nickte dankbar über die aufmunternden, freundlichen Blicke. Von allen außer Birgitta. Sie war aufgestanden und stand mit dem Rücken zu ihr am Spülbecken. Die Schwester zitterte am ganzen Leib. Sie war ein absoluter Gefühlsmensch, der stets zwischen Lachen und Weinen wandelte. Sobald sie ihre Trauer überwunden hatte, wird sie wieder ganz die Alte, dachte Maud.

»Wunderbar«, sagte Veronica und schlug die Hände zusammen, »dann wissen ja alle, was sie zu tun haben.«

Petra näherte sich Maud, als alle anderen Schwestern dabei waren, den Speisesaal zu verlassen.

»Könnten wir in deinem Atelier arbeiten?«, fragte Petra. »Da ist es abgeschiedener und ruhiger.«

Maud sah sie an und rang sich ein Lächeln ab.

»Wir müssen zumindest versuchen, zusammenzuarbeiten«, sagte sie. Dann machte sie auf dem Absatz kehrt und ging ihres Weges.

DREISSIG

Sonntag, 23. März
Dritter Fastensonntag

Sie teilten sich auf. Jarning sollte das Gespräch mit Smid Karin Karlsdotter übernehmen, während Larsson und Maja-Sofia sich Luthers Töchter vorknöpfen wollten. Larsson saß am Steuer des Zivilfahrzeugs und betrachtete den gleichmäßigen Strom von Fahrzeugen, die sich den Berg hinaufkämpften. Die Piste rief, und die Leute hatten es offenbar sehr eilig, denn ständig wurden sie überholt, sogar von Wohnmobilen.

»Was wir hier gerade wegen Geschwindigkeitsüberschreitungen kassieren könnten«, sagte Larsson. »Die fahren ja wie die absoluten Chaoten.«

»Kannst ja die Kollegen drauf ansetzen«, antwortete Maja-Sofia und grinste. »Ach, guck mal! Da stehen sie ja. Und sie haben sie alle eingesammelt!«

Das Wetter war gut und die letzten Wintertage lockten die Städter zum Berg, da wurde gern mal etwas auf die Tube gedrückt. Vereinzelte Wolken zeigten sich am ansonsten blauen Himmel, und die Sonne warf ihre wärmenden Strahlen auf die schneeschweren Äste der Fichten. Maja-Sofia seufzte.

»Wie gern wär ich jetzt auch da oben«, sagte sie und zeigte zur Bergspitze. »Die Sonne im Gesicht und dann volle Kraft voraus auf den Skiern.«

Larsson betrachtete sie.

»Aha, Rantatalo, du magst also auch Abfahrtski?«, fragte er. »Ich dachte, du kommst aus einem Flusstal und bist nur auf Langlaufski rumgerutscht.«

»Rumgerutscht?«

»Ja, das haben meine Eltern immer gesagt.«

Maja-Sofia grinste ihn an.

»Witzig«, sagte sie. »Aber du hast natürlich recht. Abfahrt ist nicht so ganz mein Ding, aber man kann doch träumen. Einmal mit dem Lift hoch und oben zur Belohnung Waffeln und Kaffee. Klingt gar nicht so unattraktiv, solang man sich keine Gedanken darüber macht, hinterher auf Skiern wieder runterfahren zu müssen.«

»Ausgerechnet du, die sonst so taff ist«, sagte Larsson. »Hätte niemals gedacht, dass du Angst vor einer Abfahrt hast.«

»Wir alle haben unsere Schwächen«, erwiderte Maja-Sofia. »Was ist denn deine, Larsson?«

Larsson grinste sie nur an, bremste sachte und bog dann nach rechts auf den Weg, der sie direkt zu Luthers Töchtern führen würde.

Diesmal wollte Maja-Sofia seriöser auftreten als bei ihrem letzten Besuch im Kloster. Himmel, fast war sie mit Klockarviks höchsteigenem Pfarrer zu weit gegangen.

In einem eleganten Bogen parkte Larsson perfekt vor dem Kloster ein.

»So«, sagte Larsson und stellte den Motor ab. »Da wären wir. Ich bin schon gespannt, was du mir hier zu zeigen hast.«

Eine Frau mit Haube öffnete ihnen auf ihr Klingeln. Maja-Sofia erkannte in ihr die Schwester, die sie flüchtig im Aufenthaltsraum vor Samuels Zimmer gesehen hatte, aber ihr Name war ihr entfallen.

»Rantatalo von der Polizei in Mora«, sagte sie. »Es tut mir leid, dass wir Sie schon wieder belästigen müssen. Das ist mein Kollege Knis Petter Larsson.«

»Schwester Petra«, stellte die Frau sich vor. »Wir haben uns ja kürzlich erst gesehen, als Sie bei Pfarrer Samuel waren.« Schwester Petra schenkte ihr ein strahlendes Lächeln.

Maja-Sofia ahnte Larssons fragenden Blick, hatte aber nicht vor, ihn zu erwidern. Niemals würde sie zugeben, dass der Pfarrer Damenbesuch von ihr bekommen hatte. Wenn das rauskäme, würde sie für den Rest ihres Lebens zum Innendienst verdammt. Dann wäre dies ihr letzter Mordfall, den es aufzuklären galt.

»Genau«, sagte sie so beiläufig wie möglich, wenngleich ihre Wangen brannten. »Wir würden gern einen Blick in den Garten werfen, wenn das möglich wäre. Wer ist dafür zuständig?«

»Dann ist Schwester Maine Ihre Ansprechpartnerin«, sagte Petra, »allerdings wächst noch nicht viel. Ah, da kommt sie gerade in Gesellschaft von Schwester Maud.«

Zwei Frauen näherten sich und begrüßten Rantatalo und Larsson mit ernsten Mienen.

Die Große mit den braunen Augen war Schwester Maud. Sie hatte ein schönes Gesicht und einen leichten Akzent. Ihre Haare waren etwas dunkler als Maja-Sofias, vielleicht kam sie aus einer etwas südlicheren Gegend. Sie war eine richtige Schönheit und hätte vermutlich eine Modelkarriere anstreben können, statt ein Leben mit Tracht und Haube zu führen.

»Nun gut«, sagte die fröhliche Petra. »Schwester Maud und ich wollten gerade die Programme für die Beerdigung unserer Freundinnen entwerfen. Aber Schwester Maine ist die Blumenkönigin höchstselbst, sie kann Ihnen sicher weiterhelfen.«

Schwester Maine verzog keine Miene. Sie wirkte nicht gerade erbaut über den Auftrag.

»Folgen Sie mir«, sagte sie und wandte sich ab.

Larsson und Rantatalo trotteten ihr nach. Maines bodenlange Tracht umflatterte ihre Beine. Wie konnten sie bloß so leben, dachte Maja-Sofia. Aber vielleicht war es ja auch gar nicht so schlimm, einen so geregelten Tagesablauf zu haben, der sich nach Gebeten und Alltagstätigkeiten richtete. Kaum waren sie von den Klostermauern umgeben, verschwand der Lärm der Welt, die Schwestern bewegten sich langsam und sprachen leise. Vermutlich sorgten die langen Trachten dafür, dass sie nicht vergaßen, nicht in Hektik zu verfallen.

»Mensch, Rantatalo«, flüsterte Larsson. »Wir sind in unserem Aufzug hier ziemlich fehl am Platze.«

»Sprich für dich selbst«, erwiderte sie und grinste Larsson an, der ausnahmsweise keine Uniform trug. »Lederjacke und die Jeans fühlen sich für mich genau richtig an.«

Larsson hatte natürlich recht, sie hatten in diesem frommen, leisen Umfeld nichts verloren. Wie gut, dass sie ihre Dienstwaffe im Revier eingeschlossen hatte. Sie wagte gar nicht, darüber nachzudenken, ob Larssons Holster leer war oder nicht. Maine führte sie quer durch die Küche in eine Art Aufenthaltsraum, wo ein Mann saß und Zeitung las.

»Helge«, sagte Maine, als sie eintraten. »Unsere Gäste sind von der Polizei in Mora und wollen einen Blick in den Garten werfen. Vielleicht möchtest du uns ja begleiten?«

Der Mann faltete sogleich die Zeitung zusammen, stand auf und stellte sich vor.

»Helge Fredengren«, sagte er. »Ich gehöre hier zum Inventar. Aber auch bei einigen anderen Klöstern. Das ist mein Lebensinhalt.«

Das war also der Mann, von dem Samuel erzählt hatte. Der Mann, der giftige Pflanzen zog und bestohlen worden war. Wie gut, dass er vor Ort war.

»Dann fahren Sie von Kloster zu Kloster?«, fragte Maja-Sofia. »Wo wohnen Sie denn wirklich?«

»In verschiedenen Klöstern, ganz wie Sie sagen«, antwortete Helge. »Ich bin einer von Gottes Vagabunden und brauche keinen festen Wohnort. Die Schwestern kümmern sich um mich, und ich unterstütze sie, wo ich kann. Klöster gibt es überall auf der Welt. Man muss sich bloß entscheiden, wo man seine Zeit verbringen will, während die Winterstürme über Schweden hinwegziehen. Die dunkelsten Tage verbringe ich persönlich am liebsten in Südspanien.«

Larsson suchte Maja-Sofias Blick und verdrehte leicht die Augen. Was es nicht für lustige Typen gab. Irgendwo musste

Fredengren ja gemeldet sein, und wo genau, das würde Jarning schon herausfinden.

Maine zeigte ihnen den Weg auf die Veranda. Von dort überquerten sie eine Wiese zum Garten, in dem ein Gewächshaus und eine kleine Scheune standen.

»Helge ist unser Pflanzenexperte«, sagte Maine. »Vielleicht kann er Ihnen helfen. Denn meine Kenntnisse …«

»Jetzt sei nicht so schüchtern, Schwester«, unterbrach Helge sie. »Schwester Maines Wissen kann sich sehen lassen«, fuhr er an Maja-Sofia und Larsson gewandt fort.

Er öffnete ihnen das Tor und deutete dann zu einer Ecke des Gartens, in dem bereits verschiedene grüne Triebe in einem Hochbeet zu erkennen waren. Vermutlich waren sie dort vor dem kalten Wind geschützt, dachte Maja-Sofia.

»Mein Hochbeet mit Giftpflanzen«, sagte er. »Es ist noch ganz neu, aber ich gehe davon aus, dass Sie hergekommen sind, weil es für Ihre Ermittlungen besonders interessant sein könnte?«

Er grinste sie an, aber Maja-Sofia fand den Kommentar überhaupt nicht lustig. Larsson ebenfalls nicht.

»Erklären Sie uns doch bitte, um welche Pflanzen es sich handelt«, sagte Maja-Sofia.

Helge nahm eine Harke zur Hand, die an der Wand lehnte, und nutzte sie als Zeigestock. Die so ernste Maine verschwand im Gewächshaus.

»Fangen wir ganz hinten an«, sagte er. »Ich habe gerade ein paar Exemplare umgesetzt, um zu schauen, ob sie schon mit den Temperaturen klarkommen. Eigentlich ist es noch ein bisschen zu früh, deshalb decke ich sie abends zu. Gefleckter Schierling, *Conium maculatum,* hat schon am meisten ausgetrieben, daneben haben wir Blauen Eisenhut, *Aconitum napellus*, und dann haben wir noch …«

»Gefleckter Schierling?«, unterbrach Maja-Sofia ihn. »Das kommt mir bekannt vor.«

Helge Fredengren nickte.

»Sie denken sicher an Sokrates«, sagte er. »Er leerte einen Becher mit Schierling. Damit ist nicht zu spaßen.«

Wie sonderbar, dass aus ihrer Schulzeit ausgerechnet die Erinnerung an diese Pflanze übrig geblieben war und sie so vieles andere vergessen hatte.

»Halten Sie sich nur im Kloster auf oder fahren Sie manchmal auch nach Klockarvik?«, fragte Maja-Sofia.

Fredengren betrachtete sie mit amüsierter Miene.

»Ist das eine Vernehmung?«, fragte er.

»Nennen Sie es, wie Sie wollen. Wir ermitteln in einem Mordfall, da müssen wir Fragen stellen. Wenn Sie dafür lieber auf die Wache kommen wollen, lässt sich das auch einrichten.«

Er hob abwehrend die Hand.

»Nein, nein, nicht nötig, das geht schon hier. Ich nehme an, Sie wollen wissen, ob ich die beiden toten Frauen besucht habe? Ich kann Ihnen versichern, dass ich das nicht getan habe. Ich komme nur bei der An- oder Abreise durch Klockarvik. Für gewöhnlich nehme ich den Bus bis in den Ort und gehe den Rest zu Fuß.«

»Die ganze Strecke? Das sind doch sicher gut zehn Kilometer«, sagte Larsson. »Noch dazu bergauf.«

Helge warf ihm einen amüsierten Blick zu.

»Es ist am besten, zu Fuß in ein Kloster einzukehren«, erklärte er. »So stimmt man sich ein. So erreicht man als Pilger nach einer langen Wanderung das Kloster.«

Larsson schüttelte den Kopf.

»Offenbar habe ich da was verpasst«, sagte er.

»Kommen wir doch einfach zurück zu den Pflanzen«, sagte Helge und deutete nacheinander auf verschiedene Pflanzen. »Hier wächst Weinraute, *Ruta graveolens*, wie giftig sie ist, konnte noch nicht geklärt werden. Hier haben wir den Brennenden Busch, *Dictamnus albus*, eine Pflanze, die sehr gut ins religiöse Umfeld passt.«

Maja-Sofia erblickte eine Pflanze mit rosalila Blüten an einem blattlosen Zweig. Es sah so aus, als wären kürzlich Zweige entfernt worden.

»Oh, die ist sehr hübsch!«, sagte sie. »Was haben wir denn da?«

Helge schüttelte finster den Kopf.

»Echter Seidelbast«, sagte er. »Eine sehr giftige Schönheit. Die Blüten stehen schon im Februar an dem kahlen Ast. Davon findet sich eine ordentliche Menge im Naturreservat direkt vorm Dorf. Sie ist in der Tat sehr hübsch. Leider hat jemand mehrere Äste gestohlen. Wie Sie sehen, wurde hier kürzlich etwas abgeschnitten.«

Maja-Sofia war klar, dass es sich um die Pflanze handelte, von der Samuel ihr berichtet hatte.

Im selben Moment klingelte Larssons Handy, und er entfernte sich ein paar Schritte. Er hörte nur kurz zu, antwortete knapp mit »Ja« und sagte dann »Okay, ich reiche weiter«. Dann kam er zurück und hielt Maja-Sofia das Telefon hin.

»Für dich«, sagte er. »Jarning.«

Maja-Sofia entfernte sich ebenfalls ein paar Schritte, blieb aber in der Nähe von Helges giftigem Hochbeet.

»Hallo! Bist du schon fertig bei Karin?«

»Es ist was dazwischengekommen«, sagte Jarning. »Das habe ich als wichtiger eingestuft. Hör zu: Die Rechtmedizin hat sich gemeldet, sie wissen jetzt mehr über das Gift. In beiden Leichen hat sie das Gleiche gefunden. Es handelt sich um … warte, lass mich ablesen: Daphnetoxin und Mezerein. Aber ich habe keine Ahnung, ob die wirklich so ausgesprochen werden. Mezerein ist nicht wasserlöslich, aber dafür in Ethanol.«

»Und was meint Tamara Pettersson damit?«

»Dass die Pflanzengifte mit Alkohol gemischt werden«, sagte Jarning. »Man übergibt sich und bekommt Durchfall, aber das Interessanteste ist wohl, dass die Vergiftung sich über einen langen Zeitraum hinzieht. Über mehrere Monate, wie ich herausgefunden habe.«

»Das passt ja zum Verlauf bei unseren Opfern«, sagte Maja-Sofia, die Helge und Larsson nicht aus den Augen ließ. »Um welche Pflanze handelt es sich denn?«

»Echter Seidelbast heißt sie, aber ich konnte noch nicht viel dazu recherchieren. Sobald ich ein Foto habe, schicke ich es dir.«

Maja-Sofia ballte die Hand zu einer diskreten Siegerfaust zusammen.

»Nicht nötig, Jarning«, sagte sie. »Glaub es oder nicht, aber ich stehe gerade vor so einem Exemplar. Diesem fehlen allerdings ein paar Äste.«

»Tamara Pettersson hat noch etwas angemerkt«, sagte Jarning, als Maja-Sofia gerade auflegen wollte.

»Ja?«

»Das Hagebuttenglas, das ich in der Speisekammer gefunden habe, du erinnerst dich? Das Ergebnis der Kriminaltechnik ist da.«

»Wie gut. Ich gehe mal davon aus, dass Karins Fingerabdrücke darauf keine große Überraschung sind?«, fragte Maja-Sofia und lachte trocken.

»Nein, du hast recht«, antwortete Jarning. »Aber es gibt noch einen weiteren Abdruck, der weder Agnes noch Christin zugeordnet werden kann.«

»Endlich haben wir eine Spur«, sagte sie. »Schaffst du es noch zu Karin?«

»Ich bin schon fast unterwegs«, sagte Jarning. »Vielleicht bekomme ich ja aus ihr heraus, wer außer den Dreien das Glas in der Hand gehabt haben könnte.«

»Sehr gut!«, sagte Maja-Sofia. »Ich stoße dazu, sobald ich kann.«

Sie beendete das Telefonat und steckte gedankenverloren Larssons Handy ein, als wäre es ihr eigenes, ehe sie sich umdrehte. Nur wenige Meter von ihr entfernt stand Maine und starrte sie an. Hatte sie das ganze Gespräch belauscht?

EINUNDDREISSIG

Helge Fredengren stand da, die Gartenschere in der Hand, und sah den beiden Zivilpolizisten nach, wie sie das Grundstück verließen und wegfuhren. Er kratzte sich am Kopf, woraufhin seine geliebte Kopfbedeckung, der grüne Filzhut, schief auf seinem Haupt saß. Bedauerlich, wie eilig sie nach dem Anruf hatten aufbrechen müssen. Helge hätte ihnen noch so viel erzählen wollen. Vor welchen Pflanzen man sich in Acht nehmen musste und welche Symptome sich zeigten, bevor schlussendlich der Tod drohte. Mit einem aufmerksamen Publikum, wie er es gerade gehabt hatte, war es noch schöner, darüber zu referieren. Er konnte so gut Spannung aufbauen, mit seinen Lateinkenntnissen auftrumpfen, die Knaller erst zum Schluss enthüllen. Und sein Wissen mit Mordermittlern zu teilen war etwas Besonderes gewesen, auch wenn nicht viel dabei rumgekommen war.

»So bedauerlich«, murmelte er. »Ich hätte sicher helfen können.«

Er knipste wahllos ein paar Äste von der immergrünen Eibe, auch diese war recht giftig. In diesen Breitengraden glich sie eher einem kleinen Busch, nicht vergleichbar mit den wild wachsenden Exemplaren auf Öland oder Gotland. Er stutzte ihn immer wieder, sein Plan war, dem Busch die Form einer Madonna zu geben. Er hatte niemandem davon erzählt, eines schönen Tages sollten Luthers Töchter sie einfach entdecken. Und sie würden ihn für seine Arbeit schätzen, weil er auf seine Art Gottes Werk ehrte, ganz wie ihnen sein jüngstes Projekt gefiel, der biblische Garten. Er würde im Sommer in voller Blüte stehen und vermutlich eine Menge Besucher anlocken, was wiederum ein Gewinn für die Klosterkasse wäre. Denn umsonst sollten sie das Spektakel nicht anschauen. Selbst wenn er keinen Eintritt verlangen durfte, so würde er zu einer freiwilligen Spende aufrufen.

Aber jetzt war es an der Zeit, weiterzumachen. Die Frage war bloß, wohin Maine verschwunden war. Helge suchte im Gewächshaus, aber es war leer. Beim dahinterliegenden Kompost fand er sie auch nicht. Er stellte sich in die Mitte des Gartens und schaute in alle Richtungen.

»Schwester Maine?«, rief er laut und deutlich.

Sofort schaute sie hinter dem Schuppen hervor.

»Musst du so schreien? Ich bin ja nicht taub. Was gibt es?«

Er lächelte sie an.

»Und tot bist du auch nicht, wie ich sehe«, lachte er. »Ich wollte einfach nur ein bisschen Gesellschaft und über den biblischen Garten sprechen. Sollen wir noch ein paar Pflanzen hinzufügen? Was meinst du?«

»Wieso nicht?«, antwortete sie. »Brennenden Busch und Weinraute hast du ja bereits in deinem Hochbeet mit giftigen Pflanzen, davon können wir ja etwas abnehmen und in den biblischen Garten umsetzen.«

Sie näherten sich dem Teil des Gartens, wo sich Helge gerade noch mit den Polizisten unterhalten hatte.

»*Dictamnus albus*«, sagte er ganz seiner Gewohnheit gemäß, immer die Pflanzennamen auf Lateinisch zu nennen. »Brennender Busch, ja, dann machen wir das so.«

»Zweites Buch Mose, drittes Kapitel, Verse zwei bis sechs«, rasselte Maine herunter. »›Mose sah, dass der Busch zwar in Flammen stand, aber nicht verbrannte.‹ Ich würde mir außerdem eine Passionsblume wünschen. Das erscheint mir irgendwie selbstverständlich.«

Helge nickte. Es ärgerte ihn, dass ihm tatsächlich der lateinische Name der Passionsblume entfallen war. Das musste er gleich nachschlagen.

»Solang wir sie hier zum Wachsen kriegen«, sagte er. »Das kann schwierig werden. Aber was hältst du von einer Kletterrose hinter den Lilien? Das wäre doch höchst romantisch!«

Die sonst so ernste und schroffe Maine schenkte ihm ein sparsames Lächeln.

»Das Hohelied zwei, Vers eins«, sagte sie. »›Ich bin eine Rose auf den Wiesen des Scharon, eine Lilie der Täler.‹ Du hast recht, das dürfte hübsch werden.«

Sie führten ihr Gespräch im Gewächshaus fort und skizzierten, was sie sich vorstellten. Also, Maine skizzierte, Helge sprach Latein und deutete mit der Gartenschere an die Stellen, wo die unterschiedlichen Pflanzen am besten hinsollten.

»Das wird herrlich«, sagte Maine. »Vielleicht sollten wir etwas Beruhigendes in die Mitte stellen, ich dachte an einen Springbrunnen und rundherum die Blumen. Wieso wedelst du denn die ganze Zeit mit der Gartenschere herum?«

Er betrachtete das Werkzeug, als würde er es zum ersten Mal sehen. Dabei hatte er die Schere bereits tausendfach benutzt und trug sie immer bei sich, wenn er durch den Garten ging. Sie war wie eine natürliche Verlängerung seines Arms.

»Die Polizistin vorhin«, sagte er, »wollte unbedingt einen Zweig haben, also hab ich ihr einen abgeknipst und mitgegeben.«

»Was denn für einen Zweig? Einen Apfelzweig, um ihn ins Wasser zu stellen und sich an den Blüten zu erfreuen?«

»Oh, im Gegenteil. Es ging um etwas viel Ernsteres: den letzten Zweig des Echten Seidelbasts. Der scheint dieses Frühjahr äußerst begehrt zu sein.«

»Echter Seidelbast?«, fragte Maine und riss die Augen auf. »Wieso denn das?«

»Ich schätze«, antwortete Helge und ließ sich auf einen wackligen alten Hocker sinken, »es hängt mit der Bedeutung des dritten Fastensonntags zusammen. Der ist ja mehr oder weniger heute.«

Maine keuchte.

»Der Kampf gegen das Böse«, sagte sie mit zitternder Stimme. »›Als der Dämon ausgetrieben war, begann der Stumme zu reden.‹«

Helge nickte.

»Genau«, sagte er. »Der Seidelbast soll den stummen Mörder zum Reden bringen.«

Im selben Moment verdunkelte sich der Himmel, und kurz darauf donnerte ein Hagelschauer auf das Dach des Gewächshauses.

ZWEIUNDDREISSIG

In Klockarvik strahlte die Sonne, und Samuel erfüllte ein Gefühl von Freiheit, seit er aus dem Kloster in den kleinen Ort zurückgekehrt war. Noch vor einem halben Jahr hätte er es niemals für möglich gehalten, dass er mal so denken würde. Damals hatte sich der Umzug hierher wie eine Zwischenstation angefühlt, bis sich ein neuer, attraktiverer Job in Västerås offenbarte.

Er saß mit einem großen Bier im *The Worried Wolf* und blätterte gedankenverloren in der *Mora Zeitung*. Ein Stück weiter saßen Ingemar und Johan Tysk, die zusammen nur Brysk und Tysk genannt wurden. Ihre Blicke waren auf den Fernseher gerichtet, es lief die Übertragung eines Biathlons. Samuel schaute aus dem Fenster. Der Straßenrand war schneegefleckt. Noch gab es keinen Menschenandrang im Ort, aber in wenigen Monaten würden die Touristen eintreffen. Er dachte über seine Situation nach und empfand es als angenehm und fast erholsam, dabei eine im Großen und Ganzen leere Straße zu betrachten.

Das Klingeln seines Handys unterbrach seine Gedanken. Er zog es schnell aus der Tasche, in der Hoffnung, es könnte Marit sein. Mittlerweile musste sie ja mitbekommen haben, dass er angerufen hatte. Ein Blick auf die Nummer im Display ließ ihn aber vermuten, dass es sich nur um einen dieser Werbeanrufe handelte, weshalb er gar nicht erst dranging. Stattdessen schrieb er eine weitere SMS an seine Verlobte und wartete auf eine Antwort, die nicht kam. Wieso machte Marit das mit ihm? Er verstand ihr Verhalten nicht. Sicher, seine Reaktion auf die Schwangerschaft war etwas zögerlich und wenig enthusiastisch ausgefallen, aber war diese Funkstille wirklich eine angemessene Strafe dafür? Und wie lange sollte das noch so weitergehen?

Ein Hundehalter marschierte vorm Fenster vorbei und nickte Samuel zu. Das Gesicht kannte er, konnte ihm aber keinen Namen zuordnen. Die meisten Dorfbewohner wussten, wer er war, ein neuer Pfarrer blieb nicht lange unbekannt. Der Gottesdienst vorhin war gut besucht gewesen, was ihn glücklich machte. Er hatte ein paar Worte mit Sigvard gewechselt, dem es ganz wunderbar ging, auch wenn er mit langen Wanderungen, dem Ski- und Schlittschuhfahren noch ein Weilchen warten musste.

»Schon bald«, hatte er ihm versichert, »bin ich aber wieder in der Spur, und dann drehen wir zusammen eine Runde.«

Samuel hoffte es, denn ihm fehlte sein Mentor, wenngleich sie einen etwas ruppigen Start hingelegt hatten. Der alte Mann war ihm richtig ans Herz gewachsen. Unter der harten Hülle verbarg sich ein goldener Kern. Sigvard hatte die Herausforderungen des Lebens gemeistert, und wenn jemand wusste, wie sehr etwas schiefgehen konnte, dann er. Deshalb verurteilte er auch niemanden.

Samuel trank das Bier aus und stand auf, wollte sich gerade die Jacke anziehen und nach Hause gehen. Doch dann erblickte er an einem der eher verborgenen Tische ein bekanntes Gesicht und hielt inne. Seit der Klausur hatte er sie nicht gesehen, und da hatten sie ja kein Wort miteinander gewechselt.

»Guten Tag, Karin«, sagte er, als er bei ihrem Tisch angekommen war. »Darf ich Ihnen etwas Gesellschaft leisten?«

Sie lud ihn mit einer Geste dazu ein, sich zu setzen. Sie sah aus, als hätte sie gerade geweint, was eigentlich kaum verwunderlich war. Für Smid Karin Karlsdotter mussten es gerade harte Zeiten sein.

»Wie geht es Ihnen?«, fragte er. »Sie haben ja zwei Freundinnen verloren, das muss sehr schwer sein.«

Sie zuckte nur mit den Schultern.

»Was soll ich sagen?«, erwiderte sie. »Es war natürlich ein Schock, dass es auch Christin getroffen hat. Dabei kannte ich sie eigentlich nicht besonders gut.«

Karin holte ein knittriges Papiertaschentuch aus der Tasche und tupfte damit über Augen und Nase.

»Offenbar sind sie vergiftet worden«, sagte sie, »ich weiß nicht, was ich davon halten soll. Können Sie sich vorstellen, wie das passiert ist?«

Sie schaute ihm in die Augen, in ihrem Blick lag Angst.

»Wo haben Sie das denn gehört?«

»Es stand doch in der Zeitung. Und Klockarvik ist ein kleiner Ort«, antwortete sie. »Wenn hier etwas passiert, kommt das immer sofort raus. So ist das einfach. Und auch die Polizei stellt Fragen, die man kaum anders deuten kann.«

Das hätte ihm bewusst sein müssen, aber noch war er mit dem Dorfleben nicht hinlänglich vertraut. Von der Vergiftung hatte er ja selbst schon gewusst, nur wer schuldig war, lag noch immer im Dunkeln. Karin hatte die beiden Opfer beim Einkaufen und Kochen unterstützt, sie hätte also unzählige Möglichkeiten gehabt, den beiden etwas ins Essen zu mischen.

»Karin«, sagte er, »Sie wissen ja, dass ich als Pfarrer der Schweigepflicht unterliege. Wenn Sie mir etwas erzählen wollen, bleibt das unter uns.«

Sie schüttelte den Kopf.

»Ich habe nichts getan«, sagte sie, und sofort war da Anspannung auf ihrem Gesicht. Sie schluchzte. »Ich habe nur meinen Freundinnen geholfen, besonders nachdem sie krank waren. Ich bin unschuldig, und trotzdem hat die Polizei meine Fingerabdrücke genommen.«

»Das ist ja heftig«, sagte Samuel. »Haben sie das irgendwie begründet?«

Sie holte ein frisches Taschentuch aus der Handtasche und schnäuzte sich.

»Haben sie vermutlich, aber ich kann mich nicht mehr genau erinnern, ich hab mich so schrecklich verletzt gefühlt. Ich finde, sie sollten berücksichtigen, dass ich trauere. Agnes fehlt mir so sehr, es tut fast körperlich weh.«

»Waren Sie so eng befreundet?«, fragte Samuel. »Ich hatte gedacht, Sie wären nur eine freundliche, gute Nachbarin.«

Sie schüttelte den Kopf.

»Wir kennen uns schon viele Jahre«, sagte sie. »Anfangs

waren es nur Agnes und ich, wir haben eine lange Zeit zusammen in Levanto verbracht. Das liegt in Italien. Hübsche schwedische Mädchen, die sich mit charmanten Italienern vergnügen. Die Schwedische Sünde war das Schlagwort, und wir haben nicht gerade dafür gesorgt, dass dieses Vorurteil ausstarb. Aber das ist schon lange her.«

Levanto? Wann hatte er davon schon mal gehört? Hatte Petra den Ort nicht erwähnt, als sie von Maud gesprochen hatten? Karin war also auch dort gewesen.

»Wir waren einfach noch jung«, fuhr Karin fort. »Als Agnes wieder nach Klockarvik zog, tauchte allerdings auch jemand anderes wieder auf. Und von da an ging alles den Bach runter.«

»Wer? Christin?«

»Die hat die Sache auch nicht besser gemacht, aber ich meine eine andere Freundin. Die, mit der sie ein Geheimnis teilt.«

»Von wem sprechen Sie, Karin?«

»Ich bin keine Tratschtante. Sie kann sich selbst melden.«

»Es war auf jeden Fall nett von Ihnen, den beiden so zur Hand zu gehen«, sagte Samuel.

Karin schüttelte den Kopf.

»War ja nichts weiter. Sie und Christin brauchten was zu essen und ein bisschen Fürsorge.«

»Ein sehr christlicher Gedanke, den nicht alle gehabt hätten«, sagte er.

Sie schaute auf und ihm direkt in die Augen. Ihr Blick war ernst.

»Mir kommt gerade der Gedanke, dass sie vielleicht im Kloster vergiftet wurden. Wir waren schließlich jeden Sonntag zum Mittagessen dort, und zwischendurch zum Kaffee.«

»Ja, das ist nicht auszuschließen«, antwortete Samuel, »wenngleich es beinahe unglaublich klingt. Aber das wird sicher von der Polizei geprüft. Sie haben gerade Levanto erwähnt, soweit ich weiß, hat Maud auch für eine Zeit dort gelebt. Kennen Sie sich von früher?«

Im selben Augenblick hielt ein Streifenwagen direkt vor dem Pub.

»Was wollen denn die Bullen hier?«, rief Tysk laut.

»Jetzt geht's aber los«, erwiderte sein Cousin Brysk.

Beide Männer hatten sich vom Biathlon losgerissen und waren ans Fenster getreten, um besser sehen zu können, was draußen vor sich ging.

Die Türen des Autos öffneten sich, und Maja-Sofia stieg aus. Sofort kribbelte es in Samuels Brust. Begleitet wurde sie von Knis Petter Larsson, beide waren in Uniform. Samuel hatte sie bisher nur in ziviler Kleidung gesehen. Maja-Sofia setzte ihre Dienstmütze auf und ging – dicht gefolgt von ihrem Kollegen – zum Pub.

Als sie das Lokal betraten, steuerten sie sofort auf den Tisch zu, an dem Samuel und Karin saßen. Sie nickte Samuel kurz zu, der aufstand.

»Smid Karin Karlsdotter«, sagte Maja-Sofia, »wir müssen Sie bitten, uns aufs Revier zu begleiten. Wir müssen mit Ihnen sprechen.«

»Wie bitte?«, fragte Karin, und Samuel sah, wie ihre Augen flackerten. »Was meinen Sie? Worum geht es? Ich habe doch gar nichts getan.«

»Wir erklären Ihnen alles auf dem Revier«, sagte Maja-Sofia.

»Wie bitte?«, fragte nun auch Samuel. Er war so verblüfft von dem, was er da gerade mitansehen musste, dass er nicht mehr herausbekam.

»Jetzt sind sie wirklich zu weit gegangen«, platzte es aus Tysk heraus.

»Ja, das muss man wohl annehmen«, stimmte Brysk zu.

Karin blieb sitzen, ohne ein Wort zu sagen. Nur ein paar rote Flecken, die sich an ihrem Hals zeigten, verrieten, wie es in ihr aussah.

»Warum nehmen Sie Karin mit?«, fragte Samuel.

Maja-Sofia starrte ihn an.

»Das kann ich hier nicht weiter ausführen. Wir fahren nach Mora, wo wir uns in Ruhe unterhalten können.«

Sie legte Karin die Hand auf den Rücken und brachte sie zum Aufstehen, Larsson hielt sie am Arm. Gemeinsam führten sie die ältere, mit einer praktischen Jacke und blauer Baskenmütze bekleidete Dame zu dem Streifenwagen. Karin leistete keinen Widerstand.

Samuel ging ihnen nach, dicht gefolgt von Tysk und Brysk, die keine Silbe von dem verpassen wollten, was gesprochen wurde. Hinter der Theke stand der Besitzer des Lokals, Tim Clark, und polierte ein Bierglas, während er die Szene verfolgte. Tim war Engländer und hatte sich vor ein paar Jahren im Ort niedergelassen, um das gemütliche und allseits beliebte Pub zu eröffnen.

Samuel fragte sich, ob die Polizei Karin wirklich für schuldig hielt. Klar, da gab es die Eifersucht, die sich seit Jahren verstärkte, aber dass sie als Mordmotiv ausreichte, bezweifelte er stark. Die Freundschaft, von der Karin gesprochen hatte ... war da vielleicht doch mehr gewesen, als sie hatte zugeben wollen?

»Kann ich irgendwas tun?«, fragte er, bevor die Autotür zugeschlagen wurde.

»Der Kater«, sagte Smid Karin. »Füttern Sie bitte den Kater.«

»Selbstverständlich«, sagte Samuel, obwohl er Katzen nicht sonderlich mochte. Aber ein paarmal füttern, das würde er schon hinbekommen, sofern ihm überhaupt Zugang zu Karins Haus gewährt wurde. Wenn ein begründeter Verdacht gegen sie bestand, war die Kriminaltechnik sicher schon vor Ort und ihr Haus abgesperrt.

»Hatten Agnes und Christin nicht auch eine Katze?«, fragte er.

»Das ist der Kater, der jetzt bei mir ist«, erklärte Karin. »Bitte, kümmern Sie sich um Genezareth.«

»Genezareth?«, fragte Samuel und hob die Augenbrauen. »Heißt der Kater wirklich so?«

»Ja, aber er hört auch auf Jesse.«

»Ich kümmere mich um Genezareth«, erwiderte Samuel und schenkte ihr ein Lächeln, obwohl die Umstände ja alles andere als schön waren. »Versprochen.«

Dann stand er mit Tysk und Brysk da und schaute dem Streifenwagen nach, der sich langsam entfernte. Wenn sie tatsächlich des Mordes verdächtigt wurde, hoffte er, dass es sich nur um einen »Anfangsverdacht« handelte – so nannte man es, wenn nur ein geringer Tatverdacht bestand, wie er gelernt hatte. In diesem Fall hätten sie nämlich nur wenig Beweise. Er wickelte den Schal fester um den Hals und verbarg damit sein Kollar. Jetzt war es an ihm, auszurücken und weitere Anhaltspunkte zu suchen, damit die Polizei die richtige Person verhaftete. Denn dass Smid Karin Karlsdotter schuldig war, glaubte Samuel keine einzige Sekunde.

DREIUNDDREISSIG

Montag, 24. März

Samuel stand an der Supermarktkasse und legte zehn Dosen Katzenfutter aufs Band. Er hatte gar nicht gewusst, dass es so eine große Auswahl für die kleinen Lieblinge der Menschen gab. Sicherheitshalber hatte er auch noch eine Tüte Leckerli mitgenommen. Es war immerhin möglich, dass Genezareth ihm gegenüber erst einmal sehr argwöhnisch eingestellt sein würde, und da schadete es nicht, mit ein paar Leckerlis aufwarten zu können.

»Hast du dir ein Haustier angeschafft?«, fragte Sigbritt, die Kassiererin. Sie war ein Mitglied des Kirchenrats.

»Hallo. Nein, nein«, sagte Samuel. »Ich füttere nur eine Katze. Die Halterin ist verhindert, und als Pfarrer hilft man ja in allen Lebenslagen.«

Sie lächelte ihn an.

»Abwechslungsreicher Job«, sagte sie. »Wie meiner hier an der Kasse. Möchten Sie noch ein Rubbellos dazu?«

Er lehnte dankend ab. Glücksspiel war nicht sein Ding, er erwischte immer nur Nieten.

»Nur das Katzenfutter, danke«, sagte er, bezahlte und packte die Dosen ein.

Auf dem Weg nach draußen warf er einen Blick auf die

Schlagzeilen und blieb vor einer Zeitung stehen. Die Lokalzeitung titelte: »Dorfbewohnerin wegen Doppelmord festgenommen«.

Ein Mann stellte sich zu ihm und deutete auf das Blatt.

»Jetzt wurde sie eingebuchtet. Traurig, aber Strafe muss ein.«

»Sie?«, fragte Samuel und tat so, als wisse er von nichts.

»Hat der Herr Pfarrer es noch nicht gehört? Es war Smid Karin Karlsdotter. Wirklich traurig, dass es jemand aus dem Dorf war, aber wie schon gesagt: Strafe muss sein. Einen schönen Tag noch.«

So schnell verbreiteten sich also die Gerüchte. Vermutlich wusste bereits das ganze Dorf, dass Karin gestern verhaftet worden war. Jemandem musste der Streifenwagen vorm Pub aufgefallen sein. Außerdem hatten Tysk und Brysk ja auch alles beobachtet und diese Sensation sicher nicht für sich behalten.

Er warf einen Blick auf die Uhr. Vielleicht sollte er die beiden Cousins zu einem Bier einladen, um über den neuesten Dorftratsch im Bild zu sein. Aber zuerst würde er zu dem Haus am Waldrand fahren und sich um den Kater kümmern.

Die Tür zu Karins Haus war abgeschlossen und mit blauweißem Flatterband abgesperrt, aber von der Kriminaltechnik war nichts zu sehen. Wenn sie noch aufkreuzten, würden sie ihn auf frischer Tat ertappen, aber er hatte ja gute Gründe, sich in das Haus zu begeben. Man konnte das arme Tier nicht einfach verhungern lassen.

Samuel ging einmal ums Haus und entdeckte den Kellereingang. Hatte die Polizei den wirklich übersehen? Oder war nur die Eingangstür von Interesse gewesen? Samuel drückte die Klinke hinunter. Die Tür öffnete sich problemlos, und er tastete im Dunkeln nach dem Lichtschalter. Als die nackte Birne zu leuchten anfing, erkannte er, dass er im Heizungskeller gelandet war, von dem aus drei Türen abgingen. Er prüfte sie nacheinander. Die erste führte in die Waschküche, die zweite zum Vorratskeller und die dritte gab den Blick auf eine Treppe frei.

»Hier geht's also weiter«, sagte er zu sich selbst. Kaum war er oben angelangt, strich ihm auch schon etwas um die Beine.

»Du lieber Himmel! Du bist ja ein ganz Verschmuster.«

Der rote Kater schnurrte laut. Samuel hockte sich zu ihm.

»Hallo Genezareth«, sagte er, streichelte dem Kater über den Rücken und kraulte ihn hinterm Ohr. »Oder möchtest du lieber Jesse genannt werden?«

Sein Blick streifte über seine Hosenbeine, an denen der Kater entlanggestrichen war. Sie waren übersät mit Katzenhaaren.

»He, junger Mann«, sagte Samuel, stand auf und klopfte sich die Hose ab. »Sau mir doch nicht die Klamotten ein.«

Den Kater kümmerte seine Ansage nicht groß, und Samuel ging in die Küche, um den Einkauf auszupacken. Als Genezareth hörte, dass eine Dose geöffnet wurde, sprang er sofort auf die Arbeitsfläche. Samuel setzte ihn wieder auf den Boden.

»Du musst warten, bis es angerichtet ist«, sagte er, suchte einen Teller und kratzte den Inhalt der Dose mit einem Löffel darauf. Gut roch das nicht gerade, aber Genezareth stürzte sich auf die Mahlzeit, kaum dass Samuel den Teller auf den Boden gestellt hatte. Offenbar hatte das Tier großen Hunger.

Während der Kater fraß, füllte Samuel noch die Wasserschale auf und machte dann das Katzenklo im Bad sauber. Er musste sich die Nase zuhalten, denn es stank ganz fürchterlich. Aber er hatte Karin versprochen, sich um den Kater zu kümmern, und dann galt eben: Augen zu und durch. Morgen würde er Tindra mitbringen. Vielleicht konnte er sie überzeugen, das Katzensitting gegen ein kleines Entgelt zu übernehmen.

Genezareth hatte aufgefressen, saß nun da und putzte sich. Samuel stand mitten im Wohnzimmer und sah sich um. Wenn er schon mal hier war, konnte er ja auch ein bisschen herumschnüffeln. Vielleicht fand er ja etwas, das Karin entlastete. Sein Blick fiel aufs Bücherregal. Bücher sagten viel über ihren Besitzer aus. Neben einer Reihe geistlicher Literatur gab es einige Reiseführer und Titel über Dalarna.

»Was ist denn das?«, flüsterte er, als er ein ganz anderes Buch entdeckte. Er zog es heraus. Es trug den Titel *Kamasutra*.

»Meine liebe Smid Karin«, lachte Samuel leicht, »damit hätte ich nicht gerechnet.«

Er verzichtete darauf, in dem Buch zu blättern, in dem die unterschiedlichsten Sexstellungen abgebildet waren, und schob es wieder an seinen Platz. Vermutlich gab es darin nicht nur Anleitungen zum Liebesspiel, sondern auch ein paar gute Lebensregeln. Bestimmt hatte sich Karin vor allen Dingen dafür interessiert.

Sein Blick schweifte weiter, und er entdeckte einen ganzen Stapel Fotoalben. Er selbst hatte so etwas gar nicht, seine Fotos steckten alle unsortiert in irgendwelchen Ordnern auf seiner Festplatte. Das war wirklich bedauerlich, denn so schaute man sie sich nur äußerst selten an. Vorsichtig schlug er eins der Alben auf. Darin befanden sich nur Kinderfotos, die ihm bei dem Fall nicht gerade weiterhelfen würden. Er nahm sich das nächste Album vor, dessen Inhalt vielversprechender wirkte.

Es waren Bilder von jungen Frauen an einem sonnigen Strand. Karin war definitiv eine von ihnen, er erkannte sie sofort, obwohl die Aufnahme sicher fünfzig Jahre alt war, vielleicht sogar noch älter. Auf den meisten Fotos war noch jemand abgebildet. Eine Frau in rotem Badeanzug. Sie hatte meistens die rechte Hand an der Hüfte, das eine Bein etwas vorgeschoben, eine Pose wie bei einem echten Model. Außer einem Ring trug sie keinen Schmuck. Das Sonderbare an der Aufnahme war, dass jemand den Kopf herausgeschnitten hatte. Samuel schüttelte das Album. Vielleicht verbarg sich der fehlende Teil des Fotos ja darin und fiel heraus? Doch seine Bemühungen waren vergeblich, das Gesicht fehlte. Könnte das vielleicht Agnes sein? Aufgeregt blätterte er weiter. Es folgten ein paar Fotos eines Mädchen im typischen Look der Siebziger. Sie hatte langes blondes Haar, einen schrägen Pony und lächelte verführerisch in die Kamera. Samuel ging stark davon aus, dass das Agnes war.

Der Kater gesellte sich zu ihm und leckte sich die Tatzen. Plötzlich waren auf der Veranda Schritte zu hören, und Samuel war sofort klar, dass er in wenigen Sekunden entdeckt werden würde. Schnell löste er ein paar Fotos aus dem Album und steckte sie ein. Gerade als er das Album zurücklegen wollte, fiel ein gefalteter Zettel heraus. Er sah aus wie ein Brief. Samuel steckte ihn in die Tasche und rannte die Kellertreppe hinunter, um unbemerkt davonzukommen.

Als er um die Häuserecke bog, sah er einen allzu bekannten Wagen neben seinem eigenen. Die Haustür stand offen, und er konnte Maja-Sofias Silhouette im Flur erahnen.

So leise er konnte, öffnete er die Fahrertür und setzte sich ans Steuer. Als er den Motor startete, trat sie auf die Veranda.

»Samuel! Was machen Sie denn hier?«, rief Maja-Sofia mit lauter Stimme. »Der Bereich ist gesperrt, haben Sie das nicht gesehen?«

Samuel schaltete den Motor wieder ab, stieg aus und stellte sich an das untere Ende der Treppe, von wo aus er ihr direkt in die Augen blickte. Die Polizistin, die vor ein paar Tagen noch ganz privat mit ihm gewesen war und ihn fast geküsst hatte, starrte wütend zurück.

»Ich habe Karin versprochen, den Kater zu füttern. Vielleicht erinnern Sie sich?«, antwortete er. »Das habe ich getan, und es war wirklich nötig. Wenn Ihnen jemand anderes einfällt, der das übernehmen kann, dann nur zu. Ich bin nicht gerade ein Fan dieser haarenden Haustiere, wenn ich ehrlich sein soll.«

Eine Weile verharrte sie reglos, dann lächelte sie leicht.

»Okay, dieses eine Mal sei Ihnen vergeben«, sagte sie, und ihr Ton wurde etwas sanfter. »Wir nehmen die Katze mit und versuchen, sie in einem Katzenhotel unterzubringen. Sie haben hoffentlich nichts angefasst, was nichts mit der Katze zu tun hatte?«

»Ich? Keineswegs«, log Samuel. »Dann will ich Sie mal nicht länger von der Arbeit abhalten.«

Er fuhr davon. Unterwegs konnte er an nichts anderes als das siebte Gebot denken: »Du sollst nicht stehlen«. Wobei man sein Handeln auch als gerechtfertigt sehen könnte. Vielleicht gab es ihm einen entscheidenden Hinweis, und er konnte bewirken, dass sie aus der Untersuchungshaft entlassen wurde. Sie war nicht die Schuldige, da war er absolut sicher, die Frage war nur: Wer war es dann? Vielleicht würde er Maja-Sofia die Fotos noch zeigen, aber erst wollte er selbst ein bisschen nachforschen und versuchen, herauszufinden, wer die abgebildeten Personen waren. Besonders die Frau ohne Gesicht.

VIERUNDDREISSIG

Maja-Sofia schaute Samuel noch kurz nach, ehe sie wieder in Smid Karin Karlsdotters Haus trat und die Tür hinter sich schloss. Sie hörte, wie Larsson in der Küche rumlaborierte, Schränke öffnete, etwas darin zur Seite schob und wieder schloss, dann zum nächsten überging und das Prozedere widerholte. Vielleicht war das hier eine erfolglose Suche nach einem Gift, von dem sie gar nicht wussten, wie es aussah. Das Hagebuttenglas hatte eine deutliche Sprache gesprochen, darin war Seidelbast enthalten, aber weil die Vergiftung sich über einen so langen Zeitraum gezogen hatte, war anzunehmen, dass es noch weitere Spuren von Seidelbast gab. Zweige oder getrocknete Beeren zum Beispiel. Jarning, die sich belesen hatte, meinte, dass ein Mörder sich wohl kaum jedes Mal hinstellte und frische Zweige oder Beeren rieb, wenn er oder sie etwas von dem Gift brauchte.

»Die Giftmischung muss vorbereitet worden sein«, hatte sie gesagt.

Noch dazu hatten sie es eilig, sie konnten Karin nur bis Mittwoch in Untersuchungshaft behalten. Zwei Tage hatten sie also noch, um weitere Beweise zu finden. Ohne sie stand die Festnahme auf wackligen Beinen.

Jarning hatte ihnen im Netz Fotos gezeigt. Die Pflanze war im Grunde genommen unverwechselbar, Blüten an einem sonst kahlen Zweig. Maja-Sofia hatte die Bilder mit dem Zweig abgeglichen, den sie von Helge Fredengren bekommen hatte. Eine vertrauenserweckende Internetseite behauptete, dass zehn bis zwölf Beeren genügend Daphnetoxin und Mezerein enthielten, um einen Erwachsenen zu töten. Selbst die Rinde war giftig. In früheren Zeiten hatte man geglaubt, dass man mit einer Handvoll dieser Beeren einen Wolf oder sogar ein Pferd töten könnte. Eine andere Seite berichtete ausführlicher über die Wirkung und Symptome des Gifts, gleichzeitig wurde betont, dass Todesfälle äußerst selten seien. Am gefährlichsten waren die Beeren wohl für Kinder.

Maja-Sofia seufzte. Sie wusste nicht, was sie machen sollte. Agnes und Christin hatten deutliche Symptome gehabt, waren aber sicher nicht nur zu einer Gelegenheit vergiftet worden, sondern über einen langen Zeitraum hinweg. Genau deshalb war es fast unmöglich, eine Tatzeit einzugrenzen, entsprechend ließ sich auch nicht nach Alibis forschen. Wann genau die Frauen vergiftet wurden, ließ sich nicht feststellen, einzig einen zeitlichen Rahmen hatte die Rechtmedizinerin ihnen geben können, der mit dem Einsetzen der ersten Symptome begann. Dabei waren Christins Aufzeichnungen eine Hilfe gewesen, aber natürlich trotzdem keine Patentlösung.

»Hast du was gefunden?«, fragte Maja-Sofia ohne viel Zuversicht.

Der Kater, den Samuel gefüttert hatte, lag auf einem der

Küchenstühle und schnurrte, als Maja-Sofia ihm über den Rücken streichelte.

»Nicht das geringste Bisschen«, sagte Larsson resigniert. »Nicht mal ein kleiner Fitzel dieser komischen Pflanze, keine Beere, kein Zweig, nichts Gepanschtes oder Eingemachtes oder wie immer man das nennt. Und auch kein Pulver.«

»Wir sollten nach Gläsern mit Flüssigkeiten suchen«, schlug sie vor. »Die Rechtsmedizinerin sagt, echter Seidelbast sei in Ethanol löslich. Wenn irgendwas alkoholisch riecht, gilt es also als verdächtig.«

»Vielleicht ist es sogar so ein kleines Fläschchen, mit dem man das Gift tröpfchenweise portionieren kann«, schlug Larsson vor.

Maja-Sofia reckte die Daumen hoch.

»Gute Idee, Larsson«, sagte sie. »Dann wissen wir ja, wonach wir suchen müssen. Also noch mal von vorn.«

Als sie die Schränke betrachtete, fiel Maja-Sofia auf, dass sie alle streng sortiert waren. Karin war eine sehr ordentliche Frau, vielleicht verwahrte sie das Gift ja an einem anderen Ort? In irgendeinem Versteck? Es gab einen Keller, durch den Samuel sich Zugang zum Haus verschafft haben musste. Sie öffnete die Tür zur Kellertreppe und machte Licht. Unten angekommen trat sie durch die erstbeste Tür und fand sich in der Vorratskammer wieder. Leere Flaschen und Gläser gab es hier zuhauf, aber auch einen alten Toaster und ein paar hübsche Brotkästen, die sicher antik waren. Es schien doch mehr eine Abstellkammer zu sein, wirkliche Vorräte wie selbst gemachte Marmelade und Saft waren genau so wenig zu sehen wie irgendetwas anderes Verdächtiges. Mit großen Schritten stieg sie die Treppe nach oben, wo sie im Flur auf Larsson traf.

»Lassen wir's gut sein«, sagte Maja-Sofia. »Wenn wir nichts finden, müssen wir halt in den sauren Apfel beißen und sie wieder freilassen.«

»Sie sitzt doch erst einen knappen Tag in U-Haft«, antwortete Larsson.

»Aber wir haben nicht viel gegen sie in der Hand«, sagte Maja-Sofia, »und das, was wir haben, ist zu schwach.«

Larsson nickte.

»Trotzdem müssen wir sie nicht von der Liste der Verdächtigen streichen«, antwortete er. »Dort kann sie ja erst mal bleiben. Was hältst du davon, wenn wir im Pub einkehren? Da waren wir schon ewig nicht mehr, und mir scheint, als könnten wir beide etwas zu Essen vertragen.«

Maja-Sofia war ganz seiner Meinung, und eine Viertelstunde später saßen sie sich im *The Worried Wolf* gegenüber und warteten auf ihre Hamburger. Der Mittagsandrang war bereits vorüber, weshalb kaum Gäste in dem gemütlichen Lokal waren. Maja-Sofia erkannte ein paar Dorfbewohner und vereinzelte Touristen.

Als ihr Essen kam, aßen sie schweigend. Wenn es jemanden gab, der richtig gute Hamburger machen konnte, dann ja wohl der Betreiber Tim Clarke. Noch nie hatte Maja-Sofia etwas Vergleichbares gegessen. Bestes Hackfleisch, in der Mitte noch perfekt rosa, dazu die besten Beilagen. Lange sagte sie nichts, genoss einfach nur. Das Essen war so gut, dass es fast ihr Lieblingsessen vom Thron gestoßen hätte:

norrländische Fleischsuppe. Das würde sie ihrer Mutter gegenüber allerdings niemals zugeben.

Gerade als Maja-Sofia sich mit der Serviette den Mund abwischte und zu ihrem Bier greifen wollte, surrte ihr Handy.

»Kriminalkommissarin Rantatalo«, sagte sie, ohne einen Blick aufs Display zu werfen.

Die Stimme im Hörer war nur allzu bekannt und ging ihr sogleich durch Mark und Bein. Warum zur Hölle hatte sie den Anruf angekommen?

»Rantatalo, wahrhaftig«, sagte Danne Ylitalo. »Ich habe den Pfarrer bei mir.«

»Moment, ich muss mir kurz Kopfhörer einsetzen«, sagte sie. Schnell reichte sie Larsson einen der Ohrhörer, der sich über den Tisch neigte und gebannt lauschte.

»Entschuldige, ich habe dich nicht verstanden«, sagte Maja-Sofia.

»Ich habe den Pfarrer bei mir«, sagte Danne Ylitalo. »Lass sofort Smid Karin Karlsdotter laufen, sonst hat er nicht mehr lange zu leben.«

Maja-Sofia wurde eiskalt. Danne hatte Samuel als Geisel genommen? Wie das? Und warum? Larsson holte einen Stift aus der Brusttasche und schrieb auf die Serviette: »Wer?«

Sie krakelte schnell »Danne Ylitalo, mein Stalker« darunter.

»Wo bist du?«, fragte sie.

Danne schnaubte.

»Das kann dir scheißegal sein«, antwortete er, »hier, kannst ja mal ein paar Worte mit ihm wechseln.«

»Samuel?«, fragte sie und versuchte, möglichst ruhig zu klingen.

»Maja-Sofia, tun Sie, was er sagt. Lassen Sie Karin frei, wenn Sie keinen erschossenen Pfarrer sehen wollen.«

Er versuchte ganz offensichtlich, ruhig zu bleiben, aber seine Stimme zitterte leicht. Wenn sie nur wüsste, wo die beiden waren.

»Okay«, sagte sie langsam und versuchte, Zeit zu schinden.

Larsson hielt einen Finger hoch und deutete zum Ohrhörer. Was meinte er? Sie lauschte. Larsson formte ein Wort mit den Lippen, aber sie verstand nicht, was er damit sagen wollte.

»Samuel, bist du noch da?«

»Ja.«

Und dann verstand sie, was Larsson meinte. Im Hintergrund war eine jammernde Katze zu hören. Eine Katze, wie die, die sie gerade noch bei Karin gestreichelt hatten! War es wirklich möglich, dass Danne sich dort verbarrikadiert hatte? Und warum war Samuel noch einmal dorthin zurückgekehrt? Sie wagte es nicht, danach zu fragen, für den Fall dass Danne den Lautsprecher am Handy eingeschaltet hatte.

»Darf ich noch mal mit Danne sprechen?«, bat sie, obwohl ihr sofort unbehaglich wurde, als sie seinen Atem in der Leitung hörte.

»Wie viel Zeit gibst du uns, um deine Forderung zu erfüllen?«, fragte sie. »Und wo treffen wir uns?«

Es blieb still in der Leitung. Im Hintergrund war wieder

die Katze zu hören. Larsson hatte recht, das musste Karins Katze, also auch Karins Haus sein. Danne war sicher draußen herumgestrichen, während sie und Larsson sich dort umgesehen hatten.

»Eine Stunde«, sagte er schließlich. »Die Zeit läuft, mach der Staatsanwaltschaft mal ordentlich Druck. Ich lasse den Pfarrer nur laufen, wenn Karin freigelassen wird. Und wenn ihr meiner Forderung nicht nachkommt, müsst ihr mit dem Schlimmsten rechnen.«

»Eine Stunde«, wiederholte Maja-Sofia. »Okay, ich werde versuchen, sie zu überzeugen.«

Wie genau Maja-Sofia die Staatsanwaltschaft davon überzeugen sollte, war ihr völlig schleierhaft, aber Löfblad würde hoffentlich den Ernst der Lage begreifen und die nötigen Strippen ziehen.

»Ich werde versuchen, sie zu überzeugen«, äffte er sie verächtlich nach. »Das reicht nicht. Mein Mädchen soll sich durchsetzen.«

Maja-Sofia wollte protestieren, sie war nicht sein Mädchen, aber sie konnte sich gerade noch zurückhalten. Keine gute Idee, ihn noch wütend zu machen.

»Eine Viertelstunde vor Ablauf gebe ich euch den Übergabeort durch«, fügte Danne hinzu, seine Stimme hart wie Metall.

»Alles klar«, erwiderte sie. »Kannst du mir wenigstens einen Grund nennen? Wieso willst du, dass Karin entlassen wird? Gibt es zwischen euch irgendeine Verbindung?«

Die Frage war töricht, das wurde ihr sofort klar, nachdem sie ihr herausgerutscht war. Sie riskierte damit, ihn zu verärgern, während er eine Waffe auf Samuel gerichtet hielt.

Danne Ylitalo lachte laut.

»Ich werde all deine Ermittlungen ruinieren, du verdammte Hexe, das ist nur der Anfang. Ich werde dein Leben ruinieren, hörst du?«

Dann legte er auf. Maja-Sofia überprüfte im Internet sofort seine Handynummer, aber dort fanden sich natürlich keine weiteren Angaben dazu.

»Vermutlich eine Prepaidkarte«, sagte Larsson und rief Jarning an. »Schlimm genug, dass es die hier noch gibt.«

Als Jarning ans Telefon ging, erklärte Larsson ihr die neueste, unerwartete Entwicklung.

»Wir vermuten, dass sie sich im Haus von Smid Karin Karlsdotter aufhalten«, sagte Larsson. »Kannst du das irgendwie prüfen?«

»Ich checke mal sein Facebook-Profil und versuche, herauszufinden, wo Samuel Williams sich befindet«, sagte Jarning. »Vielleicht ist ja einer aus der Gemeinde mit ihm befreundet und kann mal schauen, ob er was gepostet hat.«

»Ich bin davon überzeugt, dass sie in Smid Karin Karlsdotters Haus sind«, sagte Larsson nach dem Auflegen. »Die Katze hat doch genauso geklungen.«

»Wir müssen auf jeden Fall nachschauen«, sagte Maja-Sofia und stand auf. »Durch diesen Idioten kann man nicht mal mehr in Ruhe essen.«

Larsson zog seine Jacke über, packte den restlichen Burger in eine Serviette und folgte Maja-Sofia.

»Was machen wir mit Karin?«, fragte er.

»Du fährst«, sagte Maja-Sofia und warf ihrem Kollegen den Schlüssel zu. »Ich rufe Löfblad an und setze sie ins Bild, damit sie die Staatsanwalt um eine schnelle Entscheidung bitten kann. Danne macht das schließlich nur meinetwegen.«

Maja-Sofia hätte Privates und Berufliches gern strikt voneinander getrennt gehalten, aber das ließ sich jetzt nicht ändern. Der Vorfall zwischen Danne und ihr war über zehn Jahre her, und sie wünschte sich nichts sehnlicher, als dass er in ihrem Leben nicht mehr existieren würde. Weder privat noch beruflich. Sie musste hoffen, dass Beata Löfblad Verständnis hatte und dafür sorgte, dass Karin so schnell wie möglich entlassen wurde. Eine Stunde hat Ylitalo ihnen gegeben, das war sehr knapp. Maja-Sofia suchte die Nummer der Chefin heraus und atmete ein paarmal tief durch, um sich zu beruhigen.

»Es geht um Smid Karin Karlsdotter«, sagte sie, nachdem Löfblad abgehoben hatte. »Ich nehme an, dass das nicht gerade eine einfache Aufgabe ist, aber könnten Sie die Staatsanwaltschaft davon überzeugen, sie so schnell wie möglich freizulassen? Samuel Williams, der Dorfpfarrer, wurde von einem schießwütigen Ex-Polizisten als Geisel genommen und Karin ...«

»Hören Sie mir einen Moment zu«, unterbrach sie Beata Löfblad. »Smid Karin Karlsdotter wurde gerade auf freien Fuß gesetzt. Die Staatsanwaltschaft fand, es gab keinen guten Grund, sie länger festzuhalten, deshalb mussten wir sie gehen lassen. So viel dazu. Was war das mit der Geiselnahme?«

Normalweise wäre Maja-Sofia schwer enttäuscht, wenn der Staatsanwalt Morgan Eriksson jemanden so schnell wieder freigesetzt hätte. Doch in diesem Fall war es genial.

»Dann ist Karin also auf dem Heimweg?«, fragte Maja-Sofia, während Larsson eine 180-Grad-Wende hinlegte.

»Wahrscheinlich«, antwortete Löfblad. »Aber nun zum Geiseldrama. Schildern Sie mir die Lage, ich rufe derweil Verstärkung.«

»Wir fangen Karin ab«, sagte Maja-Sofia zu Larsson, nachdem sie ihre Chefin ins Bild gesetzt und aufgelegt hatte. »Weit kann sie noch nicht gekommen sein.«

»Damit ist Ylitalos Forderung hinfällig«, sagte Larsson und gab extra Gas. »Sie ist ja längst frei, dabei wollte er unsere Ermittlungen behindern.«

»Da hast du recht«, sagte Maja-Sofia, »aber das weiß er ja nicht. Und erfahren muss er es auch nicht. Jetzt muss Samuel nur noch seinen Boss anflehen, dass Danne Ylitalo auch Wort hält. Das wäre nicht sein erster Mord, Zögern kennt er nicht.«

FÜNFUNDDREISSIG

Samuel versuchte so ruhig wie möglich zu bleiben, während er Danne Ylitalo musterte, der ihm mit einer Schrotflinte in der Hand gegenüberstand. Es war nicht das erste Mal, dass er auf einen verzweifelten Menschen traf, dessen Nerven blank lagen, aber noch nie hatte er sich in einer solch bedrohlichen Situation befunden. Jetzt galt es, einen kühlen Kopf zu bewahren und sich auf himmlischen Rückhalt und Unterstützung zu verlassen.

Der Mann war mittelgroß und wirkte durchtrainiert. Er trug eine grüne Militärkappe, und sein Gesicht zeugte von vielen Stunden unter freiem Himmel. Seine hellblauen Augen hatten einen stechenden Blick, und seine Miene wandelte von verkniffen zu höhnisch grinsend. Das war also Maja-Sofias Ex, der geschworen hatte, sich an ihr zu rächen. Der ehemalige Polizist, gegen den sie vor Gericht ausgesagt hatte. Samuel konnte nur hoffen, dass seine Karriere als Mörder ebenso in der Vergangenheit lag. Ylitalo hatte zehn Jahre für sein Verbrechen im Gefängnis verbracht. Er hatte seine Eltern ermordet, im Beisein seiner jüngeren Geschwister. Samuel kannte die Geschichte. Maja-Sofia hatte sich ihm vergangenes Weihnachten anvertraut, als Ylitalo gerade entlassen worden war. Und nun saß Samuel hier, hatte den Lauf eines Gewehrs auf sich gerichtet und rang darum, nicht vor Furcht das Zittern anzufangen. Schwäche zu zeigen würde den Mann sicher nur provozieren.

»Boss«, flüsterte er so leise wie möglich, »ich brauche deine Hilfe. Und ich bitte dich inständig, kümmere dich auch um ihn.«

Danne Ylitalo starrte ihn an.

»Was zur Hölle faselst du da?«

Sein Dialekt klang ähnlich wie Maja-Sofias, aber nicht annähernd so schön. Samuel beschloss, ehrlich zu sein, und deutete zur Decke.

»Ich habe mit meinem Gott gesprochen«, sagte er. »Bekenne dich zu dem, was du getan hast. Gott wird dich nicht im Stich lassen, wenn du die Waffe weglegst.«

Ylitalo schnaubte verächtlich.

»Was redest du für einen Scheiß?«, fragte er. »Du klingst ja wie mein Vater, der hat auch so einen Schwachsinn von sich gegeben. Wenn er nicht gerade damit beschäftigt war, uns mit dem Gürtel Manieren einzuprügeln.«

Samuel sah, wie Ylitalo – ohne das Gewehr zu senken – auf die Uhr schaute, dann zog er sein Handy heraus und wählte eine Nummer.

»Karin Karlsdotters Haus, Ende«, sagte er und legte wieder auf.

Samuel begriff, dass das Ultimatum in einer Viertelstunde auslief. Wenn Maja-Sofia und ihre Kollegen es nicht rechtzeitig schafften, würde Samuels Leben hier in Karins Küche sein zeitiges Ende finden.

»Ich verstehe, dass Sie eine schwere Zeit hinter sich haben«, sagte Samuel, »aber es ist nie zu spät, wissen Sie. Gott lässt niemanden allein, egal, was Ihr Vater behauptet hat.«

Samuel war erstaunt, wie besonnen er klang, während er innerlich darum rang, nicht in Panik zu verfallen. Sein Herz schlug wie wahnsinnig, und sein Magen war in Aufruhr.

Danne Ylitalo hob das Gewehr ein Stück an, und Samuel versuchte, ihm direkt in die Augen zu schauen. Möge man ihm seine Angst nicht anmerken.

»Sie haben Maja-Sofia versprochen, mich nicht zu erschießen, solang sie Karin rechtzeitig entlassen«, sagte er mit fester Stimme. »Sie haben ihr eine Stunde gegeben.«

»Und die ist fast abgelaufen«, entgegnete Danne. »Nur noch ein paar Minuten.«

Samuel spürte, wie ihm der Schweiß über den Rücken lief. Er zweifelte keine Sekunde daran, dass Ylitalo seine Drohung in die Tat umsetzen würde, sofern die Polizei sich nicht an die Vorgabe hielt. Er schloss die Augen und führte ein stilles Zwiegespräch mit dem Boss. Jetzt kam es darauf an, an seinem Glauben festzuhalten.

Ein paar Sekunden später war draußen zuerst ein Motorengeräusch zu hören und dann ein paar Autotüren, die zugeschlagen wurden.

Das Gewehr weiterhin auf Samuel gerichtet ging Ylitalo rückwärts zum Fenster und zog den ostergelben Vorhang zur Seite. Ein paar Dekohühner fielen zu Boden. Samuel hätte gern gefragt, ob die Polizei Karin dabeihatte, aber er hatte das Gefühl, es wäre besser, die Klappe zu halten.

Kurz darauf wurde die Tür geöffnet. Samuel hatte mit Maja-Sofia gerechnet, doch stattdessen kam Smid Karin Karlsdotter herein. Mit missbilligender Miene betrachtete sie die ungebetenen Gäste in ihrer österlich geschmückten Küche. Was sie sich wohl bei dem Anblick dachte? Der neugierige Pfarrer und ein Mann mit Knarre hatten sich Zugang zu ihrem Heim verschafft. Und der Mann konnte jederzeit das Feuer eröffnen und Karin, Samuel und sämtliche Osterhühner in die ewigen Jagdgründe ballern.

»Was soll das?«, fragte Karin und deutete auf das Gewehr, während sie Ylitalo musterte. »Wer sind Sie und mit welchem Recht sind Sie in meinem Haus?«

Sie schien kein bisschen beeindruckt davon zu sein, dass ihr ein bewaffneter Mann gegenüberstand.

»Das hat nichts mit Ihnen zu tun, Karin«, ertönte die Stimme von Maja-Sofia hinter ihr. »Sondern mit mir.«

Samuel atmete erleichtert auf. Endlich war Maja-Sofia da. Aber wie konnte sie so taff klingen? Von Ylitalo ging Lebensgefahr aus, solang er die Schrotflinte in den Händen hielt, und er könnte die Waffe ja genauso gut auf sie richten.

»Wir haben getan, was du verlangt hast, Danne«, fuhr Maja-Sofia fort. »Karin gegen den Pfarrer.«

»Und du hast keine Verstärkung mitgebracht?«, fragte Ylitalo. »Keine Kollegen, die sich draußen in den Büschen verstecken?«

Maja-Sofia antwortete nicht auf seine Frage. Samuel hielt die Luft an. Wenn sie Verstärkung mitgebracht hatte, war die Sache gelaufen, das musste ihr doch bewusst sein.

»Antworte!« Ylitalo richtete das Gewehr auf Maja-Sofias Brustkorb.

Aus dem Augenwinkel sah Samuel durchs Küchenfenster, dass Larsson sich langsam Dannes Wagen näherte.

»Danne«, sagte Maja-Sofia, »du weißt genauso gut wie ich, wie die Polizei in so einer Situation vorgeht. Was erwartest du denn?«

Im selben Moment ertönte draußen ein Knall, als ob jemand geschossen hätte. Samuel sprang beinahe das Herz aus dem Leib. Auch Ylitalo war aufgeschreckt. Was ging da draußen vor?

»Verdammter Mist!«, brüllte Ylitalo.

Er packte Samuel am Kragen und schob ihn als Schutzschild vor sich her, während er langsam rückwärts aus dem Haus und die Verandatreppe hinunter bis zu seinem Wagen ging. Die ganze Zeit über hielt er die Waffe auf Maja-Sofia gerichtet.

Jetzt bekam Samuel es mit der Angst zu tun. Was würde passieren? Wohin wollte er? Wieso griff niemand ein? Und wer hatte geschossen? Ylitalo schob ihn auf den Beifahrersitz seines Wagens und sprintete zur Fahrerseite. Die ungesicherte Waffe legte er auf den Rücksitz, den Lauf auf die Windschutzscheibe gerichtet. Er startete den Motor und trat aufs Gas. Jetzt war es vorbei, jetzt gab es keine Rettung mehr, dachte Samuel, faltete die Hände und kniff die Augen zu, während Danne mit quietschenden Reifen vom Hof fuhr. In seinen Gedanken war er bei Alva und Gabriel und dem kleinen ungeborenen Kind.

Es schepperte und holperte, und wenige Sekunden später rutschte der Wagen seitlich weg und landete im Straßengraben. Der Motor verstummte. Samuel öffnete die Augen. Alles, was er durch die Windschutzscheibe sehen konnte, war die Hecke, die den Garten vom Weg trennte.

»Was zur Hölle?«, schrie Ylitalo und rammte mit der geballten Faust gegen das Lenkrad. »Was ist mit dem Auto los?«

Samuel sah, wie er den Motor erneut startete, den Rückwärtsgang einlegte und aufs Gaspedal trat. Aber das Auto kam nicht vom Fleck. Die Reifen drehten durch, und der Motor heulte. Danne Ylitalo stieß eine weitere Reihe von Flüchern hervor und versuchte es noch einmal von vorn, doch ohne Erfolg. Aus dem Graben kamen sie nicht heraus. Er packte den Türgriff, um nach draußen zu kommen, als mit einem Mal eine Stimme hinter ihnen zu hören war.

»Danne Ylitalo, Sie sind wegen erpresserischen Menschenraubs festgenommen.«

Ein Gewehrlauf schob sich nach vorn. Samuel erkannte sowohl die Stimme als auch Ylitalos Schrotflinte. Knis Petter Larsson saß auf dem Rücksitz und hielt die Waffe auf seinen Entführer gerichtet. Vor dem Wagen stand Maja-Sofia, beide Hände an ihrer Dienstwaffe.

Ylitalo fluchte und öffnete dann so schnell die Tür, dass niemand reagieren konnte. Er stieß Maja-Sofia aus dem Weg und rannte in den Wald hinterm Haus. Larsson sprang aus dem Wagen, um ihm zu folgen.

»Lass ihn laufen«, rief Maja-Sofia und riss die Hände in die Luft. »Er hat bekommen, was er wollte. Er ist nur darauf aus, uns Ärger zu machen.«

Larsson stoppte und kam zurück.

»Wir schnappen ihn später, wenn die Verstärkung da ist«, sagte Maja-Sofia. »Es ist doch Verstärkung unterwegs?«

Larsson nickte.

»Ich habe extra nachgeschaut, bevor ich die Reifen zerschossen habe«, grinste er.

»Gute Arbeit, Larsson«, sagte Maja-Sofia.

Sie wandte sich an Karin, die auf die Veranda getreten war, noch immer mit Jacke und Baskenmütze.

»Da gibt es einen Weg«, antwortete Karin, »der zum Teufelsfall führt, etwa fünf Kilometer von hier. Danach folgt nur noch Einöde, da breitet sich dann die Finnmark aus.«

»Man kann sich dort leicht verlaufen. Oder abstürzen«, sagte Maja-Sofia.

»Da ist auch die Eisenbahnbrücke«, merkte Larsson an. »Vielleicht folgt er den Gleisen bis nach Sveg.«

Samuel sackte zu Boden und lehnte sich mit dem Rücken gegen Danne Ylitalos Rostlaube. Er faltete die Hände und versuchte, ruhig zu atmen. Drei tiefe Atemzüge halfen normalerweise, aber jetzt brauchte er neun davon, bevor sein Puls etwas fiel und er ein herzliches Dankgebet an seinen Boss schicken konnte.

Maja-Sofia beugte sich zu ihm hinunter.

»Sind Sie okay?«, fragte sie. Er konnte Sorge in ihrem Blick erahnen.

»Zumindest körperlich«, sagte er. »Ich hatte wohl Unterstützung von oben.«

»Das mag sein«, sagte sie. »Vielleicht waren es aber auch

Larssons gezielte Schüsse auf die Reifen, die Sie gerettet haben.«

Trotz der ganzen Aufregung konnte Samuel den Blick nicht von ihr abwenden. Führe mich nicht in Versuchung, betete er. Führe mich bitte nicht in Versuchung!

»Und was machen Sie jetzt?«, fragte er und stand auf.

Sie ließen den Wagen im Straßengraben zurück und gingen zum Haus.

»Verstärkung ist unterwegs. Wir fassen ihn schon, keine Sorge. Meinetwegen kann er gern im Wald verschwinden und unter einem der Äste verenden, aber ich fahre mit Larsson und Jarning mal zum Teufelsfall und schaue, ob wir ihn da abpassen können.«

Im Hof schritt Knis Petter Larsson hektisch auf und ab, während er heftig gestikulierend mit einem Kollegen telefonierte. Martina Jarning stand auf der Treppe und sprach mit Smid Karin Karlsdotter. Samuel nahm Maja-Sofias Hände in seine.

»Können Sie bitte gut auch sich aufpassen?«, fragte er.

Sie ließ die Berührung einen Augenblick lang zu, ehe sie ihre Hände zurückzog.

»Das ist mein Job«, sagte sie. »Und ich bin eine sehr gute Polizistin.«

SECHUNDDREISSIG

Dienstag, 25. März

Die Särge wurden nacheinander in die benachbarten Gräber gesenkt. Es war die doppelte Zahl an Sargträgern angefordert worden, um Christin Lindén und Agnes Busk zur letzten Ruhe zu betten. Sigvard hatte durch die Messe geführt, doch auf dem Friedhof übernahm Vater Johannes das Wort, und Sigvard hielt sich im Hintergrund.

Samuel betrachtete Luthers Töchter, die an den Gräbern standen. Die Hauben, die leicht im Wind wehten, umrahmten ihre traurigen Gesichter. Veronica, Petra, Maud, Birgitta, Charlotte und Maine. Helge Fredengren war ebenfalls anwesend und stand, ganz wie gewohnt, neben Maine. Die beiden hielten zusammen wie Pech und Schwefel. Konnte es da eine geheime Verbindung geben? Nein, ach was, das war nur seine lebhafte Fantasie, die mit ihm durchging. Aber kaum war die Fantasie entfacht, beschäftigte sich Samuel sofort mit der Frage, wer es sonst sein könnte, der die beiden Damen auf dem Gewissen hat. Waren Täter oder Täterin in diesem frommen Kreise zu finden? Oder war die Schuldige vielleicht doch Smid Karin Karlsdotter, die zwar aus der U-Haft entlassen wurde, aber noch nicht gänzlich von den Ermittlungen ausgeschlossen wurde. Wie gern er näher mit Maja-Sofia zusammenarbeiten würde, dachte sich Samuel, aber das war unmöglich. Auch sie war heute anwesend, stand ein wenig entfernt gegen die Kirchenmauern gelehnt in Gesellschaft von Martina Jarning. Die beiden Polizistinnen ließen die Beerdigungsgäste nicht aus den Augen. Vermutlich waren sie im Dienst und verhielten sich lediglich diskret. Maja-Sofia schien ihn zu meiden, und das war ja sogar ganz gut. Die Fotos, die er bei Karin gefunden hatte, wollte er erst mal selbst näher untersuchen. Er tastete mit der Hand nach seiner Innentasche – ja, da steckten sie noch. Er würde sie sich später genauer anschauen.

Als er gestern nach dem Geiseldrama nach Hause gekommen war, hatte er sich nur noch ein Bad einlassen und einen Whisky trinken können. In Gedanken war er den Tag durchgegangen, hatte alles, was gesagt worden und geschehen war, und all die verwirrenden Gefühle für Maja-Sofia durchgespielt. Im Bademantel war er in die Küche gegangen und hatte sich ein paar Käsebrote gemacht. Auf dem Tisch lag sein Handy, und er warf einen schnellen Blick darauf. Zwei SMS hatte er bekommen, eine von der Hauptpastorin – »Ruf mich an, wenn du Zeit hast« –, die andere von seinem Netzprovider, der ihm mitteilte, dass Marit versucht hatte, anzurufen. In dem ganzen Durcheinander musste er das Handyklingeln überhört haben.

Kaum hatte er den letzten Bissen runtergeschluckt, wählte er ihre Nummer. Es tutete, aber sie hob nicht ab. Der Tag hatte ihm alles abverlangt, also war er zu Bett gegangen und sogleich in tiefen, traumlosen Schlaf verfallen. An die Fotos hatte er keinen weiteren Gedanken verschwendet.

Die Beerdigungsgäste warfen nacheinander Blumen in die Gräber und verabschiedeten sich ein letztes Mal von ihren dahingeschiedenen Freundinnen. Er sah, dass Veronica sich mit dem Taschentuch eine Träne wegwischte und wie Maine intensiv blinzelte. War da unter der barschen Schale doch ein weicher Kern? Birgitta schnäuzte sich laut und deutlich. Maud bekreuzigte sich, nachdem sie ihre Blume geworfen hatte. Petra und Charlotte blieben still.

Vater Johannes stimmte das letzte Lied an, und schon sang er mit den Schwestern *Schön ist die Erde* auf ganz wunderbare Art und Weise. Samuel sang mit und betrachtete dabei eine Schwester nach der anderen. Sie alle stimmten mit klaren, gefühlsvollen Stimmen ein. Helges helle Tenorstimme passte perfekt zu den Frauenstimmen. Eine von ihnen ... Samuel musste an die Fotos in seiner Jackentasche denken. Eine von ihnen war vielleicht darauf abgebildet. Möglicherweise auf dem Foto mit dem ausgeschnittenen Gesicht. Die eine, die wie ein Model posiert hat. Konnte sie wirklich eine der Schwestern sein? Nicht undenkbar, viele von ihnen hatten sicher anders gelebt, bevor sie sich zu einem einfachen Leben in der Gemeinschaft mit Gott entschieden hatten. Petra hatte erwähnt, dass Maud Verbindungen nach Levanto hatte, aber er hatte keine Ahnung, wie viel sie wusste.

Nachdem die Beerdigung vorbei war und die Glocken geläutet hatten, bat Veronica darum, ein paar Worte sagen zu dürfen.

»Sie alle sind herzlich willkommen zu einer kleinen Gedenkfeier bei uns im Kloster«, lud sie die Anwesenden ein.

»Schwester Birgitta hat extra gebacken und wurde dabei tatkräftig von unserer Anwärterin Charlotte unterstützt. Kaffee gibt es auch. Wir wollen unseren Freundinnen gedenken und über sie sprechen.«

Sigvard trat zu Samuel.

»Das war eine sehr gelungene Trauerfeier«, sagte Samuel.

»Danke. Ja, man gibt sein Bestes, auch wenn ich allmählich mein Alter merke. Deshalb war es mir recht, dass dieser Schummelpfarrer sich hier draußen um alles gekümmert hat. Er ist ja auch ihr Hauspfarrer.«

»Schummelpfarrer?« Samuel musste sehr breit grinsen.

»Ja, wusstest du das nicht? Er hat sein Amt vor sehr langer Zeit niedergelegt.«

»Doch, das hab ich gehört«, antwortete Samuel, »allerdings nicht den Grund. Was hat er denn gemacht?«

»Ach, da gibt's nicht viel zu erzählen«, sagte Sigvard. »Man macht nur nicht, was er gemacht hat.«

»Kannst du es mir nicht trotzdem sagen?«, hakte Samuel nach.

»Das muss man nicht weiter breittreten«, murmelte Sigvard. »Zumindest hat er ja den Segen des Bischofs und kann vor den Schwestern predigen. Gehst du zu dieser Gedenkfeier?«

Aus Sigvard war nicht mehr herauszubringen. Er war mürrisch und abweisend geworden, sobald Samuel das Thema angeschnitten hatte.

»Vielleicht«, sagte Samuel. »Willst du mitfahren?«

Der alte Pfarrer nickte dankbar.

»Darauf hatte ich gehofft«, sagte er. »Und dann wollte

ich mal nachhören, wie es dir in der Fastenzeit ergangen ist. Konntest du der Verlockung widerstehen?« Er blinzelte Samuel an. »Wie ich sehe, ist sie hier.« Er nickte zur Kirchenmauer.

Maja-Sofia und Martina Jarning standen noch immer bei der Kirche und musterten die Trauergäste beim Verlassen des Friedhofs. Samuel hätte ihr gern die Fotos gezeigt und mit ihr darüber spekuliert, vielleicht hätten sie zusammen ja die Frau ohne Gesicht identifiziert, aber das ging nicht.

»Ich halte mich auf Entfernung«, erwiderte Samuel verkniffen. Sie gingen zusammen zum Parkplatz, und er öffnete seinem Kollegen – oder seinem Amtsbruder, wie Sigvard lieber genannt wurde – die Autotür. »Ich versuche auf allen möglichen Wegen, Kontakt zu Marit aufzunehmen, aber ich erreiche sie nicht«, fuhr er fort. »Ich verstehe einfach nicht, wieso sie nicht ans Telefon geht, wenn ich anrufe.«

Sigvard schnallte sich an und sah Samuel an.

»Wenn ich das nicht völlig falsch mitbekommen habe«, setzte er an, »hast du dich ja selbst sehr erfolgreich gedrückt. Vielleicht zahlt sie es dir ja jetzt mit denselben Mitteln heim?«

Da musste Samuel ihm wohl recht geben.

»Vielleicht«, sagte er. »Das könnte ich ihr nicht einmal übel nehmen. Ich hätte schon vor Monaten eine Entscheidung treffen müssen und sie nicht einfach im Stich lassen dürfen. Und jetzt, wo ich endlich weiß, was ich will, erreiche ich sie nicht.«

Sie hatten Klockarvik inzwischen verlassen und bogen auf den Weg, der zum Kloster führte.

»Ich finde, du solltest nach Västerås fahren und dich mit ihr treffen«, sagte Sigvard. »Kauf ihr ein paar Rosen, sodass ihr auch endlich in die Hochzeitsplanung einsteigen könnt.«

Samuel versuchte sich an einem Lächeln. Rosen? Ja, das war wohl das Mindeste, was er tun konnte. Die Frage war bloß, ob das reichen würde. Das Kind, das sie trug, war ja auch seins, und er hatte ein Recht darauf, zu erfahren, wie die Schwangerschaft verlief. Ob sie das auch so sah?

»Dann folge ich mal deinem Rat«, sagte er zu Sigvard. »Ich muss nur den Dienstplan überprüfen, wann ich wegkann.«

»Warte nicht zu lange«, sagte Sigvard. »Oh, schau mal, da sind wir schon. Ich freue mich schon auf den Kaffee. Schwester Birgitta ist ja bekanntlich sehr sparsam, aber nie, wenn es um Kaffeebohnen geht.«

Samuel bog auf den Klosterparkplatz, den er mittlerweile gut kannte. Er war dankbar für die Zeit, die er hier im Kloster hatte verbringen können. Er war wirklich zu einer Einsicht gekommen, aber auch fast einer Verlockung zum Opfer gefallen. Ihm wurde ganz kalt, als er sich vorstellte, wie die Situation mit Maja-Sofia noch hätte enden können. Das war fast schlimmer, als von Danne Ylitalo zur Geisel genommen zu werden. Wohin der Mann verschwunden war, wusste Samuel nicht. Vielleicht hatte die hinzugerufene Verstärkung ihn mittlerweile gefunden, und falls nicht, so hoffte Samuel, dass Ylitalo schlau genug war, sich in Zukunft von Klockarvik und Maja-Sofia fernzuhalten. Es musste endlich ein wenig Ruhe einkehren.

Als Sigvard und Samuel im Eingangsbereich standen und

ihre Mäntel und Jacken ablegten, hatte Samuel plötzlich eine Eingebung. Er holte die Fotos aus der Innentasche und hielt eins davon Sigvard hin.

»Kennst du eine dieser Frauen?«, fragte er.

Sigvard nahm ihm das Foto aus der Hand und betrachtete es genau. Dann tippte er ein paarmal mit dem Zeigefinger auf das Bild.

»Nein«, sagte er. »Hast du keins, das nicht zerschnitten wurde?«

Samuel schüttelte nur den Kopf. Sigvard tippte noch mal auf das Foto.

»Der hier kommt mir allerdings bekannt vor«, sagte er. »Und das sollte er dir auch.«

Samuel schaute an die Stelle, auf die Sigvard deutete. Im Hintergrund stand noch jemand, der ihm bislang gar nicht aufgefallen war. Eine deutlich jüngere Version, praktisch noch ein Kind, aber trotzdem gut zu erkennen.

»Aber das ist ja …«, sagte Samuel. »Oder irre ich mich einfach nur gewaltig?«

»Keineswegs. Da haben wir doch unseren Johannes«, bestätigte Sigvard und nickte.

»Alias Janne Boman«, ergänzte Samuel. »Das ist ja unglaublich. An einem Strand in Italien.«

Petra trat zu ihnen in den Eingangsbereich und unterbrach das Gespräch mit einem breiten Lächeln.

»Herzlich willkommen, schön, dass Sie kommen konnten«, sagte sie. »Bitte, kommen Sie doch herein und nehmen sich Kaffee und Kuchen.«

Samuel ließ die Aufnahme schnell wieder in der Innentasche verschwinden. Janne Boman war also ein alter Bekannter – zumindest was Karin und die mysteriöse Dame mit dem Ring am Finger anging.

SIEBENUNDDREISSIG

Mittwoch, 26. März

»Guten Morgen!«, rief Maja-Sofia, als sie im Korridor zu ihrem Büro unterwegs war. »Schon jemand da?«

»Larsson hier«, kam es aus dem Zimmer des Kollegen.

»Und ich bin auch schon da«, sagte Jarning, die in der Tür zur Umkleide erschien. »Was brüllst du denn so rum?«

»Ich habe noch mal über unsere Beweislage nachgedacht«, sagte Maja-Sofia zufrieden. »Treffen wir uns in zwei Minuten im Besprechungszimmer?«

Sie ging schon mal voran in das kleine Zimmer, das sie gemeinsam nutzten, und betrachtete die Magnettafel. Kurzerhand schob sie das Bild von Karin beiseite und schrieb »Luthers Töchter« in die Mitte. Daneben malte sie ein ziemlich hässliches Einmachglas, das sie grellrot ausmalte. Gerade, als sie noch eine Flasche zeichnen wollte, erschienen ihre Kollegen. Maja-Sofia legte den Stift beiseite.

»Wir haben Reste eingekochter Hagebutten bei den toten Frauen gefunden«, referierte sie. »Karins Fingerabdrücke befanden sich auf dem Glas, was nicht weiter verwunderlich ist, schließlich war sie monatelang fast täglich bei ihnen. Bei Karin selbst haben wir wiederum keine Spuren von Hagebutten gefunden.«

Maja-Sofia nahm den Stift wieder zur Hand und tippte damit gegen die Zeichnung des Glases.

»Aber irgendwo muss der Inhalt entstanden sein, und jemand muss wissen, wo. Soweit ich weiß, kann man eingemachte Hagebutte nicht im Supermarkt kaufen, sie muss also selbst gemacht sein. Außerdem ist das Gift, wenn ich das richtig verstanden habe, nur in Alkohol löslich, nicht in Wasser.«

Jarning und Larsson dachten schweigend nach.

»Vielleicht sollten wir bei Smid Karin vorbeifahren, noch mal mit ihr sprechen, uns noch mal ein wenig umschauen«, schlug Larsson vor. »Ich kann das gern übernehmen. Beim letzten Mal habe ich keinen Alkohol gefunden, vielleicht habe ich dieses Mal mehr Glück.«

»Ich komme mit«, sagte Jarning. »Vielleicht kriegen wir ja doch noch was aus der Dame heraus.«

Maja-Sofia betrachtete ihre Kollegen. Sie war stolz auf sie, es war das beste Team, das sie sich vorstellen konnte. Sie stand auf und zog ihre Jacke an.

»Ich denke mal laut«, sagte sie. »Wenn wir annehmen, dass Karin die beiden nicht hat vergiften wollen, sondern die Gläser geschenkt bekommen hat, woher könnten sie gekommen sein? Denkt mal mit!«

Larsson seufzte. Jarning runzelte die Stirn.

»Wer ist denn Weltspitze darin, günstig zu leben und alles zu nutzen, was die Natur zu bieten hat?«, fuhr Maja-Sofia fort. »Zehn Kronen für die richtige Antwort.«

»Klostermenschen«, sagte Jarning schnell. »Her mit dem Zehner!«

»Sehr gut«, sagte Maja-Sofia. »Überweis ich dir. Jetzt düsen wir aber schnell los. Ihr beide fahrt zu Karin und durchsucht noch mal die Vorratskammer, den Kühlschrank und den Tiefkühler. Und versucht, sie zum Reden zu bringen, aber seid vorsichtig. Immerhin saß sie schon einmal in U-Haft, sie wird sich sicher nicht über einen weiteren Besuch von uns freuen. Ich fahre derweil zum Kloster. Die Schwester, die fürs Essen zuständig ist, sollte ja wissen, wohin ihre Einmachgläser wandern. Jetzt lösen wir den Fall!«

»Selbstverständlich kochen wir ein und entsaften«, sagte Birgitta, als Maja-Sofia kurze Zeit später mit der robusten und so lebensfrohen Schwester am Küchentisch saß, die sonst immer mit irgendwas beschäftigt war. »Und nicht nur das, wir nutzen alles, was uns die Natur zu bieten hat.«

»Könnten Sie mir dafür ein Beispiel geben?«, bat Maja-Sofia.

»Selbstverständlich«, sagte Birgitta. »Maine ist diejenige von uns, die sich am besten mit den Heilpflanzen auskennt, sie verfügt über eine umfassende Hausapotheke. Ich zaubere aus allem Essbaren die verschiedensten Mahlzeiten. Weißer Gänsefuß eignet sich beispielsweise hervorragend als Spinat, und vom Giersch muss ich gar nicht erst anfangen. Den kann ich zu Pesto oder Salat oder anderem verarbeiten. Oder auch als Spinat verwenden. Außerdem pflücken wir so viele Beeren, wie wir finden können.«

Das alles kam Maja-Sofia bekannt vor. Bei ihr zu Hause in Tornedalen war das auch so. Sie war bei einem Sammlervolk aufgewachsen, und vor dem Wintereinbruch mussten die Scheunen voll sein. So war es schon immer gewesen, und daran änderte sich nichts, auch wenn man heutzutage alles kaufen konnte, was man zum Überleben brauchte.

»Sammeln Sie noch etwas, abgesehen von den üblichen Waldbeeren?«, fragte sie.

»Beeren aus dem Garten natürlich. Schwarze und rote Johannisbeeren, ja, wir haben sogar weiße. Außerdem gibt es Stachelbeeren und Himbeeren. Ein paar Erdbeerpflanzen zieht Maine auch jedes Jahr. Ich mache Tee aus Johannisbeerblättern. Ich nutze fast alles, Sie können ja mal schauen.«

Sie öffnete die Tür zur Vorratskammer, die mit säuberlich aufgereihten Gläser und Flaschen gefüllt war, alle davon mit hübschen Etiketten versehen. Maja-Sofia betrachtete sie ganz genau, Reihe um Reihe, Glas um Glas. Rechts in der Ecke entdeckte sie ein paar Gläser, deren Inhalt wunderschön orange leuchtete.

»Was ist das?«, fragte sie, deutete darauf und spürte Aufregung in sich aufsteigen. War sie endlich etwas auf der Spur?

Birgitta lächelte breit.

»Das sind Hagebutten, die habe ich vergessen zu erwähnen. Sie sind eine sehr gute Vitamin-C-Quelle, ich sammle so viele davon, wie ich kann. Eingemachte Hagebutten eignen sich hervorragend zu Geflügel aus dem Ofen. Das muss man natürlich auch erst einmal herbekommen, aber die Jäger schenken uns für gewöhnlich jedes Jahr einen Waldvogel.«

Sie öffnete eins der Gläser und hielt es Maja-Sofia unter die Nase. Es roch ganz wundervoll nach Gewürznelke.

»Oh, das riecht wirklich herrlich. So weihnachtlich.«

»Probieren Sie ruhig.«

Maja-Sofia wäre der Aufforderung fast nachgekommen, aber dann fiel ihr das Schicksal von Agnes und Christin wieder ein. Jetzt galt es, herauszufinden, welche Rolle die so fröhliche Birgitta in dem Fall spielte. War ihre gute Laune nur aufgesetzt? Eine Fassade? Verbarg sich dahinter etwas Finsteres?

»Oh, danke, gerade lieber nicht«, sagte sie. »Behalten Sie das alles für sich oder verschenken Sie auch mal etwas?«

Birgitta schloss die Tür zur Speisekammer und setzte sich wieder an den Küchentisch. Sie hatte die Stirn in tiefe Falten gelegt.

»Da muss ich eben nachdenken«, sagte sie. »An Weihnachten verteilen wir manchmal Lebensmittel an Bedürftige, aber eigentlich laden wir sie eher ein, um hier zu essen, wenn das Geld knapp ist. Ich glaube nicht, dass jemand eins der Gläser mit nach Hause bekommen hat.«

»Sind Sie ganz sicher?«, fragte Maja-Sofia. »Denken Sie noch einmal gut nach. Das ist sehr wichtig.«

Birgitta stand auf und ging in der Küche auf und ab. Dann schaute sie aus dem Fenster. Maja-Sofia folgte ihrem Blick. Zwei andere Schwestern liefen gerade über den Hof.

»Oh, jetzt fällt mir doch etwas ein«, sagte Birgitta, als sie sich erneut an den Tisch gesetzt hatte. »Maud hat hin und wieder ein Glas oder eine Flasche mitgenommen, wenn sie ihre Freundinnen in Klockarvik besucht hat. Und nicht nur sie, in letzter Zeit haben wir uns dabei abgewechselt, nach ihnen zu sehen und im Haushalt auszuhelfen. Eigentlich haben wir immer was mitgebracht.«

»Zu Agnes und Christin, meinen Sie?«

»Ja, genau. Und Smid Karin Karlsdotter hat auch etwas bekommen«, sagte Birgitta und nickte.

»Wissen Sie noch, wann sie die Frauen in Klockarvik besucht haben?«

Die Anspannung nahm von Minute zu Minute zu. Sie durfte jetzt nicht lockerlassen.

»Oh, das ist schwer zu sagen«, sagte Birgitta und runzelte die Stirn. »Maud war vor ein paar Monaten da, vielleicht Anfang Februar. Ja, genau, das war zu Mariä Lichtmess, jetzt weiß ich's wieder. Sie hat Karin eingemachte Hagebutte mitgebracht und Johannisbeersaft. Danach waren ich und Petra dort. Und auch unsere Anwärterin hat hin und wieder was für die beiden erledigt.«

»Die Anwärterin?«

»Ich meine Charlotte. Sie lebt zur Probe hier, um herauszufinden, ob sie bleiben will.«

Maja-Sofia notierte schnell in ihrem Handy, was Birgitta erzählt hatte.

»Hätten Sie das Rezept für die eingemachten Hagebutten für mich?«, fragte sie.

»Oh, das habe ich nicht im Kopf, aber ich weiß noch, dass Essig und Zucker hineinkommt, außerdem Gewürze, das haben Sie ja gerochen. Zimtstangen und Gewürznelken. Ich kann Ihnen das gern raussuchen und abschreiben, wenn Sie möchten.«

»Das wäre großartig! Je schneller, desto besser. Mischt man auch Alkohol dazu?«

»Alkohol zu Hagebutten?«, fragte Birgitta und brach in herzhaftes Gelächter aus. »Das kann ich mir nicht vorstellen. Zumindest nicht hier bei uns. Der einzige Alkohol im Kloster ist der Messwein, aber Schnaps ... nein, das wage ich zu bezweifeln.«

»Ich danke Ihnen, Schwester Birgitta«, sagte Maja-Sofia und stand auf. »Sie waren mir eine große Hilfe. Eine Frage hätte ich allerdings noch: Wo kann ich Schwester Maud finden?«

»Sie ist mit Petra nach Falun gefahren. Sie müssen ein Manuskript für ein Kinderbuch abliefern und wollten versuchen, ein paar Bilder zu verkaufen. Und danach sind sie noch zum Kaffee mit Vater Johannes verabredet.«

Der Name sagte Maja-Sofia etwas. Das war doch der Pfarrer, der bei Christin Lindén gesessen hatte, als sie ihren letzten Atemzug getan hatte, außerdem hatte er die Grabesrede gehalten.

»Vater Johannes, ja. Wer ist er eigentlich?«, fragte sie, um sicherzugehen, dass sie wirklich vom selben Mann sprachen.

»Unser Hauspfarrer, könnte man sagen. Er kommt dreimal die Woche zu uns ins Kloster, führt durch die Messen und Sonntagsgottesdienste. Er ist ein hervorragender geistiger Führer.«

Maja-Sofia nickte und verabschiedete sich von Birgitta. Als sie im Wagen saß, rief sie Larsson an. Jarning und er waren noch bei Smid Karin Karlsdotter.

»Wir finden hier rein gar nichts«, klagt er. »Und Karin ist nicht gerade eine Hilfe. Sie ist völlig zurecht ziemlich sauer auf uns.«

»Sie soll euch mal aufzählen, was für Mitbringsel sie von Luthers Töchtern bekommen haben«, sagte Maja-Sofia. »Was genau und wie oft. Aber am wichtigsten ist, was.«

»Mitbringsel?«

»Ja, Saft und Marmelade und Eingekochtes und Hagebutte und des Teufels Großmutter«, sagte Maja-Sofia. »Die guten Schwestern haben offenbar eine ganze Menge dorthin geschleppt.«

Dann fuhr sie nach Hause. Auf halbem Weg rief Larsson an. Seine Stimme erfüllte den ganzen Wagen.

»Einmal pro Woche«, sagte er.

»Was? Was meinst du?«

»Karin hat ungefähr einmal pro Woche Fleisch zubereitet, zu dem die Damen eingemachte Hagebutte wollten«, erklärte Larsson. »Außerdem aßen die das Zeugs auch gern auf Plätzchen. War für sie wohl so was wie Marmelade.«

»Und Karin selbst? Isst sie eingemachte Hagebutte?«, fragte Maja-Sofia.

»Absolut nicht«, sagte Larsson. »Ihr Wort dafür war … Wie war es noch? Ach ja, das Zeugs ist ›ekelerregend‹, hat sie gesagt.«

»Ich wusste es!«, sagte Maja-Sofia. »Gute Arbeit. Wir sehen uns auf dem Revier.«

ACHTUNDDREISSIG

Kurze Zeit später versammelten sich die Kollegen in dem kleinen Besprechungszimmer. Um ihre brillanten Gehirne noch etwas mehr in Schwung zu bringen, war Maja-Sofia bei sich vorbeigefahren, hatte richtigen Kochkaffee zubereitet und einen Schokoladenkuchen aufgetaut – gebacken nach dem unfehlbaren Rezept ihrer Mutter.

»Bedient euch!«, sagte sie. »Mit richtigem Kaffee und einer Menge unnötiger Kalorien im Magen finden wir vielleicht endlich die Lösung. Jedes noch so kleine Detail könnte wichtig sein.«

»Herrlich!«, sagte Larsson, griff zu einem Stück Schokoladenkuchen und verschlang es in zwei Bissen. »Superlecker, ich nehme gleich noch eins«, fügte er hinzu.

»Unfassbar gut«, sagte Jarning, die ihr Stück mit etwas mehr Zurückhaltung verspeiste als ihr Kollege. »Hoffentlich helfen die Kohlenhydrate, aber davon gehe ich aus. Wenn man nach Schokokuchen nicht klar denken kann, ist sowieso alles verloren.«

»Die helfen ganz bestimmt«, sagte Maja-Sofia. »Mamas Rezept und Kochkaffee aus Lappland kann fast alles wieder hinbiegen.«

Sie leerte ihre Kaffeetasse und trat an die Magnettafel. Die Namen aller Schwestern standen dort, inklusive Vater Johannes.

»Esst ihr erst mal«, sagte sie. »Ich fasse so lange unsere neuesten Erkenntnisse zusammen: Das Gift von echtem Seidelbast löst sich in Ethanol. Ich habe vorhin mit Birgitta gesprochen, die ja für die Küche zuständig ist. Aber sie sagte, da wäre kein Alkohol in den Hagebutten. Es ist also gut möglich, dass sie ganz normal eingekocht und die Giftmischung erst später hinzugefügt wurde. Von jemandem, der die Gläser mitgenommen hat, um sie ihnen dann zu schenken.«

Sie tippte mit dem Stift auf die Namen an der Tafel.

»Einer oder eine von denen hat die beiden vergiftet, da bin ich mir sicher«, sagte sie. »Es ist ja eher unwahrscheinlich, dass sich einfach so jemand entschlossen hat, zwei wildfremde Menschen zu vergiften, da muss es ja eine Verbindung geben. Die Sache mit dem erweiterten Selbstmord können wir ausschließen, denke ich. Da hätte Christin eine schnellere Methode gewählt, und wahrscheinlich wäre nicht so viel Zeit zwischen Agnes' und ihrem Tod vergangen.«

Larsson schenkte sich und Jarning Kaffee nach.

»Zugang zu den Giftpflanzen haben sie alle«, führte Jarning fort. »Das nötige Wissen scheinen sie auch alle zu haben, oder zumindest die Hälfte von ihnen, wenn man die Aussagen betrachtet, die wir bisher haben. Wir wissen bloß nicht, wer ein Motiv hat, Agnes und Christin zu ermorden. Dabei zuzusehen, wie sich jemand über Monate quält, erfordert ja eine ziemliche Gefühlskälte. Wer könnte so etwas tun?«

Maja-Sofia betrachtete noch einmal die Namen und dachte an das Gespräch mit Birgitta. Sie nutzten alles, was sie anpflanzten oder in der Umgebung wuchs. Ließen sich Blätter und Blüten nicht essen, so taugten sie vermutlich als Heilmittel. Oder zum Färben, hatte Birgitta noch im Vorbeilaufen erwähnt. Eigentlich war es sehr bewundernswert, wie viel Energie sie darauf verwendeten, von praktisch nichts zu leben. Und dabei sahen sie weder mager noch arm aus.

»Okay, Jarning«, antwortete Maja-Sofia. »Konzentrieren wir uns erst mal aufs Motiv. Wer von euch schreibt mit, während wir brainstormen? Und greift zu, der Schokokuchen isst sich nicht von selbst.«

»Ich schreibe mit«, sagte Larsson und griff zu Papier und Stift.

»Erst mal alle Namen«, sagte Maja-Sofia. »Mutter Veronica, Schwester Birgitta, Charlotte, die das mit dem Klosterleben ausprobiert – die haben dafür eine bestimme Bezeichnung, keine Ahnung mehr, wie das hieß. Dann Schwester Maine, Schwester Maud, Schwester Petra. Himmel, sind das viele ›Schwestern‹. Dann ist da noch dieser sonderbare Kauz Helge Fredengren, der sich herumtreibt und giftige Pflanzen zieht. Sind das dann alle? Ah, nein, da ist noch Smid Karin Karlsdotter.«

Larsson machte eine Liste der Namen, dann machte er eine Spalte, die er mit »Motiv« überschrieb und sogar eine, die er »Gelegenheit« nannte.

»Gab es jemanden, der den beiden Opfern besonders nahestand?«, fragte Jarning. »Also, abgesehen von Karin.«

»Ich glaube nicht«, antwortete Maja-Sofia. »Scheint so, als wären alle Schwestern mal dort gewesen, meist wenn sie sowieso etwas im Ort zu erledigen hatten. Jede von ihnen könnte das Gift hineingemischt haben. Die meisten Gelegenheiten scheinen aber Petra und Maud gehabt zu haben, beide sind ja künstlerisch tätig und brauchen entsprechend oft Material. Maud kauft dann Farben, und Petra fährt vermutlich zu ihrem Verlag. Wo genau der liegt, müssen wir noch herausfinden.«

»Petra? Ist das die Schwester, die christliche Kinderbücher schreibt?«, fragte Larsson.

Maja-Sofia nickte.

»Ja. Sie und Schwester Maud waren für die Planung der Trauerfeier verantwortlich.«

»Wer ist diese Maud eigentlich?«, fragte Jarning. »Wissen wir sonst noch was über sie?«

»Nicht viel«, sagte Maja-Sofia. »Sie war nicht im Kloster, als ich heute dort war, sonst hätte ich mich auch mit ihr unterhalten.«

»Ich suche mal ein bisschen«, sagte Jarning, »und schaue, was ich über ihren Lebensweg herausfinden kann. Und über den der anderen auch. Sie müssen außerdem richtige Namen haben, können ja nicht einfach nur ›Schwester A‹ und ›Schwester B‹ heißen.«

»Da könnte dir sicher die Vorsteherin weiterhelfen«, schlug Maja-Sofia vor. »Mutter Veronica.«

»Die Befragung kann ich übernehmen«, sagte Larsson.

Es wurde angeklopft, und die Tür ging auf.

»Hallo, bestes Team«, sagte Beata Löfblad. »Wie läuft es bei euch?«

Maja-Sofia deutete zu dem einzigen leeren Stuhl im Raum.

»Kommen Sie doch herein und setzen sich. Für Sie ist auch noch ein Stück Schokokuchen da. Wir haben den Eindruck, dass wir dadurch besser denken können. Gerade überlegen wir, wer den Opfern nahegestanden hat und ein Motiv haben könnte.«

Maja-Sofia war so dankbar, dass sie endlich eine neue Chefin hatten. Seit dem Wechsel an der Spitze hatte sich die Stimmung auf dem Revier radikal verändert, und es ließ sich wesentlich leichter arbeiten.

»Dann bringt mich mal ins Bild«, sagte Löfblad zwischen zwei Bissen. »Sehr leckerer Kuchen, übrigens.«

Larsson verlas die Namen der Verdächtigen, die möglichen Motive und wann sie Gelegenheit gehabt hätten, Agnes und Christin zu vergiften. Am Ende legte er seine Notizen so hin, dass alle darauf schauen konnten.

»Mutter Veronica und Charlotte scheinen kein richtiges Motiv zu haben«, sagte Löfblad. »Finden Sie nicht auch?«

Sie hat recht, dachte Maja-Sofia. Die beiden konnten sie erst mal streichen oder zumindest ausklammern. Larsson zog eine Linie durch ihre Namen, und Maja-Sofia rückte ihre Fotos an den Rand der Magnettafel.

»Der Mann in der Mitte der Schwestern«, sagte Löfblad, »was ist das eigentlich für ein Typ?«

»Ein ziemlicher Kauz«, sagte Maja-Sofia. »Samuel hat erzählt …«

Sofort unterbrach sie sich und trank einen großen Schluck Kaffee, um ihre brennenden Wangen zu verdecken.

»Samuel?«, fragte die Chefin und schaute sie an.

»Ja, der Pfarrer, der dort war«, fuhr sie so gleichgültig fort, wie sie konnte. »Er hat ein paar Tage im Kloster gewohnt und mir erzählt, dass Helge Fredengren ein recht spezieller Typ ist. Experte für Giftpflanzen, aber er warnt so eindringlich vor den Gefahren, dass er unmöglich selbst dazu greifen würde, um zu morden. Er hat großen Respekt vor den Pflanzen und kennt all ihre lateinischen Namen. Ich kann mir nicht vorstellen, dass er wirklich Gelegenheit gehabt hätte. Er ist eigentlich nur bei der Durchreise zum Kloster hier in Klockarvik. Und bei der Abreise. Soweit ich weiß, hat er die Frauen nie besucht.«

»Dann können wir ihn streichen«, schlug Löfblad vor, und Larssons strich den Namen von der Liste.

»Vielleicht können wir auch Petra streichen«, sagte Maja-Sofia nachdenklich. »Ach, nein, sie bleibt erst mal noch auf der Liste, auch wenn ich mir nicht vorstellen kann, dass sie eine kaltblütige Mörderin ist.«

»Woran machen Sie das fest?«, fragte Löfblad.

»Reines Bauchgefühl«, sagte Maja-Sofia, die nicht zugeben wollte, schon gewisse Zusatzinformationen von Samuel bekommen zu haben. »Scheint mir einfach ein sympathischer Mensch zu sein.«

»Bauchgefühl ist immer gut«, stimmte Löfblad zu. »Erfahrung sollte man nie ausklammern.«

Maja-Sofia warf ihr einen dankbaren Blick zu.

»Karin können wir auch abhaken, schätze ich, aber da fällt mir doch glatt noch jemand ein, den ich ganz vergessen hatte«, sagte sie und nickte zu Larssons Block. »Von ihm habe ich heute erst erfahren. Birgitta hat einen Hauspfarrer erwähnt, der ein paarmal pro Woche vorbeikommt. Er heißt Vater Johannes. Jarning, du hast ihn bei der Beerdigung gesehen, er hat die Grabesrede gehalten.«

»Ja, ich erinnere mich. Sein Pfarrergewand reichte ihm bis zu den Knöcheln, das kam mir ungewöhnlich vor. Die meisten sind doch kürzer? Heißt er tatsächlich Vater Johannes?«, fragte Jarning.

Maja-Sofia prüfte die Notizen, die sie sich während des Gesprächs mit Birgitta gemacht hatte.

»Nein, er heißt eigentlich Janne Boman, sagt zumindest die Schwester, mit der ich gesprochen habe. Und er wohnt in Falun, hat sie noch erwähnt.«

»Pfarrer lassen sich nur schwer vernehmen«, sagte Löfblad. »Ihre Schweigepflicht kennt keine Ausnahme, aber vielleicht bekommen Sie ja trotzdem etwas aus ihm heraus.«

Larsson betrachtete seine Liste.

»Schwester Biggie in der Küche, Kräuter-Maine im Garten, Maler-Maud im Atelier«, rasselte er herunter und grinste. »Und dann noch dieser Janne Boman. Ich kann ihn ja mal durchs System jagen, nur zur Sicherheit.«

Wäre Jeanette Sundell noch hier gewesen, hätte sie sich sofort über Larssons Flapsigkeit aufgeregt. Aber nicht so Beata Löfblad, ihr war das egal, weil sie wusste, dass sie trotzdem gewissenhaft arbeiteten.

»Was meinen Sie?«, sagte sie. »Wollen Sie sich erst mal auf diese vier konzentrieren und Petra außen vor lassen? Karin sollten wir vorerst nicht weiter behelligen, da stimme ich Ihnen zu. Wir wissen ja schon eine Menge über sie. Bei den anderen wäre es vielleicht keine schlechte Idee, das eine oder andere Gespräch anzuregen.«

In diesem Moment klingelte Löfblads Handy. Sie antwortete knapp, ehe sie das Telefonat beendete.

»Das war Tamara«, sagte sie und schaute die Kollegen an. »Die Analyse des forensischen Instituts liegt vor. Raten Sie, was sich in dem Hagebuttenglas befand?«

»Schnaps«, sagte Maja-Sofia im Brustton der Überzeugung.

»Cognac«, sagte Larsson. »Und das Gift dieses Seidelbasts. Mezerein oder wie das hieß.«

»Wer braucht schon Experten, wenn man euch hat?«, fragte Jarning und grinste breit. »Ich habe derweil mal nach Janne Boman gesucht und buchstäblich nichts gefunden. Weiß wie Schnee.«

~ NEUNUNDDREISSIG ~

Freitag, 28. März

Smid Karin Karlsdotter versuchte, sich mit ein wenig Gartenarbeit zu beruhigen. Es war zwar noch ein bisschen früh dafür, aber der Winter war ja so langsam im Abmarsch. Es lag nur noch vereinzelt Schnee, und auch der würde bald in der Frühlingssonne schmelzen. Karin beschleunigte die Sache noch ein wenig, indem sie den Schnee großflächig verteilte. Es tat richtig gut, sich körperlich zu betätigen. Einen Tag im Untersuchungsgefängnis verbringen zu müssen war ihr schlimmster Alptraum gewesen. Festgenommen. Ausgerechnet sie, eine gute Christin. Das fühlte sich absolut nicht gerecht an. Sonderbarerweise hatte dieser komische Schurke, der Samuel Williams bedroht hatte, mit für ihre Freilassung gesorgt.

Karin schüttelte gedankenverloren den Kopf. Schließlich knöpfte sie ihre Jacke auf, hängte sie an einen Haken des Gartenschuppens und richtete die Baskenmütze, die im Eifer des Gefechts verrutscht war. Den Spaten hatte sie gegen die Wand gelehnt und den Tretschlitten, der schon viel zu lange draußen stand, mit hineingebracht. Mehrere Wochen lang war er festgefroren gewesen, aber nun ließen sich endlich die Kufen vom Boden lösen.

»Das ging ja bestens«, sagte sie und lehnte das ausgezeichnete Fortbewegungsmittel im Schuppen gegen die Wand. Dabei fiel ihr auf, dass ihr Fahrrad dringend gewartet werden musste. Sie fuhr zwar schon ein paar Wochen damit herum, aber sie hatte es noch nicht zur jährlichen Inspektion gebracht. Das musste allerdings noch bis morgen warten, die Arbeit im Garten war erst mal wichtiger. Jetzt mussten erst mal noch alle im Winter heruntergefallenen Zweige beseitigt werden. Weil ihr Garten direkt an den Wald grenzte, fielen bei einem Sturm ordentlich Äste und Zweige auf ihr Grundstück. Bald würde sie den Rasenmäher anwerfen müssen, und das ging immer leichter, wenn die Wiese frei von Geäst war.

Die körperliche Arbeit wirkte sich positiv auf ihre Stimmung aus. Die Gedanken an alles Üble, das sie in letzter Zeit erlebt hatte, verblassten. Solang nur diese Polizisten sie nicht wieder behelligten. Petra hatte sie angerufen und ihr erzählt, dass die Schwesternschaft beunruhigt sei, weil sowohl Birgitta als auch Maine von der Polizei vernommen werden sollten. Beide waren gerade auf dem Revier. Würde sie dadurch in weitere Schwierigkeiten kommen? Eigentlich hätte sich Maud bei Karin melden sollen, aber das tat sie nur noch selten. Sie hatte sich über die Jahre verändert, war schlichtweg seltsam geworden. Hatte sich in sich zurückgezogen.

Karin war gerade auf der Rückseite des Hauses zugange, als plötzlich der neugierige Pfarrer vor ihr stand. Sie hatte wohl das Tor nicht gehört. Freundlich lächelnd schob er sich den Pony aus dem Gesicht.

»Hallo«, sagte Samuel Williams. »Was macht der Kater?«

»Oh, welch schöner Besuch«, sagte Karin. »Der Pfarrer höchstpersönlich. Ach, dem Kater geht es gut, vielen herzlichen Dank noch einmal für Ihre Hilfe. Die Polizei wollte ihn ins Tierheim stecken, aber dazu kam es glücklicherweise nicht, ich bin ja dann freigekommen.«

»Es tut mir leid, Ihnen einen so dramatischen Empfang bereitet zu haben. Das hätte ich mir gerne gespart«, sagte Samuel.

»Ja, ich auch«, sagte Karin. »Überlegen Sie sich mal, was da alles auf meinem Grundstück, in meinem Haus hätte passieren können! Wie gut, dass der Herr Pfarrer dieses irrsinnige Manöver überlebt hat.«

»Ich habe ja Unterstützung von oben.« Samuel lächelte und deutete vorsichtig zum Himmel.

»Ja, das ist klar.«

Sie lud ihn dazu ein, sich auf die sonnenbeschienene Bank auf der Vorderseite des Hauses zu setzen. Schmelzwasser plätscherte in den Regenrohren und die Kohlmeisen hielten in den Büschen ihr Frühjahrskonzert, auch wenn ihr eintöniges Piepsen eher einer kaputten Fahrradpumpe glich.

»Was für eine Wohltat«, sagte Samuel. »Eine wunderbare kleine Oase der Stille, und dazu die wilde Natur gleich hinterm Haus. Von dem Trubel in Klockarvik bekommen Sie hier ja gar nichts mit.«

Sie lächelte ihn an.

»Trubel? Das ist sicher ein Witz, oder? In Klockarvik ist es doch meist sehr ruhig.«

»Da bin ich mir nicht mehr so sicher«, sagte Samuel. »Als ich im Dezember herkam, dachte ich das auch noch, aber ich habe mich ganz offensichtlich geirrt. Der Berg lockt Skitouristen an, und im Sommer platzt der Campingplatz aus allen Nähten, hat man mir gesagt.«

Da hatte er natürlich recht, aber das ging meist an ihr vorbei. Sie fuhr nur zum Einkaufen in den Ort oder wenn sie mal zu Post musste. In die dortige Kirche ging sie praktisch nie, sie fuhr lieber mit dem Auto zur Klosterkapelle. Aber jetzt, ohne Agnes und Christin, war es nicht mehr dasselbe.

»Wie geht es Ihnen denn, Karin?«, fragte Samuel und schaute sie an. »Haben Sie sich erholt nach dem Tag in U-Haft?«

Sie schüttelte sich.

»Das war wirklich schlimm«, sagte sie. »Zum Glück war es nur ein Tag. Sie hatten nicht genug, um mich festzuhalten. Ich verstehe nicht, was diese Polizistin sich denkt.«

Samuel kommentierte das nicht weiter, sondern zog ein Foto aus der Innentasche seines eleganten Mantels. Sie musste nur einen Blick darauf werfen, um zu wissen, was als Nächstes kam. Aber darüber wollte sie nicht sprechen. Absolut nicht.

»Karin, wer ist das?«, fragte Samuel und hielt ihr die Aufnahme hin. Es war kein richtiges Foto, nur ein Ausdruck.

Woher hatte er das? Hatte er herumgeschnüffelt, als er die Katze gefüttert hatte? Das wäre ziemlich dreist. Schließlich war er ein Diener Gottes, jemand, dem man trauen können sollte.

»Woher haben Sie das?«, fragte sie und betrachtete die Aufnahme von ihr und den anderen beiden. Ein sonniger Strand, drei junge Frauen und hinter ihnen das Mittelmeer. Die Siebziger und absolute Freiheit.

»Heutzutage findet man ja alles Mögliche im Internet«, sagte er, »und ich habe das hier entdeckt. Ich finde, die hier sieht Ihnen sehr ähnlich.«

Er zeigte auf eine der Frauen, und Karin nickte. Das konnte sie kaum verleugnen.

»Die blonde Frau kann ich nicht ganz erkennen«, sagte er.

»Agnes«, sagte Karin, und sofort brannten Tränen in ihren Augen.

»Das hatte ich fast vermutet«, sagte Samuel. »Karin, Sie wissen, dass Sie mit mir sprechen können und ich nichts weitererzählen werde.«

»Auch ihr nicht?«, fragte Karin. »Dieser Polizistin?«

»Auch ihr nicht, da brauchen Sie sich keine Sorgen machen. Wenn ich etwas weitererzählen würde, könnte ich nicht weiter Pfarrer sein. Kennen Sie Agnes schon Ihr Leben lang?«

»Seit diesem Jahr.« Sie zeigte auf das Bild. »Wir hatten eine schöne Zeit.«

»Und die Frau, deren Gesicht ausgeschnitten wurde«, sagte Samuel. »Wollen Sie mir erzählen, wer das ist?«

Karin nahm das Bild in beide Hände und schaute es lange an. So viele Erinnerungen, so viele Gefühle. Sie reichte es zurück.

»Ich kann mich nicht erinnern«, sagte sie.

VIERZIG

Nachdem Samuel Karin zurückgelassen hatte, ohne der Wahrheit auch nur einen Schritt näher gekommen zu sein, spürte er, dass er dringend etwas essen musste, ehe er mit seinen Nachforschungen fortfuhr. Er nahm den Weg an der Kirche und dem Café vorbei, geradewegs in Richtung des Kreisverkehrs, wo er zu Kai-Mooks Thaiküche abbog. Es handelte sich dabei um einen kleinen Foodtruck, der es sich zur Aufgabe gemacht hatte, das kleine Daladorf um die asiatische Küche zu bereichern. Es war ein beeindruckendes, um nicht zu sagen waghalsiges Vorhaben. Aber wieso auch nicht? Seit so vielen Jahren gab es schließlich auch Pizzerien in fast jedem Ort von Norden bis Süden, und mittlerweile konnte man Pizza fast schon zur schwedischen Hausmannskost zählen. Die Entwicklung war spannend und irgendwie auch cool, die schwedische Küche hatte zweifellos einiges durch den Zuzug fremder Kulturen dazugewonnen.

Während Samuel in seinem Wagen auf seine Bestellung wartete, kam ihm eine Idee. Heute Abend war er zur Kirchenjugend eingeladen worden, um von den dramatischen Ostergeschehnissen der Bibel zu erzählen. Die Gitarre kam natürlich auch mit, denn er hatte auch ein paar passende Lieder auf Lager. Die Jugendgruppe war international zusammengesetzt, unter ihnen waren Somalier, Afghanen, Schweden und Thailänder. Samuel dachte sich, es wäre eine gute Idee, sie zu fragen, ob sie nicht ein Fest machen wollten, bei dem alle ein Gericht aus ihrem Heimatland mitbrachten. Das wäre doch schön. Tindra, die treue Seele, könnte bei den Vorbereitungen helfen. Sie verstand sich sehr gut mit den anderen Jugendlichen.

Nach kurzer Wartezeit winkte Kai-Mook aus der Luke, und schon konnte er das Wokgemüse mit Shrimps abholen. Er fuhr auf schnellstem Weg in seine Wohnung. Eigentlich hatte er hier nur vorübergehend wohnen wollen, aber weil es ihm so gut gefiel, war er geblieben. Die Einrichtung verströmte eine angenehme Ruhe und altmodische Gemütlichkeit, und wenn das mal nicht reichen sollte, musste er nur ein Feuer in einem der Kachelöfen entfachen, die in Wohn- und Schlafzimmer standen.

Er tat sich das Essen auf und aß mit Stäbchen, während er in der Küche umherblickte. Sie war großzügig geschnitten, in einer Ecke thronte ein Kohleherd neben der moderneren Elektrovariante. Die Vorstellung, dass er das alles bald zurücklassen würde, um zurück nach Västerås zu Marit zu ziehen, schmerzte ihn ein bisschen. Zu einem Umzug nach Klockarvik würde sie sich nicht überreden lassen, da war er sicher. Aber selbst wenn, hätte er nach einer neuen Wohnung suchen müssen.

»Alles zu seiner Zeit«, sagte er zu sich selbst, seufzte und schob den Plastikteller beiseite. Er trank den letzten

Schluck aus seinem Wasserglas und warf einen Blick auf die Uhr. Ihm blieb noch etwas Zeit, bis er aufbrechen musste. Er konnte noch einmal versuchen, Marit zu erreichen.

Es tutete und tutete, bis die Mailbox ansprang.

»Marit! Ich bin's, Samuel. Kannst du vielleicht mal drangehen?«

Seufzend legte er das Handy auf den Tisch und starrte es an. Dann nahm er es wieder zur Hand und loggte sich bei Facebook ein, um nachzuschauen, ob Marit in letzter Zeit etwas gepostet hatte. Wie schon erwartet war auf ihrem Profil seit Februar nichts passiert. Könnte ihr etwas zugestoßen sein? Irgendwas Schlimmes? Während er hier in Dalarna herumsaß, an sich selbst und über wahrscheinliche und unwahrscheinliche Mordmotive nachdachte – und ein bisschen an Polizeikommissarin Rantatalo? Was war er doch für ein Egoist! Irgendetwas musste er unternehmen, das stand fest, bloß was? Er faltete die Hände und richtete den Blick zur Himmelspforte.

»Gib mir einen Rat, Boss. Wie kann ich sie erreichen? Sie meidet mich.«

Ganz still saß er da und schaute aus dem Fenster, während er auf eine Antwort wartete. Zwei Frauen gingen unten über die Straße. Sie waren sportlich gekleidet und hatten Stöcke dabei. Zwei Freundinnen, die das Schöne mit dem Nützlichen verbanden. Wandern, Reden, Spaß haben. Genau so sollte es sein, wenn alles gut war.

»Freundinnen!«, platzte er plötzlich heraus. »Selbstverständlich! Danke, Boss! Darauf hätte ich ja auch von selbst kommen können.«

Er hatte den Eindruck, ein amüsiertes Lachen zu hören.

»Ein bisschen Führung schadet nicht.«

Samuel suchte im Internet nach der Telefonnummer von Eva-Marie, einer der engsten Freundinnen von Marit. Sie musste wissen, was los war. Mit zitternden Händen tippte er die Nummer ein und grübelte, was er sagen könnte. Was machte es denn für einen Eindruck, wenn er nicht wusste, wo seine eigene Verlobte war? Eva-Maria arbeitete in einem Dorf in der Nähe von Uppsala, aber sie und Marit sahen sich oft. Sie hob fast sofort ab.

»Eva-Marie Ivarsson, Diakonin.«

»Hallo, hier spricht Samuel Williams, Pfarrer.«

Einen Augenblick lang herrschte Stille.

»Samuel? Das ist ja unerwartet. Wie geht es dir?«

»Oh, ganz gut … oder vielmehr … Eigentlich nicht so gut. Eher schlecht. Entschuldige die Störung, aber ich erreiche Marit einfach nicht, egal, wie oft ich es versuche. Weißt du, wo sie ist?«

Er stotterte herum, aber es war ja doch besser, gleich die Wahrheit zu sagen, statt sich in irgendwelchen Ausflüchten zu verstricken.

»Marit? Das ist ja komisch. Das heißt, sie geht nicht ans Telefon, wenn du anrufst?«

»Genau, und auf meine SMS antwortet sie auch nicht«, seufzte er. »Sie ist stinksauer auf mich, nehme ich an. Und zurecht. Ich habe in der letzten Zeit fast nur an mich gedacht.«

Eva-Marie lachte kurz auf, allerdings ohne böse Absicht.

»Ach, es ist halt auch nicht leicht, wenn sich das eigene

Leben durch Heirat und Kind plötzlich auf den Kopf stellt«, sagte sie. »Als vierfache Mutter kann ich dir ein Liedchen davon singen. Es scheint nicht jeden Tag die Sonne, auch wenn ich weiß, dass die Kinder ein Geschenk Gottes sind. Wie dem auch sei, ich habe Marit vor ein paar Tagen kurz in Sigtuna gesehen. Ich war da zu einem Kurs.«

»Sigtuna? Was hat sie denn da gemacht? Sie hat in Västerås doch sicher genug zu tun?«

Er war irritiert, dabei hätte er eigentlich erleichtert sein müssen, weil ihr immerhin nichts passiert war.

»Vielleicht steht auch ihr Leben kopf, und sie musste ein bisschen rauskommen, um nachzudenken?«, sagte ihre Freundin trocken. »Sie war jedenfalls mit Magnus Mittagessen.«

»Magnus?«

»Magnus Hjelm. Du weißt schon, die kennen sich doch seit der Sonntagsschule. Sie sind wie Geschwister.«

»Ja, stimmt, ich erinnere mich«, sagte er und spürte, wie die Eifersucht sein Herz umklammerte.

Er ahnte den erhobenen Zeigefinger des Bosses.

»Sie waren aber auch mal zusammen«, er konnte es sich nicht verkneifen. »Das war vor unserer Zeit und bevor Magnus Hauptpastor in Vilhelmina wurde. Was will der denn hier unten?«

»Magnus war ja schon immer so eine Art Beichtvater für Marit, so wie ich das mitbekommen habe. Wenn sie traurig oder besorgt ist, wendet sie sich an ihn«, sagte Eva-Marie.

Und dann eilt der gute Magnus sofort blitzschnell herbei,

dachte Samuel. War ja klar. Samuel war unterdessen aufgestanden und hatte sein Wasserglas nachgefüllt. Sein Mund war ganz trocken geworden.

»Du weißt nicht zufällig, wie lange sie dortbleiben wird, oder?«, fragte er vorsichtig. »In Sigtuna meine ich.«

»Keine Ahnung, aber lang kann es nicht sein. Wieso fährst du nicht einfach mal nach Hause und siehst nach? Allmählich bekommt sie ein niedliches Bäuchlein.«

»Das werde ich, versprochen«, sagte Samuel. »Danke, Eva-Marie, dann weiß ich wenigstens, dass ihr nichts zugestoßen ist.«

Er beendete das Telefonat mit Grüßen an den Ehemann und alle Kinder, dann saß er einen Moment mit dem Telefon in der Hand da und starrte stumm den Kohleofen an. Selbst gehäkelte Topflappen hingen an einem Haken darüber, und kleine Kupfertassen standen auf der Herdoberfläche. Tyra hatte wirklich die Gabe, eine altmodische Gemütlichkeit herzustellen, die ihn gleich ein wenig beruhigte. Magnus, der aufdringliche Ex-Freund, war also noch immer auf der Bildfläche. Er hatte mit Marit zusammenziehen wollen, aber als Samuel in ihr Leben getreten war, hatte sie ihn abserviert. Enttäuscht hatte er sich eine Anstellung so weit wie möglich von Mälardalen entfernt gesucht und war Hauptpastor in Vilhelmina geworden.

Samuel warf einen Blick auf die Uhr. Jetzt wurde es langsam Zeit. Er zog den Mantel an und schnappte sich die Gitarre. Für eine Weile würde er jetzt nicht an Marit denken können, seine ganze Konzentration sollte den Jugendlichen Klockarviks gelten. Und am Sonntag war noch die

Messe, aber dann war es höchste Zeit, dass er seine Siebensachen packte und nach Västerås fuhr. Er wollte Marit unbedingt erzählen, dass er seine Zukunft ganz ihr und dem Kind widmen wollte.

Als er auf dem oberen Treppenansatz stand und die Wohnung abschloss, hörte er eine ihm allzu vertraute Stimme. Er verharrte still und lauschte. *Bist du dir sicher?* Samuel hüpfte die Treppe hinunter und drehte sich auf dem unteren Treppenabsatz noch einmal um.

»Ja, bin ich, Boss!«, rief er zum ersten Stock hinauf.

Im selben Moment trat Tyra Lundin aus der Wohnungstür.

»Todsicher!«, sagte Samuel voller Überzeugung.

»Über was denn, wenn man fragen darf?«, wollte Tyra wissen.

Er drückte sie an sich.

»Über die Zukunft, Tyra.« Samuel lächelte und verschwand durch die Haustür nach draußen.

EINUNDVIERZIG

Sonntag, 30. März
Vierter Fastensonntag

Sigvard dachte auf dem kurzen Stück Weg zwischen der Kirche und dem Gemeindehaus über den Gottesdienst nach, dem er gerade beigewohnt hatte. Der vierte Sonntag markierte den Scheitelpunkt der Fastenzeit und war ein Freudentag. Eine kleine Atempause, eine Oase während der langen Wüstenwanderung, an die diese Zeit erinnern sollte. Bruder Samuel hatte die lila Kasel getragen und mit seiner gewohnten Leichtigkeit die Geschichte gepredigt, in der Jesus fünftausend Menschen mit nur fünf Broten und zwei Fischen satt machte. In seinen Worten war so viel Wärme mitgeschwungen, und er hatte wesentlich entspannter gewirkt, eigentlich das erste Mal seit Wochen, fand Sigvard. Die Zeit im Kloster hatte ihm gutgetan. Sigvard hatte ihn jeden Tag in seine Gebete eingeschlossen. Er wünschte Samuel von Herzen das Beste, auf keinen Fall sollte er einen ähnlichen Fehler begehen wie er mit seinem Sohn Markus.

Beim Kaffee saß er an einem Tisch mit Luthers Töchtern.

»Das ist ja ein seltener Anblick«, sagte er. »Alle Schwestern vereint in unserem bescheidenen Gemeindesaal.«

»Wir wollten nach allem, was vorgefallen ist, unsere Wertschätzung ausdrücken«, sagte Mutter Veronica und bedachte ihn mit einem Blick, den man wohl am ehesten als mild beschreiben könnte. »Darüber hinaus wollten wir uns für die Beerdigung bedanken, die Sie so schön für unsere Freundinnen gestaltet haben. Es war sehr stimmungsvoll und angemessen.«

»Vielen Dank«, sagte Sigvard und griff zu einem der einfachen Käsebrote, die auf dem Tisch bereitstanden.

Er sehnte das Ende der Fastenzeit herbei, dann würde diese kleine Zusammenkunft nach dem Gottesdienst auch wieder lustiger werden. Birgitta, die es gewohnt war, sich um die Küchenangelegenheiten zu kümmern, nahm die Thermoskanne und füllte alle Tassen nach, die sie erreichen konnte. Das eine oder andere Lachen war an diesem Samstag zu hören. Es waren viele Besucher in der Kirche gewesen, und das war immer erfreulich und segensreich. Fast wie in alten Zeit, als die meisten Dorfbewohner noch zum Gottesdienst gekommen waren. Beim letzten Lied hatte Kantor Halvarsson noch einmal richtig in die Tasten gehauen und alles aus der Orgel herausgeholt, und die Gemeinde hatte voller Inbrunst gesungen, sodass die Kirche bis in die Turmspitze vibrierte, während die Prozession durch den Mittelgang hinausschritt. Das war ein prächtiger Anblick gewesen, anders konnte man es nicht nennen.

»Was für ein gelungener Gottesdienst«, sagte Sigvard zu der Schwester, die neben ihm saß.

Er war sich fast sicher, dass sie Maud hieß. Sie nickte nur tonlos, schien nicht unnötig den Mund aufzumachen.

Das genaue Gegenteil von Schwester Petra, die konnte nämlich reden wie ein Wasserfall, hätte seine Mutter gesagt. Er hatte die beiden getroffen, als sie zusammen das Programm der Trauerfeier durchgegangen waren. Petra war dem Kloster von wahrlich großem Nutzen, soweit er das beurteilen konnte. Durch die Kinderbücher kam ordentlich Geld in die Klosterkasse, die Summen waren nicht zu verachten. Viele Kirchen kauften ihre Bücher, weil sie sich herrlich als Taufgeschenk eigneten.

Sigvards Gedankengang wurde unterbrochen, als er eine feste Hand auf der Schulter spürte.

»Sigvard, wie schön, dich heute in der Kirche zu sehen!«

Er schaute in Samuels strahlendes Gesicht.

»Ich kann das nur zurückgeben, Bruder. Und ich bin ja der, der gewöhnlich in der Kirche ist. So verwunderlich kann es also gar nicht sein. Du warst es schließlich, der viel länger bei Luthers Töchtern geblieben ist, als geplant. Da musste dieser alte Pfaffe seine Bibel abstauben und zur Hilfe anrücken.«

Samuel lächelte und klopfte ihm auf die Schulter.

»Du hast völlig recht, und ich werde dir auf ewig dankbar sein, alter Knabe«, sagte er. »Was hältst du von einem Spaziergang? Ganz nach alter Tradition, wie zu Beginn meiner Zeit hier? Was meinst du, schafft dein Herz das?«

Sigvard faltete die Serviette zusammen und stand auf.

»Mein Herz ist wieder so stark wie ein altes, störrisches Pferd, das kannst du wohl glauben. Ich habe vor, noch mindestens zehn weitere Jahre zu leben. Eine kleine Wanderung käme mir sehr gelegen, ich hätte da nämlich etwas zu besprechen. Was sagst du, Bruder Samuel? Auf zum See?«

Sie hatten die halbe Strecke zurückgelegt, da sprach Sigvard endlich aus, was ihm auf der Zunge lag.

»Das war eine sehr schöne und gelungene Predigt heute«, sagte er. »Hat dir der Aufenthalt im Kloster gutgetan?«

Er schaute Samuel an, um seine Reaktion nicht zu verpassen, aber der lächelte nur.

»Ich glaube, ja«, sagte Samuel. »Zumindest habe ich verstanden, wie ich meine Zukunft gestalten will. Und du hast recht, mir geht es gut. Ich fühle mich ein paar Kilo leichter.«

»Hast du im Kloster nichts zu essen bekommen? Wenn ich mich recht entsinne, ist Birgitta eine großartige Köchin, die aus den einfachsten Zutaten ein herrliches Gericht zaubern kann.«

Samuel lachte und deutete zu dem Weg, der sie direkt zur Uferpromenade führen würde.

»Nein, nein«, sagte er. »Essen habe ich ausreichend bekommen, ich meinte das eher bildlich. Du weißt doch. Wenn man begriffen hat, wie man ein schwieriges Problem löst, fällt einem eine Last von den Schultern, und sofort lässt es sich leichter leben.«

»Ich schätze, ich weiß, was du meinst«, murmelte Sigvard.

Schweigend gingen sie weiter, bis sie den See erreichten. Das Eis schmolz, und die Sonnenstrahlen ließen die Oberfläche in Ufernähe grell glitzern. Sigvard dachte über Samuels Aussage nach.

»Dann weißt du, welchen Weg du einschlagen willst?«, fragte er schließlich.

Samuel nickte, und sofort fiel ihm wieder der Pony ins Gesicht. Dass Bruder Samuel sich nicht endlich eine anständigere Frisur schneiden ließ. Heutzutage gab es so viele Männer, die sich freiwillig Glatzen rasierten, da war das viele Haar ja wohl kaum mehr nötig.

»Ich bin mir sicher«, nickte Samuel. »Das Problem ist bloß, dass ich Marit nicht erreichen kann. Gestern habe ich mit einer Freundin von ihr gesprochen und habe etwas herausgefunden, weshalb ich so schnell wie möglich nach Västerås fahren will.«

»Was denn?«

Bruder Samuel bekam eine tiefe Falte zwischen den Augen.

»Marit wurde mit einem Ex-Freund gesehen, und augenscheinlich muss ich hinfahren und um sie kämpfen. Und um das Ungeborene. Der richtige Weg muss gewählt werden.«

Sigvard deutete zu einer Bank, und sie ließen sich kurz nieder. Mit der Spitze seines Gehstocks malte er ein wenig im Staub. Samuel war also zu Sinnen gekommen und hatte sich die Polizistin aus dem Kopf geschlagen. Ja, mit etwas anderem war auch kaum zu rechnen gewesen. Samuel war ja nicht dumm, Verliebtheit konnte nur manchmal den Eindruck erwecken, das hatte Sigvard in seinem langen Leben schon oft genug bezeugen müssen.

»Ihr Ex-Freund?«

»Ja, Magnus Hjelm, er ist Hauptpastor in Vilhelmina. Du kennst ihn vielleicht?«

Sigvard schaute aufs Wasser. Magnus Hjelm, selbstverständlich. Er war also Samuels »Vorgänger« gewesen. Und jetzt hatte er ganz schnell wieder parat gestanden, als Marit ihn brauchte. Eigentlich nicht weiter erstaunlich, wenn man sich überlegte, wie Samuel sich in letzter Zeit verhalten hatte.

»Sein Vater und ich waren Kommilitonen, und wir treffen uns hin und wieder«, sagte Sigvard. »Ich habe Magnus und seine Geschwister mal kennengelernt, als sie noch jünger waren. Wenn die eins konnten in dieser Familie, dann Kinder kriegen. Es ist Gottes Segen, einen Pfarrhof mit Kindern zu füllen.«

Samuel hob einen Stein auf, stand auf und nahm Maß, bevor er den Stein flach auf die Wasseroberfläche warf. Wirklich schön hüpfte er allerdings nicht, sondern landete mit einem Ploppen im Wasser.

»Ich bin nicht gerade ein großer Fan von ihm, war ich nie«, sagte Samuel frei heraus. »Er darf Marit nicht zurückgewinnen, und er darf sich absolut nicht um mein Kind kümmern, auch wenn ihm das vielleicht so vorschwebt.«

»Meinst du wirklich, dass er denkt, Marit davon überzeugen zu können, mit ihm nach Lappland zu ziehen?«, fragte Sigvard. »Sie wollte ja nicht mal nach Klockarvik mitkommen.«

»Nein, aber wenn ich Magnus richtig einschätze, wird er sich um eine bessere Stelle in Västerås bemühen. Es würde mich nicht mal wundern, wenn er sich bereits ins Gespräch für den Bischofsposten bringt, der Jetzige geht ja in absehbarer Zeit in Pension. Sind doch nur noch ein paar Jahre, oder?«

»Drei«, sagte Sigvard und schaute auf den See.

Vielleicht hatte Samuel recht. Wenn er sich mit den richtigen Ansprechpartnern gutstellte, könnte Magnus Hjelm sicher nominiert werden und die nötigen Stimmen bekommen.

»Meine Stimme bekommt er nicht, wenn ich dann noch lebe«, verkündete Sigvard. »So gut ist er nicht.«

»Meine auch nicht«, sagte Samuel.

»Sieh dir mal den See und den Berg dahinter an«, sagte Sigvard. »Sieht das nicht genauso aus wie in dem Teil des Evangeliums, den du heute zitiert hast?«

Es war nur ein bisschen Fantasie vonnöten, und schon konnte man sich vorstellen, dass es der See Genezareth war und dass Jesus am Berg am anderen Ufer Fünftausende Menschen mit nur fünf Broten und zwei Fischen gespeist hatte.

»Ja, das stimmt«, sagte Samuel. »Ich bete auch um ein Wunder. Alles muss gut werden.«

Sigvard stand auf und klopfte seinem jungen Freund auf die Schulter.

»Grüß den Boss von mir«, sagte er. »Vielleicht hilft es ja, wenn er weiß, dass ich auf deiner Seite stehe.«

ZWEIUNDVIERZIG

Maja-Sofia sah sich wie gewöhnlich sorgfältig um, bevor sie das Missionshaus betrat und dann die Tür hinter sich abschloss. Sie wollte sich einen schönen Sonntag machen und all die unschönen Gedanken rund um Danne Ylitalo einfach ziehen lassen. Er war seit dem Geiseldrama mit Samuel spurlos verschwunden, und wirklich überrascht war Maja-Sofia nicht darüber. Danne war ein Meister im Verschwinden, nicht mal die Hundestaffel hatte seine Spur aufnehmen können. Mit ihm konnten sich nicht viele messen, nur ein paar fiktive Charaktere in den Kriminalfilmen, die Maja-Sofia im Fernsehen gesehen hatte. Legendäre Verbrecher, die sich in Luft auflösten, nur um in der nächsten Szene wie aus dem Nichts aufzutauchen. Immerhin hatte er kein Auto mehr, das hatten sie beschlagnahmt. Der listige Ex-Polizist hatte also andere Mittel und Wege finden müssen, um sich abzusetzen. Wahrscheinlich war er unterwegs nach Kuivalihavaara oder zu seiner Hütte am Ufer des Torneälven. Die war sehr abgelegen, nicht viele würden ihn dort bemerken. Aber eines Tages würde er nach Klockarvik zurückkehren, da war sie sicher. Danne Ylitalos Wunsch nach Rache würde erst enden, wenn einer von ihnen tot war.

Sie schenkte sich ein Glas Wein ein und setzte sich mit einem Buch aufs Sofa, das etwas erhöht stand. An derselben Stelle hatte sich mal der Altar befunden. Von hier aus bot sich ihr eine herrliche Aussicht über den gesamten Kirchsaal mit der hohen Decke. Über dem alten Missionshaus lag eine herrliche Stille, die sie besonders an extra harten Tagen zu schützen wusste. Gerade heute brauchte sie den Frieden mehr als je zu vor. Sie war zum Gottesdienst in Klockarvik gewesen und hatte dort Samuels Predigt gelauscht. Sie hätte nicht hinfahren sollen, das wusste sie, aber sie konnte es nicht lassen. Und doch durfte sich zwischen ihnen nie etwas entwickeln. Er hatte seine Marit, und sie wollte unter keinen Umständen dazwischenfunken. Samuel hatte außerdem sehr glücklich ausgehen und ihr nach dem Gottesdienst zugelächelt. Sie hatte sich sogar zum Kirchenkaffee getraut. Vorausschauend hatte sie sich zu Tindra Klar und ihren Freunden gesetzt, ein Glücksfall. Sie hatten ihr Unmengen an Fragen über ihre Arbeit als Kriminalpolizistin gestellt, und sie hatte sich in ihrer Gesellschaft sehr wohlgefühlt. Bevor sie aufbrach, hatte sie den Jugendlichen versprochen, bald einmal vorbeizukommen und mehr über den Job zu erzählen. Die Idee war großartig, sie würde versuchen, auch Jarning und Larsson mitzubringen. Tindra und ihre Freunde waren wissbegierig, nett und wenn Maja-Sofia noch dazu eine Bühne bekam, um über den Polizeiberuf zu informieren, umso besser.

Sie nippte an dem Rotwein, einem guten Rioja, während sie ganz in der Lektüre versank. Beata Löfblad hatte ihr den Wein empfohlen, und er passte perfekt zu dem Krimi, der im biestigen Winter in Jämtland spielte. Maja-Sofia hatte fast Heimatgefühle. Trotz der Spannung döste sie nach einer Weile weg und schreckte erst hoch, als ihr Handy klingelte. Sie warf einen Blick auf das Display und sah, dass es keine unbekannte Nummer, kein ungewünschtes Telefonat war, sondern ein Anruf aus der Heimat.

»Hallo, Papa«, sagte sie und steckte schnell die Kopfhörer ins Ohr. »Wie geht es euch? Liegt noch viel Schnee?«

Die Antwort auf die letzte Frage kannte sie eigentlich. Um Ostern herum war die beste Zeit in Lappland. Die Sonne schien, und der Schnee war noch immer hoch genug, um mit dem Schneemobil zu fahren oder die Langlaufski anzuschnallen. Oder um sich eine Kuhle in den Schnee zu buddeln, sie mit einem Rentierfell auszukleiden und sich in die Sonne zu legen, um ein paar Sommersprossen hervorzulocken. Oder ein Feuer zu machen, um Souvas oder Kaffee zu kochen.

»Ach, wenn du hier sein könntest. Ich stehe direkt neben dem Rentierfell, und das Feuer knistert auch schon.«

»Papa, hör auf!«

Yngve Rantatalo hatte vor seiner Pensionierung fast sein ganzes Leben lang als Polizist in Kiruna gearbeitet. Er war sehr erfahren, hatte fast alles Denkbare miterlebt, und sie gönnte ihren Eltern das ruhige Rentnerdasein. Sie hatte sie zuletzt an Weihnachten gesehen, als sie überraschend in Klockarvik vorbeigeschneit waren. Maja-Sofia hatte sich vor den Feiertagen gegraut, aber durch ihren Besuch war es viel schöner geworden, als sie zu hoffen gewagt hatte.

»Ich wollte eigentlich nichts sagen, aber ich muss«, sagte Yngve Rantatalo und klang mit einem Mal ernst.

Maja-Sofia war sofort hellwach.

»Ich habe mit deiner Mutter gesprochen, und wir sind uns einig, dass du das unbedingt wissen musst. Ylitalo ist in der Gegend. Jemand hat ihn gestern in einem Supermarkt gesehen.«

Maja-Sofia atmete auf, die Spannung wich aus ihren Schultern.

»Dann ist er also wirklich zu euch abgehauen. Ich habe ja fast damit gerechnet.«

»Hattest du etwa Besuch von ihm?«

Sie hob das Buch auf, das ihr vom Schoß gerutscht war, und trank noch einen Schluck Wein.

»Besuch?« Sie lachte trocken. »Tja, was soll ich sagen. Er war hier und hat versucht, die Mordermittlungen zu sabotieren. Außerdem hat er den Dorfpfarrer, Samuel Williams, als Geisel genommen.«

Jetzt war es raus. Eigentlich hatte sie ihre Eltern damit nicht beunruhigen wollen. Er pfiff durch die Zähne.

»Donnerwetter! Und wie ist es ausgegangen?«

»Der Pfarrer wurde nicht allzu lange festgehalten und hat sich gut von dem Schrecken erholt, bloß Danne ist uns entwischt und im Wald verschwunden. Ein paar Kollegen haben nach ihm gesucht, aber vergeblich. Du weißt ja, er ist ein Meister im Verstecken. Aber irgendwann schnappen wir ihn, da bin ich sicher. Larsson hat schon mit den Kollegen in Kiruna gesprochen, falls er dort auftauchen sollte. Er hat schließlich einen unschuldigen Menschen gegen seinen Willen festgehalten und mit einer Waffe bedroht, auch wenn das nicht lange ging.«

Ihr wurde mulmig zumute, als sie die Geschehnisse wiedergab. Was, wenn das schiefgelaufen und Samuel nicht mit dem Leben davongekommen wäre? Wenn Danne ihn erschossen hätte? Sie hätte es sich nie verziehen. Gleichzeitig war Samuel einfach so unwahrscheinlich gut darin, sich selbst in Gefahr zu bringen und die Nase in Dinge zu stecken, die ihn nichts angingen. In gewisser Weise hatte er sich also selbst in Gefahr gebracht, aber Maja-Sofia hatte ihn ja erst in diesen Mordfall hineingezogen, das konnte sie nicht von der Hand weisen.

»Ylitalo wohnt auf jeden Fall nicht hier im Dorf«, sagte Yngve Rantatalo. »Wahrscheinlich haust er in seiner Hütte. Du kannst die Kollegen aus Kiruna bitten, ihm einen Besuch abzustatten.«

Ihr Vater würde sich sofort kümmern, wenn Maja-Sofia ihn darum bat, das wusste sie.

»Das werde ich tun, danke für den Tipp«, sagte Maja-Sofia. »Aber jetzt mach es dir nett am Feuer und drück Mama von mir. Bis bald!«

Sie stand auf und drehte eine Runde durch den alten Kirchsaal, warf einen Blick auf die alte Wanduhr, die zuverlässig tickte. Es war bereits vier Uhr nachmittags.

Maja-Sofia sackte wieder aufs Sofa und rief die Kollegin in Kiruna an, die sie am besten kannte. Sie ging sofort dran. Die Frau versicherte ihr sogleich, dass sie in Ylitalos Hütte dort vorbeischauen und versuchen würden, ihn festzunehmen. Die Kollegin wusste sogar, wo die Hütte lag, als Maja-Sofia ihr ein paar Orientierungspunkte genannt hatte.

»Ich halte dich auf dem Laufenden«, sagte die Kollegin, bevor sie auflegte. »Wir schnappen ihn, sei ganz beruhigt.«

Maja-Sofia trank noch einen Schluck Wein und schlug dann das Buch wieder auf. Perfekte Aufgabenteilung. Die Polizei aus Kiruna kümmerte sich um Danne, und so konnten sie, Larsson und Jarning endlich den Mörder in Klockarvik fassen. Doch egal, wie sehr sie versuchte, sich auf das Buch zu konzentrieren, es gelang ihr nicht. Um auf andere Gedanken zu kommen, entschied sie sich für einen Spaziergang über die Äcker, zwischen all den roten Häusern hindurch. Sie ging schnell und versuchte, nicht an die Jagd auf Danne Ylitalo zu denken.

Wenige Stunden später rief die Kollegin zurück.

»Er ist uns durchs Netz gegangen«, sagte sie ohne Umschweife. »Tut mir leid, Maja-Sofia. Wir haben Spuren gefunden, aber Ylitalo selbst war nicht mehr da. Nicht mal der Herd war noch warm.«

Maja-Sofia seufzte schwer.

»Der Kerl einen sechsten Sinn«, sagte sie. »Verdammt! Aber vielen Dank auf jeden Fall. Wir werden ihn schon noch kriegen, da bin ich mir sicher.«

DREIUNDVIERZIG

Dienstag, 1. April

Samuel hatte den Montag damit verbracht, all seine anfallenden Arbeiten so zu verteilen, dass er ein paar Tage freinehmen und nach Västerås fahren konnte. Ellinor hatte sich bereiterklärt, die anstehende Taufe und die beiden Beerdigungen zu übernehmen, und Sigvard musste man nie lange bitten, wenn es um eine Vertretung bei der Sonntagsmesse ging. Die Mittwochsandacht war schon schwieriger, aber Tyra Lundin hatte sofort zugestimmt, nachdem er ihr anvertraut hatte, worum es ging.

»Es gibt Schwierigkeiten mit Marit«, hatte er ihr erzählt. »Ich muss das unbedingt wieder in Ordnung bringen.«

»Dann bin ich mit Begeisterung dabei, wenn ich helfen kann, dass Sie beide wieder zusammenfinden«, hatte sie gesagt.

Nach einem ermunternden Schulterklopfen hatte sie noch hinzugefügt: »Jetzt setzen wir erst mal alles daran, dass ihr vor dem Herrn verheiratet werdet, und dann freuen wir uns auf die Ankunft einer Pfarrersfrau und selbstverständlich eines kleinen Kindes.«

Nun war der Dienstag angebrochen, und Samuel wollte sich auf den Weg machen. Er hatte schlecht geschlafen, weil er sich unsicher war, wie Marit reagieren würde, wenn er unangekündigt vor der Tür stand. Aber wie sollte er sich anmelden, wenn sie nicht ans Telefon ging? Eine letzte Joggingrunde wollte er noch drehen, dann war es an der Zeit, sich für ein paar Stunden ans Steuer zu setzen. Das Wetter war schön, das würde keine Probleme machen.

Normalerweise lief Samuel eine Runde durch den Ort und hinunter zum See, aber heute fuhr er lieber mit dem Auto zum Wald, wo ein schöner Weg durch den Wald führte. Er nahm die Brücke über den Klockarvikfluss, durchquerte das Dorf und fuhr hinauf zum Wald. Hier war er erst ein paar wenige Male gelaufen, aber die Gegend war ihm mittlerweile gut bekannt. Eine Querstraße vom Parkplatz entfernt lag Smid Karin Karlsdotters Haus, an das er nicht nur gute Erinnerungen hatte. Er schüttelte die unbehaglichen Gedanken ab und lief den Weg entlang. Daran, dass er als Geisel genommen worden war und Ylitalo seine Schrotflinte auf ihn gerichtet hatte, wollte er am liebsten gar nicht mehr denken. Stattdessen verausgabte er sich ordentlich und kehrte eine halbe Stunde später verschwitzt zum Parkplatz zurück. Sein Puls war hochgeschnellt, und sein Atem ging keuchend. Er nutzte eine niedrige Steinmauer, um sich zu dehnen, bevor er zu seinem Wagen zurückkehrte. Die Häuser hier waren alt, schön und gemütlich, alle hatten gepflegte Gärten. Das galt auch für Karins braunes Haus der Jahrhundertwende mit seinen hübschen Sprossenfenstern und grünen Hausecken, an dem er auf dem Weg zu seinem Wagen erneut vorbeikam. Karin hatte erzählt, dass sie es von ihren Eltern geerbt hatte.

Genau auf Höhe des Hauses wurde Samuel langsamer. Hinter Karins Hecke waren laute Stimmen zu hören, zwei Frauen stritten. Schamlos trat er näher und späte durch die Zweige. Karin stand auf der Verandatreppe, einer Frau mit langer blauer Tracht und Haube gegenüber. Karin wedelte mit einem Buch.

»Du bist hier gewesen und hast die Bilder gestohlen, da bin ich mir sicher!«, sagte Karin, ihre Stimme brach dabei.

»Absolut nicht!«, sagte die Frau mit der Tracht. Es musste eine von Luthers Töchtern sein, nur welche, konnte er noch nicht ausmachen.

Samuel schob ein paar mehr Zweige auseinander. Kleine Stacheln bohrten sich in seine Finger. Was hielt Karin da in der Hand? War das … ja, das war das Album, das er vor ein paar Tagen gefunden hatte. Und nun wurde jemand anderes des Stehlens bezichtigt. Allerdings schien es ihm nicht klug, ausgerechnet jetzt hineinzuplatzen und zuzugeben, dass er der Schuldige war.

»Zum einen«, sagte die Schwester mit schriller Stimme, »war ich noch nie hier, wenn du nicht zu Hause warst. Und zum anderen: Was interessieren mich denn deine alten Fotos? Erklär mir das mal!«

Es entstand eine Pause. Samuel wagte es nicht zu atmen. Diese Stimme, zu wem gehörte sie?

»Weil du und sie …«, sagte Karin.

»Was meinst du?«, fragte die Schwester.

Wieder entstand eine Pause. Luthers Tochter wich ein paar Schritte zurück. Er konnte noch immer nicht sehen, wer es war, aber diese Stimme. Außer es handelte sich um …

»Ihr hattet ein Geheimnis«, fauchte Karin. »Das Bild spricht eine eindeutige Sprache.«

»Deine Eifersucht ist grenzenlos!«, kreischte die Schwester. »Du und Christin, ihr seid euch so ähnlich. Dabei habt ihr keine Ahnung!«

Endlich begriff Samuel, wer die Frau mit der Tracht und Haube war.

»Ach ja? Ich hab das ein oder andere gesehen und gehört«, erwiderte Karin. »Ich bin ja nicht dumm.«

Er knirschte auf dem Kiesweg, und Samuel ahnte, dass er jederzeit entdeckt werden könnte. Also ließ er schnell die Äste der Hecke los und joggte davon. Er musste einen kleinen Umweg durch den Wald machen, um aus einer unauffälligen Richtung zum Parkplatz zu gelangen. Als er seinen Wagen erreichte, ahnte er, wie alles zusammenhing, er musste nur noch ein paar Details prüfen, um sich ganz sicher zu sein. Maja-Sofia würde noch eine Weile im Dunkeln tappen müssen und Marit noch ein paar Stunden warten, denn erst musste er noch einmal im Gemeindehaus vorbei und etwas im Verzeichnis der Kirche nachschlagen. Er trat die Kupplung durch, legte den ersten Gang ein und fuhr eilig vom Parkplatz.

Kurz darauf schlug Samuel mit zitternder Hand die gesuchte Seite in einem alten, abgegriffenen Verzeichnis auf. Was er fand, bestätigte seinen Verdacht.

Er schob das Buch zurück ins Regal und holte das vom Folgejahr heraus. Mit dem Finger fuhr er die Übersicht der Pfarrer und Diakone entlang, die aus dem Kirchendienst ausgeschieden waren. In der zweiten Zeile stand Jan Boman, der Mann, der sich heute Vater Johannes nannte. Schon bei seinem ersten Besuch bei Luthers Töchtern hatte Helge Fredengren ihm erklärt, dass er kein richtiger Pfarrer mehr war. Sofort hatte Samuel wieder alle Artikel vor Augen, die erschienen waren, als der Pfarrer nach nur einem Jahr freiwillig das Amt niedergelegt hatte. Es wurde viel über die Gründe in den regionalen und überregionalen Zeitungen diskutiert. In einem Interview hatte Janne Boman selbst erklärt, dass er sich der Aufgabe nicht würdig gefühlt habe und deshalb eigenmächtig zurückgetreten war. Also kein dramatischer Fall von Amtsausschluss, sondern dem eigenen Gewissen geschuldet. Samuel musste an den knöchellangen Kaftan denken, durch den Janne die Rolle des Vater Johannes spielen konnte, obwohl er nicht länger Pfarrer war. Vermutlich wäre er bei den Katholiken besser aufgehoben gewesen, aber immerhin hatte er seine Aufgabe bei Luthers Töchtern gefunden.

»Es hätte viel schlimmer sein können«, sagte Samuel zu sich selbst.

Sigvard hatte nicht darüber sprechen wollen, er fand sicher, dass Janne Boman die Kirche enttäuscht hatte, und so etwas tat man einfach nicht. Zumindest nicht in Sigvards Welt. Aber wie gesagt, es hätte schlimmer sein können. Als Sigvard vom »Schummelpfarrer« sprach, hatte Samuel befürchtet, dass Janne Boman Konfirmanden gegenüber zu aufdringlich gewesen wäre oder etwas ähnlich Entsetzliches.

Samuel zog die Schublade auf, in der er die Fotos und

den gefalteten Zettel verstaut hatte, die er von Karin mitgenommen hatte. Er betrachtete die Fotos ein weiteres Mal und faltete dann den Zettel auseinander. Hastig überflog er die handschriftlichen Zeilen und pfiff durch die Zähne.

»Donnerlittchen!«, entfuhr es ihm, und er steckte den Brief in die Tasche.

Automatisch tastete er nach seinem Handy, doch er hatte es zu Hause gelassen, weil er in Ruhe joggen wollte. Also fuhr er auf direktem Weg nach Hause und nahm immer zwei Stufen auf einmal die Treppe zu seiner Wohnung hinauf. Das Handy lag auf dem Küchentisch. Er suchte nach »Rantatalo, Polizei«. Nach dem ersten Tuten meldete sie sich.

»Samuel?«

»Ich weiß, ich soll nicht anrufen«, keuchte er. »Aber hören Sie mir zu: Ich weiß, wer es war. Ich fahre sofort hin.«

VIERUNDVIERZIG

Samuel verlor keine Zeit damit, die Trainingssachen gegen respektablere Kleidung zu tauschen. Er trank nur schnell ein Glas kaltes Wasser, und dann rannte er auch schon wieder hinunter. Ein verblüffter Sven-Erik stand in der Tür und schaute ihm nach.

»Was du es heute eilig hast«, sagte er. »Willst du wirklich in diesem Aufzug fahren? In einer Strumpfhose?«

Samuel schaute an sich hinunter. Er trug schwarze Shorts über schwarzen Lauftights. Gekrönt wurde das Ganze von einer orangeroten Trainingsjacke.

»Ich muss nur kurz weg«, erklärte er. »Komm dann wieder her und ziehe mich noch mal um, ehe ich wirklich losfahre, keine Sorge.«

Sven-Erik schüttelte den Kopf und winkte ihm nach, auch wenn der Pfarrer ihn gar nicht mehr sehen konnte.

Mit durchdrehenden Reifen fuhr Samuel vom Hof und schlug den Weg aus dem Ort und zum Kloster ein. Er musste vor dem Täter ankommen. Maja-Sofia hatte ihm ruhig zugehört, während er sie in knappen Sätzen ins Bild setzte. Er konnte sich beinahe vorstellen, wie sie gleichzeitig ihre Jacke angezogen und ihre beiden Kollegen um sich versammelt hatte. Vermutlich saßen sie schon alle drei im Auto, bevor sie überhaupt aufgelegt hatten.

Er war viel zu schnell unterwegs und schaute sehr regelmäßig in den Rückspiegel, aber noch war kein Auto hinter ihm. Ein verschrecktes Blesshuhn rannte über die Straße, doch ihm gelang ein riskantes Ausweichmanöver, ohne im Straßengraben zu landen, und schon war er wieder auf der richtigen Fahrbahn.

»Hör zu, Boss«, sagte er verkniffen, »du musst unbedingt mit mir Schritt halten, sonst geht das hier noch schief.«

Ihm war, als legte jemand die Hand auf seine Schulter, und da wusste er, dass er nicht allein war, das war er nie. Ansonsten hätte er wohl einen anderen Beruf gewählt. Der Boss würde für seine Sicherheit sorgen, trotzdem wäre es nicht schlecht, wenn Maja-Sofia und ihre Kollegen ebenfalls aufkreuzten, bevor es zu spät war.

Samuel erreichte den Parkplatz des Klosters, fuhr aber weiter bis auf den Hof und parkte seinen Wagen im Schutz des Hauses, in dem er während seiner Zeit im Kloster gewohnt hatte. Die Eingangstür war wie immer abgeschlossen, also klingelte er. Nach einer gefühlten Ewigkeit hörte er Schritte im Flur. Als er zur Straße schaute, sah er, dass sich ein Auto näherte. War das der Mörder? Er musste sich beeilen.

Die Tür öffnete sich, und zu Samuels großer Erleichterung kam Charlotte zum Vorschein.

»Pfarrer Samuel?«, fragte sie. »In Trainingsklamotten?«

Er ignorierte ihr verwundertes Lächeln und nahm ihre Hand in seine.

»Ist Vater Johannes da?«, fragte er. »Ich muss dringend mit ihm sprechen.«

»Er ist gerade angekommen. Er sitzt im Aufenthaltsraum und liest Zeitung«, sagte sie. »Gehen Sie gern zu ihm.«

»Sie müssen mir helfen«, sagte er. »Es ist dringend.«

Charlotte protestierte nicht.

»Machen wir den Mörder dingfest?«, fragte sie.

Samuel legte den Finger an die Lippen, und sie verstand sofort.

»Haben Sie einen Führerschein?«, fragte er.

»Ja, habe ich.«

»Wunderbar! Hier, mein Schlüssel. Mein Wagen steht hinter dem Gästehaus. Setzen Sie sich hinein und halten Sie sich bereit. Es kann sein, dass ich sehr schnell aufbrechen muss. Wenn Sie unterwegs jemanden treffen, verhalten Sie sich einfach wie immer. Vergessen Sie das nicht, das ist wichtig! Tun Sie einfach so, als wäre alles normal, sonst ...«

»... sonst geht alles den Bach runter«, vollendete Charlotte den Satz und lächelte. »Alles klar, Herr Pfarrer.«

Er bewunderte den Mut dieser jungen Frau. Zu gegebener Zeit würde er ihr alles genau erzählen, gerade fehlte ihm die Zeit. Schnellen Schritts ging er in den Aufenthaltsraum, wo er Helge und Johannes vorfand, beide in Zeitungen vertieft. Am Finger des Hauspfarrers funkelte der Ring, der Samuel an Aschermittwoch aufgefallen war. Die goldene Raute mit der türkisen Füllung. Der Ring, den Samuel an einem anderen Finger gesehen hatte.

»Johannes«, sagte er leise und legte ihm die Hand auf die

Schulter. »Würden Sie mal mitkommen? Ich müsste mit Ihnen sprechen.«

Sie gingen in den Keller. Der Hauspfarrer schaute Samuel nur fragend an, als er die Tür zu Mauds Atelier aufschloss.

»Lass uns ein paar Heiligenbilder ansehen«, sagte Samuel. »Es müsste eins mit Signatur geben.«

Johannes nickte schweigend. Samuel schloss die Tür hinter ihnen, und dann standen sie nebeneinander und betrachteten die Gemälde an der Wand. Alle von geschickter Hand gezeichnet.

»Ikonen sind normalerweise nicht signiert«, sagte Johannes. »Heiligenbilder auch nicht, soweit ich weiß.«

»Hier ist eins, das eine hat«, sagte Samuel, »da bin ich mir sicher. Ich habe es gesehen.«

Samuel trat näher an die Gemälde und ließ den Blick darüberwandern. Maud hatte sie umgehängt, was die Sache erschwerte, aber schließlich fand er das Kunstwerk, das ihm schon bei seinem ersten Besuch im Atelier aufgefallen war.

»Hier ist es!«, sagte er.

In der unteren rechten Ecke stand »SM« neben einem kleinen Zweig mit lilafarbenen Blüten. Seidelbast, zweifellos. Und die auf dem Bild dargestellte Maria hatte eine schwindelerregende Ähnlichkeit mit einer der Frauen auf dem Foto, das er aus Karins Haus mitgenommen hatte.

»Vater Johannes«, sagte Samuel. »Oder vielleicht sollte ich Sie Janne Boman nennen, denn das ist der Name, den Sie bei Ihrer Einreise nach Schweden bekommen haben, wenn ich alles richtig verstanden habe. Wem, finden Sie, ähnelt die Maria auf diesem Gemälde?«

Der ehemalige Pfarrer starrte Samuel wortlos an. In seinen dunklen Augen schimmerte etwas, seine Lippen waren aufeinandergepresst.

»Na, was meinen Sie?«, fragte Samuel. »Jemand, den Sie kennen? Agnes vielleicht?«

Samuel bemerkte nicht, dass die Tür aufging und jemand hereinkam, erst als er eine Stimme hörte, fuhr er herum.

»Was wollen Sie in meinem Atelier?«

Maud stand mit einem Fläschchen in der Hand in der Tür. Es war braun und vielleicht zehn Zentimeter groß. Langsam löste sie den Korken und führte es zum Mund, als wolle sie den Inhalt trinken. Janne Boman keuchte hörbar.

»Nein!«, rief er. »Trink das nicht!«

Samuel schaute ihr in die Augen und hielt die Hand hoch.

»Schwester Maura«, sagte er, »denn dafür steht das SM doch, nicht wahr? Maud ist nicht ganz korrekt. Geben Sie mir das Fläschchen.«

Er streckte die Hand aus, keineswegs sicher, dass sie das Gift nicht schlucken würde. Dass er so ruhig bleiben konnte, war ein Wunder, aber die Hand, die er im Wagen auf der Schulter gespürt hatte, war noch immer da und gab ihm Rückhalt. Der Boss gab ihm Mut.

»Wie haben Sie das herausgefunden?«, fragte sie leise und ließ die Flasche ein paar Zentimeter sinken.

»Heutzutage findet man so etwas leicht heraus«, sagte er. »Auch wenn Sie hier im Kloster leben, sind Sie ja im Ort gemeldet und die Daten öffentlich einsehbar, es sei denn man genießt besonderen Identitätsschutz.«

»Und mit welchem Recht schnüffeln Sie in meiner Vergangenheit herum und kommen mir mit Anschuldigungen?«, blaffte sie.

Sie starrte ihn an. Ihre Gesichtszüge hatten sich in all den Jahren vertieft, ihr mehr Charakter verliehen, aber sie sah noch immer sehr gut aus.

»Luthers Töchter haben ein gut geführtes Archiv«, führte er fort. »Ich habe einen Vermerk über Italien gefunden und eine Klosterschule in Farfa«, sagte er. »Und die Nonnen dort. Das erklärt auch, dass Sie eine so gewandte Heiligenmalerin sind.«

»In der Klosterschule wurde mein Talent entdeckt«, erwiderte sie tonlos.

Einen Augenblick lang wirkte es, als würde sie sich entspannen. Als würde da ein Licht in ihren Augen aufblitzen. Doch dann verfinsterte sich ihr Blick wieder, und die Augen wurden schmal.

»Sie haben hier nichts verloren«, zischte sie.

Samuel schluckte ein paarmal. Sollte er es wagen, ihr zu sagen, was er dachte? Er musste es tun, jetzt gab es kein Zurück mehr.

»Eine Weile hielt ich Johannes für den Schuldigen am Tod der beiden Frauen«, sagte er. »Aber ich habe mich geirrt. Eigentlich hat er nur ein finsteres Geheimnis gewahrt, das auch Agnes kannte.«

Schwester Maud keuchte. Samuel machte einen Schritt auf sie zu, die Hand noch immer ausgestreckt.

»Sie hat mir geholfen«, sagte sie. »Ohne Agnes hätte ich es nie geschafft.«

»Aber ihre Hilfe war nicht umsonst, nicht wahr?«, fragte Samuel. »Sie hatte etwas gegen Sie in der Hand. Drohte, damit an die Öffentlichkeit zu gehen, wenn Sie nicht taten, was sie wollte. Sie, Karin und Christin.«

Maud setzte das Fläschchen wieder an die Lippen.

»Rühren Sie mich nicht an!«, brüllte sie. »Keinen Schritt näher, sonst trinke ich das. Es ist Gefleckter Schierling.«

Ein klassisches Gift, das wesentlich schneller tötete als das Kraut, das Agnes und Christin das Leben gekostet hatte. Kurz überlegte Samuel, wie er weiter vorgehen sollte. Janne Boman stand einfach nur schweigend da, blass im Gesicht, und schaute von Maud zu ihm. Samuel beschloss, direkt zu sein.

»Schwester Maud«, sagte er so gefasst, wie er konnte. »Oder eben Maura, wie Sie wirklich heißen. Ich weiß, dass Sie für den Tod von Agnes und Christin verantwortlich sind.«

FÜNFUNDVIERZIG

Schwester Maud schürzte die so wohlgeformten Lippen.

»Das können Sie nicht beweisen«, sagte sie.

»Nein, das stimmt. Aber eine ganze Menge deutet in Ihre Richtung«, sagte er. »Und es ist Aufgabe der Polizei, die nötigen Beweise zu finden. Ihre Signatur spricht jedoch eine sehr deutliche Sprache. Ich hätte das schon längst begreifen können. Echter Seidelbast ist ja Ihr Markenzeichen, und irgendwie haben Sie die beiden Frauen damit vergiftet. Und dieser Ring, den Johannes trägt, ist ein weiterer Anhaltspunkt. Denn hier auf diesem Foto sind Sie es, die den Ring trägt.«

Er holte ein gefaltetes Blatt aus der Jackentasche und zeigte es ihr. Es war der Ausdruck des Fotos. Ein Dreiergespann glücklicher Jugendlicher. Die Frau ohne Gesicht, der Ring an ihrem Finger. Eine Raute mit einem Stein in der Mitte. Die Farbe ließ sich auf der Schwarz-Weiß-Aufnahme nicht erkennen, aber er wusste, dass es sich um den gleichen Goldring handelte, den Johannes trug.

Plötzlich lächelte Schwester Maud ihn an. Im gleichen Moment öffnete sich die Tür hinter ihr einen Spaltbreit.

»Die Vergiftung mit Seidelbast schreitet langsam voran«, sagte sie. »Die Opfer leiden länger. Das hier ist effizienter.«

Sie hielt das Fläschchen hoch.

»Ich weiß, warum Sie es getan haben«, sagte Samuel.

»Sie wissen rein gar nichts!«

»Doch, Sie wurden schwanger und mussten nach Hause zurückkehren. Niemand sollte davon wissen.«

Ihre Augen wurden feucht, eine Träne kullerte über ihre Wange.

»Agnes kam zu uns ins Dorf und hat uns vor allen blamiert«, sagte sie. Obwohl sie leise sprach, schwang eine ordentliche Portion Wut in ihren Worten mit. »Sie dachte wohl, sie könnte sich so leichfertig verhalten wie am Strand von Levanto oder bei ihr zu Hause in Schweden. Die Leute sahen uns an, als wären wir Huren. Meine Mutter weinte, wegen Agnes verlor sie das winzige bisschen Ansehen, das sie im Dorf noch gehabt hatte, und wir waren gezwungen, umzuziehen.«

Sie verstummte und starrte ihn an.

»Und Johannes' Vater?«

»Das war meine Schuld«, sagte sie kopfschüttelnd.

»Nein, Maura, das war nicht Ihre Schuld. Sie waren noch ein junges Mädchen.«

»Ich konnte fliehen«, sagte sie kaum hörbar.

Samuel spürte eine Woge des Mitgefühls für Maud. Er musste an den Brief denken, den er gefunden hatte. Ein Brief von Agnes an Maud, der nie in andere Hände hätte fallen dürfen. Die Notizen in den Klosterakten hatten die letzten Stücke ergänzt, sodass er sich ein Gesamtbild machen konnte.

»Agnes war die Einzige, die wusste, dass Sie schwanger

waren«, fuhr Samuel fort. »Nicht mal Karin wusste davon, obwohl sie eine Ahnung hatte. Jannes Vater, der Italiener, der sich ihnen als fürsorglicher Vater verkauft und Sie ausgenutzt hat, hätte seine Vaterschaft niemals anerkannt, nicht wahr?«

»Er hat versprochen, auf mich achtzugeben.«

»Aber stattdessen nahm er Sie auf einem Boot mit aufs Meer und verging sich an Ihnen. Sie sind völlig gebrochen zurück an Land gekommen, und Ihre Freundinnen am Strand haben gleich verstanden, was geschehen war.«

»Agnes hat mich gerettet«, flüsterte sie. »Aber ich werde ihr nie verzeihen, dass sie das Leben meiner armen Mutter zerstört und dafür gesorgt hat, dass wir unser kleines Dorf verlassen mussten. Christins Tod war ein Versehen. Ich wollte nur Agnes und Karin beseitigen.«

»Sie haben es für Ihren Sohn getan«, stellte er fest. »Und für Ihre Mutter?«

Sie schluchzte auf und nickte.

»Und der Überfall in Petras Atelier, das haben Sie nur inszeniert, oder?«

Plötzlich kam Leben in Vater Johannes, der eine Hand hob.

»Das waren Mama und ich«, sagte er. »Wir haben uns da hin und wieder getroffen.«

Maura streichelte ihrem Sohn mit der freien Hand über die Wange.

Samuel machte ein paar Schritte auf sie zu.

»Geben Sie mir das Fläschchen«, sagte er und streckte die Hand aus.

Sie schüttelte den Kopf.

»Für mich ist es zu spät. Für mich gibt es keine Gnade.«

Samuel machte noch einen Schritt auf sie zu. Der Türspalt öffnete sich weiter, und er sah Maja-Sofias ernstes Gesicht.

»Für Gott ist es nie zu spät, das wissen Sie doch, Maura«, sagte Samuel und sah ihr in die Augen. »Er steht Ihnen auch in den dunkelsten Stunden bei.«

Er wagte sich noch einen Schritt näher und umschloss sanft ihr Handgelenk.

»Maura, lassen Sie die Flasche los. Geben Sie her.«

Ihr Handgelenk entspannte sich, sie ließ sich das Gift aus der Hand nehmen. Gleichzeitig liefen ihr die Tränen über die Wangen. Maja-Sofia schob die Tür ganz auf, und Samuel reichte ihr das Fläschchen.

»*Dio ti benedica, suora Maura*«, sagte er und streifte ihr die Tränen mit dem Daumen weg. »Gott segne Sie, Schwester. Bekennen Sie Ihre Sünden und erfahren Sie seine Gnade.«

Ihre Tränen versiegten, verwundert schaute sie ihn an.

»Wieso sprechen Sie meine Sprache?«

Er deutete Richtung Himmel, und sie nickte verstehend. Ihr von der Übersetzungshilfe bei Google zu erzählen schien ihm im Augenblick zu banal.

Maura folgte der Polizei, die inzwischen das Atelier betreten hatte, ohne weitere Proteste. Mit gesenktem Kopf ging sie zwischen Martina Jarning und Knis Petter Larsson hinaus. Im Flur standen die Schwestern mit ernsten Mienen und gefalteten Händen. Petra weinte hemmungslos. Vater Johannes, alias Janne Boman, schloss zu ihnen auf.

Mauras uneheliches Kind, ein Geheimnis, für das sie lieber mordete, als es ans Licht kommen zu lassen, um eine neuerliche Erniedrigung ihrer selbst und ihrer Mutter zu verhindern.

»Woher haben Sie das alles gewusst?«, fragte Maja-Sofia an Samuel gewandt.

»Als ich Zeit zum Nachdenken hatte, fügte sich plötzlich alles zusammen, und ich habe es endlich begriffen«, antwortete er. »Das war während meiner Joggingrunde heute früh.«

»Ja, das sehe ich«, sagte sie mit einem schwachen Lächeln.

Sie deutete auf seine Lauftights, die Sven-Erik Strumpfhose genannt hatte. Da er Shorts darüber trug, war das sogar nachvollziehbar. Er wünschte sich von ganzem Herzen, dass er anders gekleidet wäre.

»Ich muss nach Hause, mich umziehen«, sagte er. »Ich wollte noch nach Västerås.«

Sie nickte und wurde plötzlich ernst und förmlich.

»Kommen Sie erst in Mora vorbei«, sagte sie. »Wir brauchen Ihre Zeugenaussage.«

»Ich kann nicht alles erzählen, Sie wissen ja, meine Rolle als Pfarrer beschränkt mich da«, erwiderte er. »Aber so viel kann ich sagen: Es geht um ein Foto, einen italienischen Ring und eine offenbar sehr strenge Kindheit geprägt von Schuld und Scham. Und sie war die Einzige von Luthers Töchtern, die sich während der Gottesdienste und Gebete bekreuzigt hat, das ist mir besonders aufgefallen.«

Er konnte ihr nicht sagen, dass Maura als junges Mädchen in der Klosterschule gelandet war und begriffen hatte, dass sie wirklich glauben musste, um dort zu überleben. Und obwohl sie wegen ihres künstlerischen Talents gewisse Freiheiten genoss, drohte sie an dem Kloster-, Schul- und Dorfleben zu ersticken. Also zog sie davon, bekam einen Job als Bedienung und lernte Karin und Agnes kennen, die ein entspanntes und sorgloses Hippieleben am Strand führten. Sie hatten eine andere Lebensanschauung, alles war von Freude und Freiheit geprägt, ein großer Gegensatz von all den strengen Regeln der Klosterschule.

Agnes war die Einzige gewesen, die von dem Kind gewusst hatte, und sie hatte Maura geholfen. Der Sohn kam in Schweden zur Welt und wuchs in einer schwedischen Familie auf. Agnes hatte all das für sie organisiert. Maura hatte in der Nähe ihres Sohnes sein wollen, doch auch Gott hatte eine starke Anziehungskraft auf sie ausgeübt. Trotz ihres Schicksals hatte sie den Glauben nie verloren. Durch Agnes fand sie zu Luthers Töchtern. Niemand hatte je von dem Kind erfahren sollen oder herausfinden, wer der Vater war. Aber Agnes' leichtsinniger Besuch in Mauras Heimatdorf hatte tiefere Spuren hinterlassen, als sie hätte ahnen können. Verbitterung nagte seit so vielen Jahren an Maura. Ihre Mutter war nie wieder dieselbe gewesen.

Nein, dazu würde Samuel schweigen. Ein Teil davon hatte in den Klosterakten gestanden, das andere eher zwischen den Zeilen. Das Traurigste bedurfte keiner Worte.

SECHSUNDVIERZIG

Mittwoch, 2. April

»Was für ein komisches Gift«, sagte Knis Petter Larsson. »Vor diesem Fall wusste ich nicht mal, dass es eine Pflanze namens Seidelbast gibt. Heute habe ich erfahren, dass man sie auch als Kellerhals kennt.«

»Wir haben halt einen vielseitigen Job.« Martina Jarning grinste. »Aber ein großartiger Botaniker wird sicher nicht mehr aus dir, Larsson.« Sie legte jedem der Kollegen ein Blatt vor die Nase. »Was für nützliche Dinge wir bei Mordermittlungen lernen.«

Sie saßen zur Nachbesprechung nach erfolgter Festnahme von Schwester Maud zusammen. Ihr Geständnis war nur so aus ihr herausgesprudelt. Larsson, der die Vernehmung geleitet hatte, musste fast keine Fragen stellen. Sie erweckte den Eindruck, als hätte sich das Bedürfnis angestaut, endlich die Wahrheit zu erzählen. Alles, was Larsson jetzt noch mal wiedergab, hatte Samuel schon gewusst, zumindest zum Teil. Aber für ihn galt ja diese unumstößliche Schweigepflicht, und das musste Maja-Sofia respektieren.

»Was für ein Schicksal«, sagte sie, als Larsson seinen Bericht beendet hatte.

»Ich habe ein bisschen über ihren Lebenslauf in Erfahrung gebracht«, sagte Jarning. »1956 in einer kleinen Stadt mehrere Kilometer von Roma geboren. Ihr Vater war Gastarbeiter in Schweden, wie viele andere zu jener Zeit. Maud und ihre Mutter blieben in Italien. Nach einer Weile hörten die Zahlungen aus Schweden auf, der Vater kehrte nie zurück. Sie waren bettelarm, aber der Dorfpfarrer griff ihnen unter die Arme. Maud oder vielmehr Maura, wie sie eigentlich heißt, bekam einen Platz an der Klosterschule, was ihre Rettung war, denn dort wurde ihr künstlerisches Talent entdeckt. Und den Rest kennt ihr ja bereits.«

»Gute Arbeit, Jarning«, lobte Maja-Sofia. »Wirklich tragisch, was sie durchmachen musste. Genauso wie die Tat, die sie gestanden hat. Es ist einfach alles traurig. Einem Übergriff durch jemanden ausgesetzt, von dem sie dachte, ihm trauen zu können, und dann ein Leben lang eine Schuld mit sich herumtragen, das muss eine schreckliche Qual gewesen sein.«

In einem so belastenden Fall wie diesem war es ein Segen, so großartige und zuverlässige Kollegen zu haben. Klar, Larsson war kein Experte auf dem Gebiet der Pflanzen, aber Vernehmungen waren seine absolute Stärke. Er war sowohl freundlich und nachsichtig mit seinem Gegenüber, schreckte aber auch nicht vor schwierigen Fragen zurück. Jarning war eine Meisterin der Informationsbeschaffung, nur Gott selbst wusste, wo sie die immer auftrieb. Was genau ihre eigene Stärke war, vermochte Maja-Sofia gar nicht zu sagen. Ah, doch, schlussendlich alle Teile zusammenzufügen und zu verstehen, wie alles zusammenhing. Allerdings stellte sich die Frage, ob sie in Samuel Williams nicht ihren Meister getroffen hatte. Es tat weh, sich das einzugestehen, aber der Herr Pfarrer war einfach unschlagbar darin, die Informationen aufzutun, die schlussendlich zur Beantwortung aller offenen Fragen führte.

»Wirklich erstaunlich, was sich unter so einer Haube und Tracht verbergen kann«, sagte Larsson. »Ich hätte niemals damit gerechnet, dass eine der Töchter die Mörderin ist. Dabei sollte uns ja nach all den Jahren im Job eigentlich nichts mehr überraschen.«

»Eine Sache, die mir bisher noch niemand erklären konnte«, sagte Jarning, »ist, wie man dieses Gift gewinnt. Es ist alkohollöslich, so weit ist es mir klar. Aber wie läuft das?«

Maja-Sofia lehnte sich zurück und verschränkte die Hände im Nacken.

»Ich habe eine alte Verwandte«, sagte sie, »die sich mit Kräutern auskennt und weiß, wie jedes Gift heißt. Ich hab sie neulich danach gefragt.«

Larsson und Jarning betrachteten sie gespannt.

»Und? Was hat sie gesagt?«, fragte Larsson voller Neugier. »Erzähl schon.«

»Rein gar nichts«, sagte Maja-Sofia. »Sie hat behauptet, dass es eins ihrer absoluten Berufsgeheimnisse ist und dass sie es unter keinen Umständen preisgeben wird.«

»Pfft …«, machte Jarning enttäuscht.

Ein Klopfen unterbrach das Gespräch, und Löfblad steckte den Kopf herein.

»Sie haben Besuch«, sagte sie. »Allerdings fürchte ich, wird der Platz hier nicht reichen.«

Maja-Sofia stand auf.

»Ich erwarte nur Mutter Veronica«, sagte sie. »Die müssten wir doch noch hier unterkriegen.«

Die Chefin verzog leicht den Mund und nickte dann Richtung Flur.

»Sie ist nicht allein.«

»Das sagen diese religiösen Leute doch immer«, witzelte Larsson. »Maja-Sofia, du kannst ja trotzdem hierbleiben und die Befragung einfach allein vornehmen. Jarning und ich haben genug anderes zu tun.«

Die Kollegen schlichen sich hinaus. Larsson drehte sich an der Tür noch einmal um, blickte vielsagend in den Gang und grinste sie an, ehe eher verschwand. Maja-Sofia ließ eine praktische Jalousie herunter, die die gesamte Magnettafel mit allen Tatsachen zu den Ermittlungen verdeckte, ehe Löfblad die Besucherinnen hereinbat. Wenige Minuten später war das kleine Besprechungszimmer überfüllt von besorgten Blicken, flatternden Ärmeln und Schwestern, die wild durcheinanderredeten. Luthers Töchter waren geschlossen angerückt, um ihre Mitschwester zu unterstützen.

Maja-Sofia, die damit gerechnet hatte, ein ruhiges Gespräch mit der Mutter Oberin zu führen, musste schnell umdisponieren.

»Können Sie vielleicht zur Ruhe kommen?«, bat sie und klopfte mit dem Stift auf den Tisch. »Dann kann ich möglicherweise sogar verstehen, was Sie mir sagen möchten. Setzen Sie sich doch, ich organisiere noch ein paar weitere Stühle.«

Sie schob das Fenster auf und ließ die Frühlingsluft herein. Larsson und Jarning hatten das Problem schon kommen sehen und brachten Stühle heran. Schon bald saß der gesamte Schwesternschwarm und wurde mucksmäuschenstill. Alle Gesichter waren Maja-Sofia zugewandt, und wie besorgt sie waren, ließ sich nur zu leicht an ihren Blicken ablesen.

»Dann wollen wir mal sehen«, setzte Maja-Sofia an. »Veronica und Charlotte kenne ich ja schon. Dann haben wir noch Birgitta, wir haben uns in der Klosterküche unterhalten.«

Birgitta lächelte und winkte diskret. Ihre gute Laune schien unerschütterlich, was auch geschah.

»Maine habe ich im Garten gesehen. Aber wen haben wir hier?«, fragte sie und deutete zu einer der jüngeren Schwestern mit Brille und runden Wangen. »Sind wir uns schon mal begegnet?«

»Petra«, stellte sie sich vor. »Sagen Sie, würden Sie mich später einmal herumführen? Das ist alles so spannend.«

Die anderen mahnten sie sofort, still zu sein. Maja-Sofia ließ den Blick über die Gruppe schweifen. Man spürte, dass jemand fehlte.

»Darf ich fragen, warum Sie alle erschienen sind?«, setzte Maja-Sofia an. »An und für sich brauchen wir ergänzende Zeugenaussagen von Ihnen allen, aber gerade hatte ich eigentlich nur mit Mutter Veronica gerechnet.«

Veronica zeigte auf, um zu verdeutlichen, dass sie etwas sagen wollte.

»Wir Schwestern halten zusammen«, sagte sie. »Wir

wissen, dass eine der unseren etwas Unrechtes getan hat. Aber deshalb wenden wir uns nicht von ihr ab, genauso wenig wie Gott. Wir sind hergekommen, um unsere Unterstützung zu unterstreichen, und wir möchten, dass sie unserer Freundin die Botschaft von Gottes Segen überbringen.«

Maja-Sofia wusste nicht, was sie darauf erwidern sollte, und dachte stattdessen darüber nach, wie sie vorgehen sollte. Fünf Schwestern waren anwesend. Wenn sie sie nacheinander vernahmen, wären sie schnell fertig. Löfblad war sicher dabei. Larsson würde ohne Weiteres zwei abhaken, und Jarning war auch gut bei Gesprächen dieser Art. Ja, so könnte es funktionieren.

»Wo Sie ja nun doch alle hier sind, nutzen wir einfach die Gelegenheit und sprechen doch mit Ihnen allen. Und selbstverständlich richte ich Schwester Maud Ihre Grüße aus, was genau sollte ich ihr sagen?«

Sie konnte sich beileibe nicht daran erinnern, was Veronica gerade noch gesagt hatte.

»Gottes Segen«, sagten die Schwestern im Chor.

»Alles klar.« Maja-Sofia nickte und machte sich schnell eine Notiz, ehe sie die Kollegen holte.

Die Vernehmungen gingen schnell und verliefen gut, und nach einem guten Mittagessen fuhren Jarning und Maja-Sofia mit einem besonderen Auftrag nach Klockarvik. Smid Karin Karlsdotter war im Garten, als sie ankamen. Sie grüßte sie wenig enthusiastisch, erklärte sich aber bereit, ihnen noch einmal Zugang zur Speisekammer zu verschaffen.

»Woher kommen denn die ganzen Gläser mit der Hagebutte?«, fragte Maja-Sofia.

»Ich habe pausenlos welche von Maud bekommen«, sagte Karin. »Sie hat im Herbst so viele Hagebutten geerntet wie möglich und mir ständig Gläser zugesteckt. Ich habe sie Agnes und Christin mitgebracht, weil ich selbst kein großer Fan dieser Pampe bin«, sagte sie. »Meine Freundinnen haben die zu allem möglichen gegessen. Zu Geflügel, selbst zum Weihnachtsschinken, und zu Frikadellen passte sie wohl auch. Manchmal haben sie sie auch auf Brote gestrichen, weil die Gläser wirklich schnell leer waren.«

Das bestätigte, was Maja-Sofia sowieso schon gedacht hatte. Die arme Karin hatte unwissend Beihilfe geleistet. Sie hatte ihre Freundinnen vergiftet, während die wahre Mörderin nichts weiter tun musste, als Glas um Glas mit ihrer Seidelbastsignatur auf dem Etikett abzuliefern.

»Karin, Sie kennen Maud schon lange«, sagte sie.

»Seit wir jung waren«, sagte Karin, die offenbar noch nicht begriffen hatte, dass sie der Mörderin zur Hand gegangen war.

»Haben Sie noch Bilder aus dieser Zeit?«

»Ja, gleich hier drüben. Kommen Sie mit.«

Sie gingen ins Wohnzimmer, wo Karin zu einem Album griff und es aufschlug.

»Hier sind wir in Italien, das war 1977«, erklärte sie. »Sonderbarerweise sind mir ein paar Fotos abhandengekommen. Lange kann das noch nicht her sein, und ich bin davon überzeugt, dass Maud sie mitgenommen hat. Weil sie nicht wollte, dass das rauskommt.«

Maja-Sofia betrachtete die leeren Seiten. Die Bildunterschriften erklärten, wo die Fotos aufgenommen worden waren, die nicht länger im Album klebten.

»Was rauskommt?«, fragte sie.

Karin schnaubte.

»Das mit ihr und Agnes«, sagte sie.

»Dass sie ein Paar waren, meinen Sie?«

Karin kniff den Mund zu. Maja-Sofia schlug das Album zu.

»Ich nehme das mal mit, okay?«, sagte sie. »Sie bekommen es auf jeden Fall zurück.«

Karin nickte, und Maja-Sofia ließ sie zurück und trat in den Garten hinaus.

Sie holte das Handy raus und rief Samuel an. Er ging sofort dran, als hätte er nur auf ihren Anruf gewartet. Seine Stimme klang angenehm, aber sie durfte sich nicht einlullen lassen. Dies hier war rein beruflich, da musste sie streng bleiben.

»Samuel Williams«, sagte sie, »liege ich völlig falsch, wenn ich annehme, dass Sie ein paar Fotografien entwendet haben, die zu diesem Zeitpunkt als Beweismaterial gelten müssen?«

Auf die Frage folgte erst einmal Schweigen.

»Nicht ganz«, sagte er. »Ich habe sie nur sicher in meiner Brusttasche verstaut.«

»Was halten Sie vom *The Worried Wolf*, in zehn Minuten?«, sagte sie. »Gegessen habe ich schon, aber Nachtisch und einen kleinen Kaffee bekomme ich sicher noch runter.«

»Bin schon fast da«, sagte er.

Vielleicht hatte sie sich verhört, aber sie hatte den Eindruck, er habe sehr erfreut geklungen.

SIEBENUNDVIERZIG

Sie saßen am hintersten Tisch im Lokal. Keine anderen Gäste waren in der Nähe, sie konnten also relativ ungestört sprechen. Maja-Sofia wollte keine amüsierten Blicke ihrer Kollegen abbekommen, mit denen sie aber sicher hätte rechnen müssen, wenn sie Samuel aufs Revier gebeten hätte. Sie hatte nie erwähnt, was sie von dem Herrn Pfarrer hielt, aber sie hatten es auch so verstanden. Larsson hatte den einen oder anderen Spruch gerissen, und an Jarnings Blicken hatte Maja-Sofia ablesen können, dass sie wusste, dass da was war. Sich im Pub zu treffen war also auf vielen Ebenen besser.

»Ich möchte nur einen Kaffee und ein Stück Kuchen«, sagte Maja-Sofia, »ich habe schon mit den Kollegen gegessen.«

»Bei mir genau umgekehrt«, sagte Samuel. »Ich brauche einen der Hamburger, ich habe seit dem Frühstück nichts gegessen. Eigentlich wollte ich ja nach Västerås aufbrechen, aber irgendwie komme ich nicht los.«

Maja-Sofia hätte liebend gern gefragt, ob er mit dem Gedanken spielte, wieder zu Marit zu ziehen, aber dann besann sie sich eines Besseren und beschloss, alles Private auszuklammern.

»Dann erzählen Sie mal bitte von vorn«, sagte sie, »wie haben Sie herausgefunden, dass Maud die Schuldige ist?«

Der Hamburger wurde gebracht und sah verführerisch aus, aber sie wollte sich an den Kaffee halten. Schließlich herrschte gerade Fastenzeit, was man bei einem Blick auf die großzügige Portion auf dem Teller des Pfarrers nicht ahnen würde.

»Angefangen hat es mit Ihrer Bitte, ein bisschen im Kloster herumzuschnüffeln. Ich habe ja alle Bewohnerinnen kennengelernt, und ich habe mit großem Interesse Mauds hübsche Heiligenbilder angeschaut. Damals war mir die Tragweite noch nicht ganz klar, aber mir ist aufgefallen, dass eins der Bilder mit SM und einer Blume in der unteren, rechten Ecke signiert war.«

»Seidelbast?«

Er nickte und biss noch mal in den Hamburger. Sie wartete, bis er weitersprechen konnte.

»Ja, Seidelbast, aber das wusste ich da noch nicht. Lange hatte ich Helge Fredengren in Verdacht, er ist schließlich der ultimative Pflanzenexperte, auch für die gefährlichen. Dass sich eine fromme Schwester aus einem Klosterverband eines Mordes schuldig machen würde, kam mir gar nicht in den Sinn. Aber das Symbol von der Signatur ist mir hier und da wieder aufgefallen.«

»Auf Einweckgläsern«, sagte Maja-Sofia. »Ich habe auch ein paar davon gesehen. Bei Agnes und Christin und bei Karin.«

»Ja, und im Kloster gab es auch welche«, sagte Samuel. »Die sind mir aufgefallen, als ich dort auf Klausur war.«

»Aber wo ich gerade Karin ins Spiel gebracht habe«, sagte Maja-Sofia. »Ich bin mir, wie vorhin schon angedeutet, ziemlich sicher, dass Sie etwas haben, das ihr gehört. Da habe ich doch recht, oder?«

Samuel nahm ein paar Pommes aus der Schale neben dem Teller und spülte sie mit einem Schluck Bier hinunter.

»Ich war mit ihrer Erlaubnis da«, sagte er. »Weil ich den Kater versorgt hab, während sie in U-Haft saß. Als Pfarrer übernimmt man viele Aufgaben.«

Er lächelte, und ihr wurde ganz warm. Verdammt, sie musste unbedingt damit aufhören. Samuel war nichts für sie, er hatte eine andere. So war es einfach.

»Und dann haben Sie die Fotos mitgenommen?«

Samuel suchte in dem Mantel, der neben ihm auf dem Stuhl lag, und reichte ihr dann einen Umschlag. Maja-Sofia öffnete ihn und holte zwei Bilder heraus. Sie betrachtete sie eingehend, während ihr Kaffee langsam kalt wurde. Samuel stand auf, holte ihr einen frischen und sich selbst auch gleich einen.

»Agnes Busk«, sagte sie schließlich. »Wie jung sie auf diesen Aufnahmen ist. Und die andere muss Karin sein. Aber wer ist die Frau, deren Gesicht ausgeschnitten wurde? Die Frau, die Agnes so liebevoll ansieht?«

»Maud«, sagte Samuel. »Vielmehr hießt sie damals ja noch Maura. Sehen Sie den Ring an ihrer Hand?«

Maja-Sofia nickte.

»So einen trägt auch Janne Boman«, sagte sie.

»Der Ring stammt von Mauds Klosterschule.«

Maja-Sofia betrachtete die jungen, hübschen Frauen.

»Die wirken irgendwie wie verliebt«, sagte sie.

»Es waren die Siebzigerjahre, die Frauen waren jung und frei«, sagte Samuel. »Aber vielleicht war doch nicht alles so einfach, wie es scheint. Auf diesen beiden Fotos können Sie das Motiv für den schleichenden Mord sehen, allerdings nicht nur dort. Eifersucht gehört mit dazu, aber sie alleine reicht nicht aus, um die Tat zu erklären. Es gibt noch einen viel schwerwiegenderen Grund.«

»Das wissen wir«, sagte Maja-Sofia. »Maud hat es Larsson erzählt. Sehr traurig, muss ich schon zugeben.«

Maja-Sofia leerte ihre Tasse und steckte die Fotos wieder in den Umschlag.

»Als Sie mich verständigt haben, dass Sie zu Luthers Töchtern unterwegs sind, was ging dem voraus? Wieso waren Sie plötzlich so sicher zu wissen, wer die Mörderin ist?«

Samuel erzählte ihr, dass er zufällig bei Karin vorbeigejoggt war und durch die stachelige Hecke den Streit zwischen den beiden Frauen mitbekommen hatte, und da war ihm aufgegangen, dass Karin das nächste Opfer sein könnte. Sie hatte angedeutet, Mauds Geheimnis zu kennen. Sie hatte einen Brief von Agnes an Christin gefunden hatte, als sie das Bett der zuletzt Verstorbenen abgezogen hatte.

»Das erklärt die Kratzer«, sagte Maja-Sofia und deutete auf seine Finger.

»Ja, das stimmt«, sagte Samuel und betrachtete seine Unterarme. »Ich musste mich etwas in die Hecke lehnen, um nichts von dem zu verpassen, was da gesprochen wurde.«

»Völlig unwissend hat Karin Beihilfe zum Mord geleistet, das haben wir nun auch verstanden. Das Gift war eigentlich für Karin gedacht«, sagte Maja-Sofia und erschauderte. »Zu was der Hass die Menschen verleiten kann.«

Das Phänomen war ihr selbst nur allzu bekannt. In ihrem Leben gab es ja auch jemanden, der von Hass erfüllt war und niemals aufgeben würde.

»Sie wissen das ja selbst am besten«, sagte Samuel, als hätte er ihre Gedanken gelesen. »Ist Ihr Stalker noch mal aufgetaucht?«

Sie schüttelte den Kopf, wollte nicht darüber sprechen.

»Noch nicht«, sagte sie. »Mein Vater hat berichtet, dass er daheim in Kuivalihavaara gesichtet wurde, aber als die Polizei aus Kiruna ausgerückt ist, um ihn zu fassen, war er schon wieder wie vom Erdboden verschluckt. Weiß der Teufel, ob er überhaupt noch dort oben ist. Oh, entschuldigen Sie den Ausdruck.«

Samuel winkte nur ab.

»Ihr Fluchen sei Ihnen verziehen. Sie haben schon viel zu viel durchgemacht, Maja-Sofia«, sagte er und legte seine Hand auf ihre.

Am liebsten hätte sie seine Hand mit ihrer ergriffen.

»Hm, ja«, sagte sie und zog ihre Hand widerwillig zu sich. »Aber mal was anderes«, fuhr sie fort, »wollten Sie nicht nach Västerås? Mir war so, als hätten Sie das erwähnt. Ich will Sie nicht aufhalten.«

Indem sie den Fokus von sich auf Samuel schob, hatte sie die Kontrolle wiedergefunden. Die Schmetterlinge gaben erst mal Ruhe. Er durfte sie nicht so berühren, damit kam sie nicht klar. Sie steckte den Umschlag in die Brusttasche.

»Ja, ein kurzer Abstecher«, sagte Samuel. »Ich erreiche Marit nicht, deshalb muss ich mal nachsehen.«

»Sie erreichen Sie nicht? Das klingt merkwürdig.«

Er schaute sie besorgt an.

»Sie ist ... ich sage es am besten einfach, wie es ist«, seufzte er und schaute ihr in die Augen. »Marit ist schwanger, und meine Gefühle waren ein bisschen ambivalent. Und jetzt, wo ich mich entschieden habe und Verantwortung übernehmen will, erreiche ich sie nicht.«

Er sprach weiter, aber sie hörte nicht mehr zu, sah nur noch, wie sein Mund sich bewegte. Es surrte im Kopf. Marit war schwanger. Das hatte er bisher mit keinem Wort erwähnt, und es war wie ein Schlag in den Bauch. Das letzte Fünkchen Hoffnung erlosch. Wieso hatte sie sich überhaupt vorgestellt, dass jemals etwas zwischen ihnen passieren könnte? Sie war so eine Vollidiotin.

»Maja-Sofia, Sie hören ja gar nicht mehr zu!«

Sie zuckte zusammen.

»Oh, doch, doch«, sagte sie verwirrt. »Also, dann fahren Sie vorsichtig. Ich muss wieder auf die Arbeit. Danke, dass Sie sich die Zeit genommen haben.«

Maja-Sofia stand auf und verließ das Pub. Niemals wieder wollte sie mit Pfarrer Samuel Williams dort sitzen und Vertraulichkeiten austauschen.

Kaum saß sie im Wagen und hatte den Motor gestartet, klingelte ihr Handy. Sie drückte auf Annehmen, und der Wagen wurde von der abscheulichsten Stimme erfüllt, die sie sich denken konnte.

»Du kleines Miststück, du entkommst mir nicht«, sagte

Danne Ylitalo. »Ich bin nicht weit weg. Komm sofort zum Teufelsfall. Und zwar allein. Keine Bullen in der Hinterhand!«

ACHTUNDVIERZIG

Samuel schaute Maja-Sofia durch das große Fenster des Pubs nach. Mit bestimmten Schritten ging sie zu ihrem Wagen und schlug die Tür zu, als sie drinsaß. Dass er die Schwangerschaft erwähnt hatte, schien sie aufgewühlt zu haben. Vielleicht hätte er ihr längst erzählen sollen, dass Marit schwanger war. Maja-Sofia war eine liebe Freundin, trotzdem schuldete er ihr ja keine Information über alle Einzelheiten seines Privatlebens. Eigentlich war das Kind ja ein glücklicher Umstand, aber er konnte sich nicht wirklich darüber freuen. Deshalb hatte er es nicht über sich gebracht, es ihr zu erzählen. Er hatte sich wie einer verhalten, der anstatt sich zu entscheiden, alles auf einmal haben wollte. Was war er doch für ein Idiot.

»Oder, Boss?«, fragte er und bekam umgehend seine Bestätigung.

Du hast den Nagel auf den Kopf getroffen, mein Sohn.

Samuel seufzte schwer, ging zum Tresen, zahlte und trat hinaus auf die Straße. Maja-Sofia saß noch in ihrem Wagen und sah so aus, als hätte sie gerade ein Telefonat beendet. Er machte ein paar Schritte auf ihr Auto zu, weil er das Gefühl hatte, er sollte etwas sagen, doch im gleichen Moment startete sie den Motor und sauste davon. Samuel konnte gerade noch ihre verkniffene Miene erkennen. So hatte er sie noch nie gesehen. Auf ihrem Gesicht lag Angst, vielleicht auch Wut. Er konnte unmöglich sagen, welches von beidem.

Er beschloss, ihr mit einem gehörigem Abstand zu folgen. Schnell stieg er in seinen Wagen und fuhr ihr nach. Es herrschte recht dichter Verkehr, sie würde nicht merken, dass er sich hinter ihr hielt, obwohl er problemlos sehen konnte, wohin sie fuhr. Nach Mora jedenfalls nicht. Maja-Sofia bog in eine kleine Straße ab, und Samuel ahnte, wohin sie führte. Er wurde langsamer, blieb etwas zurück, sodass er sie nicht länger sehen konnte. »Teufelsfall« hatte auf dem Schild am Anfang der unbefestigten Straße gestanden, und er war fast sicher, dass das Maja-Sofias Ziel war. Die einzige Gefahr bestand darin, dass sie wendete und sie sich entgegenkamen. In dem Fall musste er sich eben schnell eine Begründung dafür einfallen lassen, weshalb er ihr gefolgt war. Er war besorgt und konnte das Gefühl nicht abschütteln, dass etwas nicht stimmte. Was wollte sie bei dem Wasserfall? In diese Richtung war Danne Ylitalo geflohen, nachdem Samuel befreit worden war. Was, wenn er Maja-Sofia dorthin gelockt hatte? War sie wirklich so naiv, allein hinzufahren? Der Mann war doch brandgefährlich, das wusste sie doch selbst besser als jeder andere.

Sein Navi verriet, dass es noch etwa zweihundert Meter bis zum Wasserfall waren. Samuel wurde langsamer, hielt dann zwischen zwei Fichten und einer Tanne. Vorsichtig öffnete er die Tür und lauschte. In der Ferne konnte er das Wasser rauschen hören. Er ließ den Wagen stehen und legte den Rest des Weges zu Fuß zurück. Sein Handy gab ein kurzes Piepen von sich und verkündete das Eintreffen einer SMS von Alva. Er überflog die Nachricht und stellte das Handy dann auf lautlos, ehe er es wieder wegsteckte. Er musste dringend mit Alva und Gabriel über ihr kleines Geschwisterchen sprechen. »Alles okay, Papa?«, hatte seine Tochter geschrieben. Hatte sie einen sechsten Sinn? Gerade fühlte er sich alles andere als okay.

Zur selben Zeit parkte Maja-Sofia ein Stück weiter den Weg hinauf ihren Wagen rückwärts ein. Wenn sie schnell fortmusste, war es klug, einfach vorwärts losrauschen zu können. Leise drückte sie die Autotür zu. Nicht, dass es eine große Rolle spielte. Wenn Danne hier im Gebüsch hockte, hatte er sie längst kommen sehen. Sie schob prüfend die Hand unter die Jacke. Ja, das Holster war an Ort und Stelle, die Dienstwaffe gut erreichbar. Wenn sie zum Schießen gezwungen war, würde sie nicht zögern. Sie konnte ja auf die Beine zielen, dann wäre er für den Rest seines Lebens immobil.

Sie blieb stehen, lauschte, schaute sich um. Der Wasserfall rauschte laut, und wenn man erst mal oben auf der Hängebrücke stand, musste man sich richtig anschreien, um etwas zu verstehen. Auf die Brücke wollte sie allerdings unter keinen Umständen. Sie war schon einmal dort gewesen, damals hatte sie einen jungen Mann, der sich das Leben hatte nehmen wollen, davon überzeugen müssen, herunterzukommen. Er hatte das Sicherheitsnetz aufgeschnitten und war auf die andere Seite des Geländers geklettert. Der Boden hatte buchstäblich unter ihren Füßen geschwankt, die Situation war äußerst angespannt gewesen, der Ausgang ungewiss. Dass es ihr schlussendlich gelungen war, den jungen Mann zu überreden, doch wieder zu ihr zu klettern, war einer der besten Momente ihres Berufslebens gewesen. Ein paar Wochen später hatte er ihr eine Mail geschrieben und sich dafür bedankt, dass sie ihm das Leben gerettet hatte.

Maja-Sofia stand noch immer bei ihrem Wagen und betrachtete die dramatische Landschaft. Ein Stück flussabwärts war die Eisenbahnbrücke, über die gerade ein Zug ratterte. Von Danne gab es noch immer keine Spur. Wenn er nicht bald aufkreuzte, würde sie wieder zurückfahren. Fünf Minuten gab sie dem Mistkerl noch, mehr nicht. Und sie würde weder Larsson noch Jarning noch der Chefin davon erzählen. Wenn sie wüssten, wo sie gerade war, würde selbst die sonst so ruhige und gefasste Beata Löfblad wütend werden. Zu Recht.

Es raschelte im Gebüsch, und Maja-Sofia zog die Waffe und richtete sie auf die Stelle, von der das Geräusch kam. Ein hämisch grinsender Danne Ylitalo in grüner Tarnkleidung stand vor ihr, eine Schrotflinte in der Hand.

»Da schau an«, sagte er. »Du bist hergekommen. War ja klar, dass du Sehnsucht nach mir hast, Schätzchen. Jetzt machen wir es uns erst mal nett, das kleine Polizeifräulein und ich.«

Maja-Sofia zielte auf sein Bein, Finger am Abzug. Sie sollte einfach abdrücken und ihm für den ganzen Scheiß, den er seiner Familie und ihr angetan hatte, die Kniescheibe zerschießen. Danne packte die Flinte mit beiden Händen und richtete den Lauf auf sie. Seine Waffen hätten eigentlich beschlagnahmt sein sollen, aber offenbar hatte er sie nach abgesessener Gefängnisstrafe zurückbekommen. Oder er hatte einen Geheimvorrat.

Maja-Sofia dachte fieberhaft nach. Selbst wenn es ihr gelang, zuerst abzudrücken, würde er sie doch noch mit Schrot vollpumpen, bevor er zu Boden ging. Gegen diese Waffe hatte sie keine Chance.

»Ja, schlechte Idee«, sagte er und wedelte mit der Büchse. Er hatte ihre Gedanken erraten. »Wirf deine lächerliche Knarre weg. Sofort!«

Widerwillig ließ Maja-Sofia ihre Pistole in die Blaubeerbüsche fallen, die direkt beim Auto wuchsen. Sie ließ ihn nicht aus den Augen. Sie könnte jederzeit sterben, das war ihr klar, aber wenn sie Danne richtig einschätzte, wollte er erst noch ein bisschen spielen. Einen Moment lang überlegte sie, ob sie ihm einfach sagen sollte, dass die Kollegen unterwegs waren, aber das hätte sicher keinen guten Effekt gehabt. Im Gegenteil.

»Nach dir«, rief er, seine Stimme klang metallisch. »Los, marsch!«

»Wohin denn?«, fragte sie. »Was willst du, Danne?«

Zeit zu schinden war alles, was ihr jetzt noch übrig blieb.

»Zur Brücke«, sagte er und deutete mit der Flinte. »Los, geh schon.«

Sein Finger war dem Abzug gefährlich nah. Wie dumm sie gewesen war, hätte sie doch einfach sofort geschossen. Jetzt blieb ihr nichts anderes übrig, als direkt vor einem extrem gestressten Idioten herzulaufen, der mit einem Gewehr auf sie zielte. Und dann auch noch auf eine wacklige Brücke, was seine Anwesenheit wenige Meter hinter ihr nur noch furchteinflößender machen würde. Sie musste unbedingt Zeit gewinnen und auf ein Wunder hoffen.

Als sie die Brücke erreichten, machte Maja-Sofia einen vorsichtigen Schritt auf die schwingende Brücke. Dann noch einen. Danne trieb sie mit lauter Stimme und kurzen Befehlen voran. Unter ihr rauschte auf der einen Seite der Teufelsfall, auf der anderen toste das Wasser in den Stromschnellen. Es ging etwa dreißig Meter in die Tiefe. Die Sonne war im Begriff, unterzugehen, niemand wusste, wo sie war, und vor morgen früh, wenn sie zum Dienst erscheinen sollte, würde auch niemand sie vermissen. Maja-Sofias Leben würde mit einem Schuss aus Dannes Flinte enden, und ihre Leiche würde vom Fluss davongetragen, falls es ihr nicht gelang, ihn zu übermannen.

Sie hörte seine großen, festen Schritte direkt hinter sich und spürte, wie die Hängebrücke nachgab. Sie fasste nach dem Seil, das als Geländer diente, aber schaute nicht nach unten, nur nach vorn. Das Loch im Sicherheitsnetz war noch nicht geflickt worden. Freier Fall also, während die Verantwortlichen der Kommune noch darüber diskutierten, wer für die Reparatur aufzukommen hatte.

»Stopp!«, schrie Danne, als sie in der Mitte angelangt waren. »Dreh dich um!«

Langsam und bemüht, das Gleichgewicht nicht zu verlieren, drehte sie sich um und schaute geradewegs in den Lauf der Schrotflinte.

~ NEUNUNDVIERZIG ~

Maja-Sofias Blick war auf die Flinte gerichtet, aber aus dem Augenwinkel nahm sie eine Bewegung wahr. Diskret, ohne Danne aufmerksam zu machen, verschaffte sie sich einen Überblick, was wenige Meter von der Brückenverankerung vor sich ging.

Da war ein Mensch, direkt neben ihrem Auto. Samuel! Lieber, guter Samuel Williams, wie hatte er das gewusst? Danne, der mit dem Rücken zur Brückenverankerung stand, sah nicht, wie Samuel sich unendlich langsam bückte und Maja-Sofias Waffe aufhob.

Sie wagte es fast nicht, zu atmen, und musste sich zwingen, nicht zu auffällig in Samuels Richtung zu gucken. Wenn ihr Blick auch nur zuckte, würde Danne das merken. Aber wenn sie die Ruhe bewahrte, tat sich vielleicht die Möglichkeit für ein kleines Wunder auf.

Samuel hatte sich eilig dem Teufelsfall genähert und genau das Bild vorgefunden, das er zwar befürchtet, aber doch so sehr gehofft hatte, nicht mitansehen zu müssen. Der Wasserfall dröhnte, und unten rauschte der Fluss. Die Hängebrücke schwankte ordentlich, und dort, in der Mitte, direkt über dem wilden Wasser, standen zwei Menschen. Ein grün gekleideter Mann mit Gewehr und eine Frau mit einer Polizeijacke. Ihr gerade geschnittener Pony wurde vom Wind zur Seite geblasen. Sie schaute nicht zu ihm, aber er spürte, dass sie ihn gesehen hatte.

Samuels Fuß stieg gegen etwas Hartes. Für einen Moment ließ er die beiden aus den Augen und blickte nach unten. Ohne den Blick noch einmal von den beiden abzuwenden, beugte er sich hinunter und hob widerwillig die Pistole auf, bevor er sich der Brückenverankerung näherte. Danne Ylitalo hatte ihn noch immer nicht bemerkt. Samuel wusste nicht, wie er die Situation auflösen könnte, aber er musste es versuchen. Sonst würde Maja-Sofia erschossen werden und in den tosenden Fluss stürzen. Sie durfte auf gar keinen Fall sterben.

»Lass mich jetzt nicht im Stich, Boss«, flüsterte er. »Ich brauche ein Wunder.«

Weder Maja-Sofia noch ihr Stalker konnten ihn hören. Das Dröhnen der fallenden Wassermassen ertränkte jedes Geräusch außer lauten Schreien. Und Danne brüllte ziemlich laut. Er schrie, dass Maja-Sofia ihn durch ihre Aussage vor Gericht geradewegs zur Hölle geschickt habe, dass sie schuld daran sei, dass er nicht länger als Polizist arbeiten könne. Samuel schnappte nur Fetzen auf, aber er kannte die Geschichte ja, wusste also, worum es ging. Maja-Sofia hatte ihm von dem verhängnisvollen Weihnachten vor vielen Jahren erzählt, als Danne Ylitalo seine Eltern erschossen hatte. Tags darauf hatte sie ihr ungeborenes Kind verloren, dessen Vater Danne Ylitalo gewesen wäre.

Samuel schlich näher. Noch immer hatte Ylitalo ihn nicht bemerkt, aber sobald er ihn auch nur erahnte, würde er den Abzug drücken. Maja-Sofia ließ sich nicht anmerken, dass Samuel sich näherte.

Da ließ Ylitalo plötzlich das Seil los und hob die Waffe. Instinktiv hätte Samuel am liebsten die Augen zugekniffen, damit er nicht mitansehen musste, wie Maja-Sofia starb, aber stattdessen machte er einen Schritt nach vorn und stellte vorsichtig einen Fuß auf die Hängebrücke.

Genau in diesem Moment erfasst ein heftiger Windstoß die Brücke. Sowohl Maja-Sofia als auch Ylitalo verloren das Gleichgewicht. Samuel keuchte.

Ein Schuss fiel. Ein Körper sackte zusammen und kippte durch ein Loch im Sicherheitsnetz. Hände tasteten nach Halt, fanden keinen. Der darauffolgende Schrei war das angsterfüllteste Geräusch, das Samuel je gehört hatte. Der Körper schlug im Wasser zwischen den spitzen Steinen auf und wurde sogleich vom Fluss mitgerissen.

Maja-Sofia stand wie versteinert da und starrte über das Geländer. Sie zuckte zusammen, als sie Samuel von der Brückenverankerung her rufen hörte.

»Maja-Sofia, kommen Sie her.« Obwohl er so laut rief, klang er ruhig. Er streckte die Hand aus. »Kommen Sie, wir gehen. Es ist vorbei.«

Sie hielt sich an den Seilen zu beiden Seiten fest und ging auf ihn zu. Obwohl sie nicht damit gerechnet hatte, dass sie auch nur einen Schritt machen konnte, gehorchten ihre Beine der Aufforderung. Gut zehn Jahre lang angestaute Angst hatte sich aufgelöst, als Danne geradewegs in das eiskalte Wasser des Teufelsfalls gestürzt war. Nur noch ein kleines Stück, dann hatte sie endlich wieder festen Boden unter den Füßen.

Sie schaute Samuel in die Augen, der am Ende der Brücke stand. Dort musste sie hin. Nur noch fünf, sechs Schritte auf zitternden Beinen, dann würde sie Samuel erreichen. Samuel mit der so freundlichen Stimme, der sie sicherlich fest und schützend in die Arme schließen würde. Denn das brauchte sie jetzt dringend, die schwangere Marit in Västerås war ihr gerade mal herzlich egal.

»Maja-Sofia«, sagte er noch einmal. »Gleich haben Sie es geschafft.«

Sie machte die letzten Schritte, streckte den Arm aus, nahm seine Hand und ließ sich von ihm ein Stück von der Brücke fortführen, bis er stehen blieb und sie tatsächlich fest in die Arme schloss. Sofort kamen ihr die Tränen, sie konnte sie unmöglich aufhalten. Samuel sagte nichts, hielt sie einfach, bis sie sich wieder beruhigt hatte. Sie löste sich von ihm, puhlte ein Taschentuch aus der Hosentasche, schnäuzte sich und holte ein paarmal tief Luft. Er strich ihr über die Wange.

»Haben Sie geschossen?«, fragte Maja-Sofia und zeigte auf die Pistole, die er noch immer in der Hand hielt.

»Ich? Nein, Gott sei Dank nicht. Hier, nehmen Sie die bitte zurück. Ich habe nicht gern mit Waffen zu tun.«

Maja-Sofia nahm die Pistole entgegen, sicherte sie und steckte sie in ihr Holster.

»Dann hat er geschossen«, sagte sie. »Was für ein Glück,

dass der Schrot mich nicht erwischt hat. Woher wussten Sie, wo ich bin? Und wie haben Sie sich allein hierhergetraut?«

Samuel schaute ihr in die Augen, und sie sah deutlich, wie erleichtert auch er war.

»Ich bin nie allein«, sagte er und deutete zum Himmel. »Auf die andere Frage können wir später zurückkommen. Erst müssen Sie Meldung machen, nehme ich an?«

Trotz der so ernsten Lage musste sie über ihn grinsen.

»Ja«, sagte sie und putzte sich noch einmal die Nase. »Nicht, weil ich damit rechne, dass Danne das überlebt hat, sondern weil er gefunden werden muss. Ich verständige die Kollegen. Die werden mich für bescheuert halten.«

Kurz darauf saßen Samuel und Maja-Sofia in ihrem Wagen. Im Kofferraum hatte er eine Decke gefunden, die er ihr um die Schultern gelegt hatte, bevor sie ins Auto gestiegen waren, um sich dort etwas aufzuwärmen. Sie schlotterte zwar noch, war aber bewundernswert gefasst.

»Das war jetzt noch mehr Dramatik, als es der Mord an den beiden Frauen sowieso schon war«, sagte Maja-Sofia. »Es tut mir sehr leid, dass Sie da mit reingezogen wurden.«

Er schaute ihr in die Augen, bevor er den Motor startete.

»So dürfen Sie das nicht sehen«, sagte er. »Es war doch ein großes Glück, dass ich in der Nähe war.«

Sie nickte.

»Das war es wirklich. Aber was ist mit Ihrem Ausflug nach Västerås? Müssten Sie nicht längst unterwegs sein?«, fragte Maja-Sofia.

»So war es angedacht, aber irgendwie kam doch immer was dazwischen«, antwortete Samuel und lächelte sie an. »Jetzt werde ich Sie erst mal nach Hause bringen. Und während Sie es sich in Ihrem Whirlpool gemütlich machen, koche ich Ihnen was nach meinem Lieblingsrezept. Wie klingt das? Oder wollen Sie lieber ins Pub auf ein Bier?«

Sie schaute ihn an, und unter dem schwarzen Pony funkelten trotz der jüngsten Geschehnisse zwei Augen.

»Dummerjan!« Sie lachte und schlug ihm leicht gegen den Arm. »Der erste Vorschlag gefällt mir sehr. Sie sind schließlich Pfarrer, wenn ich das richtig verstanden habe, gehört es ja dazu, dass Sie sich um andere kümmern, oder?«

FÜNFZIG

Donnerstag, 3. April

Als Maja-Sofia am nächsten Tag die Augen aufschlug, war es schon kurz nach neun, und Sonnenlicht fiel durch die hohen Fenster des Missionshauses. Sie hatte schon eine Weile vor, sich Gardinen zu kaufen, war aber noch nicht dazu gekommen. So lange sie das Haus nur mietete, schien es ihr jedoch auch wie eine unnötige Ausgabe, und außerdem war sie es aus Tornedalen auch gewohnt, im Hellen zu schlafen.

Draußen zwitscherte es munter. Sie hatte ein Vogelhaus aufgestellt, damit sie die Exemplare beobachten konnte, die sich herantrauten. Jetzt blieb sie allerdings liegen, streckte sich aus und ließ die Gedanken an den gestrigen Tag langsam und in bewältigbaren Portionen zurückkehren. Die Angst, die sie gespürt hatte, als sie mit einem der gefährlichsten Menschen, die sie kannte, auf einer defekten Brücke gestanden hatte, war enorm gewesen. Dass sie vor langer Zeit einmal mit ihm zusammen gewesen war, erschien ihr unwirklich. Als wäre das das Leben eines anderen Menschen gewesen, der nichts mit ihr zu tun hatte. Dass er vom Polizeidienst ausgeschlossen wurde, war eine Wohltat für das Kollegium und die gesamte Gegend gewesen, aber es war Maja-Sofia teuer zu stehen gekommen. Danne Ylitalo hatte sein Leben dem Ziel gewidmet, sie zu zerstören. Schlussendlich hatte ihn das aber auch alles gekostet. Der Schrei, den er ausgestoßen hatte, als er in den Fluss stürzte, klang noch in ihren Ohren nach. Sie wusste nicht, ob er überlebt hatte, aber es war unwahrscheinlich. Aus Rücksicht hatten ihre Kollegen sie gestern nach Hause fahren lassen, aber heute würde sie nicht davonkommen. Sie würde Rede und Antwort stehen müssen, wieso sie sich darauf eingelassen hatte, während ihrer Dienstzeit zum Teufelsfall zu fahren, um sich dort mit einem gefährlichen, landesweit gesuchten Verbrecher zu treffen, ohne vorher jemandem Bescheid gegeben oder Verstärkung angefordert zu haben. Zum Glück war das Wunder, um das sie gebeten hatte, eingetreten. Samuel war genau zum richtigen Zeitpunkt aufgekreuzt, als sie Danne gegenübergestanden hatte.

Maja-Sofia stand auf. Samuel! Wo war der abgeblieben? Er hatte darauf bestanden, dass sie sich in den Whirlpool setzte, und hatte ihr einen warmen Cognac gebracht, der sehr schnell seine Wirkung zeigte. Und der Schüttelfrost hatte sich in Wohlgefallen aufgelöst, als er ihr ein herrliches Pilzrisotto auftischte, das er aus allem gezaubert hatte, was er in ihrer Küche hatte finden können. Sie hatte im Bademantel dagesessen und gegessen, sie hatten Rotwein getrunken und sich über Gott und die Welt unterhalten, nur Danne Ylitalo und die Geschehnisse an der Brücke hatten sie ausgeklammert. Schon bald waren ihr die Augen zugefallen, und sie erinnerte sich schwach daran, dass Samuel sie zu Bett gebracht, ihr sanft über die Stirn gestreichelt und eine Gute Nacht gewünscht hatte.

Maja-Sofia stand auf, schlang den Bademantel um sich und ging hinaus in den Kirchsaal. Benutzte, aber säuberlich zusammengelegte Bettwäsche lag auf dem Sofa und obendrauf ein handgeschriebener Zettel.

Guten Morgen! Ich hoffe, du hast gut geschlafen. Danke, dass ich hier übernachten durfte. Ich fahre jetzt nach Västerås, wir hören uns, sobald ich zurück bin. Hab die Messe am Sonntag, ein langer Trip wird es also nicht. Schätze, ich werde außerdem von den »Kollegen« zur Vernehmung erwartet. Hab keine Sorge, mein Boss passt auf dich auf, so lange ich weg bin!
Samuel

Sie strich mit dem Zeigefinger über den Zettel. Dann war er also endlich unterwegs. In Västerås wartete Marit und ihr gemeinsames ungeborenes Kind. So sollte es sein, das wusste Maja-Sofia. Besser, sie fand sich endlich mit dieser Tatsache ab, machte sich Frühstück und fuhr zum Revier. Sie sollte tunlichst von selbst dort aufkreuzen, ohne dass Löfblad sie einbestellte oder – schlimmer noch – abholen ließ.

»Hast du die Schlagzeilen gesehen?«, fragte Larsson, der wie immer zu spät kam, all den Versammelten dafür aber Kaffee mitgebracht hatte.

»Nein, ich bin auf direktem Weg hergekommen, unterwegs gibt's keinen Zeitschriftenkiosk«, antwortete Maja-

Sofia. »Danke für den Kaffee. Erwarten wir noch jemanden?«, fragte sie und deutete auf den vierten Becher.

»Die Chefin ist im Anflug«, antwortete er. »Es gibt ›Gesprächsbedarf‹, kannst du dir ja denken.«

Jarning stellte eine wohlduftende Bäckertüte auf den Tisch, die sie so einriss, dass man nicht extra einen Teller brauchte. Zum Vorschein kamen riesige Zimtschnecken vom besten Café der Stadt. Maja-Sofia kamen fast die Tränen. Was für wunderbare Kollegen sie doch hatte.

»Ich hingegen habe die Schlagzeilen gesehen«, sagte Jarning. »Hab ein Foto gemacht, wenn es dich interessiert.«

Sie reichte Maja-Sofia ihr Handy.

»›Schweres Unglück am Teufelsfall, die Polizei ermittelt‹«, las Maja-Sofia laut vor und gab Jarning dann das Handy zurück. Sie biss herzhaft in eine der Zimtschnecken.

»Das war ja nicht zu verhindern«, stellte sie fest. »Habt ihr ihn gefunden?«

Bevor die Kollegen antworten konnten, kam Löfblad herein, setzte sich und bekam ihren Kaffeebecher.

»Rantatalo«, sagte sie zu gleichen Teilen freundlich wie ernst. »Wie geht es Ihnen heute? Nach allem, was vorgefallen ist?«

Maja-Sofia schaute ihr in die Augen und war ein weiteres Mal dankbar dafür, eine so vortreffliche neue Chefin zu haben. Die Sundell hätte vermutlich irgendetwas Beklopptes gesagt. Beata Löfblad hingegen zeigte echtes Mitgefühl.

»Ganz okay«, sagte Maja-Sofia. »Ich wurde ganz himmlisch umsorgt gestern. Mehr, als man von einem Pfarrer erwarten kann. Ihr wisst, wer es war, oder?«

»Wer? Der Pfarrer?«, fragte Larsson und hob die Augenbrauen.

»Nein, nein, ich meine den Mann, der in den Fluss gestürzt ist. Ich habe doch gestern gesagt, wer es war, oder?«

»Ja, hast du«, sagte Jarning. »Dein Stalker, ein ehemaliger Kollege. Wirklich entsetzlich! Wir haben seinen Wagen im Wald gefunden.«

»Noch so eine Rostlaube wie die, deren Reifen ich zerschossen habe«, sagte Larsson. »Wir haben den Wagen natürlich beschlagnahmt.«

Polizeiintendantin Löfblad betrachtete die Runde.

»Offenbar habe ich eine Menge aufzuholen«, sagte sie. »Sind Sie stark genug für eine Aussage, Rantatalo?«

Maja-Sofia horchte in sich. War sie stark genug?

»Könnte ich, bevor ich das beantworte, eine Antwort auf meine Frage bekommen: Habt ihr ihn gefunden?«

Larsson seufzte schwer.

»Der Rettungsdienst hat ihn ein paar Hundert Meter flussabwärts herausgefischt. Er ist in sehr schlechter Verfassung gewesen – vom Sturz an sich und dann ist er natürlich über eine Menge spitzer Steine gespült worden«, antwortete er.

»Tot?«

Jarning und Larsson wechselten einen Blick.

»Noch nicht, soweit wir wissen«, sagte Jarning. »Er hatte noch Vitalzeichen, wenn auch schwach, als er gefunden wurde.«

Maja-Sofias Schultern entspannten sich. Allein dass Danne Ylitalo schwer verletzt war, erleichterte sie immens. Es war möglich, dass sie für diesen Gedanken in der Hölle landete, das war es ihr in diesem Fall aber wert.

»Wird er überleben?«

»Unwahrscheinlich«, sagte Löfblad. »Ich habe gerade erst mit dem behandelnden Arzt telefoniert. Ylitalo liegt auf der Intensivstation und erfährt lebenserhaltende Maßnahmen. Solange das geht. Die Schädelverletzungen sind kein Spaß.«

Dann konnte sie sich also wirklich entspannen und musste nicht mehr permanent damit rechnen, das etwas passierte. Nicht länger von morgens bis abends auf der Hut sein. Nie wieder seine Nummer auf dem Display sehen. Auf der Hängebrücke war ein Wunder geschehen, nicht mehr und nicht weniger. Sie hatten direkt bei dem Loch im Sicherheitsnetz gestanden. Danne hatte das Gleichgewicht verloren und in die Luft geschossen. Maja-Sofia hatte ihn nicht gestoßen, aber sie hatte auch nicht eingegriffen, um seinen Sturz zu verhindern.

Sie schaute ihre Chefin an.

»Ja, ich bin stark genug«, sagte sie. »Ich erzähle gern mehr, aber ich gehe davon aus, dass jemand anders die Vernehmung führen wird?«

»Ja, die Kollegen aus Falun sind unterwegs«, sagte Löfblad. »So ist es am besten.«

Nach der Vernehmung und einem späten Mittagessen, das Löfblad und Larsson vom Chinesen geholt hatten, beschloss Maja-Sofia, ihr Büro aufzuräumen. Sie musste etwas Praktisches tun. Das hatte sie vom Cousin ihres Vaters gelernt,

Hervor Isaksson. Wenn das Leben kompliziert wurde, war es das Beste, erst mal den Boden zu schrubben, hatte er immer gesagt. Schrubben würde sie hier natürlich nicht, aber immerhin könnte sie mal wieder die Ablage sortieren. Danne Ylitalo war endlich nicht mehr Teil ihres Lebens, und wenn sie schon dabei war, könnte sie ja gleich noch mehr ausmisten. Vielleicht beschlossen die Kollegen aus Falun und Beata Löfblad auch, dass Maja-Sofia erst mal eine Weile andere Aufgaben übernehmen sollte. Aber das würde sie überstehen, das war es wert.

Sie war eine ganze Weile beschäftigt. Als alles sortiert, entsorgt oder ordentlich in Ordnern im Regal verstaut und ein paar Erinnerungsstücke abgestaubt waren, sank sie zufrieden in ihren Stuhl. Ein Foto von ihr und ihrem Vater in Polizeiuniform war nun von einer Staubschicht befreit, und sie betrachtete es lächelnd. Ihre Eltern waren noch immer ihre größte Stütze, obwohl sie ja mittlerweile so weit entfernt wohnte. Maja-Sofia hätte die vielen Jahre, in denen sie von Danne terrorisiert wurde, ohne ihre Eltern gar nicht überstanden. Sie nahm das Telefon zur Hand und wählte ihre Nummer.

»Papa, was machst du?«, fragte Maja-Sofia. »Du fährst doch nicht etwa Ski?«

»Doch, richtig geraten«, antwortete er. »Wir sind gerade beim Rastplatz angekommen und wollten Feuer machen. Deine Mutter und ich machen eine Tour am Fluss entlang.«

Sie hatte sie gleich vor Augen. Mitten im Schnee und Sonnenschein. Rentierfelle, Feuer, Kaffeekanne und eine Bratpfanne für geräucherte Suovas, um sie etwas anzuwärmen. Nie war das Leben schöner.

»Ach, das klingt so gemütlich«, sagte sie. »Ich glaube, ich sollte euch mal wieder besuchen kommen.«

»Beeil dich damit«, sagte ihr Vater. »Bald ist der Schnee nämlich weg. Es taut gerade richtig schnell. Hattest du was Bestimmtes auf dem Herzen?«

»Papa ...«, sagte sie. »Danne Ylitalo ist schwer verletzt.«

Es blieb eine Weile lang still im Hörer.

»Ist das wirklich wahr?«

»Es ist wahr, und es war ziemlich dramatisch. Er ist von der Hängebrücke in den Fluss gestürzt, oben beim Teufelsfall. Ich habe es selbst gesehen.«

»Wird er überleben?«, fragte ihr Vater.

»Die Chancen stehen nicht gerade gut.«

Wieder Stille.

»Warst du mit auf der Brücke?«, fragte er.

Sie nickte, wenn auch nur für sich.

»Ja, war ich«, sagte sie dann. »Ich erzähle euch alles, wenn wir uns sehen. Sag Mama erst mal nichts, ich will es ihr selbst erzählen. Und mir ist da gerade eine großartige Idee gekommen.«

EINUNDFÜNFZIG

Freitag, 4. April

Samuel fuhr ins Zentrum von Västerås, folgte der Kristinagatan hinauf am Djäkneberget vorbei und bis in die Jakobsbergsgatan. Auf der Suche nach einem Parkplatz rollte er langsam am Jakobsbergsplatz vorbei, aber es war nichts frei. Niemand schien mit dem Wagen zur Arbeit gefahren zu sein, vielleicht arbeiteten sie freitags von zu Hause aus. Er fuhr einmal um den kleinen Hain zurück Richtung Djäkneberget, wo fast immer etwas frei war. Von dort musste er zwar ein ordentliches Stück zu Fuß gehen, aber das war ja eigentlich gar nicht so verkehrt. Vier Stunden Autofahrt ohne Pause machten sich dann doch bemerkbar, und es schadete sicher nicht, vor dem Treffen mit Marit einen freien Kopf zu bekommen. Er hoffte, dass sie zu Hause war, ansonsten würde er einfach in der Wohnung auf sie warten. Es war schließlich immer noch ihr gemeinsames Heim, er hatte einen Schlüssel, das würde sie ihm also kaum übel nehmen können. Auch wenn sie lange nicht miteinander gesprochen hatten, würde jetzt alles gut werden und die Zukunft endlich Form annehmen. Dass Marit Magnus Hjelm in Sigtuna getroffen hatte, musste ja nichts bedeuten. Magnus war ein alter Freund, mehr nicht.

Und du bist dir ganz sicher, dass es das ist, was du willst?, schien ihn der Boss zu fragen, während er sich der Wohnung näherte. Samuel blieb stehen und sah in den grauen Himmel.

»Natürlich bin ich mir sicher«, sagte er und ging weiter, ehe er kurz stehen blieb. »Glaube ich«, fügte er hinzu und steuerte nun etwas schneller die Haustür an.

Er tippte den Türcode ein und nahm den Aufzug in den sechsten Stock. Dort verharrte er kurz vor ihrer Wohnungstür. »Marit Kyrklund und Samuel Williams« stand über dem Briefschlitz. Zumindest hatte sie seinen Namen noch nicht entfernt, ein gutes Zeichen. Alles andere wäre auch ein übler Schachzug gewesen.

Samuel legte den Finger auf die Klingel und drückte ein paarmal schnell hintereinander, holte tief Luft und strich sich den Pony aus dem Gesicht. Gerade, als er den Schlüssel aus der Tasche holen wollte, näherten sich Schritte, und die Tür flog auf.

Marit strahlte ihn an.

»Marit!«, sagte er. »Endlich!«

Ihr Lächeln erlosch in dem Moment, in dem sie ihn erkannte.

»Samuel«, stellte sie fest. »Du bist das. Damit hatte ich nicht gerechnet.«

Sie machte ihm Platz, damit er hereinkommen konnte. Er umarmte sie unbeholfen, was sie pflichtschuldig erwiderte. Ihr Bauch hatte sich tatsächlich etwas gerundet, ganz wie ihre Freundin am Telefon geschildert hatte. Sie war schöner als je zuvor.

»Hast du jemand anderen erwartet?«, fragte er, während er den Mantel auszog und an einen Kleiderbügel hängte.

Marit beantwortete seine Frage nicht.

»Komm doch rein und setz dich, ich mache Kaffee«, sagte sie nur. »Ist eigentlich ganz gut, wenn wir uns unterhalten, wo du schon mal da bist.«

Über den dampfenden Tassen plauderten sie über Oberflächliches, ehe er sich erdreistete, nach ihr und dem Kind zu fragen.

»Uns geht es vorzüglich«, sagte sie. »Ganz vorzüglich. Obwohl du dich ferngehalten hast.«

Das war ein nicht unverdienter Seitenhieb. Andererseits hatte er in den letzten Wochen unzählige Male versucht, sie zu erreichen, ohne dass sie an den Apparat gegangen war.

»Ich weiß.« Er seufzte. »Und dafür möchte ich mich auch entschuldigen. Ich wusste einfach nicht, wie ich damit umgehen sollte, Marit. Es hat etwas länger gedauert, da eine Lösung für mich zu finden, und dann bin ich sogar noch etwas länger im Kloster geblieben als geplant, um Ordnung in meine Gedanken zu bringen.«

Als er das sagte, war ihm, als höre er ein gar nicht mal so leises Kichern vom Boss. Aber das, was er Marit da gerade gesagt hatte, war nicht direkt falsch, rechtfertigte er sich. Marit musste ja nicht wissen, dass er außerdem noch ein bisschen für eine ganz bestimmte Polizistin herumgeschnüffelt hatte.

»Jetzt bin ich schlauer«, sagte er. »Der Boss hat mich bei der Hand genommen, und es ist eine ganze Menge mehr passiert. Es gibt viel zu erzählen.«

Wo er einmal angefangen hatte, sprudelte es nur so aus ihm heraus. Marit lauschte ihm schweigend, die Hände ruhten in ihrem Schoß unterhalb des kleinen Bäuchleins.

»Ich vergebe dir das natürlich«, sagte sie, »aber wenn ich …«

Er unterbrach sie, indem er sich vorlehnte und ihr einen Finger an die Lippen legte.

»Marit«, sagte er, »ich möchte meiner Verantwortung als Vater nachkommen. Ich will dich heiraten und dann sehen wir zu, dass das Kleine, das da in deinem Bauch wächst, eine schöne Kindheit hat. Alva und Gabriel freuen sich sicher über ein Geschwisterchen. Und ich ziehe selbstverständlich wieder nach Hause und versuche, eine Stelle in der Nähe zu finden.«

Marit stand auf, trat an das große Fenster und wandte ihm den Rücken zu. Er folgte ihrem Beispiel und stellte sich neben sie. Die Aussicht war atemberaubend. Man sah den Mälaren, die Domkirche und das Skrapan-Hochhaus. Eine bessere Wohnung konnte es fast nicht geben. Samuel legte ihr den Arm um die Schultern.

»Alles wird gut, Marit«, sagte er.

Sie befreite sich von ihm und machte einen Schritt zurück.

»Nein«, sagte sie mit Nachdruck, »es wird nicht gut, Samuel. Es ist zu viel passiert, und ich weiß, dass du das alles gar nicht willst.«

»Aber …«

»Ich meine das absolut ernst«, sagte Marit. »Es ist sehr lobenswert, dass du endlich den weiten Weg bis hierher gekommen bist und um meine Hand anhältst, aber meine Antwort ist: Nein. Auch ich hatte viel Zeit zum Nachdenken, und ich bin zu dem Schluss gekommen, dass ich nicht länger mit dir zusammen sein will.«

Samuel war sprachlos. Was sollte er darauf erwidern? Was konnte er darauf erwidern?

»Marit, es ist auch mein Kind«, setzte er an.

»Ja«, sagte sie und setzte sich wieder, »es ist auch dein Kind, und wir werden das schon auf eine gute Art lösen. Natürlich soll das Kind seine Mutter und seinen Vater haben, etwas anderes schwebt mir auch gar nicht vor. Aber wie wir das praktisch machen, müssen wir noch ausknobeln.«

Sie machte eine Geste, die alles in der Wohnung einschloss. Es war deutlich, was sie wollte. Da war kein Missverständnis möglich. Sie war eine kluge Frau, und vermutlich hatte sie recht. Er war viel zu lange unentschlossen gewesen. Aber zählte es wirklich so gar nicht, dass er jetzt endlich hier saß?

»Und du findest nicht, dass wir es zumindest versuchen sollten?«

»Nein«, sagte sie. »Ich will mich einfach in aller Ruhe auf die Ankunft meines Kindes vorbereiten. Es ist, wie es ist.«

»Die Ankunft unseres Kindes«, verbesserte er sie, weil er nicht anders konnte.

Sie reagierte nicht darauf. Das Gespräch war für sie offensichtlich beendet.

»Du musst jetzt gehen«, sagte Marit. »Wir sprechen ein andermal weiter.«

»Erwartest du jemanden?«

Darauf reagierte sie ebenfalls nicht. Er zog seinen Mantel an und blieb kurz im Flur stehen.

»Lass uns keine Dummheiten machen«, sagte er. »Wir kriegen das hin, ich spreche noch mal mit dem Boss. Du weißt, dass wir ihm trauen können. Mach's gut, Marit.«

Sie nickte und schenkte ihm ein schwaches Lächeln. Dann öffnete er die Tür und nahm den Aufzug nach unten. Auf der Straße erwartete ihn ein Schneeschauer. Der April wieder mit seinem zuverlässigen Sauwetter. Der Wind hob an, also senkte Samuel den Kopf und hielt seine Kappe fest, während er loslief.

Ein schwarzer BMW glitt vorbei, der Fahrer schien ebenfalls nach einem Parkplatz zu suchen, so wie er vorhin. Im Gegensatz zu Samuel fand er jedoch eine Lücke direkt bei der Vorschule.

»Glückspilz«, murmelte Samuel und ging weiter.

Als er einen letzten Blick zu dem BMW warf, sah er, dass ein Mann aus dem Wagen stieg und zielstrebig auf die Tür zuhielt, aus der er gerade gekommen war. Die Art, wie er ging, dieser breite Rücken, die Tweedjacke, die er oben mit einer Hand zuhielt, irgendwie kam ihm das alles bekannt vor. Kaum tippte er den Türcode zu seiner und Marits Wohnung ein, fiel es Samuel wie Schuppen von den Augen. Der Mann mit dem Bonzenauto war kein Geringerer als der Hauptpastor von Vilhelmina, der sich mühte, hier Bischof zu werden: Magnus Hjelm. Also hatte Marit doch jemanden erwartet, obwohl sie es nicht hatte zugeben wollen.

ZWEIUNDFÜNFZIG

Sonntag, 13. April
Palmsonntag

Das mächtige Dröhnen der Kirchenglocken verklang, und die Orgel übernahm. Im Chor standen zwei Trompeter, beide in Klockarviks schöner Tracht gekleidet. Der Kinderchor setzte zur Prozession an, ganz vorn der Kreuzträger. Samuel bildete den Abschluss, ging noch hinter den Küstern und stimmte in den Gesang ein. Er hatte eins seiner absoluten Lieblingslieder gewählt.

»Gott, dein Volk ist ein Volk der Wanderer, du selbst bist mitten unter uns …«, sang er mit allen Kirchenbesuchern, die aufgestanden waren.

Während der Fahrt von Västerås nach Klockarvik hatte er über die Liedauswahl nachgedacht. Der Palmsonntag war ein Tag der Freude, an dem Jesu Einzug in Jerusalem gefeiert wurde. Samuel wollte mit etwas Prächtigem, aber gleichzeitig auch Fröhlichem in den Gottesdienst starten. Im Autoradio hatte er P2 gehört und von dem Programm unerwartete Hilfe bekommen. Es lief ein Bericht über Lieder, die auf der ganzen Welt in Fußballstadien gesungen wurden. Sie spielten zum Beispiel eine Aufnahme von dem Auftritt von Tom Jones in Wembley, den er zur Eröffnung des Spiels Wales gegen England gegeben hatte. Text und Melodie trafen Samuel direkt ins Herz, und er hatte sofort Gänsehaut bekommen. So ging es ihm auch jetzt bei der Prozession.

Die Kinder gingen vor ihm her und schwenkten ihre Palmwedel. Seine eigene komplizierte Reise, die an Weihnachten begonnen hatte, war nun zu ihrem Ende gekommen. Was passte da besser, als das schönste aller Pilgerlieder, begleitet von Orgel und Trompeten.

»... und der Lobgesang, und der Lobgesang soll ansteigen wie das Meeresrauschen ...«

Der Kinderchor nahm seinen Platz ein, die Kirchenbesucher setzten sich. Samuel verneigte sich vor dem Altar und wandte sich an die versammelten Menschen.

»Im Namen des Vaters, des Sohnes und des Heiligen Geistes«, sagte er und leitete damit seinen Gottesdienst ein.

Er ließ den Blick über die vielen vertrauten Gesichter streifen. Tyra und Sven-Erik Lundin waren wie immer vor Ort. Immer ganz vorn, damit Tyra es nicht weit hatte, um die Bibelstelle zu verlesen. Auch Sigvard Nordqvist saß an seinem Stammplatz bei einer der Säulen. Er war ein Ehrenmann, mit dem Samuel anfangs seine liebe Not gehabt hatte. Doch das hatte sich glücklicherweise gewandelt, und jetzt betrachtete er Sigvard als engen und treuen Freund. Auch mehrere Mitglieder des Kirchenrats waren da, und Tindra grinste ihn aus einer Gruppe Jugendlicher an, den diesjährigen Konfirmanden. Mit ihnen würde Samuel in diesem Frühjahr noch viel Zeit verbringen. Die Überraschung des Tages war eine Bankreihe gefüllt mit einer ganzen Schar von Frauen, die allesamt gleich gekleidet waren. Knöchellange blaue Trachten und blau-weiße Hauben. Ihre Haare waren sorgfältig versteckt, nur ihre Gesichter waren zu sehen. Sicher fehlte ihnen ihre Künstlerin, Schwester Maud. Das Verbrechen, dessen sie sich schuldig gemacht hatte, war schrecklich und grausam gewesen, aber sowohl Samuel als auch Luthers Töchter waren überzeugt von Gottes Vergebung.

Die Schwestern wurden von Vater Johannes begleitet, der sie nicht im Stich ließ, wenngleich er von der Tat seiner Mutter erschüttert war. Aber sie hatten einen guten Kontakt und würden die kommende Zeit sicher bestens überstehen, davon war Samuel überzeugt.

Hinter den Schwestern saßen zwei, die Samuel noch nicht zusammen gesehen hatte: Helge Fredengren und Smid Karin Karlsdotter. Er stolperte über ein paar seiner Worte. Hatten sich da etwa zwei gefunden? Sofort verwarf er den Gedanken, Karin war vermutlich eher so etwas wie eine enge ältere Verwandte für Helge, der sicher zwanzig Jahre jünger war. Freunde waren so wichtig im Leben. Und was wirklich zwischen den beiden ablief, konnten ihm vermutlich Tysk und Brysk erklären. Die wussten schließlich alles, was im Dorf vor sich ging. Samuel unterdrückte ein Lächeln und sammelte sich.

»›Geht hin in das Dorf, das vor euch liegt‹«, las er aus dem Evangelium. »›Und sobald ihr hineinkommt, werdet ihr ein Füllen angebunden finden, auf dem noch nie ein Mensch gesessen hat; bindet es los und führt es her!‹«

Er schloss die Lesung ab, ein neues Lied wurde angestimmt, und er ging langsam zur Kanzel.

»Obwohl die Fastenzeit noch nicht vorbei ist und wir heute die Stille Woche einleiten, ist dieser Palmsonntag ein Tag der Freude«, stimmte er seine Predigt nach Beendigung des Lieds an. »Und ein bisschen Freude haben wir uns alle verdient nach dem vielen Schweren, das wir nun hinter uns lassen können.«

Wie gewöhnlich ließ er den Blick über die versammelten Besucher wandern, während er sprach, damit alle den Eindruck bekamen, er würde genau sie ansehen, obwohl das ja rein praktisch unmöglich war. Von dort oben fiel ihm plötzlich auf, dass jemand fehlte. Eine eher sporadische Besucherin, die immer ganz hinten saß. Maja-Sofias Stammplatz war leer.

Der Gottesdienst verlief bestens, die Kinder sangen mit ihren hellen Stimmen, und dank ihnen war die Kirche voller als sonst. Die Eltern wollten ihre Sprösslinge singen hören. Nach der Messe stand Samuel in der Sakristei und hielt die Hände über den Kopf, damit der Hausmeister ihm helfen konnte, die Kasel abzulegen. Leise klopfte Sigvard an die Tür und lugte herein.

»Ich wollte nur mal hören, wie es Bruder Samuel geht.«

»Sigvard!«, sagte dieser. »Komm nur herein und setz dich, für dich ist hier auch noch Platz.«

Samuel zog das schwarze Hemd über und richtete das Beffchen.

»Bist du hier, um meine Predigt zu bewerten?«, fragte er und lächelte seinen alten Freund an.

Sigvard schüttelte von seinem Stuhl aus den Kopf, die Mütze hielt er mit beiden Händen im Schoß.

»Aber wenn, dann hätte ich nur Gutes zu sagen«, erwiderte dieser. »Ich glaube, so glücklich habe ich dich lange nicht erlebt, bester Bruder. Die Predigt hat mir ebenfalls gut gefallen.«

»Und du neigst nicht zum Übertreiben«, sagte Samuel und grinste. »Weißt du was, ich bin auch endlich wieder richtig glücklich. Während der Eingangsprozession habe ich noch etwas begriffen, Sigvard. Ich habe meine eigene Pilgerreise hinter mir. Und alles hat sich schlussendlich geklärt.«

Gemeinsam gingen sie zum Gemeindesaal, um am Kirchenkaffee teilzunehmen. Auf dem Weg berichtete Samuel kurz, wie der Ausflug nach Västerås verlaufen war und dass er und Marit nicht länger verlobt waren.

»Hast du die Verlobung aufgelöst?«, fragte Sigvard und blieb wie angewurzelt stehen.

Samuel schüttelte den Kopf.

»Nein, nein, nein! Nicht ich, Marit. Sie wollte nicht mehr.«

»Eigentlich auch kein Wunder, so wie du dich verhalten hast«, murmelte Sigvard. »Dann wird es jetzt doch die andere? Die Polizistin aus dem Missionshaus?«

»Das weiß ich nicht«, sagte Samuel und fühlte sich auf einmal, als wäre er in der Sonntagsschule und hätte etwas ausgefressen. »Vielleicht sollte ich erst mal allein bleiben.«

Sie hatten das Gemeindehaus erreicht, und Samuel hielt dem älteren Kollegen die Tür auf. Mehr wurde nicht zum Thema »Pfarrer Samuels Frauengeschichten« gesagt. Vielleicht würde er dennoch am Nachmittag bei Maja-Sofia vorbeifahren. Nur um nachzufragen, ob alles in Ordnung war. Er hatte nichts von ihr gehört, seit er ihr diesen Zettel hinterlassen hatte und nach Västerås aufgebrochen war, als sie noch schlief.

Nach dem Kirchenkaffee spazierte Samuel zum Pub und genehmigte sich ein wahres Festmahl in Form eines Hamburgers und großen Biers. Die Cousins Tysk und Brysk waren, wie immer, vor Ort.

»Mensch, der Herr Pfarrer«, sagte Tysk. »Wie geht's? Im Dorf munkelt man, dass Sie ein richtiger Held sind. Stimmt das alles?«

»Keine Ahnung, von welcher Heldentat sprechen wir denn?«, fragte Samuel vorsichtig.

»Teufelsfall«, sagte Ingemar Brysk. »Der Herr Pfarrer hat diese Polizistin gerettet.«

»Ach, das«, sagte Samuel. »Das war nichts, was ich gerne wiederholen würde, das kann ich Ihnen versichern.«

»Er ist aber tot, oder?«, fragte Tysk. »Das sagen zumindest alle.«

»Tot? Sicher? Wer sagt das?«, fragte Samuel.

»Alle spekulieren«, sagte Brysk.

»Immer«, sagte Tysk. »Was stimmt, das weiß niemand. Oder? Was meinst du, bester Cousin?«

»Nein, nein, reine Spekulation, sag ich doch.«

Brysk nickte. Dann hoben die beiden ihre Gläser und prosteten Samuel zu. Viel schlauer als vorher war Samuel jetzt nicht, aber er würde schon noch früh genug herausfinden, ob Danne Ylitalo den Sturz überlebt hatte. Es war kaum vorstellbar, diesmal musste das Gerede stimmen. Niemand konnte so einen Sturz überleben.

Nach dem Essen fuhr er mit dem Wagen in den Nachbarort zu Maja-Sofias Missionshaus. Er summte weiter das Prozessionslied, bis er schließlich in Gesang ausbrach und sich dabei mindestens so talentiert fühlte wie Tom Jones, wenn nicht sogar besser. Sie könnten bestimmt ein schönes Duett hinlegen.

In wenigen Tagen war Ostern, am Gründonnerstag würden Alva und Gabriel eintreffen. Er hatte versprochen, sie in Klockarvik am Bahnhof abzuholen. Er hatte natürlich viel zu tun an Ostern, wollte aber auch unbedingt mit den beiden Ski fahren. Vielleicht hatte Maja-Sofia ja Lust, sie zu begleiten? Eine Thermoskanne mit heißem Kakao, eine warme Sitzunterlage, rosige Wangen und viel Gelächter. Das würden großartige Osterferien werden, das spürte er. Und dann würde er seinen schon so großen Kindern endlich erzählen, dass sie noch ein Geschwisterchen bekamen.

Er hielt auf der Straße vor dem roten Missionshaus. Kein Wagen in der Auffahrt. Im Fenster leuchteten kleine Lämpchen, obwohl helllichter Tag war. War sie nicht zu Hause? Zögernd fuhr er auf das Grundstück und stieg aus. Er trat an die alte Kirchentür und klopfte. Nichts geschah. Er drückte die Klinke hinunter. Abgeschlossen.

Er ging einmal ums Haus und probierte die Küchentür. Ebenfalls verschlossen. War etwas passiert? Mit Ylitalo konnte es nicht zu tun haben, vor dem musste sie sich nicht länger fürchten. Samuel suchte nach etwas, auf das er sich stellen könnte, um durch eins der hohen Fenster zu schauen, doch dann fiel ihm wieder ein, dass sie ihm gezeigt hatte, wo sie ihren Schlüssel versteckte. Er könnte ihr auch einfach eine SMS schreiben und fragen, ob er mal kurz bei ihr aufs Klo konnte, statt hier rumzuhampeln wie der übelste Einbrecher. Wahrscheinlich wunderten sich die Nachbarn schon.

Gerade, als er das Telefon aus der Tasche zog, piepte es. Schnell öffnete er die Nachricht. Ein Bild mit Unmengen kreideweißen Schnees, einem flackernden Feuer und jemand, der mit einem langen Stab eine Kaffeekanne über die Flammen hielt. Rentierfelle lagen auf dem Schnee, die Ski steckten hinter ihnen im Schnee. »Bin bei meinen Eltern. Willst du herkommen?« Samuel las die Nachricht noch mal und betrachtete das Foto. Was war heißer Kakao aus der Thermoskanne im Vergleich zu frisch über dem offenen Feuer gekochtem Kaffee? Von echten Rentierfellen statt Kunststoffsitzunterlagen ganz zu schweigen. »Willst du herkommen?«, hatte sie geschrieben. Meinte sie das ernst? Das Angebot war verlockend, aber er konnte Alva und Gabriel nicht enttäuschen. Zeit mit den Kids zu verbringen war seine große Aufgabe über Ostern. Er könnte ihr eine SMS schicken und alles erklären. Oder sie anrufen. Er entschied sich für Letzteres. Nach nur einem Tuten ging sie dran.

~ EPILOG ~

Sechs Monate später

»Josef Emanuel, ich taufe dich im Namen des Vaters, des Sohnes und des Heiligen Geistes. Gott des Lebens, erfülle Josef Emanuel mit deinem Heiligen Geist und hilf ihm, ein erfülltes Leben in deinem Sinne zu führen.«

Samuel betrachtete das Kind in seinem Arm. Das Wasser perlte langsam von der Stirn seines Sohnes, während er den Kopf des Jungen dreimal befeuchtete. Josef Emanuel schaute seinen Vater an, und sofort zeigte sich ein breites zahnloses Lächeln auf seinem Gesicht. Samuel nahm das weiße Leinentuch und trocknete den leichten Flaum. Tyra Lundin entzündete die Taufkerze und hieß das neueste Kirchenmitglied willkommen. Als sie ein schönes Kinderbuch überreichte, musste Samuel sehr breit grinsen. Er kannte die Bilder, hatte sie an den Wänden in Petras Hühnerhaus gesehen.

Er hob seinen Sohn hoch in die Luft, damit alle das frisch getaufte Kind sehen konnten. Die Hauptpastorin Ellinor Johannesson fing an zu applaudieren, und alle Taufgäste stimmten ein. Eine Taufe war schließlich ein richtiges Freudenfest.

Samuel freute sich, dass alle, die ihm etwas bedeuteten,

gekommen waren. Alva und Gabriel und seine Eltern. Seine Freunde aus Klockarvik: Sigvard, Tyra und Sven-Erik, Tindra, die Diakonin Cillan und das Ehepaar Rask, die Haushälterin und der Hausmeister der Gemeinde. Ohne ihre Unterstützung hätte es keinen Taufempfang im Gemeindesaal gegeben. Luthers Töchter und Vater Johannes waren ebenfalls vor Ort. Und hinter den Schwestern saß Maja-Sofia in ihrer farbenfrohen Tornedal-Tracht. Er war richtig überrascht und froh, dass die Schwestern nun hin und wieder der Kirche Klockarviks einen Besuch abstatteten. Mutter Veronica hatte ihm erzählt, dass Helge Fredengren und Smid Karin Karlsdotter nach Spanien gefahren waren, um dort in einem Kloster zu überwintern. Der Kater Genezareth war vorübergehend zu Luthers Töchtern gezogen.

Neben Samuel stand Marit am Taufbecken. Sie trug ein schönes hellgrünes Seidenchiffon-Kleid. Magnus Hjelm stand in seinem Kirchengewand zu ihrer Linken. Samuel reichte Marit den kleinen Josef Emanuel, der sofort zufrieden gurgelte. Halbton Halvarsson haute noch mal richtig in die Tasten für das letzte Lied. Magnus Hjelms Hand, mit der er das Gesangbuch so hielt, das Marit mitlesen konnte, zitterte. Samuel hatte Magnus eine kleinere Rolle gegeben, eine Aufgabe, die normalerweise von den älteren Geschwistern übernommen wird. Der Hauptpastor von Vilhelmina hatte das Wasser in das Taufbecken gefüllt, bevor Samuel es segnete.

Alle stimmten in das Lied für den frisch getauften Jungen mit ein, der sofort zu weinen anfing. Kirchenlieder waren offenbar nicht sein Ding. Marit wiegte ihn leicht.

Samuel und Marit trugen gemeinsam die Verantwortung für ihn, aber Magnus und weitere Erwachsene würden Josef Emanuel auf seinem Lebensweg begleiten. Aus dem Chaos an Weihnachten war tatsächlich etwas Vernünftiges entstanden, und in den letzten Monaten war Samuel zu dem Schluss gekommen, dass es so für alle am besten war. Marit und Magnus passten ganz vorzüglich zusammen und waren ein wundervolles Paar.

»Du weißt, wie wertvoll, du weißt, wie wichtig du bist«, sangen die Taufgäste für den Täufling.

Die Kirchentür glitt sachte auf. Der Nachzügler schloss die Tür leise hinter sich und bewegte sich recht beschwerlich durch den Kirchgang nach vorn.

»... dass du um deiner selbst Willen geliebt wirst, weil niemand sonst ist wie du«, sang Samuel.

Die Krücken waren dem armen Menschen eine große Hilfe, der sich humpelnd immer weiter nach vorn bewegte. Samuel nickte freundlich. In Gottes Haus waren alle willkommen.

»Es wird viele geben, die dir sagen wollen, wie du zu sein hast.« Marits so herrliche Singstimme wurde von Magnus Hjelms so kraftvollem Bariton unterstützt.

Samuel betrachtete den Fremden etwas genauer. Kam ihm das sehr vernarbte Gesicht nicht irgendwie bekannt vor? War es einer der Obdachlosen aus dem Ort?

»Der Herrgott Vater selbst akzeptiert dich so oder so, auf ihn kannst du vertrauen, das weißt du ...«

Der Mann schob sich in die Kirchenbank hinter Maja-Sofia. Mit einem Mal erstarrte Samuel, konnte nicht mehr weitersingen. Ein eiskalter Schauer lief ihm den Rücken hinunter. Der Lauf des Gewehrs erschien ihm wieder vor Augen.

Danne Ylitalo grinste Samuel an, öffnete das Gesangbuch und stimmte ein.

NACHWORT DER AUTORIN

Nachdem ich *Schwedische Familienbande* fertiggestellt hatte, wusste ich, dass ich Samuel Williams ins Kloster schicken will, damit er Ordnung in seine Gedanken bringen kann. Ich selbst war schon häufig Gast in Klöstern, habe aber noch nie an einer Klausur teilgenommen. Dabei hat mir Lars Hillås Buch *Klosterliv i Sverige* sehr geholfen. An einem Staffellauf habe ich ebenfalls noch nicht teilgenommen, meine sportlichen Freundinnen hingegen schon. Marie Lundberg und Ulrika Beskow haben mir eindrücklich geschildert, wie es sich anfühlt, den Hügel nach Hökberg zu bezwingen. Beim Thema Beerdigung bekam ich guten Rat von Joel Kellerman, dem Beerdigungsberater vom Bestattungsinstitut Hultcrantz in Västerås. Joel wünschte uns eine schöne Gedenkfeier, und die ist es ja auch geworden! Meine Töchter Karolina Lundström und Sofia Cedervall wie auch meine Enkelin Miranda Balic haben mir jederzeit mit Rat und Tat beiseitegestanden, wenn ich Fragen zu Wortwahl oder Terminologie hatte. Und an Elisabeth Sigurdson, meine treue Vorableserin: Was du da wieder für wundervolle Arbeit geleistet hast – nichts ist deinem scharfen Blick entgangen! Per Westberg von der Arbeitgeberorganisation der *Svenska kyrkan* war ein kundiger Ansprechpartner, als es um Anlässe ging, wegen denen ein Pfarrer aus dem Dienst der Kirche austritt. Das Wissen darüber, wie Klosterschwestern einander ansprechen, haben Schwester Sofie (Sankt Dominicus Kloster), Samuel E. Lilja (Gemeindepfarrer in Alsike) und Schwester M. Monika-Clara O. Ss. S. (Birgittasystrarna Vadstena) beigesteuert. Viele werden die Zeilen aus dem Tauflied der Schlussszene wiedererkennen. Ich habe Kontakt zu Ingemar Olsson aufgenommen, der den Text und die Melodie verfasst hat und der dazu schrieb: »Im Grunde finde ich es sehr schön, dass meine Schöpfung zu deiner Schöpfung beiträgt.«

Es ist nur fantastisch, mit den professionellen Mitarbeitern von Lind&Co und der Grand Agency zusammenzuarbeiten! Ein besonderer Dank an Maria Neij und Lena Stjernström!

Und abschließend noch eine wichtige Klarstellung: Mit Echtem Seidelbast lässt sich nicht ganz so leicht morden. Die schöne Pflanze ist zwar sehr giftig und verursacht ein paar außerordentlich unangenehme Symptome, aber Todesfälle sind ungewöhnlich. Ich bediene mich der dichterischen Freiheit, indem ich Echten Seidelbast auf diese Art in diesem Buch einsetze und erinnere in diesem Zuge an Schwedens erste Krimikönigin, Maria Lang, die in ihrem Roman *Gullregn i oktober* von 1981 die Samen des Gemeinen Goldregens sehr ähnlich einsetzte. Auch mit dieser giftigen Pflanze lässt sich nämlich nicht so leicht morden.

Mein warmer und inniger Dank gilt allen, die mir so bereitwillig geholfen und jederzeit mit Rat und Tat beiseite gestanden haben.

Orsa, im Juni 2021
Marianne Cedervall

Leseprobe

464 Seiten / Auch als eBook

EINS

Mittwoch, 23. November

Als Samuel Williams in Klockarvik eintraf, hatte es aufgehört zu schneien. Die Straßen von Västerås nach Dalarna waren teils vereist gewesen, und nun brannten ihm die Augen, weil er sich wegen der wirbelnden Flocken so sehr hatte konzentrieren müssen. An sich war es eine schöne Strecke, das wusste er, doch an diesem Tag gab es nichts anderes als Schnee zu sehen, nicht mal der atemberaubende Blick von Söderåsen über den Siljan hatte sich ihm präsentieren wollen. Zwischen Mora und Klockarvik hatte sich langsam ein Wetterumschwung abgezeichnet: Es schneite nicht länger, wurde aber kälter. Die offene Landschaft wandelte sich und auf dem letzten Stück schlängelte sich der Weg durch einen dichten und dunklen Kiefernwald.

Samuel stellte den Motor ab und löste den Sicherheitsgurt, bevor er einen Blick auf sein Handy warf. Es blieb ihm noch eine Viertelstunde bis zum Treffen mit seiner neuen Chefin, Hauptpastorin Ellinor Johannesson. Er stieg aus dem Wagen, wobei seine frisch polierten Halbstiefel im Schnee versanken, und schaute sich um. Die Kirche lag auf der einen, das neu gebaute Gemeindehaus auf der gegenüberliegenden Straßenseite. Trotz der modernen Bauweise war das

Gemeindehaus ein schönes Gebäude, und es fügte sich bestens zwischen die alten Holzhäuser mit ihrer aufwendigen Verzierung. Diese Häuser standen sicher schon Hunderte von Jahren dort, wenn nicht länger.

Die Kälte war greifbar, die Luft rein und frisch. Minus zwölf Grad herrschten laut Temperaturanzeige des Autos. Samuel knöpfte den Mantel zu und zog den Wollschal fester um den Hals. Er konnte gut und gern noch eine Runde über den Friedhof drehen, ehe er zu seinem neuen Team stieß. Nach der langen Fahrt fühlte er sich steif, ein schmerzlicher Hinweis darauf, dass er nicht mehr der Jüngste war. Dabei tat er, was er konnte, um in Form zu bleiben. Ging regelmäßig ins Fitnessstudio und machte lange, flotte Spaziergänge. Er war gerade erst vierzig geworden und hatte deutlich gespürt, dass dieses Ereignis eine Erinnerung an die Vergänglichkeit des Lebens war. Vierzig war ein richtiges Greisenalter, hatten seine Kinder Alva und Gabriel bei ihrer großartigen und lustigen Rede während seiner Geburtstagsfeier zum Besten gegeben. Die beiden hatten dafür Jubel und Beifall geerntet, allein beim Gedanken daran musste Samuel lächeln. Und als Pfarrer wurde er ständig an die Vergänglichkeit des Lebens erinnert, denn Beerdigungen waren ein gewöhnlicher Teil seiner Arbeit. Aber erst jetzt, seit er selbst vierzig war, fiel ihm auf, wie sehr er gealtert war.

Das Friedhofstor war gut geölt und fiel völlig lautlos hinter ihm ins Schloss. Samuel setzte seinen Gang über den schneebedeckten Weg fort. Auf den Grabsteinen lagen mindestens zehn Zentimeter Schnee, und die Wege waren nicht geräumt. Der Hausmeister hatte vermutlich eingesehen, wie sinnlos dieser Aufwand in Anbetracht der anhaltend widrigen Wetterumstände war. Samuel zog den Schal noch etwas fester und klappte den Mantelkragen hoch. Kalter Schnee hatte den Weg in einen seiner Stiefel gefunden und ließ ihn erschaudern. Hätte er mal lieber die teuren Wanderschuhe genommen, allerdings passten sie nicht wirklich zu seinem Mantel, und Autofahren konnte man mit ihnen auch nicht gut.

Er blieb stehen und schaute an sich hinunter. Der teure Mantel passte nicht in dieses Dorf, genauso wenig wie Samuel selbst. Er mochte schöne Kleidung von hoher Qualität, aber in Klockarvik würde er allein wegen der Temperaturen nicht wie in der Stadt herumlaufen können. Steppjacke, gefütterte Hose und Schnürstiefel waren hier angesagt. Und eine dieser lächerlichen Mützen mit Ohrenklappen. Vielleicht auch einfach eine gestrickte Zipfelmütze. Er seufzte schwer. Warum hatte er nicht einfach ins gemachte Bett fallen und die Stelle als Domkaplan in Västerås bekommen können? Sie war zum Greifen nah gewesen, und er hatte felsenfest daran geglaubt, dass die Stelle seine war, er hatte sogar so etwas wie eine Berufung gespürt. Der Boss, also Gott, wollte ihn sicher in der Domkirche haben, davon war er überzeugt gewesen, aber dann war der Job doch an eine Frau von der Westküste gegangen, eine Pfarrerin, die der gesamten Gemeinde und dem Stift völlig unbekannt war. Im Namen der Gleichberechtigung hatte Samuel sich geschlagen geben müssen. Da der Bischof und der Domdekan Männer waren, musste wenigstens die Stelle des Kaplans mit einer Frau besetzt werden. So hatte der Dekan es Samuel erklärt, der daraufhin irritiert und enttäuscht die große Kathedrale zu Västerås verlassen hatte und eine ganze Weile lang ohne Ziel und Sinn durch die Stadt geirrt war, während die Gedanken wie wütende Bienen durch seinen Kopf jagten.

Aber man brauchte schließlich einen Job, und die Interimsstelle als Pfarrer in Klockarvik im Norden Dalarnas, auf die er sich eher spaßeshalber beworben hatte, war plötzlich Realität geworden. Über das Dorf wusste er praktisch nichts, über Dalarna an sich auch nicht wesentlich mehr. Vage erinnerte er sich an ein Winterlager in Orsa, ein paar Kilometer von Klockarvik entfernt, wo er als Kind mal gewesen war. Langlauf und Abfahrtski waren Teil des Angebots gewesen. Abfahrt hatte ihm Spaß gemacht, Langlauf hingegen so gar nicht, dazu hatte er auch später im Leben keinen Bezug gefunden. Eigentlich hätte er liebend gern in Klockarvik angerufen und mit hochnäsiger Stimme verkündet, dass er einen wichtigeren Job gefunden habe, weshalb er »leider« das Angebot ausschlagen müsse und dieser einfachen ländlichen Gemeinde nicht dienen könne. Aber die harte Wirklichkeit hatte ihn gezwungen, die Vertretung in einem Kaff zu übernehmen, wo vermutlich jeder jede kannte und wo man nur etwas zählte, wenn man ein Stück Wald besaß, jagte oder einen unverständlichen Dialekt sprach. Samuel nannte nicht mal einen Baum sein Eigen, hatte in seinem Leben noch kein einziges Mal gejagt und den hiesigen Dialekt beherrschte er auch nicht. Hier wimmelte es vermutlich von Wolfshassern oder Menschen, die nicht gerade gütig auf Einwanderer blickten. Blieb die Frage, wie er das aushalten sollte. Seine täglichen Gebete schienen in diesem Fall kein bisschen geholfen zu haben. Dafür hatte der Boss von Samuels Vorurteilen und vorgefassten Meinungen Notiz genommen, und auf die göttliche Ermahnung hatte er auch nicht lange warten müssen. Früh am Morgen vor der Abfahrt, als er sich gerade rasierte, hatte er einen deutlichen Tadel vernommen.

Du bist gerade nicht nett, mein Sohn. Dazu auch nicht sonderlich begabt. Aber jetzt musst du los, die Gemeinde braucht dich.

Samuel blieb vor der Kirche stehen und ließ den Blick an der weiß gekalkten Wand entlanggleiten. Schon seit vielen Jahren ließ er sich auf sehr persönliche Art von Gott führen. Sicherlich hätte der eine oder die andere ein paar Takte dazu zu sagen gehabt, wenn sie etwas über dieses spezielle Verhältnis zwischen Samuel und seinem »Boss« gewusst hätten, aber das war ihm egal. Er stellte seine Fragen, und ja, vielleicht beruhten die ihm eingegebenen Antworten auf seiner eigenen Beurteilung, aber er verstand sie lieber als Führung vom göttlichen Vater selbst. Die Unterhaltungen mit Gott heiterten ihn einfach auf.

Und genau in diesem Moment, bevor er seinen neuen Job antrat, brauchte Samuel ein neuerliches Zwiegespräch mit seinem obersten Chef. Kein Ort eignete sich besser dafür als die heilige Stätte selbst, fand er und entschied, sich ein paar Minuten lang in die Kirche zu setzen. Er wollte seiner neuen Chefin in aller Deutlichkeit klarmachen, dass er nicht plante, in diesem kleinen Ort zu bleiben. Selbst wenn die Domkirche in Västerås ihn nicht wollte, dann gab es wahrlich noch andere und deutlich prestigeträchtigere Stellen. Beim Ableger der *Svenska kyrkan* in New York zum Beispiel, wo er auch ein paar Verwandte väterlicherseits hatte. Das sollte er definitiv noch zu seinem Lebenslauf hinzufügen. Ein großes Problem mit einer Stelle im Ausland wäre jedoch die Entfernung von seinen Kindern. Klar, sie lebten die meiste Zeit bei ihrer Mutter, aber die Ferien verbrachten sie immer bei ihm. Und Weihnachtsferien in New York waren ja an und für sich auch nicht schlecht, oder? Ausschlagen würden sie das sicher nicht. Und seine Lebensgefährtin Marit, mit der er jetzt gezwungenermaßen erst mal nicht mehr zusammenleben konnte, hätte vermutlich gegen Manhattan weit weniger einzuwenden als gegen Klockarvik. Sie war nicht gerade davon begeistert gewesen, dass er sich auf den Weg ins nordöstliche Dalarna gemacht hatte. Sie arbeitete als Diakonin in Västerås, eine Stelle, die sie gerade absolut nicht aufgeben wollte, weshalb sie plötzlich räumlich voneinander getrennt waren. Marit war unmissverständlich ebenfalls dafür, dass das Abenteuer in Dalarna so kurz wie möglich blieb, damit er wieder nach Hause kommen, sie endlich heiraten und Kinder bekommen konnten. Bei der Sache mit den Kindern waren sie sich etwas uneins, er hatte ja schließlich schon zwei großartige Kinder und war damit mehr als glücklich. Aber weil Marits Bedürfnis so stark war, musste er wahrscheinlich akzeptieren, noch einmal Vater zu werden. Ihr das auszuschlagen, wäre schwer.

Samuel steckte die Hände in die Taschen, umrundete die Kirche und erreichte den Eingang. Er prüfte die Klinke. Abgeschlossen. Typisch. Das Zwiegespräch mit Gott musste er offenbar anderswo halten. Er erschauderte und bog dann um den östlichen Teil der Kirche, hinter dessen dicken Wänden sich Altar und Chor verbargen.

Kaum hatte er die Ecke erreicht, blieb er wie angewurzelt stehen. Hatte er wirklich richtig gesehen oder spielten ihm die Schatten einen Streich? Schließlich war es seit seiner Ankunft noch dunkler geworden. Ein ungutes Gefühl beschlich ihn. Vor ihm standen zwei alte, schmiedeeiserne Grabkreuze, etwa einen Meter hoch. Kein normaler Mensch bekam so ein feines Kreuz. Aber vielleicht der Pfarrer? Oder die reichsten Grundbesitzer der Gegend? Durch einen Windstoß bewegten sich die eisernen Verzierungen. An dem einen Kreuz lehnte etwas Großes, Klobiges, das von Schnee bedeckt war. Samuel atmete unweigerlich tief ein, als er erkannte, was er da vor sich hatte. Ein paar steife Haarsträhnen ragten aus dem Schnee, der sich wie eine Mütze über den Kopf gelegt hatte, welcher wiederum zu dem ans Kreuz geknoteten Körper gehörte. Samuel machte ein paar wacklige Schritte zur Seite. Langsam begriff sein Gehirn, was seine Augen da sahen. Wie gebannt betrachtete er den teilweise schneebedeckten Körper. Die Arme ragten hinauf und waren am Querbalken des Kreuzes befestigt, während Füße und Beine fast vollständig vom Schnee verborgen wurden. Soweit er das beurteilen konnte, handelte es sich um einen Mann. Samuel erkannte eine Jeans und einen Ledergürtel, der Oberkörper war nackt, wies aber vereinzelte Tätowierungen auf. Unter anderem ein Dalapferd direkt über einer der Brustwarzen. Auf den Schultern lag

Schnee. An der Schläfe konnte er Spuren von getrocknetem oder gefrorenem Blut erkennen.

»Guter Gott, die arme Seele«, murmelte Samuel.

Unbewusst strich er sich den Pony aus dem Gesicht. Seine Atmung beschleunigte sich, außerdem wurde ihm übel. Nur mit größter Anstrengung konnte er das Zittern seiner Stimme unterdrücken, als er die Hand hob, um den so tragisch Verstorbenen zu segnen. Das war das Mindeste, was er tun konnte.

»Der Herr segne und behüte dich, wer immer du auch bist«, sagte er mit zitternder Stimme. »Der Herr lasse sein Angesicht leuchten über dir und sei dir gnädig, der Herr hebe sein Angesicht über dich und gebe dir Frieden. Im Namen des Vaters, des Sohnes und des Heiligen Geistes.« Er bekreuzigte sich. »Amen.«

Während seine Gedanken in alle Richtungen stoben, was er nun als Nächstes tun sollte, schaute er zur Friedhofsmauer und zuckte zusammen. Dahinter stand ein älterer, kleiner Mann mit einer hellblauen Wollmütze, die er bis zu den Augenbrauen heruntergezogen hatte. Er betrachtete Samuel intensiv. Ihre Blicke trafen sich, dann wandte der Mann sich ab und entfernte sich mit komischen, wiegenden Schritten. Auf seinem Rücken wippte ein Geigenkoffer.

Samuel blieb wie versteinert stehen und schaute dem Mann nach, der ohne ein Wort verschwunden war. Dann erwachte er aus seiner Trance. Er musste die Polizei verständigen, sie darauf aufmerksam machen, dass an einem Grabkreuz vor der Kirche Klockarviks eine unschöne Aufgabe auf sie wartete. Er holte das Handy aus der Tasche. Er wollte sich der Leiche nicht weiter nähern. Sollte er vermutlich auch nicht, ging ihm da auf, sonst könnte er eventuelle Spuren zerstören. Vielleicht sollte er sich auch erst an die Hauptpastorin wenden, damit diese die Polizei verständigte?

»Entschuldige«, flüsterte er dem Toten zu und steckte das Handy wieder weg. »Ich bin gleich zurück.«

Samuel stapfte, so schnell er konnte, durch den hohen Schnee und schlitterte zum Gemeindehaus auf der gegenüberliegenden Straßenseite. Dort riss er die Tür auf und eilte hinein, nur um fast über Einkaufstüten zu stürzen, die direkt hinter der Tür standen. Samuel wedelte mit den Armen, um das Gleichgewicht nicht zu verlieren, und bekam dann den Türrahmen zu fassen. Eine große Frau in Stoffhose, weiter Strickjacke und Pastorinnenhemd erschien vor ihm. Fast hätte er sie nicht wiedererkannt, sie waren sich erst einmal kurz bei einer Versammlung begegnet, auf der sie ihm vorgeschlagen hatte, nach Klockarvik zu kommen. Seither hatten sie nur in telefonischem Kontakt gestanden.

»Samuel Williams«, sagte die Hauptpastorin Ellinor Johannesson, die ihn offenbar sofort zuordnen konnte, und hob die Augenbrauen. »Was für ein eigentümlicher Auftritt für unseren neuen Pfarrer. Willkommen!«

Samuel schluckte ein paarmal und schaute seiner neuen Chefin in die Augen. Seine Knie schlotterten, er musste sich zusammenreißen, damit seine Stimme fest klang.

»Ich muss dich bitten, einen Mord zu melden«, sagte er und zog seine nassen Schuhe aus.

X

ZWEI

Als die Pastorin verstanden hatte, was Samuel zum dritten Mal unzusammenhängend zu erklären versuchte, erkannte sie den Ernst der Lage und verständigte sogleich die Polizei. Samuel zog derweil die nassen Strümpfe aus, trocknete seine Füße ab und bekam ein Paar farbenfrohe Wollsocken aus dem reichhaltigen Vorrat des Handwerksvereins.

»Die sind eigentlich für den Weihnachtsbasar gedacht, aber ich halte das für eine Notlage, da darf man auch mal eine Ausnahme machen«, hatte die Haushälterin gesagt. »Vielleicht stecken Sie dann später einfach eine Münze in die Kasse des Handwerksvereins.«

Die Haushälterin hatte sich als Annika Olsson Rask vorgestellt, ihnen schnell Tee gekocht und sich außerdem darum gekümmert, dass Samuel sich kurz ausruhen konnte. Dazu hatte sie ihn in einen Sessel gesetzt, der im Eingangsbereich stand, der wiederum eher einem Wohnzimmer ähnelte. An den Wänden hingen Gemälde, die den Sonnenuntergang über dem Siljansee zeigten oder niedliche Kinder, deren Schutzengel ein wachsames Auge auf sie hatten. Außerdem gab es Regale mit Zeitungen und Büchern, dazu noch das eine oder andere Gefäß mit kleinen, roten Tulpen.

Durch den warmen Tee fühlte Samuel sich nach einer Weile fast wieder wie ein Mensch, und seine Hände hörten auf zu zittern. So diskret wie möglich holte er seine Dose Snus heraus und steckte sich eine Portion Tabak unter die Lippe. Der Anblick des Toten, wie er da am Kreuz hing, hatte sich auf seine Netzhaut gebrannt. Vermutlich würde ihn das Bild noch eine ganze Zeit lang verfolgen. Er hoffte inständig, dass er keine Albträume bekam.

Samuel stand abrupt auf, stieß dabei gegen den Tisch und verschüttete ein wenig Tee. Ein junges Mädchen, das gerade den Zeitungsstapel ordnete, kicherte. Samuel war sie bis dahin gar nicht aufgefallen, was sicher der Tatsache geschuldet war, dass seine Gedanken gerade so intensiv um anderes kreisten.

»Sie haben gekleckert«, sagte sie mit funkelnden Augen.

»Ja, ach, das ist gar nicht so verwunderlich«, antwortete Samuel und tupfte den Fleck mit einer Serviette weg. »Das wäre dir nicht anders gegangen, wenn du gesehen hättest, was ich gerade sehen musste.«

Das Mädchen ließ die Zeitungen Zeitungen sein und kam mit neugierigem Blick auf ihn zu. Höflich hielt sie ihm die Hand hin.

»Tindra«, sagte sie. »Konfirmandin, die keinen Bock auf Schule hat und deshalb hier ein Praktikum macht. Was haben Sie denn gesehen?«

»Samuel Williams«, erwiderte er und schüttelte ihre Hand. »Neuer Pfarrer hier. Ich habe gerade einen Toten auf dem Friedhof gefunden.«

Es war sicher besser, direkt zu sein, dachte er. Tindra

runzelte die Stirn und setzte sich in den gegenüberstehenden Sessel.

»Einen Toten auf dem Friedhof? Das klingt ja schrecklich. Wobei … Muss man genau dort nicht eigentlich damit rechnen?«

»Na ja, normalerweise liegen die da *unter* der Erde«, sagte er und lächelte matt. »Und wenn sie sich noch darüber befinden, dann vielleicht nicht gerade an ein Grabkreuz geknotet.«

Tindra riss die Augen auf, trotzdem schien seine Schilderung sie nicht gerade in Angst und Schrecken versetzt zu haben.

»Cool!«, sagte sie auch noch. »Und Sie heißen Samuel? Dann können wir Sie doch bestimmt Sam nennen, oder? Samuel ist so lang. Wollen wir nicht rausgehen und mal nachschauen?«

»Nein, das wollen wir wirklich nicht«, hörten sie Ellinor Johannessons laute Stimme sagen. Die Pastorin kam aus ihrem Büro und hatte offenbar Teile ihres Gesprächs aufgeschnappt. »Ich habe die Polizei in Mora verständigt, die haben sich sofort auf den Weg gemacht. Ihr bleibt schön hier, und du, Tindra, verlierst bitte kein Wort über den Friedhof. Ich habe Torbjörn rübergeschickt, damit niemand Unbefugtes auf die Idee kommt, dort rumzutrampeln.«

»Och …«, machte eine enttäuschte Tindra.

Samuel betrachtete sie. Er konnte ihre Neugierde ja verstehen, obwohl die Situation an sich ziemlich makaber war. Manche Menschen fanden Katastrophen und Schreckliches einfach spannend. Er selbst gehörte auch eher dazu.

»Ich erzähle dir später mehr«, flüsterte er ihr zu, damit die Pastorin es nicht hörte. »Aber viel mehr gibt's gerade sowieso nicht zu sagen. Und wenn du mich Sam nennst, freue ich mich.«

Kurze Zeit später hatte sich auf dem Friedhof im schwachen Licht, das die Straßenlaternen spendeten, eine kleine Gruppe gebildet. Samuel hatte der Polizei den Weg gezeigt. Der Hausmeister Torbjörn Rask wirkte erleichtert, dass sie eingetroffen waren. Er hockte auf dem Boden, den Rücken an die Kirchwand gelehnt, war ganz blass und schien aufgewühlt. Er hatte das Gesicht abgewandt, vermutlich weil er so vor dem Anblick des Grabkreuzes geschützt war. Die Totenwache gehörte nicht gerade zu seinen gewöhnlichen Aufgaben, und es sah ganz so aus, als hätte dieser Abend schon jetzt seinen Tribut von ihm gefordert. Aus Mora waren eine Polizistin und ein Polizist gekommen. Die Frau kam Samuel vage bekannt vor, aber wirklich zuordnen konnte er sie trotzdem nicht.

»Maja-Sofia Rantatalo, Kriminalkommissarin«, stellte sie sich vor.

Der Blick aus ihren braunen, etwas schmalen Augen war ernst. Sie hatte einen kurzen, schräg geschnittenen Pony, hohe Wangenknochen, eine niedliche Nase und einen schönen Mund, fand Samuel. Vielleicht lag er falsch, aber er hatte den Eindruck, ihr Parfum oder ihre Bodylotion würde erfrischend nach Wald riechen.

»Und das ist mein Kollege, Larsson«, sagte sie und deutete zu ihrem Begleiter, bevor sie ein paar Schritte auf das

Grabkreuz zuging. »Das ist wirklich abscheulich, muss ich schon sagen.«

»Knis Petter Larsson«, sagte ihr Kollege und nickte in die Runde. »Kriminalinspektor.«

»Petter!«, platzte es aus Torbjörn Rask heraus. Er stand hastig auf. »Mensch, das ist ja ewig her.«

Der Polizist runzelte die Stirn und betrachtete den Hausmeister fragend. Dann klärten sich seine Gesichtszüge.

»Tobbe Rask!«, sagte er. »Dich hab ich zuletzt in der Neunten gesehen. Wie haben die dich früher immer genannt? Robbe?«

Rask zuckte mit den Schultern und öffnete den Mund, weil er wohl etwas antworten wollte, doch dann wurde er noch blasser, fing an zu schwanken und huschte schnell um die Ecke. Samuel folgte ihm, nur um mitansehen zu müssen, wie der Hausmeister sich in ein Gebüsch neben dem Kompost erbrach. Die Gesamtsituation hatte den Mann offenbar überfordert, vielleicht war er aber auch einfach zu schnell aufgestanden, als ihm klar wurde, dass er den Polizisten kannte.

»Alles in Ordnung?«, fragte Samuel und fühlte sich dabei irgendwie unbeholfen. »Kann ich irgendetwas für Sie tun?«

Torbjörn nahm eine Handvoll frischen Schnees, richtete sich auf und wischte sich damit über den Mund.

»Danke, aber jetzt ist es schon wieder gut«, sagte er. »Irgendwie konnte ich mich zusammenreißen, bis Sie alle gekommen sind, aber das ist einfach zu grausam. Ich hol mir mal eben etwas Wasser aus der Sakristei.«

»Soll ich mitkommen?«

Torbjörn wehrte ab.

»Nein, nein, nicht nötig. Gehen Sie zu den anderen zurück, ich komme schon klar. Falls die noch mit mir sprechen wollen, könnten Sie sie dann zu mir reinschicken? Ich leg mich auf eine der Kirchenbänke, ich muss unbedingt kurz die Augen zumachen.«

»Der, der Sie Robbe genannt hat«, sagte Samuel, »war der während der Schulzeit gemein zu Ihnen?«

Torbjörn schüttelte den Kopf.

»Im Gegenteil«, sagte er. »Wir haben alle so Witze gerissen, dabei kam niemand zu Schaden. Mit Petter unterhalte ich mich gern.«

Samuel nickte und kehrte zu den anderen zurück. Die beiden Polizisten hatten den Bereich schon abgesperrt und mit der Untersuchung angefangen. Ihre starken Taschenlampen waren auf die traurige Gestalt gerichtet. Der grelle Lichtkegel verdichtete die sie umgebende, tiefe Winterdunkelheit nur noch mehr, sodass der Tote weit gruseliger aussah als vor einer Stunde, als Samuel ihn entdeckt hatte. Allen Lebendigen stand eine Wolke vor dem Mund, wenn sie sprachen oder atmeten. Dem Toten nicht.

»Hat jemand eine Ahnung, wer das ist?«, fragte Kommissarin Rantatalo.

»Der Hoteldirektor«, sagte Hauptpastorin Ellinor Johannesson. Sie wirkte gefasst, doch das Zittern in ihrer Stimme verriet, dass die Situation auch an ihr nicht spurlos vorüberging. »Er heißt Finn Mats Hansson«, fuhr sie fort, nachdem sie sich kurz gesammelt hatte.

Knis der eine, Finn der andere. Samuel fragte sich, ob er

sich jemals all die sonderbaren Namen in Dalarna merken können würde.

»Hoteldirektor Hansson? Hat der nicht gerade erst diesen Luxuskasten hier in Klockarvik eröffnet?«, fragte Maja-Sofia Rantatalo. »Ich meine, ich habe darüber was im *Dala-Demokraten* gelesen.«

»Ja, genau«, sagte Ellinor. »Er betreibt das Hotel mit Mikael Vedberg.«

»Braucht Klockarvik wirklich noch so eins?«, fragte die Kommissarin. »Wenn ich mich nicht irre, gibt es hier doch schon mehr als ausreichend Hotelbetten, oder etwa nicht?«

»Sie denken sicher ans Fjällhotel, nicht wahr?«, fragte Ellinor. »Auch ein sehr gemütliches und exklusives Hotel, und die Chefin Malin Knutsson leistet außerordentliche Arbeit, aber sie richtet sich eher an den Skitourismus. Das neue Hotel ist noch mal was ganz anderes und zieht ein anderes Klientel an, glaube ich. Konferenzteilnehmer und Geschäftsleute auf der Durchreise. Das ist zumindest das, was ich gehört habe. Wie schrecklich, dass er jetzt tot ist.«

Kaum war Ellinor verstummt, stieß Torbjörn Rask mit den Händen in den Hosentaschen zu ihnen. Er hatte sich offensichtlich etwas erholt.

»Das ist das Familiengrab«, sagte er und nickte zu den Kreuzen. »Verdammtes Elend! Oh, entschuldigen Sie, ich sollte nicht fluchen, aber das ist wirklich hart für mich.«

»Was meinen Sie? Wessen Familiengrab?«, fragte Maja-Sofia Rantatalo.

»Finn Hanssons. All seine Vorfahren liegen dort«, antwortete Torbjörn. »Reiche, alte Bauernfamilie.«

Larsson hatte noch ein paar Fotos mit dem Handy gemacht, bevor Rantatalo alles absperren ließ. Und zwar nicht nur den Bereich um die Grabkreuze, sondern den gesamten Friedhof inklusive Kirche und allem. Danach griff sie zu ihrem Handy und tätigte einen Anruf. Soweit Samuel das beurteilen konnte, war jemand Höherrangiges am anderen Ende.

»Hallo, Sundell«, sagte sie, »Larsson und ich bleiben hier und bewachen den Fundort, aber du musst so schnell wie möglich die Kriminaltechnik herschicken. Wenn Tamara Pettersson sich herbemühen würde, wäre das sogar noch besser. Hier gibt es definitiv was zu tun für eine Rechtsmedizinerin.«

Samuel hörte ganz genau zu. Dass sie ursprünglich nicht aus Dalarna stammte, war sofort an ihrem Akzent zu erkennen. Eher war da ein finnischer Einschlag.

»Kommt sie auch?«, fragte Larsson, als Rantatalo aufgelegt hatte.

Sie nickte und verzog den Mund.

»Natürlich. Die Sundell findet, wir müssen von Anfang an mit Schwung an die Sache rangehen, das ist wichtig«, sagte sie und verdrehte die Augen.

»Als wäre uns das nicht selbst klar«, murmelte ihr Kollege.

Samuel entging kein Wort.